KB146978

Fantasy Library XXVII

여 신

女神
MEGAMI
by Takahira Narumi
Copyright©1998 by Takahira Narumi
All rights reserved

Korean Translation Copyright©2002 by Dulnyouk Publishing Co.

Original Japanese edition published by Sinkigensha
Korean Translation rights arranged with Sinkigensha
through EntersKorea Co., Ltd, Seoul, Korea

이 책의 한국어판 저작권은 엔터스코리아를 통한 저작권자와의 독점계약에 의하여 도서출판 들녘에 있습니다. 신저작권법에 의해 한국 내에서 보호를 받는 저작물이므로 무단전재와 무단복제를 금합니다.

여신

ⓒ들녘 2002

초판 1쇄 발행일 2002년 6월 10일
초판 3쇄 발행일 2012년 7월 12일

지 은 이 다카히라 나루미 외
옮 긴 이 이만옥
펴 낸 이 이정원

출판책임 박성규
편집책임 선우미정
디 자 인 김지연
편   집 김상진 · 이은 · 한진우 · 조아라
마 케 팅 석철호 · 나다연 · 도한나
경영지원 김은주 · 김은지
제   작 송승욱
관   리 구법모 · 엄철용

펴 낸 곳 도서출판 들녘
등록일자 1987년 12월 12일
등록번호 10-156
주   소 경기도 파주시 교하읍 문발리 출판문화정보산업단지 513-9
전   화 마케팅 031-955-7374 편집 031-955-7381
팩시밀리 031-955-7393
홈페이지 www.ddd21.co.kr

I S B N 89-7527-198-6(04830)
값은 뒤표지에 있습니다. 잘못된 책은 구입하신 곳에서 바꿔드립니다.

여　신

다카히라 나루미 외 지음
이만옥 옮김

들녘

들어가는 말

오늘날 세계에는 다양한 신화가 존재하며, 그 속에는 수많은 신들이 등장한다. 물론 신들의 세계에도 남성과 여성이 존재한다. 또 나이든 신이 있는가 하면 젊은 신도 있다. 성격이나 능력도 천차만별이며, 그 모습(또는 상상의 모습)도 제각각이다.

대부분의 세계 신화에는 "인간이 신과 비슷한 형상으로 창조되었다"는 말이 나온다. 하지만 이 말은 잘못된 말이다. 고대인들은 인간과 비슷한 신을 만들어냈던 것이다. 그렇게 창조된 (특히 고대의) 신들은 인간과 다름없이 대단히 개성이 강하다. 신들의 세계에도 인간 세계처럼 생로병사가 있는가 하면, 실패와 성공이 있고, 승리와 패배가 있다.

이 책에서는 그러한 신들 가운데 인간들에게 많은 사랑을 받았던 여신들만을 가려내어 소개하고자 한다.

일반적으로 여신이라고 하면, '아름답고 연약하다', '우아하다', '착한 마음씨를 가지고 있다'와 같은 이미지를 먼저 떠올릴 것이다. 하지만 이 책의 내용을 보면 알 수 있을 테지만, 결코 그렇지만은 않다. 산 제물을 요구하는 잔혹한 여신이나 맹렬하게 전쟁터를 누비는 여전사, 명부(저승)를 다스리는 여왕 등 기존의 이미지와는 다른 여신들도 상당수 존재한다.

어떤 면에서 보면, 여신들은 다소 세련되지 못한 존재라는 인상을 준다. 남신들보다 성격이 직선적일 뿐만 아니라 질투를 일삼아 분쟁을 일으키기도 한다. 또 남신의 종속신으로 등장하는 경우도 적지 않다.

여신들 중에는 아름답고 우아한 여신이 많다. 하지만 독특한 버릇과 강렬한 개성을 지닌 여신은 아름다운 여신보다 훨씬 더 매력적으로 다가온다. 아마 독자 여러분들도 이 책을 읽는 동안 그런 느낌을 받게 될 것으로 생각한다.

본문에서는 여신들이 어떤 역할과 지위를, 또 어떤 성격과 용모를 지니고 있었는지 여신이 등장하는 신화와 함께 소개해놓았다. 그리고 다른 호칭과 지역적 특성, 반드시 소개해야 할 관련 사항도 정리해놓았다.

이 책에서 소개하고 있는 여신들 중에는 우리들의 일상 생활과 밀접한 관련이 있는 신들도 적지 않다. 이 책을 읽는 동안 그런 신들을 발견하는 즐거움도 함께 누릴 수 있기를 바란다.

차례

제1장
그리스 · 로마의 여신

그리스 신화

문명의 새벽

너무나 유명한 그리스 신화는 말 그대로 그리스를 중심으로 에게 해 주변에서 전해 내려온 신화다. 지금까지도 성서와 함께 어깨를 나란히 하며 발상과 상상력의 원천으로 계속 이어지고 있으며, 특히 유럽 문화에 커다란 영향을 끼쳤다.

그리스 땅에 최초로 문명이 들어선 것은 B.C. 6000년경이다. 이는 다른 지역과 비교해볼 때 다소 늦은 것으로, 당시에는 신석기 시대 정도의 문명밖에 존재하지 않았다. 이 무렵 선주민들은 올림포스 산 주변에 몇 개의 공동체를 건설했는데, 이는 훗날 미케네 문명의 원형이 되었다. B.C. 3000년경이 되자 이들은 시리아와 이집트 주변의 지중해 동부 연안 지역과 교류하기 시작했다. 이후 그리스 땅에는 다양한 민족들이 뒤섞여 살게 되면서 대단히 빠른 속도로 문명이 발달하였다.

이러한 그리스에 커다란 변화가 일어난 것은 B.C. 2000년경이다. 인도-유럽어족이 침입해 그리스 문명을 철저하게 파괴했던 것이다. 이들은 단순한 이주자가 아니라 무자비한 약탈자였으며, 그리스 문명의 발전을 정체시켰다. 하지만 다행스럽게도 크레타 섬은 피해를 입지 않고 '미노스'라는 새로운 문명을 꽃피웠다. 이 미노스 문명이 그리스 전역에 전파되어 미케네 문명을 탄생시켰다. 그리스 신화의 원형은 바로 이 미케네 문명을 통해 성립되었다고 할 수 있다.

그리스 암흑시대와 부흥

B.C. 2000년경에 일어난 미케네 문명은 B.C. 1300년경까지 순조롭게 발전을 지속했다. 이집트와 페니키아, 히타이트 등 당시의 선진 문명국과도 교류하며 서로 영향을 주고받았다. 이러한 문명의 교류는 그리스, 메소포타미아, 이집트 신화에도 공통적으로 받아들여졌다.

하지만 유럽에서 일어난 여러 민족의 대이동 과정에서 호전적인 도리스족이 그리스로 침입하는 사건이 일어났다. 도리스족 역시 그리스의 한 종족이었지만 이들은 찬란하게 빛났던 미케네 문명을 철저하게 파괴했다. 이후 5백 년간 그리스 문명은 정체의 길을 걷게 되었다. 이 시기를 흔히 '그리스의 암흑시대'라고 부른다.

B.C. 800년경이 되어 그리스 문명은 다시 기지개를 펴기 시작한다. 바로 이 무렵에 그리스의 국가와 사회 형태, 그리고 신앙의 기본적인 골격이 만들어졌고 그 이미지가 현재 우리들이 가지고 있는 고전적인 의미의 그리스인들이다. 호메로스와 헤로도토스 같은 시인들은 암흑시대에 여러 민족들로부터 전해졌던 신화들을 정리하고 통합했다. 그래서 지금까지도 우리들에게 전해져오고 있는 영웅담이 보다 명확한 틀을 갖추게 되었다.

이후에도 그리스 신화는 각 시대의 문화를 받아들이며 그 내용과 형식을 발전시켰다. B.C. 4세기 후반에는 알렉산드로스 대왕의 동방원정을 통해 그리스 신화가 동양에도 전해졌고, 각지에 많은 영향을 주었다.

그대로 B.C. 146년, 이탈리아 반도를 통일한 로마는 그리스를 정복했다. 영화를 자랑했던 그리스는 비록 로마에 정복당했지만, 로마인들은 그리스 문명을 파괴하지 않고 그대로 계승하여 더욱 발달시켰다.

이처럼 그리스 신화는 그리스 땅에 수없이 많이 존재했던 문명과 문화의 정수라고 할 수 있다. 로마 신화 역시 새로운 형태의 그리스 신화로서 지금까지도 전해지고 있다.

그리스 신화의 특징

그리스 신화의 주역인 신들은 어떤 산의 정상에 거처를 만들어놓고 사람들을 지켜보았다. 이 신들의 거처를 '올림포스'라고 부른다. 올림포스 산 정상에 오르려면 사계의 여신들인 호라이가 지키는 구름의 문을 통과해야만 한다. 신들은 올림포스(경우에 따라서는 지상)안에 많은 궁전을 가지고 있었다. 그들은 최고신 제우스의 소집 명령에 따라 모였는데, 이 자리에서 하늘과 지상의 모든 문제에 대해 서로 의견을 주고받았다.

그리스 신화에는 무수한 신들이 등장하지만, 강력한 힘을 지니고 맹활약을 펼치는 주역급 신들은 대부분 정해져 있다. 이들은 제우스를 비롯해 '올림포스의 12신'인데, 회의 최종 결론은 이 12신의 다수결로 결정되었다.

12신의 의지와 의견은 언제나 통일되는 적이 없어 논쟁과 대결이 끊이지 않으며, 때로는 미인계를 이용하는 등 인간들이나 하는 행동도 서슴지 않는다. 비록 전능한

신이라고는 하지만 신들의 이러한 인간적인 면모가 그리스 신화의 최대 특징이며,
후대 사람들에게 보다 친근감을 갖게 만드는 이유이다.

■올림포스 12신과 주요 신들

제우스	천공을 주관하는, 신들의 최고 책임자. 많은 여성들과의 사랑 때문에 자주 문제를 일으킨다.
헤라	제우스의 누나이자 아내. 남편과 마찬가지로 천공을 상징하며, 천공의 여신이라 불린다. 질투가 심해서 제우스의 연애 상대를 고통에 빠뜨린다.
헤스티아	화로의 여신. 당시의 가정에서 화로는 없으면 안 될 만큼 중요한 존재로서 가정 생활의 중심을 암시한다.
아프로디테	사랑과 미, 풍요를 주관하는 여신. 애정 문제로 많은 문제를 일으키는 신으로 알려져 있다.
아폴론	태양의 신. 제우스와 레토 사이에서 태어난 아르테미스의 오빠. 미남이어서 연애 이야기에 많이 등장하지만, 거의 대부분 비극적인 종말을 맞는다.
아르테미스	달의 여신으로 사냥과 처녀를 주관한다. 순결한 소녀로서 이를 더럽히는 자는 용서받을 수 없는 벌을 받게 된다.
데메테르	곡물과 대지의 여신. 나중에는 딸인 페르세포네와 역할을 분담한다.
헤르메스	태어날 때부터 사람들을 현혹시키는 불가사의한 힘을 가지고 있으며, 주로 제우스의 사자(使者)로 세계 각지를 날아다닌다.
헤파이스토스	대장장이와 화산의 신으로 아프로디테의 남편. 한쪽 다리가 부자유스러우며 추악한 용모를 갖고 있다.
아레스	전쟁의 신. 성격이 난폭하고 모든 일을 무계획적으로 처리해서 승리하기보다는 오히려 패배하는 경우가 더 많다.
포세이돈	제우스 다음가는 올림포스의 제2인자로 바다의 신. 하지만 다른 신과의 싸움에서 패하는 등 불행한 모습을 보이기도 한다.
아테나	지혜와 기술의 여신이며, 전쟁과 평화의 신이기도 하다. 그리스의 수호신으로 가장 인기 있는 신이다.
하데스	명계(冥界 : 저승)의 신. 사자(死者)를 관리하며, 악을 심판하는 정의의 신이기도 하다. 땅속에서 식물이 돋아나게 만드는 역할도 맡고 있다.
디오니소스	술과 잔치의 신으로, 제우스와 그의 연애 상대였던 세멜레 사이에서 태어났다. 반신(半神)이었으나 나중에 12신에 오를 수 있는 자격을 얻었다.

로마 신화

그리스 신화의 영향

"정복된 그리스는 야만적인 승리자를 정복했다."

이는 로마의 시인 호라티우스(B.C. 65-A.D. 8)가 남긴 말이다.

로마는 강력한 무력을 앞세워 그리스를 정복했지만 문화적으로는 그리스를 능가하지 못했다. 그래서 "로마에는 신화가 없다" 라든가 "로마 신화는 그리스 신화의 아류에 불과하다" 는 이야기도 있다. 지금까지도 로마 신화는 그리스 신화와 함께 '그리스 로마 신화' 라는 말로 불리는 경우가 많다.

로마는 B.C. 146년에 그리스를 정복했다. 그후 학문과 문화, 예술을 적극적으로 배우고 받아들였다. 신화와 전설도 그 하나로, 현재 전해지고 있는 로마 신화는 그리스 신화를 거의 그대로 흡수했다고 해도 과언이 아니다. 로마인들은 로마에 존재했던 신들을 그리스 신들과 융합시켜 자국의 신화를 만들어냈던 것이다.

'우수한 문화를 모두 받아들여 삶을 고양시킨다' 는 것이 당시 로마인들이 가지고 있던 생각이었다. 로마인들은 그리스뿐만 아니라 다른 정복국가에 대해서도 같은 정책을 취했다. 예를 들면 소아시아를 정복한 후 현지에서 열렬하게 숭배되고 있는 여신을 로마 신화 속으로 편입시킬 정도였다.

이질적인 문화를 아무런 저항 없이 받아들인 것은 로마에 긍정적인 결과를 가져왔다. 로마가 사상 최강의 국가로서 오랫동안 존속할 수 있었던 것도 바로 그런 이유 때문이라고 후세의 학자들은 평가하고 있다.

앞서 소개한 호라티우스는 열렬한 그리스 문화 숭배자였다. 그의 말은 로마의 문화적 빈곤에 대한 탄식이 아니라 오히려 자랑하는 말이었다.

로마의 태동

로마 문명의 원류는 이탈리아의 아페닌 반도에 있었다. 이곳에는 3만 년 전 석기시대부터 이미 선주민이 정착해 살았으며, B.C. 2500년경 청동기 시대에는 리그리아인과 시케리아인이라 불리는 민족이 생활하고 있었다.

그리고 B.C. 2000년경에는 북쪽에서 이탈리키라는 새로운 민족이 들어오면서 이들에 의해 철기 문화가 시작되었다. 이들은 선주민족인 리그리아인, 시케리아인과 함께 교류해나가면서 정착하였고, B.C. 1000년경에는 아페닌 반도 전체를 장악하게 된다.

그런 가운데 테베레 강 유역(이탈리아 중서부 라치오 주 부근)에 떨어져 정착하게 된 민족이 트로이에서 넘어온 아이네아스 일족을 맞아들였는데, 이들이 고대 이탈리아 민족이 되었다고 한다.

로마는 최초에는 이탈리아의 한 공동체로 건설되었는데, B.C. 800년경 고도의 문명을 가진 에트루리아족이 테베레 강을 경계로 그 반대편 쪽에 진출했다. 이들은 시칠리아와 아프리카 북쪽 해안지역까지 해상무역을 할 만큼 독자적인 세력을 갖추고 있었다. 로마인들은 이들과 우호적인 관계를 맺고 선진 문화와 기술을 적극적으로 받아들였다.

그리스를 계승한 로마

한편 이 무렵의 그리스인들은 긴 암흑시대를 끝내고 농업과 상업을 통한 이익을 추구하며 다른 땅을 찾아서 이주하기 시작했다. 그리고 많은 그리스인들도 선진화된 문명을 가지고 이탈리아에 들어와 식민 도시를 건설했다.

이렇게 해서 이탈리아를 무대로 로마와 에트루리아, 그리스 세 민족의 문화적인 교류가 본격적으로 이루어지게 되었다. 에트루리아족은 특히 학문과 예술을 열심히 배웠으며, 이들을 통해 로마인들도 그리스 문화를 받아들였다.

당시 로마는 신상과 신전을 가지고 있지 않은, 원시적인 자연숭배 상태였다. 하지만 그리스로부터 매력적인 신들의 모습과 신화가 전해지자 그 일부를 수용하였는데, 이는 훗날 로마가 그리스 신화를 본격적으로 받아들이는 토대가 되었다.

B.C. 700~600년경 에트루리아 문명은 공화정치라는 시대의 흐름을 거스르지 못하고 점차 세력이 약화되었고, 종국에는 소멸되고 말았다. 이렇게 되자 로마와 그리스의 관계는 보다 밀접하게 되었다. B.C. 300년경에는 호메로스의 서사시를 비롯한 그리스의 신화가 로마에 전해졌다. 하지만 에트루리아의 멸망은 그리스에 커다란 재앙을 불러일으켰다.

에트루리아라는 완충지대가 사라지자 강력한 군사력을 자랑하는 로마 군대가 그리스로 밀고 들어왔던 것이다. B.C. 146년, 결국 그리스는 로마에 정복되어 식민지로 전락하는 신세가 되고 말았다.

이후 로마는 그리스 문화를 완전히 자신들의 문화로 탈바꿈시켰으며, 그리스 신화 역시 로마 신화로 이름이 바뀌어 계승되었다.

로마 신화의 확립

로마는 그리스 문명을 받아들이기 전에 단계적으로 토대를 구축했다. 그 때문에 기존의 로마 신화와 새롭게 들어온 그리스 신화 양쪽 모두가 부정되지 않으면서 큰 충돌 없이 융합될 수 있었다.

원래 로마 신화는 자연숭배였다. 자연숭배란 태양이나 대지, 나무 같은 곳에 신이 깃들여 있다고 생각하는 종교 관념이다. 따라서 로마의 신들은 그리스의 인격신들에 비해 더욱 자연을 의식한 성격으로 설정되어 있다고 할 수 있다.

최근에는 로마 신화를 그리스 신화로부터 분리하려는 연구도 행해지고 있다. 하지만 그리스와 로마의 신화가 각기 독립적으로 인정받는 시대는 가까운 장래에는 오지 않을 것이다. 왜냐하면 지난 수천 년 동안 두 신화는 하나의 신화로 존재해왔기 때문이다.

■그리스 신화와 로마 신화의 신 이름

그리스	로마	그리스	로마
아테나	미네르바	데메테르	케레스
아프로디테	베누스	타나토스	오르쿠스
아폴론	아폴로	니케	빅토리아
아르테미스	디아나	하데스	플루톤
아레스	마르스	헤스티아	베스타
에오스	아우로라	헤파이스토스	불카누스
에리니스	퓨리	헤라	유노
에로스	큐피드 또는 아모르	헤라클레스	헤르클레스
오케아노스	오케아누스	헬리오스	솔
가이아	텔루스	페르세포네	프로세르피나
크로노스	사투르누스	헤르메스	메르쿠리우스
제우스	유피테르	포세이돈	넵투누스
셀레네	루나	모이라	파르카
디오니소스	바커스	레아	오프스

'지 구' 라 는 이 름 의 여 신

GAIA

가이아

출전

그리스 신화 : 가이아　로마 신화 : 텔루스

모든 것의 어머니

그리스 신화를 이야기하면, 우선 제우스가 통치하는 신들의 세계라고 생각하기 쉽다. 하지만 실제로는 '올림포스 시대' 라고 하는 것이 정확하며, 제우스 이전에는 우라노스와 크로노스라는 신들이 세계를 지배했다. 이 시대를 '티탄 신족 시대' 라고 부른다. 이 우라노스와 크로노스 같은 티탄족의 신들을 낳은 여신이 바로 가이아다. 세계의 다른 지역 신화에도 '태초의 어머니' 같은 여신의 존재가 있는데, 그리스 신화에서는 가이아가 최초에 존재했던 창조의 어머니신인 것이다.

최초로 세계를 통치한 것은 가이아의 아들이자 남편인 우라노스[1]였다. 우라노스를 거세시키고 그 뒤를 차지한 것은 가이아와 우라노스 사이에서 태어난 크로노스였다. 그리고 크로노스가 이끄는 티탄 신족을 멸망으로 이끈 것은 크로노스의 아들 제우스와 그의 뜻에 따랐던 올림포스의 신들이었다. 즉 그리스 신화에서는 우라노스, 크로노스, 제우스라는 3대에 걸친 신들이 통치자로서 군림했던 것이다.

---

1) 아들이자 남편인 우라노스 : 현재 근친혼은 금지되어 있지만, 약 1,000년 전만 하더라도 세계 여러 곳에서 볼 수 있는 혼인 형태였다. 그리스뿐만 아니라 세계의 여러 신화에서 근친혼이 많은 것도 그 때문이다.

언제나 싸움에 개입하지는 않았지만, 남편과 자식, 아버지와 자식 사이에 벌어진 전쟁을 계획한 것은 가이아였다. 또한 그녀는 올림포스 시대 이전에도 자주 천계를 뒤흔드는 사건의 발단을 제공하기도 했다.

하지만 가이아는 결코 전쟁을 좋아하지는 않았으며, 음험하고 교활한 성격도 아니었다. 오히려 아들을 생각하는 어머니로서 애정이 무척 깊었다. 문제는 그런 사실을 표면에 드러냄으로써 비극을 불러온다는 것이다.

티탄 신족

가이아는 그리스 신화 중 가장 앞부분인 천지창조 장면을 멋지게 장식한다. B.C. 700년경의 시인 헤시오도스의 『신통기(神統記)』에 그 모습이 잘 묘사되어 있다.

"옛날, 세계에는 안개가 자욱하게 흐르는 무한한 혼돈(카오스)밖에 없었다. 긴 시간이 지난 후 이 혼돈 속에서 '모든 것의 어머니' 인 가이아가 탄생했다. 그녀는 자신의 힘으로 지상과 땅 밑에 두 신을 창조했다.

지상에 태어난 것은 탄생의 힘을 지닌 아름다운 신 에로스(사랑)였으며, 땅 밑에 태어난 것은 타르타로스라는 신이었다. 그후 세계에는 차례로 신이 탄생했다. 우선 혼돈에서 에레부스(지하의 어둠)와 닉스(지상의 밤)가 태어났다. 에로스는 이 둘을 맺어주어 하늘의 빛 아이테르(정기)와 지상의 빛 헤메라(낮)를 탄생시켰다. 그리고 에로스는 가이아와 결합하여 거대한 산과 폰토스(거친 바다)와 우라노스(별과 천공)를 낳았다.

가이아는 자신의 자식인 우라노스를 남편으로 삼았고, 이 둘은 이미 창조된 세계를 통치했다. 가이아는 에로스와의 결합을 통해 사랑을 알게 되고 그후 우라노스와의 사이에 많은 자식들을 낳았다. 아들은 오케아노스, 코이오스, 크리오스, 히페리온, 이아페토스, 크로노스이며, 딸은 테아, 레아, 테미스, 므네모시네, 포이베, 테티스였다. 이런 가이아의 자식들 중 남신을 '티탄', 여신을 '티타니아스' 라고 하였으며, 이들을 총칭할 때는 '티탄(거신족)' 이라고 불렀다.

19

이들 티탄은 천지를 지배하고 영화를 누렸다.

가이아의 바람기와 복수

가이아는 우라노스의 아내였지만 남편의 눈을 피해 오케아노스와 타르타로스 같은 신들과 바람을 피워 여러 자식들을 낳았다. 이렇게 해서 태어난 자식 중에는 눈이 하나뿐인 거인 키클롭스, 1백 개의 팔과 1천 개의 다리를 가진 거대한 용 헤카톤케이레 형제, 지옥의 맹견 케르베로스, 독사 히드라, 괴수 키마이라 등이 있었다(케르베로스와 히드라, 키마이라는 가이아와 타르타로스 사이에서 태어난 티폰과 에키드나의 자식이라는 설도 있다).

우라노스는 이런 괴물들의 모습을 두려워하여 암흑의 지하 타르타로스로 추방해버렸다. 하지만 가이아는 우라노스의 행동을 못마땅하게 여기며 한을 품었다. 아무리 괴물이라 할지라도 자신의 자식을 지하에 가두어버린 것은 용서할 수 없는 일이었다. 그녀는 티탄 신족을 소집하여 우라노스에 대한 보복을 결행할 것을 촉구했다. 하지만 우라노스는 강력한 힘을 가지고 있었기 때문에 아무도 나서려 하지 않았다. 그러나 가장 어린 막내아들 크로노스만은 달랐다. 그는 가이아에게 "제가 하겠습니다" 하고 용감하게 말했다.

이렇게 해서 가이아로부터 금강으로 만든 낫(일설에는 도끼)을 받은 크로노스는 아버지 우라노스를 불시에 습격하여 그의 성기를 잘라버렸다. 아들에게 패한데다 남성의 상징을 잃어버린 우라노스는 부끄러움을 견딜 수 없어 도망치고 말았다. 그래서 지금은 지구에서 멀리 떨어진 혹성이 되어 가이아를 지켜보고 있다고 한다.[2] 그리고 잘려진 우라노스의 성기는 흰 포말이 되어 사랑과 미의 여신 아프로디테를 낳았고, 우라노스의 피에서는 복수의 여신 에리니스 자매가 태어났다고 한다.

폭군이 된 영웅

우라노스를 쓰러뜨린 크로노스는 티탄 신족의 새로운 통치자가 되었다. 그는 어머니의 소원대로 타르타로스의 문을 열고 갇혀 있던 괴물들을 지상으로

해방시켜주었다. 하지만 이 때문에 세상은 혼란에 빠져버리고 말았다.

이때 크로노스는 한 가지 불길한 예언을 들었다. 그것은 "네가 그랬던 것처럼 너의 아들이 아버지를 물리치고 새로운 지배자가 될 것"이라는 내용이었다. 일설에는 이 예언을 듣고 크로노스에게 알려준 것은 가이아라고도 한다.

원래 크로노스 정도로 영특한 자라면 어떤 내용의 예언이라 할지라도 그다지 개의치 않았을 것이다. 하지만 아버지를 쓰러뜨렸다는 자책감에 사로잡힌 그는 정신을 바로잡지 못하고 파멸의 길로 나아가고 말았다.

크로노스는 지하에 갇혀 있던 괴물들을 다시 타르타로스에 감금시킨 다음 폭군으로 변해버렸다. 여동생 레아를 아내로 맞아들였지만, 태어난 자식들을 모조리 삼켜버리는[3] 등 세상을 황폐하게 만들었다. 이러한 크로노스의 변모와 타락에 놀란 것은 가이아였다. 겨우 해방되었던 자식들이 다시 지하에 갇혀버리자 가이아는 남편 우라노스를 거세시켰던 것처럼 다시 계략을 꾸몄다.

올림포스 시대로

크로노스가 자식들을 모두 삼켜버리자 그의 아내 레아는 꾀를 내어 막내아들 제우스를 크레타 섬에서 낳아 님프(요정)로 하여금 기르게 했다. 가이아는 이 제우스를 새로운 반란군의 지도자로 선택하여 힘을 주었다.

제우스는 지혜의 여신 메티스와 공모하여 크로노스가 토하게 만들어 자신의 형제들이 다시 세상의 빛을 볼 수 있게 했다. 그후 제우스 형제들은 올림포스군을 결성하여 티탄 신족과 10년간에 걸쳐 치열한 전쟁을 벌였다. 최종적으로는 가이아의 조언을 받아들여 타르타로스에 갇혀 있던 괴물들을 해방시켜 자신의 편으로 끌어들인 제우스 쪽이 압도적인 승리를 거두었다.

---

2) 서양에서는 천왕성을 우라노스, 지구를 가이아라고 부른다.

3) 크로노스와 티탄은 물론이고 그의 직계인 제우스를 비롯한 신족은 불사의 존재여서 죽일 수가 없었다. 그래서 크로노스는 가장 안심할 수 있는 장소인 자신의 몸 속에 자식들을 가둬두었던 것이다.

결국 크로노스는 예언대로 자신의 아들 손에 쓰러지고 말았다. 아버지 우라노스와 똑같은 운명을 맞이했던 것이다.

가이아의 퇴장

새로운 시대의 통치자가 된 제우스는 자신을 도와주었던 신들을 우대한 반면, 자신과 싸웠던 티탄 신족에게는 냉정했다. 그리고 그는 괴물들을 신들과 동등하게 취급하지 않았다. 제우스는 괴물들에게 '지하에 갇혀 있는 티탄을 지키는 간수'라는 그럴듯한 역할을 주어 모두 타르타로스로 보내버렸다. 티탄은 전쟁에서 진 패배자이고, 괴물은 지상에 있으면 재앙을 불러일으키는 존재다. 따라서 제우스의 조치는 어쩌면 당연한 것이었는지도 모른다.

하지만 자식들이 또다시 어려움에 처하게 되자 가이아는 다시 한 번 음모를 꾸몄다. 그녀는 자식들을 구하기 위해 제우스를 쓰러뜨리려 했지만, 이번 상대는 예상외로 그 힘이 엄청나게 강력해서 그녀의 계획은 결국 실패로 돌아가고 말았다.

자신의 뜻을 이루지 못한 가이아는 분노의 눈물을 흘리며 자식들의 해방을 단념할 수밖에 없었다. 자신의 역할을 모두 끝낸 가이아는 이렇게 해서 그리스 신화에서 퇴장하게 되었다.

그리스의 천지창조론

그리스에는 그리스 신화와 다른 천지창조 이야기도 있다. 예를 들면 시인 호메로스는 "입에 꼬리를 문 뱀처럼 하늘과 땅을 휘감고 있는 광대무변한 큰강이 세계의 시작이었다"고 이야기한다. 호메로스에 따르면, 이 오케아노스라는 큰강의 신이 만물의 근원이며, 모든 신들의 아버지라는 것이다.

호메로스 이전에는 음악가인 오르페우스가 주장한 설도 있다.

세계의 처음에 '때(크로노스)'가 있었는데, 여기에서 '심연(카오스)'이 생겨났다. 그리고 카오스 속에서 '밤'과 '안개', '정기(아이테르)'가 자라나, 이것들이 혼돈이 되어 세계의 알이 되었다.

이 알은 회전하다가 두 개로 쪼개어졌는데 그중 하나는 하늘이 되었고, 또 하나는 땅이 되었다. 그리고 알 속에서 '사랑(에로스)'을 비롯한 여러 가지 불가사의한 것들이 쏟아져나왔다.

천지창조설은 이처럼 많은 설이 있는데, 사람들에게 가장 많은 지지를 받고 있는 것은 역시 헤시오도스 설이다.

질 투 의 여 왕

HERA

헤라

출전

그리스 신화 : 헤라 로마 신화 : 주노

수소의 눈을 가진 천계의 여왕

그리스 신화 초기, 티탄 신족 시대의 두 번째 지배자였던 크로노스는 아내 레아와의 사이에서 세 명의 여신과 세 명의 남신을 얻었다. 위에서부터 장녀 헤스티아, 차녀 데메테르, 삼녀 헤라, 장남 하데스, 차남 포세이돈, 그리고 삼 남 제우스였다. 이들 형제는 전횡을 일삼는 아버지를 쓰러뜨리기 위해 힘을 모았다. 그 결과 크로노스는 전쟁에서 패해 타르타로스에 갇히는 신세가 되고 말았다.

이 전쟁에서 뛰어난 공적을 세운 제우스는 누나인 헤라와 부부 관계를 맺고, 올림포스 신족의 지도자로서 세계를 통치하게 되었다.

헤라는 제우스처럼 천공의 신이었기 때문에 '천계의 여왕' 이라 불렸다. 또한 올림포스 최고의 여신이자 여성의 수호신으로 결혼과 출산을 주관하게 되었다.

헤라는 빼어난 미모와 풍만한 육체를 가지고 있었는데 언제나 스스로를 올림포스에서 가장 아름다운 여신이라고 뽐내며 다녔다. 제우스에게 "그 어떤 여성보다도 아름답다" 는 이야기를 들을 정도였다. 최고신 제우스가 그렇게 단언했다는 것만 봐도 그녀가 얼마나 아름다웠는지 미루어 짐작할 수 있다.

그녀는 흰 피부에 검고 큰 눈동자를 갖고 있었으며, 몸 전체에서 불가사의 한 매력이 뿜어져나왔다. 그래서 그리스의 시인들은 그녀를 "수소의 눈을 가진 헤라"라 불렀다고 한다.

여왕의 분노와 애정

헤라는 제우스의 아내였지만, 다른 신화에서 흔히 볼 수 있는 '남편에게 헌신하고 봉사하는 여성'과는 거리가 멀었다. 명목상 제우스가 높은 지위에 있었지만 실제로는 거의 똑같은 힘을 가지고 있었다. 그래서 둘은 끊임없이 충돌하였으며, 헤라가 남편을 괴롭히기 위해 계략을 꾸미는 이야기가 자주 등장한다.

충돌의 가장 큰 원인은 제우스의 바람기 때문이었다. 전설에 따르면, 그가 관계를 가진 여성의 수는 엄청나게 많았다고 한다. 헤라는 심하게 질투를 하며, 가혹하리만큼 심한 복수를 했다. 하지만 그녀의 공격은 제우스가 아닌, 바람을 피운 상대와 그 결과로 얻은 자식들에게로 향했다.

제우스로서도 자신에게 책임이 있었기 때문에 상대 여성과 자식들이 고통을 당하게 되면 가만히 있을 수가 없었다. 그래서 제우스는 그들을 구하기 위해 헤라에게 머리를 숙여야만 했던 것이다.

덧붙이자면, 이 둘 사이의 충돌에는 헤라가 제우스보다 연상이었다는 것도 관계가 있다. 헤라는 동생에게 굴복해야 한다는 사실을 몹시 싫어했다. 그 때문에 제우스에게 사사건건 대들었다는 것이다.

부부 싸움의 실제 원인은 제쳐놓더라도, 우리는 신화나 전설을 통해 남편의 잘못을 너그럽게 받아들이는 여성을 흔히 보아왔다. 그런 기준에서 보면 헤라는 대단히 질투가 심한 악녀라 할 수 있다. 하지만 원래 질투란 남편에 대한 일종의 애정 표현일 수도 있다. 헤라의 경우도 마찬가지다. 그녀는 자주 부부 싸움을 했지만, 내심은 언제나 제우스를 사랑하는 쪽에 서 있었다. 실제로 그리스에는 "매년 겨울 막바지에 이르면 이 둘은 사랑을 나누고, 그 결합을 통해 봄이 온다"는 전설이 있을 정도다.

여기서 헤라의 질투가 어느 정도였는지를 소개하고자 한다.

칼리스토를 향한 질투

사냥과 처녀의 여신 아르테미스의 시녀 중 칼리스토라는 님프[4] 가 있었다. 그녀는 제우스의 총애를 받았기 때문에 처녀신 아르테미스에게 쫓겨나고 말았다. 그런데다 제우스의 아이까지 갖게 되어 헤라의 분노를 사 곰으로 모습이 바뀌는 신세가 되었다.

더구나 아이까지 빼앗긴 칼리스토는 오랫동안 지상에서 방황하며 떠돌았다. 그러던 어느 날, 그녀는 산속에서 젊은 사냥꾼을 만났다. 그런데 그 젊은이는 그녀가 그토록 만나고 싶어했던 자신의 아들이었다.

칼리스토는 너무나 기쁜 나머지 그의 곁으로 달려갔다. 하지만 곰의 정체를 알지 못한 젊은 사냥꾼은 맹수가 기습하는 줄 알고 손에 들고 있던 창으로 곰을 찔러버렸다.

이 광경을 하늘에서 지켜본 제우스가 측은하게 생각하여 재빨리 회오리바람을 불게 했다. 바람에 휘감겨 하늘에 올라온 두 모자는 그대로 별자리가 되었다고 한다. 이것이 '큰곰자리' 와 '작은곰자리' 가 생긴 연유다.

하지만 이번에는 헤라가 가만히 있지 않았다. 별자리는 명예로운 자만이 차지하는 것이었기 때문이다. 남편과 바람을 피운 여성이 별자리가 되는 것을 용납할 수 없었던 헤라는 지구 둘레를 흐르는 바다를 주관하는 오케아노스를 찾아가서 칼리스토 모자가 오케아노스의 도움을 받을 수 없게 만들었다. 그 결과, 큰곰자리와 작은곰자리는 하늘의 중심인 북극성 주위를 돌아야만 하는 슬픈 운명의 주인공이 되고 말았다. 오케아노스가 지키는 바다에 빠지지 않기 위해서는 쉬지 않고 하늘을 계속 돌지 않으면 안 되었던 것이다.

---

4) 아르카디아 왕의 딸로서 인간 여성이었다는 설도 있다. 그리고 곰이 된 그녀를 아들에 의해 죽게 만든 것은 헤라가 아니라 아르테미스였다는 설도 있다.

제 1 장

세멜레에 대한 질투

세멜레는 테베의 왕 카드모스의 딸이었다. 그녀가 제우스의 연인이라는 소문을 전해 들은 헤라는 즉시 지상으로 내려갔다. 그리고는 세멜레의 유모인 베로의 모습으로 변신했다.

헤라는 세멜레에게 "지금 밤마다 정을 통하는 남자가 혹시 가짜 제우스가 아닐까요?"라고 말하면서 넌지시 의혹을 불러일으켰다. 그 말을 듣고 당황해하는 세멜레에게 헤라는 "진짜 제우스라면 증거를 보여달라고 하세요. 그러면 모든 게 해결될 테니까요" 하고 말했다.

그날 밤 제우스가 침실로 들어오자 세멜레는 유모가 가르쳐준 대로 말했다.

"제우스님이여, 원하는 게 있습니다."

"네가 원한다면 무엇이라도 들어주지."

"올림포스에서의 모습을 보여주십시오. 원래의 모습 말입니다."

제우스는 천둥의 신이기도 해서 그의 본모습을 보면 아무리 강한 인간이라도 견딜 수가 없었다. 그 모습을 보게 되면 천둥과 함께 내리치는 번갯불에 타 죽어버리기 때문이었다. 그래서 제우스는 인간의 모습으로 변신하여 세멜레와 만나왔던 것이다.

하지만 제우스는 신, 그것도 최고신으로서 "원하는 것이면 무엇이든지 들어주겠다"고 한 약속을 깨뜨릴 수는 없었다.

결국 헤라의 계략대로 본모습을 드러낸 제우스 앞에서 세멜레는 화염에 휩싸인 채 한 줌의 재가 되고 말았다. 제우스는 깊이 슬퍼하면서도 세멜레의 뱃속에 들어 있던 자신의 아이를 구해냈다. 담쟁이 넝쿨로 태아를 감싸서 번개를 막은 다음 자신의 넓적다리 속에 집어넣어 길렀다. 이렇게 해서 태어난 아이는 님프에게 맡겨졌고, 훗날 술의 신 디오니소스가 되었다.

이오에 대한 질투

아르고스라는 나라에 이오라는 공주가 살고 있었다. 이 여성은 꿈속에서 제우스에게 몸을 맡기라는 신탁을 받고 그대로 실행에 옮기기 위해 네르나

호수로 향했다. 그래서 그곳에서 기다리고 있던 제우스와 관계를 맺었다.

이런 사실을 알아차린 헤라는 급히 네르나로 달려갔지만 그곳에는 아무 일도 없었다는 듯 시치미를 떼고 있는 제우스와 암소 한 마리만이 서 있을 뿐 이었다. 물론 헤라는 이 암소가 이오라는 사실을 금방 간파했다. 그녀의 접근 을 눈치챈 제우스가 이오를 암소로 변신시킨 게 분명했다. 헤라는 아무것도 모르는 척하면서 암소를 자신에게 줄 수 없느냐고 물었다. 제우스는 거절하 면 오히려 의심을 받을지도 모른다고 지레짐작하여 나중에 반드시 다시 돌려 준다는 약속을 받고 아내의 요구를 들어주었다.

하지만 헤라는 이오를 1백 개의 눈을 가진 거인 아르고스에게 보내 감시토 록 했다. 아르고스의 눈은 두 개씩 교대로 잠을 자서 낮이나 밤이나 항상 깨어 있기 때문에 이오는 도망칠 수가 없었다.

이오를 구출해야겠다고 생각한 제우스는 상대를 현혹시키는 힘을 가진 헤 르메스에게 아르고스를 물리치라고 명령했다. 괴력을 자랑하는 아르고스에 게 정면으로 맞서서는 이길 수 없다고 판단한 헤르메스는 불시에 습격하기로 했다. 하지만 언제나 감시의 눈초리를 번뜩이는 그 눈이 문제였다. 그래서 헤 르메스는 목동으로 변신하여 아르고스에게 접근했다. 그리고 미리 준비해간 피리(시링크)를 불어 아르고스를 깊이 잠들게 만들었다. 이 작전은 멋지게 성 공을 거두었다. 헤르메스는 이때를 놓치지 않고 아르고스를 죽여버렸다.

아르고스의 죽음을 슬퍼한 헤라는 하늘에 흩어져 있던 1백 개의 빛나는 눈 들을 모두 모아 자신이 기르고 있던 공작의 꼬리에 옮겨 그의 충의를 기렸다 고 한다.

이오가 도망쳤다는 사실을 안 헤라는 다시 한 마리의 거대한 쇠파리를 풀 어 암소 이오를 괴롭혔다. 이 쇠파리는 끊임없이 이오에게 달려들어 도저히 견딜 수 없게 만들었다. 지금도 소의 꽁무니에 쇠파리가 들려드는 것도 이때 헤라가 내렸던 저주가 원인이라고 한다.

쇠파리로부터 도망치고 싶어하는 이오의 심정을 헤아린 제우스는 헤라에 게 머리를 숙일 수밖에 없었다.[5] 그는 두 번 다시 이오를 만나지 않겠다며 제발 괴롭히지 말아달라고 애원했다.

이렇게 해서 본래의 아름다운 모습을 되찾은 이오는 멀리 이집트까지 도망쳤다. 그리고 그곳에서 한 왕자를 만나 결혼하게 되었다.

한 가지 덧붙이자면, 이집트인들의 암소에 대한 숭배는 여신 이오와 관련된 것이라고 한다.

---

5) 헤르메스가 쇠파리를 잡아 물에 빠뜨려 죽이고, 이오를 구했다는 설도 있다.

그 리 스 신 화 에 서 가 장 사 랑 받 는 여 신

ATHENA

아테나

출전

그리스 신화 : 아테나   로마 신화 : 미네르바

지혜와 전쟁의 여신

아테나는 그리스 전역에서 대단히 열렬하게 숭배되었던 여신이다. 그리스의 수호신으로서 최고신 제우스 이상으로 사람들에게 사랑받았던 때도 있었다.

일반적으로 아테나는 지혜와 전쟁의 여신이라는 이미지가 강하지만, 그 외에도 여러 신격을 가지고 있다. 그녀는 기술을 주관하는 여신으로, 구체적으로는 직물과 요리, 도기, 의술의 신이기도 했다.

그리스인은 지혜를 존중하는 기질이 있는데, 지혜를 통해 탄생한 신기술이나 발명은 모두 이 아테나의 손에 의해 이루어진 것이라고 생각했다. 예를 들면 피리나 항아리, 호미, 쇠갈퀴, 말고삐, 전차, 배 등은 모두 아테나가 발명한 것이라고 전해진다.

아테나는 그리스 이외의 지역에서도 숭배되었다. 특히 로마 신화의 여신 미네르바는 아테나와 동일시되는 존재다. 이 미네르바 역시 로마 신화를 대표하는 여신으로 알려져 있다('미네르바' 참조).

평화를 수호하는 여신

그리스 신화에서 전쟁의 신이라고 하면, 아테나 외에도 군신(軍神) 아레스를 들 수 있다. 하지만 이 둘의 성격은 정반대다.

아레스는 상대를 죽여야 한다고 주장했지만, 아테나는 자기편을 보호하면서 정확하게 지침을 내려주는 것이 중요하다고 생각했다. 어느쪽도 자신의 주장을 굽히지 않았기 때문에 둘의 사이는 그다지 좋지 않았다.

아테나는 전쟁의 신이었지만 전쟁을 싫어했다. 그녀의 상징이라 할 수 있는 갑옷과 창도 평상시에는 제우스에게 맡겨두었다가 어쩔 수 없이 싸워야 할 때 돌려받았다고 한다. 하지만 일단 전쟁터에 나가면 용감한 전사로 돌변해 거침없이 싸웠다. 적에게는 두려움의 대상이었지만 자기편에게는 신뢰받는 전사였던 것이다.

'평화를 위해 싸운다' 는 이념을 지녔던 그녀는 단지 용맹스럽기만 한 아레스보다는 인간들에게 더욱 사랑받았다.

실제로 아테나는 인간들에게 대단히 호의적이었다. 곤경에 처한 사람에게는 적절한 조언과 도움을 주었으며, 죄인에게는 자비를 베풀어주었다. 신과 인간 사이에 문제가 발생하면, 가능한 한 인간 쪽에 서서 중재하는 것도 마다하지 않았다.

여신과 올리브가 수호하는 도시

그리스의 수도는 잘 알려져 있는 대로 아테네다. 위대한 여신을 수호신으로 내세운 이 도시는 B.C. 600년경 평의회를 설립하고, 인류 역사상 최초로 민주정치를 실현한 것으로 알려져 있다. 그리고 그후에도 그리스 문명의 중심지로서 발전을 거듭했다.

지금은 사라지고 없지만, 아테네에 건설되었던 파르테논 신전 앞에는 10미터가 넘는 거대한 아테나 여신상이 서 있었다. 이런 사실만 보더라도 아테나의 인기를 미루어 짐작할 수 있다.

그렇다면 아테네 시는 왜 아테나 여신을 수호신으로 모시게 되었을까? 여기에는 다음과 같은 전설이 전해지고 있으며, 그리스를 비롯한 지중해 연안 지역의 특산물인 올리브와도 깊은 연관이 있다고 한다.

옛날, 아테네 시는 지금과는 다른 이름을 가지고 있었다. 최초의 건설자가 케크롭스였기 때문에 케크로피아라고 불렸다.

바다의 신 포세이돈과 여신 아테나는 이 도시를 서로 자신의 관할하에 두겠다며 제우스에게 허락을 구했다. 이 건에 대해 제우스는 올림포스의 12신을 모두 소집하여 회의를 열었다. 회의 결과, 인간들에게 필요한 것을 줄 수 있는 신이 케크로피아의 수호신이 될 수 있다는 결론이 내려졌다.

그러자 포세이돈은 곧바로 삼지창을 휘둘러 큰바위를 부순 다음 아름다운 말을 만들어냈다.

"내가 줄 것은 말이다. 너희들은 이 말을 타고 달려나가 적을 무찌를 수도 있고, 무거운 물건도 나를 수 있다. 또 쟁기를 매달아 밭을 갈 수도 있다."

반면, 아테나는 창으로 땅을 내리쳐서 한 그루의 나무가 솟아나게 했다. 나무는 무럭무럭 자라나 가지를 넓게 뻗으며 수없이 많은 푸른색 열매를 맺었다.

"제가 줄 것은 이 올리브나무입니다. 한낮에는 시원한 그늘을 만들어줄 뿐만 아니라 도시를 아름답게 꾸며줄 것입니다. 무엇보다 이 열매에서 나는 기름은 여러분의 생활을 풍요롭게 해줄 것입니다."

말이나 올리브 모두 필요한 것이었지만 케크로피아 사람들은 고민 끝에 올리브를 선택했다. 그때 이후로 도시는 여신의 이름을 따서 아테네라 불리게 되었다고 한다.

원치 않는 출생

아테나는 제우스의 딸로 태어났다. 하지만 어머니는 제우스의 본부인인 헤라가 아니었다. 사실 제우스에게는 헤라 이전에도 두 명의 아내가 있었다. 그 첫 번째 아내였던 메티스가 바로 아테나의 어머니였다.

당시 제우스는 자신의 아이가 태어나는 것을 탐탁지 않게 생각했다. 여기에는 다음과 같은 이유가 있었다.

아버지 크로노스는 제우스의 할아버지인 우라노스를 거세시키고 세계의 통치자가 되었다. 제우스 역시 아버지인 크로노스를 쓰러뜨리고 최고신이 됨으로써 자신도 같은 방식으로 아들에게 지위를 빼앗기지 않을까 우려했다. 게다가 "전지전능한 제우스와 지혜의 여신 메티스 사이에 생긴 자식은 제우스 이상으로 현명할 것"이라는 예언도 있었다.

아테나가 태어나는 순간 제우스의 불안은 극에 달했다. 그래서 그는 아버지 크로노스가 제우스의 형제를 그렇게 했던 것처럼 아테나를 삼켜버렸다.[6]

제우스의 머리 속에서 태어난 아이

제우스 이상으로 현명하다는 예언 속에 태어난 아테나는 세상의 빛을 보지 못했다. 하지만 뛰어난 재능을 가졌던 아테나는 그대로 제우스의 몸 속에 머물러 있지만은 않았다.

수년 후, 제우스에게 갑자기 격렬한 두통이 몰려왔다. 그래서 그는 헤라와의 사이에서 태어난 아들 헤파이스토스에게 도끼로 머리를 갈라 두통의 원인을 조사해보라고 명했다. 불사의 신이었기에 가능한, 명쾌한 치료법이었다.

제우스가 지시한 대로 헤파이스토스가 도끼로 머리를 가르자 그 속에서 아테나가 튀어나왔다. 그녀는 투구와 갑옷을 입고, 손에는 창과 방패를 든 모습으로 세상에 나왔다고 전해진다. 이때 하늘과 땅, 바다는 아테나의 탄생을 축하하며 성대하게 박수를 쳤다고 한다.

물론 제우스는 조금도 기뻐하지 않았다. 하지만 아테나는 아버지의 우려와는 달리 그의 지위를 빼앗으려는 생각은 손끝만큼도 가지고 있지 않았다.[7]

자존심이 강했던 아테나

아테나는 인간에게 호의적인 여신이었지만, 가끔은 크게 분노할 때도 있었다. 이때 그녀에게 무례하게 대하면 어떤 인간이라도 큰벌을 받았다.

소아시아(지금의 터키 부근)의 어느 한 마을에 베를 잘 짜는 아라크네라는 소녀가 있었다. 아라크네는 어릴 때부터 베 짜기에 온 힘을 기울여 기술의 신

---

6) 자식이 태어나기 전에 메티스를 삼켜버렸다는 설도 있다.

7) 예언의 내용은 "남자가 태어나면, 제우스의 지위를 빼앗을 것"이라고 되어 있었다. 아테나는
   여신이었기 때문에 반란을 일으키지 않았는지도 모른다.

아테나도 관심을 가질 정도였다. 주위 사람들은 "아라크네는 아테나님에게 배운 것 같다"고 칭찬했다. 하지만 아라크네는 베 짜는 솜씨만큼은 스스로의 노력에 의한 것이지 결코 아테나신의 도움을 받은 것이 아니라고 생각했다. 그래서 사람들의 진심 어린 칭찬이나 격려를 받아들이려 하지 않았다.

그러던 어느 날 그녀는 자만에 빠져 "내 기술은 아테나님한테 배운 것이 아니다. 아테나님과 한번 승부를 겨뤄보고 싶다"고 말했다.

아테나는 이 말을 듣고 화를 내기는커녕 오히려 소녀의 용기와 자존심을 북돋아주었다. 그러나 계속되는 소녀의 가벼운 언행이 지나치다고 생각한 아테나는 노파의 모습으로 변신하여 아라크네 앞에 모습을 드러냈다.

"네가 가진 솜씨를 자랑하고 다닌다는 이야기를 들었다. 하지만 인간들에게만 그렇게 하는 게 좋을 게야. 신들을 향해 그렇게 말하려면 허락을 구해야 할 게야."

이야기를 들은 아라크네는 자신의 말이 지나쳤다는 것을 알고 노파의 말에 고개를 끄덕이면서도 이렇게 대답했다.

"충고해주셔서 고맙습니다. 하지만 제가 말했던 것은 사실입니다. 아테나님을 불러서 시합을 해보면 확실하게 알 수 있을 것입니다."

이 말에 아테나는 불같이 화를 내며 바로 그 자리에서 자신의 모습을 드러냈다. 노파의 정체를 안 아라크네는 얼굴이 창백해지며 자신의 경솔함을 뉘우쳤다. 아테나를 모욕했기 때문에 처벌을 면할 수가 없을 것 같았다. 그녀는 어떤 벌을 받을까 하고 생각하다가 갑자기 태도를 바꿔 아테나에게 솜씨를 겨뤄보자고 도전했다.

아테나와 솜씨를 겨룬 소녀

인간이 신에게 도전한다는 것은 크나큰 죄가 아닐 수 없다. 아테나는 자신에게 도전한 소녀를 처벌하지 않고 다시 한 번 온정을 베풀었다. 아라크네의 도전을 받아들였던 것이다. 아테나는 아라크네가 베를 짜오면 반성의 증거로 신전에 바치게 함으로써 용서해줄 작정이었다.

다음날 둘은 각기 짜온 베를 사람들 앞에 공개했다. 아테나가 짠 베에는, 오랜 옛날 그녀와 바다의 신 포세이돈이 서로 케크로피아의 수호신이 되기 위해 다투던 때의 모습이 묘사되어 있었다. 그리고 아라크네의 베에는 에우로파를 납치해가는 흰 소와 레다를 강제로 데려가는 백조의 모습이 묘사되어 있었다.

아무것도 모르는 사람들은 둘 다 매우 훌륭한 작품이라며 감탄사를 연발할 뿐이었다. 하지만 아테나는 아라크네가 묘사한 그림의 의미를 금방 알아차렸다. 흰 소와 백조는 제우스가 변신한 것으로, 아라크네는 신과 인간 사이의 연애를 주제로 삼았던 것이다. 그와 동시에 신은 오만하며, 인간으로 변할 수 없는 존재라는 것을 은근하게 암시했다.

아라크네가 묘사한 내용은 도저히 묵과할 수 없는 것이었다. 게다가 아라크네는 자신의 작품이 아테나의 것과 비교하여 조금도 뒤지지 않는다는 듯 으스댔다.

그때까지 참고 참았던 아테나는 마침내 폭발하고 말았다. 신의 벌을 각오했던 아라크네는 미리 준비해두었던 밧줄에 목을 매 죽어버렸다. 하지만 아테나는 그것마저도 허락하지 않았다.

"너는 계속 살아 있어야만 한다. 그래서 신을 모욕한 인간의 말로가 어떤 것인지 후세에 널리 전해지도록 할 것이다."

아테나의 저주를 받은 아라크네의 몸은 점점 작아졌다. 피부는 회색으로 물들고, 손과 발은 구부러져 여덟 개로 갈라졌다. 결국 아라크네는 추한 용모를 가진 거미가 되어 계속 실을 뽑아내야만 살아갈 수 있는 운명이 되고 말았다고 한다.

팔라스 아테나

아테나에게는 '팔라스' 또는 '팔라스 아테나' 라는 별명이 있다. 이 별명의 유래에 관해서는 몇 가지 설이 있다.

첫 번째는 다음과 같은 것이다.

아테나는 무기로 창을 가지고 있었다. '팔라스' 란 '창을 휘두르는 자' 라는 의미를 가지고 있기 때문에 팔라스 아테나라는 별명을 얻었다는 것이다.

두 번째 설은 첫 번째 설과 사뭇 다르다.

어릴 때 아테나는 트리톤 신의 딸 팔라스와 함께 자랐다고 한다. 그런데 팔라스가 사고로 죽는 바람에 아테나는 그녀를 기리기 위해 스스로를 팔라스 아테나로 불렀다고 한다. 하지만 이 설은 아테나가 제우스의 머리 속에서 성인의 모습으로 세상에 나왔다는 일화와는 차이가 있다.

사실 고대의 신화에는 언제나 몇 가지 이설들이 존재하게 마련이다. 이는 후세에 전해지는 과정에서 이야기들이 바뀌고 수정되었기 때문이다.

가 장 유 명 한 미 의 여 신

APHRODITE

아프로디테

출전

그리스 신화 : 아프로디테　로마 신화 : 베누스　아카드 신화 : 이슈타르/아스타르테

아프로디테와 베누스

이 여신은 아프로디테보다 비너스라는 이름으로 더 널리 알려져 있다. 이 여신은 서양 회화의 걸작으로 알려져 있는 〈비너스의 탄생〉이나 에게 해의 밀로스 섬에서 발견된 조각상 〈밀로의 비너스〉의 모델로도 유명하다.[8]

아프로디테는 그리스 신화의 신이었지만, 로마가 그리스를 정복한 후에는 '베누스' 라는 이름으로 로마 신화 속에 받아들여졌다. 이름만 다를 뿐 그녀와 관련된 이야기는 두 신화 모두 거의 같기 때문에 사람들은 아프로디테와 베누스를 동일한 신으로 이해하고 있다.

신들을 농락한 미의 여신

역사학과 고고학에서는 그리스 신화의 기원이 B.C. 3000년경까지 거슬러 올라가는 것으로 보고 있다. 고대 그리스인들이 이 신화를 그리스 땅에 가지고 들어간 것은 B.C. 3000년 말기로, B.C. 800~700년경에 호메로스와 헤시오도스를 비롯한 고대 그리스 시인들의 손에 의해 지금까지 전해지고 있는 그리스 신화가 편집되었다.

그후 B.C. 146년, 고대 그리스는 고대 로마에 의해 정복되었다. 고대 로마

---

8) 비너스는 베누스를 영어로 읽은 것이다.

는 B.C. 753년에 건설되어 로마제국, 동·서 로마제국으로 그 모습이 바뀌었고, 1453년에 멸망한 강력한 국가였다. 따라서 그리스 신화는 내용이 거의 변하지 않고 로마 신화로 전승되었다.

그리스와 로마 신화에 등장하는 신들은 몇 가지 직무를 동시에 수행한다는 특징이 있다. 하지만 아프로디테는 '모든 생명의 애욕을 주관'하는 일만 맡았는데, 그것이 그녀가 가진 유일한 능력이기도 했다. 태양과 바람을 자유자재로 부리는 것과 비교하면, 이러한 능력은 하찮은 것이라고 생각할 수도 있지만 아프로디테는 자신의 힘을 교묘하게 사용하여 올림포스와 인간 세상을 혼란에 빠뜨리고, 마침내는 전쟁까지 불러일으킨다. 신들의 왕 제우스조차도 이 사랑과 미의 여신에게 농락당한 경험이 있다.

하지만 신화 시대부터 지금에 이르기까지 아프로디테는 언제나 여성의 상징으로 사랑받고 있으며, 악신이라고 생각하는 경우는 거의 없는 듯하다. 이러한 그녀의 유래와 매력에 대해 알아보도록 하자.

포말에서 태어난 여신

아프로디테의 원형은 수메르 지방의 이난나에서 찾아볼 수 있다. 이난나는 민간 신앙에서 숭배되던 신이었지만, 당시에는 단순히 미의 여신만이 아니었다. 많은 이름과 다양한 모습을 가진 여신이었다.

예를 들면 운명의 노(老)여신 모이라, 지하 세계를 지배하는 빛나는 여신 파시파에, 그리고 신전에서 봉사하는 매춘부도 이난나가 가지고 있던 또 다른 모습이었다.

이러한 이난나는 훗날 그리스 신화에서 아프로디테로 거듭나게 된다. 아프로디테는 유명한 올림포스 신들과 같은 혈족이지만, 그 출생에 관해서는 호메로스 설과 헤시오도스 설이 있다.

호메로스 설에서는 아프로디테가 제우스와 아르테미스의 딸로 태어났다고 주장하지만, 헤시오도스는 아프로디테는 부모가 없다는 설을 내세웠다.

오랜 옛날, 천신 우라노스의 횡포를 견디다 못한 대지의 여신 가이아는 아

들 크로노스로 하여금 아버지의 성기를 거세토록 했다. 바다에 버려진 우라노스의 성기는 수백 년 동안 에게 해를 떠돌다 흰 포말이 되었다. 아프로디테는 바로 이 포말 속에서 성인의 모습으로 태어났다고 한다. 그래서 헤시오도스는 아프로디테에게 부모가 없다고 주장했던 것이다.

지금은 그 탄생의 신비 때문인지 헤시오도스 설이 더욱 많은 지지를 받고 있는 듯하다.

이상적인 여인상

많은 이의 삶을 혼란 속으로 몰아넣고 불행에 빠뜨렸음에도 불구하고 아프로디테는 많은 사람들의 사랑을 받으며 지금까지도 미의 여신으로 확고하게 자리잡고 있다.

왜 그녀를 증오하지 않았을까? 그 이유는 그녀가 '이상적인 여인상' 이었기 때문이라고 한다. 아름답고 매력적인 용모, 그리고 자유분방한 심성을 지닌 아프로디테는 남녀를 불문하고 그리움의 대상이 되었던 것이다. 그것을 증명이라도 하듯 그녀를 주제로 한 수많은 노래, 연극, 소설 등이 지금도 계속 발표되고 있다.

도덕적으로는 허락되지 않지만, 마음속에서는 연모와 그리움의 대상이 된 여성이 바로 아프로디테인 것이다.

아프로디테의 사랑 이야기

아프로디테가 태어나는 모습을 천상의 신전에서 보고 있던 제우스는 "포말에서 태어난 자"라고 중얼거렸다. 이 때문에 아프로디테라는 이름을 얻게 된 그녀는 올림포스 12신 중 한 자리를 차지하게 되었다.

처음에 아프로디테는 서풍(西風)의 신 제피로스의 인도로 키티라 섬으로 갔다. 계절의 네 여신 호라이들의 영접을 받아 모래사장에 다다르자, 그녀가 발을 디딘 곳에서 어린 싹이 돋아나더니 이내 꽃을 피웠다. 그리고 그 꽃은 순식간에 길을 뒤덮었다.

호메로스 설과 헤시오도스 설

고대 그리스 시대는 혼란스러웠기 때문에 신화의 내용도 지역과 시대에 따라 조금씩 다르다.

B.C 8세기 말의 시인들은 이러한 신화들을 정리 · 통합했지만, 현재 존재하는 것과 가장 가까운 형태로 정리한 것은 호메로스와 헤시오도스다.

호메로스가 지었다고 추정되는 저작에는 『일리아스』와 『오디세이아』가 있는데, 이 작품들은 그리스 신화를 인간 중심적으로 파악하고 있다.

그리고 헤시오도스는 『신통기』와 『노동의 나날』 등을 썼는데, 여기에는 장대한 우주 성립론과 신들의 활약이 두드러지게 나타난다.

이 섬에서 잠시 휴식을 취한 아프로디테는 거대한 흰 조개의 벌어진 입 속에 올라타고 바다로 나가 지중해 동쪽 끝에 있는 키프로스 섬으로 향했다. 이 모습을 본 제우스는 헤르메스를 영접 사절로 보내려 하다가 돌연 아프로디테에게 묘한 매력을 느끼고 남성을 사자(使者)로 보내서는 안 된다는 것을 깨달았다. 그 대신 기억의 신 므네모시네가 낳은 아홉 자매를 보냈다. 이 자매들은 뮤즈라는 음악의 신으로 알려져 있다.

추한 몰골의 남편과 바람기 많은 여신

올림포스에 정착한 아프로디테는 아레스, 아폴론, 헤파이스토스, 헤르메스 중에서 배우자를 선택하라는 명을 받았다. 늠름한 군신 아레스, 아름다운 태양 신 아폴론…… 아프로디테는 고민 끝에 가장 용모가 추한 대장장이의 신 헤파이스토스를 남편으로 선택했다. 하지만 아프로디테에게 결혼은 단지 형식적인 것에 지나지 않았다. 실제로 그녀는 수많은 남성들과 관계를 맺어 여러 명의 자식들을 낳았다.

헤파이스토스는 아프로디테가 많은 남성들에게 사랑받는 게 지극히 당연하다고 생각하고, 그녀의 바람기를 못 본 척했다. 하지만 단 한 번 복수한 적이 있었다. 아프로디테가 아레스와 관계를 맺을 때, 보이지 않는 마법의 쇠사슬로 둘을 사로잡은 다음 사람들 앞에 공개함으로써 웃음거리로 만들었던 것이다.

아네모네와 장미

수많은 남성들과 관계를 가진 아프로디테가 가장 연모한 상대는 시리아(일설에는 키프로스)의 젊은 왕자 아도니스였다.

미소년으로 명성이 자자했던 아도니스에게 첫눈에 반한 아프로디테는 그를 노리는 다른 여신들을 제치고, 저승의 여신 페르세포네에게 아도니스를 보내 숨겨놓았다. 하지만 페르세포네마저도 아도니스에게 마음을 빼앗겨 아프로디테에게 돌려보내지 않았다.

두 여신의 관계가 악화되자 제우스가 중재에 나섰다. 봄과 여름은 아프로디테와 함께, 가을과 겨울은 페르세포네와 함께 보내라는 명령을 내렸다. 하지만

아도니스는 그를 질투하는 군신 아레스에게 살해당한 후 명부로 떨어져 영원히 페르세포네의 소유가 되고 말았다. 이때 아도니스의 몸에서 흘러나온 피에서 아네모네가, 아프로디테가 흘린 눈물에서 장미가 생겨났다고 한다.

황금 사과

아프로디테는 주체할 수 없는 바람기 때문에 수많은 사건을 일으키는데, 그 중 가장 유명한 이야기가 바로 트로이 전쟁이다. 정확하게는 '황금 사과와 파리스의 심판' 사건이라고 하며, 이것이 트로이 전쟁의 원인이 되었다.

전사 펠레우스와 테티스가 올림포스 산 정상에서 화려한 결혼식을 거행할 때였다. 많은 신들이 이 결혼식에 참석했지만 전쟁과 복수의 여신 에리니스만은 초대받지 못했다. 이에 한을 품은 에리니스는 결혼식장에 '가장 아름다운 여성에게'라는 글을 새겨넣은 황금 사과를 집어던졌다.

헤라와 아테나, 그리고 아프로디테는 저마다 자신이야말로 가장 아름다운 여성이라고 자부했기 때문에 이 사과를 놓고 격렬한 싸움이 벌어졌다. 세 여신은 제우스에게 심판을 의뢰했지만, 그는 누구의 편도 들 수 없었다. 그래서 고민 끝에 트로이의 젊은 왕자인 파리스에게 대신 판정을 내려달라고 부탁했다.

그러자 여신들은 곧바로 파리스에게 달려가 자신을 선택해주면 응분의 보상을 하겠다고 약속했다. 헤라는 '한없는 힘'을, 아테나는 '지혜'를 주겠다고 말했다. 그리고 아프로디테는 '최고의 미녀'를 주겠다고 약속했다. 모든 자의 애욕을 불러일으키는 아프로디테에게 '최고의 미녀'를 약속받고 거절할 남성은 아무도 없을 것이다. 그래서 파리스는 조금도 주저하지 않고 아프로디테에게 황금 사과를 건네주었다.

하지만 파리스에게 주어진 '최고의 미녀'는 스파르타의 왕 메넬라오스의 아내인 헬레네였다. 스파르타는 그리스 내에서도 용맹스럽기로 소문나 있을 만큼 막강한 군사력을 자랑했는데, 트로이는 그들의 숙적인 페르시아 영토 안에 있었다. 전 그리스의 숙적인 페르시아에 사랑하는 아내를 빼앗긴 메넬라오스는 곧바로 전쟁을 일으켰다.

전쟁이 터지자 메넬라오스의 형 아가멤논을 총사령관으로 하는 그리스 군대가 트로이로 쳐들어가는 것을 시작으로 이후 10년 동안 치열한 싸움이 벌어졌다.

트로이

과거에는 유적이 발견되지 않았기 때문에 신화 속에 등장하는 가공의 국가라고 생각했다. 하지만 고고학자 하인리히 슐리만을 비롯한 여러 학자들의 발굴 조사와 연구를 통해 그 유적이 발굴되었다.

이렇게 해서 그리스 신화의 배경은 실제 역사와 부합한다는 사실이 증명되었고, 그리스 신화는 단순한 이야기가 아니라 역사를 기록한 중요한 문헌이라는 사실이 밝혀졌다.

학자들은 현재 아시아 북서 해안에 있는 고대 도시들 중 한 곳을 트로이로 추정하고 있으며, 신화 속의 트로이 전쟁은 B.C. 1200년경에 일어났던 트로이와 그리스 사이의 전쟁이 그 배경이 되었던 것으로 보고 있다.

안 식 처 를 찾 아 헤 맨 여 신

LETO

레토

출전

그리스 신화 : 레토 로마 신화 : 라토나

위대한 신의 어머니

레토는 우라노스와 가이아의 자식인 코이오스와 포이베 사이에서 태어난 티탄 신족의 여신이다. 검은 옷의 처녀라고 불리기도 한다.

레토는 소아시아 지방을 지배했던 지모신(地母神)으로(외국에서 들어온 신으로 추정된다), 싸우는 능력은 가지고 있지 않았다. 때문에 크로노스와 제우스 사이에 벌어진 전쟁에도 참가하지 않았다. 그래서 올림포스의 신들이 권력을 장악한 후 그녀에게 죄를 묻는 일은 없었다.

올림포스 신족과는 적대적인 관계였던 티탄 신족의 여신이었지만 레토는 제우스의 사랑을 받아 유명한 두 신의 어머니가 되었다. 태양과 예언을 주관하는 아폴론, 달과 사냥의 처녀신 아르테미스가 바로 레토의 자식들이다.

레토는 이 둘을 낳았다는 이유만으로 많은 고초를 겪어야 했다. 제우스의 본부인 헤라가 그녀를 가혹하리만큼 괴롭혔던 것이다. 하지만 그러한 괴로움의 대가였는지 아폴론과 아르테미스는 헤라가 낳은 그 어떤 자식들보다 위대한 신이 되었다.

헤라의 분노

레토는 제우스의 새로운 연애 상대가 되어 자식들을 낳았다. 그때 헤라는 질투와 분노로 몸을 제대로 가누지 못할 만큼 부르르 떨었다고 한다. 그래서 그녀는 레토에게 저주를 내렸다.

"이 세상에 해가 비치는 장소에서는 아이를 낳을 수 없다!"

이 때문에 신은 물론 인간들도 레토의 출산에 도움을 주지 않았다. 만약 레토를 도왔다가는 헤라에게 어떤 처벌을 받을지 몰랐기 때문이었다. 해가 들지 않는 장소라면, 어두운 땅 밑 정도가 될 것이다.

하지만 아무것도 모르는 레토는 임산부의 모습으로 그리스 전역을 떠돌았다. 그럼에도 사람들은 헤라의 보복이 두려워 몸이 무거운 레토에게 도움의 손길을 내밀지 않았다. 레토는 안식의 땅을 찾아 그리스 전역을 헤맸지만 출산에 임박해서도 몸을 눕힐 만한 장소를 찾지 못했다.

레토는 피곤이 극에 달해 걷는 것조차도 힘들었다. 그러던 어느 순간, 그녀의 귀에 사람들의 즐거운 목소리가 들려왔다. 힘겹게 기어서 그곳까지 가니 맑은 물이 솟아나는 샘이 있었다. 그리고 샘 주위에서 농부들이 농사일을 하고 있었다. 레토는 그들에게 갈증이 나니 물을 좀 달라고 했지만, 농부들은 그것마저도 들어주지 않았다.

"거기 초라한 몰골의 여인이여, 그 물은 마실 수가 없다오!"

"왜 그렇지요?"

"그대만 그런 것일세. 이 샘은 우리들의 것이니까. 다른 곳에서 온 자가 입을 대면 샘이 오염된다오. 그대의 마을로 돌아가 마시고 싶은 만큼 마시게나."

"맞습니다. 저는 다른 곳에서 왔습니다. 하지만 목이 마르니 제발 물을 주십시오. 갈증이 나 죽을 것 같습니다."

그러자 농부들은 샘으로 뛰어들어 물을 혼탁하게 만들어버렸다. 그 모습을 본 레토는 갈증을 잊어버릴 만큼 큰 분노를 느꼈지만, 곧 농부들의 비굴함에 측은한 마음이 들었다.

"가여운 농부들이여, 그대들은 이제 샘물에서 나올 수 없을 것입니다. 원망하려면 헤라의 질투를 원망하십시오."

샘 속에 뛰어든 농부들의 몸이 점점 작아지더니 입이 옆으로 찢어졌다. 모두 개구리로 변해버렸던 것이다.

신들의 도움

마침내 레토는 지상에서 아이를 낳을 수 없다는 사실을 깨달았다. 그녀는 바다를 향해 걸어갔다.

에게 해까지 나아간 레토는 양손을 벌리고 바다의 신을 불렀다.

"제우스의 형제인 바다의 신 포세이돈이여! 갈 곳 없는 이 불쌍한 모자를 위해 당신의 아름다운 섬을 하나 빌려주십시오. 새로운 신의 자식이 태어날 수 있도록 제발 도와주십시오."

이 말을 들은 포세이돈은 한 마리의 돌고래를 보내 레토를 맞아들였다. 물론 포세이돈도 헤라의 저주를 잊어버린 것은 아니었다. 포세이돈은 바닷속에 가라앉아 있는 작은 섬을 솟아오르게 하여 쇠사슬로 바다 밑과 연결했다. 바닷속에 있던 섬이어서 '지금까지는 해가 비쳤던 장소'가 아니었기에 헤라의 저주는 효력이 없었다.

이렇게 해서 레토는 떠오른 섬 위에서 안식을 얻을 수 있었다. 하지만 헤라는 그녀가 편히 쉴 수 있게 그냥 내버려두지 않았다. 헤라는 출산을 주관하는

여신이기도 해서 레토가 출산하는 것을 막을 수가 있었다.

레토는 심한 진통을 겪었지만 도무지 아이를 낳을 수가 없었다. 이때까지 레토의 고통을 지켜보며 측은하게 생각한 다른 여신들은 또 다른 출산의 여신 에일레이티이아를 그녀에게 보내주었다.

이렇게 해서 드디어 아폴론과 아르테미스는 이 세상에 태어날 수 있었다. 출산한 바로 그 순간부터 레토는 올림포스 신족의 어머니로서 축복받았고, 헤라와 화해하여 올림포스 궁전으로 들어갔다고 한다.

순 결 과 자 애 의 처 녀 신

ARTHEMIS

아르테미스

출전

그리스 신화 : 아르테미스/셀레네/오르티아   로마 신화 : 디아나

들판의 여신

아르테미스의 원형은 크레타 섬과 그 주변 지역의 민족 신화에 있다. 당시 아르테미스는 야수들을 총괄하는 여신이었다. 이러한 신격은 그리스 신화 속에 받아들여진 후에도 그대로 남아 있어 사냥을 주관하는 여신이 되었다.

아르테미스는 언제까지나 처녀로 살아가겠다는 맹세[9]를 할 정도로 대단히 순결을 중시하는 여신이었다. 성격은 차가웠으며, 인간들이 모여 사는 도시에는 무관심해서 '야생 그대로인 자'로 불리기도 한다.

아르테미스는 달의 여신으로도 유명하며, 태양신 아폴론과는 쌍둥이 관계에 있다. 그리스에서 아폴론과 아르테미스가 각기 태양과 달을 상징하는 신이 된 것은 B.C. 500~400년부터로, 그 전까지는 헬리오스가 태양을, 셀레네가 달을 주관하는 신이었다. 즉 태양과 달을 상징하는 신이 바뀌었던 것이다.

셀레네는 그리스 신화 이전부터 존재했던 신으로, 나중에는 아르테미스와 동일시되었다. 셀레네의 자애로운 성격은 차갑다는 아르테미스에게도 받아들여졌다. 셀레네의 이미지와 결합된 후 아르테미스는 젊은 연인들을 수호하

---

9) 아르테미스는 자신의 배다른 자매인 아테나 여신을 매우 따랐는데, 그녀의 영향을 받아 처녀 신이 되었다고 한다.

는 역할을 맡게 되었다. 이처럼 아르테미스는 시대에 따라 각기 다른 얼굴로 등장하는 여신이라고 할 수 있다.

아르테미스는 처녀신답게 다른 여신들과 달리 소녀 같은 모습으로 나타난다. 그녀는 키가 크고, 동그란 녹색 눈동자를 가진 산뜻한 자태로 묘사된다. 그리고 은으로 만든 띠와 신발을 신고, 한 손에 은 활을 든 모습으로도 등장하는데, 이는 아르테미스가 상징하는 달과 은(銀)이 깊은 관련이 있기 때문이다.

그리스의 도시국가 중 하나인 스파르타에서는 셀레네를 오르티아라고 부르기도 했다. 지금은 오르티아 역시 아르테미스와 동일시되고 있다. 그리고 한 가지 덧붙이자면, 로마 신화에서 달의 여신은 디아나였다.

차가운 달의 여왕과 오리온

밤하늘을 아름답게 수놓은 수많은 별들……. 이러한 별들에 대한 연구는 그리스에서 활발하게 이루어졌다. 별자리와 관련된 이야기가 그리스 신화에도 많이 등장하는데, 그 중 아르테미스와 오리온의 이야기는 널리 알려져 있다.

오리온은 바다신 포세이돈의 아들로 사냥의 명수일 뿐만 아니라 바람기가 많은 남신으로 신과 인간을 가리지 않고 많은 여성과 사랑을 나누었다.

한 번은 키오스 섬의 왕녀 메로페와 사랑에 빠졌다. 그런데 왕은 오리온을 인정하지 않고 계속 결혼식을 미루다가 그를 장님으로 만들어버렸다. 그래서 치료를 위해 아폴론의 궁전에 머무르게 되었는데, 그곳에서 아르테미스를 만나 서로 사랑하는 사이가 되었다. 오리온의 눈이 나은 후 아르테미스는 그와 함께 자주 사냥을 즐겼다.

하지만 아폴론은 바람기가 심한 오리온과 아르테미스가 같이 다니는 것을 몹시 못마땅하게 여겼다. 그래서 그는 오리온을 죽이기로 하고 전갈을 부추겼다.[10] 전갈은 아폴론에게 사주받은 대로 오리온을 뒤쫓아가 그를 바다에 빠뜨렸다. 그런 다음 아폴론은 아르테미스를 향해 소리쳤다.

---

10) 오리온은 전갈에 물려 죽었다는 설도 있다. 그래서 전갈은 그 공로를 인정받아 별자리가 되었다.

"네 시녀를 덮친 놈이 도망치다가 바다에 뛰어들었다. 어서 처치해버려!'

그 말을 들은 아르테미스는 크게 분노했다. 너무 멀리 떨어져 있어 바닷속에 누가 빠져 있는지 몰랐지만, 곧바로 활을 꺼내들고 멋지게 오리온의 머리를 꿰뚫어버렸다.

나중에 진상을 알게 된 아르테미스는 깊은 슬픔에 잠겼다. 그래서 그녀를 위로하기 위해 오리온을 추운 겨울 하늘에서 빛나는 별자리로 만들어주었다고 한다.

나신을 훔쳐본 대가

아르테미스에게는 극단적인 결벽증이 있었는데, 누구든 그의 성질을 건드리면 엄한 벌을 받았다. 설사 악의가 없었거나 우연이었다 하더라도 용서받지 못했다.

어느 여름 날, 테베의 왕자 악타이온이 여러 명의 부하들(친구와 형제라는 설도 있다)과 함께 50마리의 사냥개를 데리고 숲속으로 사냥을 나갔다. 일행은 사냥을 하던 도중 차고 깨끗한 물이 흐르는 작은 개울을 발견했다. 그는 그곳에서 부하들과 개들을 쉬게 하고, 자신은 개울 위쪽으로 걸어 올라갔다. 그런데 그곳에서 악타이온은 나무에 둘러싸인 샘과 동굴을 발견했다.

동굴 안에는 인공적인 장식은 없었지만, 바닥과 벽에는 아름다운 돌이 쌓여 있었다. 그곳은 아르테미스의 신성 구역으로 인간이 감히 발을 들여놓을 수 없는 곳이었다.

그리고 샘에서 마치 꿈처럼 아름다운 전라의 소녀를 발견하게 되었다. 그는 곧바로 이 소녀가 아르테미스라는 것을 깨닫고 재빨리 돌아가려 했지만 꼼짝도 할 수가 없었다. 너무나 아름다운 모습에 몸이 얼어붙었던 것이다. 물속에서 함께 목욕중이던 님프들은 남자의 모습을 보고 깜짝 놀라 아르테미스의 몸을 가리려고 했다. 하지만 키가 큰 여신의 전신을 모두 가릴 수는 없어 상반신이 훤하게 드러나고 말았다.

생각지도 못한 갑작스런 일로 아르테미스와 악타이온은 서로의 모습을 보

고 말았다. 아르테미스는 악타이온에게 샘물을 끼얹으며 말했다.

"곧바로 원래 있던 곳으로 돌아가세요."

악타이온은 샘에 비친 자신의 모습을 보고 소스라치게 놀랐다. 우선 머리 위로는 나뭇가지처럼 뿔이 돋아나고, 귀는 작아졌으며, 목은 점점 길어지고 있었다. 또한 전신은 동물의 가죽으로 뒤덮여 있었다. 그 모습이 마치 수사슴 같았다.

"모르고 저지른 일인데 이 무슨 짓이오!"

악타이온은 아르테미스에게 용서를 구하기 위해 몸부림쳤지만, 이미 그의 목소리는 사슴이 울부짖는 소리에 불과했다. 개울 아래쪽에서 쉬고 있던 그의 부하들과 사냥개들은 그 소리를 듣고 일제히 몰려들었다.

"아니야! 아니란 말이야! 난 너희들의 주인이야!"

하지만 악타이온의 비통한 절규는 이내 잦아들고, 그의 육신은 자신이 기르던 사냥개들에 의해 갈기갈기 찢기고 말았다.

딸 을 되 찾 은 어 머 니

DEMETER

데메테르

출전

그리스 신화 : 데메테르   로마 신화 : 케레스

지상에서 살았던 위대한 여신

데메테르는 풀과 나무, 과일과 곡물을 주관하는 여신이다. 그리스에서 가장 널리 알려져 있는 풍요의 여신이라고 할 수 있다. 때문에 딸 페르세포네와 함께 농민들에게 숭배의 대상이 되었다.

데메테르는 올림포스 신족 가운데 최고위직을 차지하고 있는 12신 중 하나였지만, 신들의 거처인 올림포스에 살지 않고 자신이 맡은 역할 때문에 주로 시칠리아 섬에 거주했다고 한다.

데메테르는 식물을 상징하는 녹색 옷을 몸에 두르고 있었으며, 논과 밭에 씨앗을 뿌려주는 축복을 내리기 위해 세계 각지를 떠돌아다녔다고 한다. 하지만 그녀의 성격은 꽤나 변덕스러웠다. 기분이 좋으면 풍년이 들었고, 나쁘면 흉작이 들었기 때문에 그녀의 기분은 농민들에게 생사가 걸린 중요한 문제였다.

데메테르는 티탄 신족인 크로노스와 레아 사이에서 태어난 두 번째 자식으로, 제우스에게는 누나였다. 그녀는 나중에 동생 제우스의 구애를 받아 페르세포네라는 아름다운 소녀를 낳았다.

데메테르는 외동딸 페르세포네와 관련된 이야기로 널리 알려져 있다. 그녀의 모성이 잘 드러나 있는 이 유명한 일화를 소개해보도록 하자.

사라진 딸

데메테르는 다른 신들과 떨어져 시칠리아 섬에서 살았다. 그래서 외롭다고 생각하던 차에 최고신이자 동생인 제우스가 찾아왔다. 그와 관계를 맺은 데메테르는 어여쁜 딸을 하나 낳았다.

그때까지도 아름다웠던 시칠리아 섬은 꽃의 여신 페르세포네의 탄생으로 더욱 아름다운 섬이 되었다. 물론 데메테르는 페르세포네를 너무나 사랑했다. 하지만 농작물을 관리하는 중요한 역할을 맡고 있었기 때문에 언제나 시칠리아 섬에만 머물러 있을 수가 없었다. 잠시 섬을 비우게 된 데메테르는 님프들에게 페르세포네를 잘 보살펴달라고 부탁했다. 그런데 그 사이에 큰 사건이 일어나고 말았다.

어느 날 페르세포네는 평소 때처럼 님프들과 함께 꽃바구니를 들고 들판으로 나갔다. 그녀는 섬 곳곳에 피어 있는 진기한 꽃을 찾아다녔다. 그녀는 샘 근처에 이제까지 보지 못한 꽃이 피어 있는 것을 발견했다. 그것은 1백 개의 꽃송이를 가진 노란색 수선화였다. 너무나 기뻐 탄성을 지르며 달려가는 순간 땅이 갈라지며 마차가 솟아올랐다. 검은 말이 끄는 마차에는 저승 신 하데스가 타고 있었다. 그는 순식간에 페르세포네를 납치하여 다시 땅속으로 들어가버리고 말았다.

하데스는 페르세포네가 어렸을 때부터 눈독을 들이고 있다가 언젠가 어른이 되면 아내로 맞이하고 싶었다. 하지만 그녀의 어머니 데메테르는 도무지 그의 바람을 들어주지 않았다. 그래서 페르세포네를 납치한 다음 데메테르를 설득해보기로 계략을 꾸몄던 것이다.

그리스에서 딸이 다급하게 외치는 소리를 들은 데메테르는 급히 시칠리아로 돌아왔지만, 사랑하는 페르세포네는 어디에도 없었다.

겨울이 생긴 이유

데메테르는 딸을 찾아 긴 방랑의 길을 나섰다. 하지만 지상 어디에서도 딸의 모습을 찾을 수가 없었다. 피로에 지친 그녀는 신들에게 자신의 딸이 어디에 있는지 물었다. 신들은 하데스가 페르세포네를 데려갔으며, 제우스도 그것을 묵인했다고 알려주었다.

사건의 진상을 알게 된 데메테르는 땅의 여신이라는 자신의 역할을 거부하고, 그리스 전역을 불모의 땅으로 만들기 위해 무서운 저주를 내렸다. 그래서 대지에서는 더 이상 싹이 돋아나지 않게 되었고, 열매는 익기도 전에 떨어졌으며, 포도나무는 말라 죽어갔다.

사건의 심각성을 깨달은 제우스는 몇 차례나 데메테르를 설득했지만 아무 효과가 없었다. 데메테르는 자신의 딸을 돌려줄 때까지 저주는 계속될 것이라고 말했다. 하는 수 없이 제우스는 하데스에게 페르세포네를 돌려보내라고 명했다.

하데스 역시 최고신 제우스의 명령에 따라 페르세포네를 돌려보낼 수밖에 없었다. 페르세포네는 돌아오는 길에 배고픔을 달래기 위해 하데스가 준 네 개(일설에는 여섯 개)의 석류 열매를 받아먹었다고 한다. 이는 하데스의 마지막 저항이었다. 사실 저승의 음식을 입에 넣은 자는 그 주인의 소유가 된다는 규칙이 있었기 때문이었다. 페르세포네 역시 이런 규칙에서 벗어날 수 없었다. 그리하여 페르세포네는 자신이 먹었던 석류의 개월 수(4개월)만큼 저승에서 하데스와 함께 살아야만 했다. 데메테르도 저승에서 혼자 외롭게 살아가는 하데스의 처지를 이해하고 그 조건만큼은 받아들였다.

데메테르는 페르세포네가 세상 밖에 있는 8개월 동안은 풍요의 신으로서 자신의 역할을 충실하게 수행했다. 하지만 딸이 저승에 내려가 있는 나머지 4개월 동안에는 아무 일도 하지 않았다. 그래서 이 기간에는 식물이 성장을 멈추고, 때로는 땅 위로 흰 눈물이 내려 대지를 뒤덮었다.

이런 사건이 있기 전까지만 해도 세상은 1년 내내 따뜻했다고 한다. 언제나 꽃이 피었으며, 과일과 곡물은 계속 열매를 맺었다. 하지만 페르세포네가 납치된 이후 데메테르가 일을 하지 않는 4개월 동안은 겨울이 되었다. 따라서 농민들은 페르세포네가 저승에서 돌아오는 봄을 손꼽아 기다렸다가 다시 농사일을 시작했다.

사 랑 의 저 주 를 받 은 새 벽 의 여 신

EOS

에오스

출전

그리스 신화 : 에오스   로마 신화 : 아우로라

하늘을 물들이는 새벽의 여신

고대 그리스 신화에 따르면, 제우스를 비롯한 올림포스 신족은 티탄 신족을 쓰러뜨리고 세계의 패권을 장악하게 되었다고 한다. 이때 그들은 티탄 신화도 함께 받아들였는데, 티탄의 태양신 헬리오스와 달의 여신 셀레네 등이 그 대표적인 사례라고 할 수 있다. 그리고 올림포스 신족의 신화 속에는 티탄의 신화를 원형 그대로 받아들인 것도 있다. 따라서 티탄이면서도 올림포스에서 환영받은 신도 존재했다.

새벽의 여신 에오스도 그런 신 가운데 하나였다. 그녀는 히페리온의 자식으로 태어났다. 히페리온은 초대 태양신으로 가이아와 우라노스 사이에서 태어난 자식이었다. 그는 누이 테이아와 관계를 맺어 2대 태양신 헬리오스와 달을 주관하는 셀레네, 그리고 에오스를 낳았다. 이들 세 남매는 모두 빛을 상징하는 신이다. 히페리온은 자신의 역할을 자식들에게 분담시킨 후 신화의 무대에서 은퇴했다. 이후 올림포스 시대가 되면서 헬리오스와 셀레네도 신화에서 퇴장했지만 에오스만은 그 존재를 허락받았다.

에오스는 밤의 장막을 보랏빛으로 물들이며, 태양신을 선도하는 역할을 맡고 있다. 그녀는 아침을 상징하는 흰 날개와 밝은 빛을 나타내는 금빛 머리카락을 가지고 있으며, 사랑스러운 미소로 사람들(특히 남성)의 마음을 흔들어놓는다. 그리고 그녀는 바람의 신들인 제피로스(서풍)와 노토스(남풍), 보레

아스(북풍), 에우로스(동풍)를 비롯하여 헤스페로스(저녁별) 등 많은 자식들을 낳았다.

다른 신들과 비교해볼 때 신화 속에서 에오스가 맡은 역할은 그다지 중요한 것이 아니었다. 하지만 군신(軍神) 아레스의 눈에 띄면서 슬픈 전설의 주인공이 되고 말았다.

에오스의 사랑

미의 여신 아프로디테는 자신의 애인 아레스가 에오스를 마음에 두고 있다는 사실을 그냥 보고만 있을 수는 없었다. 그래서 에오스에게 아레스가 아닌 다른 자를 사랑하게 하는 저주를 내렸다.

에오스는 신이 아닌 인간을 사랑의 상대로 선택했다. 에오스는 여러 남자를 사랑했지만 언제나 그 결말은 비참했다. 신은 영원한 삶을 지닌 존재였지만, 에오스가 사랑했던 인간들은 늙으면 죽을 수밖에 없는 운명을 가지고 있었기 때문이었다.

그녀가 사랑했던 남자 중 트로이의 왕자 티토노스와 나눈 격렬한 사랑은 지금까지도 널리 알려져 있다.

어느 날 에오스는 여느 때처럼 밤의 어둠을 걷어내고, 사랑하는 티토노스가 기다리고 있는 트로이를 향해 긴 보랏빛 궤적을 그리며 날아갔다. 티토노스는 어두운 밤하늘의 빛나는 별처럼 아름다운 젊은이였다. 사랑에 눈이 멀어 마음이 흐트러진 에오스는 인간으로 변신하여 그와 사랑의 밀어를 나누었다. 그런 그녀의 바로 뒤에 언제나처럼 태양신이 가까이 다가오고 있었기 때문에 두 연인이 만날 수 있는 시간은 그다지 길지 않았다. 그래서 다음날 아침에 다시 만날 것을 약속하고 헤어졌다. 다음날, 새벽의 여신이 잔뜩 기대를 품고 트로이로 날아가자 티토노스는 양손을 넓게 벌리면서 그녀를 맞이했다. 둘은 짧은 시간 동안 서로의 사랑을 확인하고 다시 헤어졌다.

매미가 된 연인

신과 인간의 사랑은 상당히 낭만적인 느낌을 갖게 하지만 그 결말은 비참한 것이었다. 에오스가 자신이 신이라고 이야기하자 티토노스는 그제야 모든 것을 깨달았다. 연인의 정체가 신이라는 사실을 알게 되었지만 왕자는 그 사랑을 숙명으로 받아들였다. 그는 헤어져 돌아가는 에오스의 등뒤에서 스스로 다짐하듯 이렇게 외쳤다.

"설사 당신이 신이라 할지라도 내 사랑은 결코 변하지 않을 것이오!"

에오스는 기쁨에 겨워 한 가지 큰 결심을 했다. 그녀는 아버지 히페리온[11]에게 자신의 사랑을 고백하고 이렇게 간청했다.

"티토노스가 신이 될 수 있게 해주세요. 만약 그것이 안 된다면 저를 인간으로 만들어주세요."

"어느 쪽이든 모두 가능한 일이 아니다. 하지만 네가 그토록 원한다면, 그 젊은이에게 신의 능력 중 한 가지만 주도록 하마."

에오스는 당연히 불사의 힘을 원했다. 그래서 그 다음날 아침, 에오스는 은마차를 타고 연인이 기다리고 있는 곳으로 달려갔다.

"그대여! 당신께서 원하신다면 저와 함께 영원히 살아갈 수 있습니다. 하지만 트로이를 떠나야 합니다."

에오스의 말에 티토노스는 왕자의 지위를 버리고, 에오스의 마차를 타고 신의 나라에 들어갔다. 그는 드디어 사랑하는 연인을 영원한 반려자로 얻게 되었다고 생각했다. 하지만 비극은 그때부터 일어났다.

"에오스, 그대는 언제까지나 젊고 아름다울 것이오. 하지만 당신에 비하면 나는……."

티토노스는 확실히 불사의 생명을 얻었지만 불로(不老)까지 얻은 것은 아니었다. 그래서 해가 갈수록 늙어갔지만 결코 죽지는 않았다. 점차 쇠약해지는 연인을 불쌍하고 가엾게 여긴 에오스는 그 모습을 보는 것조차 너무 고통

---

11) 히페리온 : 올림포스 시대의 신화에는 최고신인 제우스로 되어 있다.

스러워 그를 돌로 만든 방에 가두어버렸다.

그리고 시간이 한참 흐른 후 다시 방문을 열어보니 티토노스의 모습은 그 곳에 없었다. 다만, "에오스! 에오스!" 하며 구슬프게 우는 한 마리의 매미만 벽에 달라붙어 있을 뿐이었다.

아 테 나 에 게 미 움 받 은 미 녀

MEDUSA

메두사

출전

그리스 신화 : 메두사

아름다운 머리카락을 가진 고르곤

이 세계가 창조될 때, 가이아 여신은 많은 신들과 함께 여러 괴물도 만들어
냈다. 그런 괴물 중 고르곤이라는 종족이 있었다. 이들은 추악한 얼굴에 독사
의 머리와 멧돼지의 이빨, 그리고 금빛 날개를 가지고 있으며, 보는 사람을 돌
로 만들어버리는 능력을 가진 불사의 존재였다. 고르곤은 세 자매로 장녀는
스테노(강한 자), 둘째는 에우리알레(멀리 뛰는 자), 그리고 셋째가 메두사(여왕)
였다.

하지만 이들 세 자매 중 메두사만은 착한 마음씨와 아름다운 용모를 가지
고 있었는데, 언니들과 달리 불사의 존재는 아니었다. 그래서 그녀만은 괴물
이 아닌 여신으로 간주되었다. 특히 그녀의 머리카락은 대단히 아름다워서
그 소문이 순식간에 올림포스에 퍼졌다. 하지만 아테나는 이런 사실을 못마
땅하게 여기고 누구의 머리카락이 더 아름다운지 겨루어보자고 제안했다.

결과는 메두사의 승리였다. 괴물과의 대결에서 진 아테나는 몹시 화가 나
메두사를 원래 모습인 고르곤으로 바꾸어버리고 말았다. 뜻하지 않게 부당한
벌을 받게 된 메두사는 언니들과 함께 섬으로 들어가 고통과 번민의 나날을
보내게 되었다.

하지만 메두사의 불행은 이것으로 그치지 않고 계속 이어졌는데, 최후에
는 페르세우스에 의해 죽음을 맞는 비운의 주인공이 되고 만다.

영웅 페르세우스

아르고스의 공주였던 다나에는 제우스와 관계를 가져 신의 자식을 낳았다. 이 아이가 바로 페르세우스이다. 이 남자아이는 늠름한 젊은이로 성장하여 아테나 여신의 인도에 따라 여러 괴물을 쓰러뜨리는 모험 여행에 나서게 되었다.

여신이 일러준 최초의 적은 당연히 메두사였다. 여기에 아테나가 가지고 있던 원한이 개입되었는지는 불확실하지만 분명 어떤 작용을 했을 것이라고 짐작할 수 있다. 페르세우스는 여러 신들에게서 마음대로 날 수 있는 날개 달린 신발, 몸을 보이지 않게 하는 하데스의 투구, 메두사의 목을 칠 때 쓸 금강낫(또는 칼)과 자른 머리를 담을 자루를 빌려 긴 여행길에 올랐다.

회색 안개가 자욱하게 깔려 있고, 밤낮의 구분도 없으며, 마치 죽음처럼 고요한 세계. 그곳이 바로 메두사가 사는 섬이었다. 페르세우스는 메두사의 눈에 띄면 돌이 되어버린다는 사실을 미리 알고 있었기 때문에 방패에 비친 모습에 의지해 조심스럽게 섬을 수색해나갔다. 그러던 중 마침내 고르곤 세 자매의 그림자를 발견했다.

페르세우스는 그 중 눈에 띄게 털 색깔이 다른 한 마리에게 다가가 금강낫을 높이 쳐들었다. 하지만 일순간 그는 멈칫할 수밖에 없었다. 메두사는 선명한 무지갯빛 날개와 바다의 요정 같은 미모를 가지고 있었던 것이다. 아테나에게 부당한 처벌까지 받은 그녀는 괴물이라고 하기에는 너무나 연약하고 평온해 보였다.

하지만 자신이 쓰러뜨릴 수 있는 괴물은 불사의 힘을 가지고 있지 않은 메두사밖에 없었다. 메두사의 머리를 가져가지 않으면, 아테나 여신을 배반하는 것일 뿐만 아니라 자신이 태어나고 자란 아르고스로 돌아갈 수가 없었다.

"아름답지만…… 이건 단지 괴물일 뿐이다!"

페르세우스는 메두사의 머리를 내리쳤다. 그리고 미리 준비해온 자루에 담아 섬을 떠났다. 이 메두사의 머리는 나중에 하늘을 지탱하는 티탄신 아틀라스와 안드로메다의 여왕을 공격한 바다의 괴물, 페르세우스와 그의 어머니 다나에를 괴롭힌 아르고스의 왕 폴리덱테스를 돌로 만들어버리는 무기로 사용되었다. 그리고 마지막에는 아테나에게 건네져 영원히 세상의 빛을 볼 수 없게 되었다고 전해진다.

전　　설　　의　　마　　법　　사

CIRCE

키르케

출전

그리스 신화 : 키르케

아이아이아 섬의 마녀

키르케는 티탄 신족의 태양신인 헬리오스와 바다의 요정 페르세(바다의 신 오케아노스의 딸) 사이에서 태어났다. 정확하게 말하면, 키르케는 여신이 아닌 반신(半神)이라고 할 수 있다.

키르케는 아이아이아 섬에 살았으며, 그의 궁전은 사자와 호랑이, 이리 같은 맹수들이 지키고 있었다고 한다. 그리고 이 맹수들은 모두 키르케의 마법에 걸려 모습이 변한 인간[12]들이었다. 이 섬에 도착한 사람들은 어디선가 들려오는 아름다운 노랫소리에 이끌려 자신도 모르는 사이에 키르케의 궁전으로 들어가게 된다. 키르케는 그들을 반갑게 맞이하며, 술과 음식을 대접한다. 흥이 오른 사람들이 경계심을 푼 틈을 타 키르케는 마법을 걸어 그들을 늑대나 사자, 멧돼지로 만들어버렸던 것이다.

오디세우스의 모험

탐험가 오디세우스는 수많은 영웅들과 함께 모험 여행에 나서게 된다. 이들 일행은 아무것도 모르는 채 아이아이아 섬에 상륙했고 대원의 절반 이상이 키르케의 마법에 걸려 멧돼지로 변해버리는 어처구니없는 일을 당하게 된다.

---

12) 원래는 키르케의 연인이었으나, 그녀에게 싫증을 냈기 때문에 맹수가 되었다는 설도 있다.

이때 위기에 빠진 일행을 구하기 위해 헤르메스 신은 마법의 약초인 몰루를 건네준다. 몰루를 가지고 있으면, 키르케의 마법은 아무런 효과를 발휘할 수 없게 된다. 자신의 마법이 통하지 않는다는 사실을 알고 허둥대는 키르케에게 오디세우스는 칼을 들이대며 멧돼지가 된 대원들을 다시 인간으로 돌려놓으라고 위협했다.

"마법을 풀어주면 모두 섬을 떠나겠다."

하지만 키르케는 오디세우스의 제안을 거부했다. 오디세우스는 그렇다면 마법을 풀더라도 이 섬에 남아 있겠다고 말했다. 그러자 키르케는 대원들에게 걸었던 마법을 모두 풀어주었다.

이 일을 계기로 키르케와 오디세우스는 서로 사랑하는 사이가 되어, 키르케의 외로움도 잠시 동안은 사라지는 듯했다. 하지만 다시 모험에 나선 오디세우스는 결국 섬을 떠나게 된다.

질투와 복수

키르케는 마법사인 동시에 약사이기도 했는데, 그녀가 만든 약은 못 고치는 병이 없다는 평판이 있었다. 그래서 이런 소문을 듣고 아이아이아 섬으로 향한 사람이 적지 않았다. 그러던 어느 날 그라우코스라는 남자가 키르케를 찾아왔다.

그는 뜻하지 않게 물의 요정의 유혹에 이끌려 인어가 되었는데, 우연히 물가에서 만난 스쿠라라는 소녀를 보고 첫눈에 반했다. 하지만 사랑을 고백하기 위해 나타난 그라우코스의 모습에 놀란 소녀는 이내 도망치고 말았다. 그래서 그라우코스는 스쿠라도 인어가 되면 자신을 이해해 줄 것이라고 생각하고 키르케를 찾아가기로 했다. 키르케라면 사람이 인어로 변할 수 있는 약쯤은 쉽게 만들 수 있을 것이라고 생각했던 것이다. 하지만 그라우코스를 대하는 키르케의 태도는 매우 냉랭했다.

"도망가는 여자를 굳이 붙잡을 필요가 있을까요? 당신 정도의 남자라면 분명 연모하는 여인이 있을 것입니다. 스쿠라를 잊어버리고 새로운 연인을 찾아보시지요."

그라우코스를 연모하는 여인, 그것은 바로 키르케 자신이었다. 자신이 연모하는 상대가 사랑의 열매를 맺기 위해 도움을 청하러 찾아오자 이렇게 은근히 암시했던 것이다. 하지만 그라우코스는 키르케의 마음을 알아차리지 못했다. 그의 머리 속에는 오로지 스쿠라만이 들어 있었던 것이다.

키르케는 그라우코스의 집착에 몹시 화를 내며 내쫓은 다음 혼자 구슬프게 울었다. 그리고는 '인간을 인어로 변하게 할 수 있는 약'을 만들어 그에게 건네주었다. 하지만 이 약은 인어가 아닌 추악한 바다의 괴물로 변하게 하는 약이었다.

이런 사실을 모르는 그라우코스는 기쁜 마음으로 연인에게 달려가 스쿠라의 몸에 약을 끼얹었다. 그러자 끔찍한 일이 일어났다. 스쿠라는 마치 몇 종류의 동물이 합쳐진 듯한 기괴한 형상의 괴물로 변해버렸던 것이다.

그 밖의 그리스 여신

이리스

무지개를 상징하며, 올림포스 최고의 여신 헤라의 시녀 역할을 맡은 여신이다. 이 여신은 언제나 주인 곁에 떠 있다가 명령이 떨어지면 세계 속으로 날아갔다. 이리스는 중재의 여신으로 알려져 있으며, 헤라를 비롯한 모든 신의 사자로 활약했다. 그리스의 신으로는 아주 드물게 선량한 데다 사람들을 매우 좋아했다. 하지만 제우스와 아프로디테의 불륜을 헤라에게 알리지 않아 크게 혼난 적이 있었다. 그런데 그녀의 우는 모습을 본 헤라는 슬며시 미소 지으며 어떤 처벌도 하지 않았다고 한다. 헤라가 자신이 미워하는 상대에게 벌을 내리지 않은 것은 올림포스 사상 최초였다고 전해진다.

에일레이티이아

출산을 주관하며, 헤라의 하녀와 같은 역할을 맡은 여신이다. 또 헤라의 분신이라고도 하며, 신화 속의 여러 가지 사건에 등장한다. 예를 들면 제우스의 아들 헤라클레스가 태어날 때 그녀는 헤라의 사자로 출산을 방해했다. 하지만 누군가에게 위협을 받아 방해 작전은 실패로 돌아가고 말았다. 일설에는 화로를 주관하는 여신 헤스티아의 조수였다고도 전해진다.

운 명 을 주 관 하 는 세 자 매

MOIRA

모이라

출전

그리스 신화 : 모이라   로마 신화 : 모에라에/파르카

신화가 없는 여신들

"운명은 존재하는 것일까? 존재한다면 과연 어떤 형태로 존재할까?"

오랜 옛날부터 세계 각지의 여러 신화에서는 이러한 주제들에 관해 여러 가지 설이 존재해왔다. 그리스 신화에서는 모이라라는 세 여신이 운명을 주관한다고 믿었다.

흔히 인간의 운명은 '실을 꼬아서 만든 끈'에 비유되기도 하는데, 이 끈을 엮거나 길이를 정하는 일 등이 이들 세 여신이 맡은 역할이었다. 세 자매 중 첫째 클로토는 실을 엮고, 둘째 라케시스는 그것을 인간 개개인에게 나누어 주며, 셋째 아트로포스는 실을 끊어버리는 등의 각기 다른 역할을 가지고 있었다.

세 자매는 티탄 시대 초기의 신들인 에레부스와 닉스 사이에서 태어났다. 모이라는 운명의 신이었기 때문에 미래를 예지하는 통찰력을 지니고 있었다. 그래서 티탄과 올림포스의 신들이 세계의 패권을 놓고 싸움을 벌일 때 재빨리 올림포스 쪽에 가담했다고 한다.

원래 그리스 신화에서 인간의 운명을 결정하는 일은 최고신 제우스에게 주어진 역할이었다. 제우스가 인간 각 개인의 운명을 결정한 다음 모이라에게 알려주었던 것이다. 하지만 모든 인간의 운명과 관련된 사항을 제우스 혼자 결정하는 것은 지극히 어려운 일이었기 때문에 점차 그 역할을 모이라에

게 넘겨주었다. 여기에는 또 다른 이유도 있었다. 제우스는 자신에게 주어진 권한을 명확한 기준 없이 상황이나 기분에 따라 행사했기 때문에 인간의 운명이 그에 따라 좌우되는 경향이 있었던 것이다.

모이라는 운명을 주관하는 중요한 역할을 맡은 신이었지만, 의외로 이들에 관한 이야기는 남아 있는 것이 거의 없다. 다른 신들과 인간들의 이야기 속에 조금씩 등장할 뿐이다. 하지만 이처럼 드러나지 않는 신비함이 이 세 여신이 누렸던 인기의 비결인지도 모른다.

그밖의 그리스 여신

니케

승리의 상징으로 알려져 있다. 구체적으로는 '싸움에서 승리를 알려주는 신', '운명의 사자(使者)'로 생각되었다. 니케는 전쟁을 주관하는 아테나 여신을 위해 봉사하는 시녀로서 보좌역을 맡고 있었다. 올림포스의 제우스상이나 파르테논의 아테나상은 한쪽 손에 승리를 상징하는 니케상을 들고 있다. 전쟁터에서는 승자의 기쁨 속에서 탄생하며, 패하여 죽는 병사의 의식 속에서도 나타난다. 어느 경우든 그 모습은 대단히 아름다우며, 흰 날개를 가지고 있다. 또 머리카락은 불에 탄 것처럼 금빛이라고 한다.

페르세포네

데메테르의 딸이며, 명계의 왕 하데스의 아내. 하데스에 잡혀가기 전에는 꽃의 여신이었다. 어머니에게 물려받은 마법의 그림 도구로 적당한 들꽃에 채색을 하면, 그 꽃은 곧바로 그녀가 칠한 색으로 피어났다. 여러 가지 꽃이 존재하는 것은 페르세포네가 다양한 색으로 칠했기 때문이라고 한다. 이 여신은 원래 명계의 여신 헤카테와 동일시되기도 했다. 헤카테는 그리스 신화 이전부터 존재해온 오래된 명계의 신이다. 놋쇠로 된 날개와 갈고리 같은 손톱을 가지고 있으며, 성격은 매우 잔혹했다. 맡은 역할은 지옥에 떨어진 사자(死者)를 고통스럽게 하는 것이었다.

네메시스

복수의 여신. 하지만 에리니스와는 종족이 다른 복수의 여신이며, 복수의 의미도 전혀 다르다. 이 여신은 언제나 자매인 티케와 함께 움직인다. 티케는 운명의 여신이었지만, 제멋대로 행운과 불운을 나누어주었다. 재능과 기질을 전혀 고려하지 않고 마음에 드는 인간에게는 산처럼 큰 행운을 안겨주고, 마음에 들지 않으면 불운만을 주었다. 하지만 행운을 얻은 인간이 교만해지거나 다른 사람에게 자신의 행운을 나누어주지 않으면 벌을 받았다. 그래서 이 여신은 정의로운 분노와 공정함의 상징이기도 했다.

죄 인 을 쫓 는 복 수 의 여 신 들

ERINYS

에리니스

출전

그리스 신화 : 에리니스/에우메니데스/셈나이   로마 신화 : 퓨리

우라노스의 피에서 태어난 신들

오랜 옛날, 최초로 세상을 통치했던 우라노스 신은 크로노스의 공격을 받아 거세당하고 만다. 이때 많은 피가 흘러나와 대지를 적셨는데, 이 피가 스며든 땅에서 에리니스가 탄생했다고 전해진다. 이처럼 특이하게 태어났기 때문에 에리니스는 누구에게도 지배받지 않는 존재가 되었다. 그녀는 자신의 결정에 따라 지상에 내려와 살았다.

실제로 에리니스는 복수의 여신들을 총칭하는 것으로, 개인적인 이름은 갖고 있지 않다. 처음에 태어난 것은 세 자매로 각기 알렉토(욕망), 티시포네(복수), 메가이라(질투)라는 이름을 가지고 있었다. 그러나 후대로 오면서 에리니스의 수가 점차 증가하기 시작하여 많게는 50명까지 등장하는 이야기도 있다.

에리니스는 일반적으로 뱀의 형상을 한 머리에 관을 쓰고 있으며, 양손에는 횃불과 채찍을 들고 있는 모습으로 그려진다. 그리고 등에는 날개가 돋아 있어 높은 산이나 폭이 넓은 강도 순식간에 뛰어넘을 수 있었다고 한다.

에리니스가 맡은 역할은 죄인을 추적하여 벌을 주는 것이다. 죄인이 어떠한 방법으로 도망치더라도 에리니스는 날개를 이용하여 끝까지 뒤쫓아가서 횃불로 발견한 다음 채찍으로 끌고 왔다고 한다.

그리고 에리니스는 다산과 풍요를 가져다주기도 해서 사람들에게 에우메니데스(호의)나 셈나이(엄숙함)라고 불리는 친근한 여신이었다.

미 와 모 성 애 의 상 징

VENUS

비너스

출전

로마 신화 : 베누스   그리스 신화 : 아프로디테

사랑의 여신

사랑과 미의 여신 베누스는 그리스 신화의 아프로디테과 동일한 신이다. 베누스에 관한 이야기는 아프로디테와 거의 같지만 로마 신화에만 등장하는 이야기도 있다. 여기에서는 로마 신화를 중심으로 소개해보도록 하자.

로마 신화에서 베누스는 모성애가 강한 성격으로 자식에 대한 애정이 깊은 여신으로 소개되고 있다.

두 여신의 싸움

그리스 신화에 나오는 유명한 이야기 중 영웅 오디세우스에 관한 일화가 있다. 이 이야기는 오디세우스가 트로이 전쟁에서부터 그리스로 돌아갈 때까지의 방랑을 그리고 있다. 로마 신화에서는 이 전쟁에서 오디세우스에게 패한 트로이의 대장 아이네아스와 관련된 재미있는 이야기가 전해 내려오고 있다.

그 내용은 패전으로 고국을 잃어버린 아이네아스가 동족과 함께 신천지를 찾아 떠난다는 것이다. 그런데 이 이야기에는 다소 독특한 점이 있다. 아이네아스의 어머니 베누스는 천공의 여왕 유노(그리스 신화에서는 헤라)와 대립 관계에 있었다. 유노는 트로이인들을 적대시하여 온갖 방해를 일삼았다. 그래서 베누스는 자신의 아들과 그 일족들을 구해내기 위해 유노와의 싸움에 온몸을 던지게 되었다. 여기서 그 이야기를 소개해보도록 하자.

트로의 영웅 아이네아스

황금 사과로 인해 촉발된 트로이 전쟁('아프로디테' 참조)은 그리스의 승리로 종결되었다. 거대한 목마 속에 병사들을 잠입시켜 적진 내부를 교란시키는 오디세우스의 '트로이의 목마'가 보기좋게 성공을 거두었던 것이다.

그런데 트로이가 함락되기 전날 밤, 아이네아스는 꿈속에서 한 가지 기이한 예언을 들었다.

"여신 베누스를 어머니로 둔 자여! 네 조국은 그리스 군대의 수중에 떨어지고 말 것이다. 트로이의 수호신 페나테스와 여신 베누스의 성화(聖火)[13]를 가지고 멀리 도망치도록 해라. 그래서 그 성화를 모실 수 있는 적당한 땅을 찾아 그곳에서 새로운 도시를 일으키도록 해라."

---

13) 여기서 성화는 베스타 신을 뜻한다('베스타' 참조).

꿈속에 나타나 예언한 자는 이미 전사한 무장 헥토르였다.

하지만 아이네아스는 이 예언을 무시하고 기습해온 그리스 군대와 맞서려고 했다. 그러자 이번에는 베누스가 나타났다.

"나의 아들아, 트로이의 멸망은 신들의 뜻이다. 너는 도망쳐야만 한다. 내가 사랑했던 네 아버지 안키세스, 그리고 아내와 아이를 데리고 도망쳐라. 걱정하지 말아라. 나는 언제나 너를 지켜볼 것이다."

아이네아스는 꿈속에서 일러준 대로 도망쳤다. 도중에 사랑하는 아내를 잃어버렸지만 매서운 적의 추격을 따돌리고 고국의 난민들과 합류하여 새로운 땅을 찾아 머나먼 방랑길에 올랐다.

베누스와 유노

아이네아스의 여행은 올림포스 신들의 주목을 받았다. 사건의 발단을 생각하면, 신들의 심사도 그리 편한 것만은 아니었다. 트로이는 전쟁의 책임이 없었기 때문이다. 트로이인들이 유민이 되어 떠도는 모습을 보면서 신들은 죄책감을 느끼지 않을 수 없었다.

유노는 '파리스의 심판'에 대한 분노를 여전히 간직하고 있었다. 그녀는 트로이인들에게 고통을 주기 위해 모든 수단을 동원하여 아이네아스의 앞길을 막아섰다. 베누스는 자신이 나서서 유노와 직접 대결할 수는 없었지만 그렇다고 자식의 고통을 보고만 있을 수는 없었다.

여신들의 대립은 극에 달했다. 하지만 유노 쪽이 훨씬 더 힘이 강했기 때문에 최고신 유피테르(제우스)도 가만히 있을 수만은 없었다. 유피테르만이 아니었다. 메르쿠리우스(헤르메스)와 처음에는 그리스 편을 들었던 넵투누스(포세이돈)도 트로이를 옹호하기 시작했다.

신들의 변호는 유노의 분노를 더욱 불타오르게 만들 뿐이었다. 그녀는 더욱 가혹하게 아이네아스를 괴롭혔다.

하지만 아이네아스는 모든 어려움을 물리치고 약속의 땅인 로마에 도착하여 국가를 재건했다.[14] 유노도 감동하여 오랫동안 쌓아온 노여움을 털어버리고 그에게 축복을 내렸으며, 그의 어머니 베누스와도 화해하기에 이르렀다.

　지상에서의 역할을 마치고 편안하게 잠든 아이네아스에게는 백마가 끄는 마차가 기다리고 있었다. 이는 베누스가 내려보낸 사자(使者)로, 모자는 천계에서 오랫동안 행복하게 살았다고 한다.

---

14) 로마 신화에는 트로이인이 로마인의 선조가 아닌가 하는 설도 있지만, 이는 역사적으로 실
　증된 것은 아니다. 하지만 학자들은 트로인이 로마 부근에 정착했다는 것만큼은 사실일 것으로 추정하고 있다.

트 로 이 를 증 오 한 여 신

JUNO

유노

출전

그리스 신화 : 헤라　　로마 신화 : 유노

심술궂은 천계의 여왕

유노는 로마 신화의 최고신 유피테르의 아내로, 그리스 신화의 최고신 제우스의 아내 헤라와 동일한 성격의 여신이다. 헤라는 제우스의 바람기 때문에 계속 고통을 받으면서도 그 상대 여성만큼은 추호도 용서치 않는 매서운 면을 가지고 있었다. 제우스를 모델로 한 유피테르 역시 바람기가 많은 신이었기 때문에 유노도 심한 괴로움을 겪게 된다.

하지만 유노는 헤라보다 더 심술궂은 성격을 가진 여신으로 묘사되는데, 트로이 전쟁의 발단이 된 '파리스의 심판' ('아프로디테' 참조) 사건 때 자신을 뽑지 않았던 파리스와 그의 백성들을 끊임없이 괴롭히는 여신으로도 널리 알려져 있다.

그녀는 트로이라는 말을 꺼내는 것조차 싫어했는데, 로마를 건설한 아이네아스와 화해할 때도 트로이식 이름과 관습을 버리라고 명령할 정도였다. 그만큼 트로이를 증오했던 것이다.

신들을 적으로 만든 여왕

전쟁에서 패한 트로이의 장군 아이네아스는 고국을 떠나 방황하다가 로마 땅에 새로운 국가를 건설했다. 신들은 이를 승인하고, 그 어느 누구도 아이네아스에게 영향력을 행사하지 못하도록 했다.

신들의 방해가 없었음에도 불구하고 아이네아스의 여행은 가혹하기 짝이 없었다. 그의 어머니 베누스 여신조차도 도움을 주지 못하고 아무 말 없이 지켜볼 수밖에 없었다. 하지만 유노는 신들의 결정에 따르지 않았다. 유피테르의 명령과 운명의 여신 파르카의 지시를 무시하고 몇 차례나 아이네아스의 앞길을 막아서기도 하고, 목숨을 빼앗으려고 계략을 꾸미기도 했다.

하지만 가장 큰 피해를 입은 자는 아이네아스도 베누스도 아니었다. 유노는 지상에 인간을 보내 아이네아스를 괴롭혔지만, 오히려 다른 사람들이 극심한 고통을 겪게 되었다. 예를 들면 카르타고의 여왕 디도가 그런 인물 중 하나였다.

디도는 카르타고를 찾아온 아이네아스에게 호의를 가지고 있었다. 아이네아스도 디도가 그리 싫지는 않았다. 이런 사실을 안 유노는 황금 화살[15]을 쏘아보냈다. 그러자 여왕은 아이네아스를 열렬하게 사랑하게 되었다. 유노의 의도대로 사랑에 빠진 아이네아스는 신천지를 향한 결의와 정열을 잃어버리고 말았다. 하지만 이대로 둬서는 안 되겠다고 생각한 유피테르는 아이네아스를 질책한 다음 다시 신천지를 향해 떠나게 만들었다.

아이네아스는 이처럼 도움을 받을 수 있었지만, 디도는 그렇지 않다. 자신을 버리고 매정하게 떠난 남자를 잊어버리려 했지만 사랑은 도무지 식을 줄을 몰랐다. 그만큼 화살의 힘이 대단했던 것이다. 결국 디도는 아이네아스를 애타게 그리며 자살로 인생을 마감하고 말았다.

---

15) 황금 화살 : 사랑의 신 큐피트는 황금과 납으로 만든 화살을 가지고 있었다고 한다. 황금 화살에 맞은 자는 격렬한 사랑의 감정을 느끼고, 납 화살에 맞으면 마음이 얼어붙어 사람을 사랑할 수 없게 된다고 전해진다.

로   마   의   성   화

VESTA

베스타

출전

로마 신화 : 베스타   그리스 신화 : 헤스티아

성스러운 불의 여신

베스타는 그리스 신화로 보면 화로의 여신 헤스티아에 해당한다. 하지만 로마에서는 '영원한 성화(聖火)'가 바로 신의 몸이다. 따라서 신상은 존재하지 않는다. 이 여신은 가정 생활을 수호하는 화로의 여신이며, 동시에 로마의 수호여신이기도 하다.

신전에는 언제나 활활 타오르는 성화가 모셔져 있었다. 국가의 안전은 이 불에 의해 지켜지며, 성화가 꺼지면 국가에 큰 변란이 일어났다고 한다. 그래서 여섯 명의 여성 사제들이 성화를 지켰다. 만약 실수로 성화를 꺼뜨리면 이 사제들은 생매장되는 매우 가혹한 처벌을 받았다. 그리고 각 가정에도 베스타의 제단이 있었는데, 여성인 아내와 딸들이 관리 책임을 맡았다.

이 성화의 기원은 B.C. 1200년경에 일어났을 것으로 추정되는 트로이 전쟁 때까지 거슬러 올라간다. 트로이가 그리스에게 멸망당하기 전날 밤, 베누스 여신의 아들 아이네아스는 친구로부터 이 성화를 전달받았다. 그후 이 불이 다시 모셔진 곳은 로마였다.

여성 사제의 권한과 책임

베스타 신전에서 성화를 지켰던 여성 사제는 여러 가지 특권을 가진 명예직이었다. 위정자가 자문을 구할 만큼 큰 권력과 존경을 받았다. 로마는 남존

여비가 심한 나라였지만, 이처럼 여성이 권력자가 되는 경우도 있었다. 따라서 사제가 되려면 엄격한 심사를 거쳐야 했다.

사제가 된 후에도 정해진 계율을 반드시 지켜야 했으며, 이를 깨뜨리면 엄한 처벌을 받았다. 사제직을 유지하려면 계속 처녀로 남아 있어야만 했으며, 만약 임신한 사실이 발각되면 불을 꺼뜨리는 벌과 마찬가지로 생매장되었다.

사제는 많은 권한을 가지고 있어 원하는 바를 이룰 수 있었지만, 몇 가지 예외가 있었다. 이에 관해서는 후에 로마의 초대 국왕이 된 로물루스의 어머니 실비아의 이야기가 유명하다.

실비아는 어릴 때 권력 투쟁에 휘말려 베스타의 사제가 되었다. 비록 명문가 출신이었지만, 그녀는 결코 아이를 낳아서는 안 되는 입장이었다. 하지만 군신 마르스가 실비아의 집에 찾아와 관계를 맺었고, 그녀는 임신하게 되었다. 이런 사실이 발각되어 실비아는 규율에 따라 사제 자격을 박탈당하고, 평생 햇빛이 비치지 않는 장소에 갇혀 지내게 되었다. 그리고 그녀가 낳은 아이도 강으로 흘려보낼 수밖에 없었다.

베스타의 권위를 더럽힌 자는 생매장되는 것이 보통이었지만, 실비아는 그런 처벌만은 면했다. 아마 정상 참작이 되었던 것으로 추정된다.

로마의 휴일

로마에서는 많은 신을 믿고 있기 때문에 종교 행사가 있는 날이 곧 축제
일이다. 나중에 스포츠 같은 오락에 관한 기념일도 생겨서 1년에 절반 이
상이 축제일로 지정된 때도 있었다.

다음은 신과 관련된 축제일이다. 12월의 사투르누스 축제는 성탄절의 원
형이 된 날이다.

3월 1일 : 군신 마르스의 날 (상반기)	6월 9일 : 화로의 여신 베스타의 날
3월 17일 : 주신 리베르의 날	7월 23일 : 바다의 신 넵투누스의 날
3월 19일 : 지혜와 학문의 여신 미네르바의 날	8월 19일 : 최고신 유피테르의 날 (후반기)
4월 4일 : 대지의 여신 쿠베레이의 날	8월 21일 : 농업의 신 콘스스의 날 (전반기)
4월 19일 : 대지의 어머니 신 케레스의 날	8월 23일 : 대장장이 신 불카누스의 날
4월 21일 : 가축의 수호신 파레스의 날	10월 15일 : 군신 마르스의 날 (후반기)
4월 23일 : 최고신 유피테르의 날 (전반기)	12월 15일 : 농업의 신 콘스스의 날 (후반기)
5월 상순 : 곡물의 여신 디아 디이아의 날	12월 17~23일 : 옛 지배신 사투르누스의 날

올 빼 미 와 올 리 브

MINERVA

미네르바

출전

로마 신화 : 미네르바　　그리스 신화 : 팔라스 아테나

최대의 적은 최대의 동지

여신 미네르바는 그리스 신화의 아테나에 해당하며, 지혜와 기술을 주관하는 신으로 숭배되었다. 그녀에 관한 전설도 거의 대부분 그리스 신화와 동일하다.

로마 신화에서 이 여신은 트로이 전쟁 때 그리스 편에 가담한 것으로 나온다. 고르곤의 방패를 들고 전쟁에 참가하여 병사들의 사기를 북돋웠다고 한다. 하지만 로마가 건국된 후에는 로마를 수호하는 여신이 되었다.

트로이의 최대의 적 중 하나였던 그녀가 어떻게 로마의 수호신이 될 수 있었을까? 그것은 로마인들의 사고방식에 따른 것이었다. 그들은 다른 민족들의 우수한 점을 흡수하는 것을 미덕이라고 생각했기 때문이었다. 위대한 그리스의 신들을 아무런 저항 없이 자신들의 신으로 받아들이면서 오히려 자랑스럽게 생각할 정도였다.

평화의 상징

그리스 신화의 아테나는 올리브를 그리스인에게 건네줌으로써 번영을 불러일으켰다고 전해진다. 로마 신화의 미네르바도 마찬가지였는데, 올리브나무는 '미네르바의 나무'라고 불리며, 평화를 상징한다.

로마에 도착한 아이네아스는 현지 원주민들에게 우호의 증표로 올리브 가

지를 바쳤다고 한다. 이는 '평화롭게 살겠다'는 의도를 보여준 것이라고 할 수 있다.

그리고 미네르바는 어깨에 올빼미가 있는 것으로도 유명하다. 로마에서 올빼미는 지혜의 상징으로 사람들에게 소중하게 취급되고 있다.

그밖의 로마 여신

포르투나
로마에는 케레스 같은 그리스 계통의 풍요의 신이 있었지만, 이 여신은
이탈리아 고유의 풍요와 다산의 여신이다. 이와 함께 곡물을 주관하는
디아 디이아라는 여신도 있었다.

에게리아
샘의 여신. 여신 디아나의 숲에 살았다고 한다. 이 여신은 뛰어난 지혜를
가지고 있어 로마의 제2대 국왕 누마 폼필리우스에게 여러 가지 조언을
해주었다는 전설도 있다. 임산부의 수호신이기도 하다.

콘코르디아
통일 또는 협력의 여신. 로마는 최초에 왕정이었지만, 이후 공화제가 확
립되었으며, 최후에는 제정 사회로 이행했다. 콘코르디아는 공화제 시대
에 숭배받았던 신으로 추정된다. 이 여신은 집회와 여러 단체와 깊은 관
련이 있으며, 화합과 일치를 가져다주는 신으로 알려져 있다.

파크스
로마에서 높은 인간 정신을 신격화한 신들이 많았다. 파크스도 그런 신
들 중 하나로, 평화와 질서를 주관하는 여신이었다. 이밖에도 정의의 신
유스티티아, 신의의 신 피데스, 소문과 평판의 신 파마, 슬픔의 신 미세리
코르디아 등이 있었으며, 신과 국가, 부모에 대한 경애의 마음을 주관하
는 피에스타 같은 여신도 있었다.

디스코르디아
불화의 여신으로, 그리스 신화의 에리스에 해당한다. 에리스는 군신 아레
스의 누이이기도 한데, 디스코르디아 역시 그런 관계로 추정되지만 로마
신화에는 페로나라는 전쟁의 여신이 군신 마르스의 동생으로 등장한다.

제2장
북구 · 켈트의 여신

북구 켈트의 신화

켈트인의 신앙

도나우 강 유역의 초원지대에서 동서로 널리 퍼져나간 켈트인들은 B.C. 500년 무렵에는 유럽 전역에서 막강한 세력을 자랑했다. 그들은 철기를 사용한 문명인이었지만, 신앙의 기원은 신석기 시대까지 거슬러 올라간다. 문명의 초기에는 목축과 수렵 생활에서 비롯된 동물신들이 숭배를 받았다. 이후 농경 시대가 되면서 대지는 지모신(地母神)으로 숭배를 받았고, 또 그의 자손들인 산과 강, 샘, 수목 등도 정령으로서 신앙의 대상이 되었다. 그래서 이 시대에 풍요 의식이 가장 활발하게 이루어졌다.

의식은 크게 두 가지로 나눌 수 있는데, 하나는 대지에 활력을 주기 위해 산 제물을 바치는 것이었다. 산 제물이 흘리는 피를 신에게 바치며 풍요를 기원했던 것이다. 또 다른 하나는 '왕과 여신의 결혼'을 근본 이념으로 하는 것이었다. 이러한 의식이 성립되면, 대지는 비옥해지고 부족은 번영을 누린다고 믿었다. 전형적인 의식 방법은 인간을 대표하는 왕과 여신의 대리인인 무녀가 서로 관계를 맺는 것이었다. 그리고 켈트족은 언제나 크고 작은 전쟁을 되풀이했기 때문에 이들이 가장 숭배했던 풍요의 신은 전쟁의 신이기도 했다.

국가를 세우지 못했던 민족

켈트족은 후세에 아무런 기록도 남기지 않은 채 이 세상에서 자취를 감추었기 때문에 아직까지 많은 수수께끼를 간직하고 있는 민족으로 알려져 있다. 기원전 유럽 사람들은 소규모 집단을 이루어 살았으며, 켈트 역시 완전한 통일국가를 형성하는 데까지는 나아가지 못한 상태였다. 국가가 없었기 때문에 그들은 외적에 맞서 조직적인 저항을 할 수가 없었다.

남쪽에서 강한 세력을 가진 로마가 침입해오고, B.C. 400년경 게르만 민족의 대이동에 의해 켈트족은 큰 타격을 받아 소멸하고 말았다. 이러한 상황 속에서도 영국과 아일랜드 등 유럽 대륙 서쪽의 여러 섬에 정착했던 켈트인들은 오랫동안 민족적 · 문화적 순수성을 보존할 수 있었다.

대륙을 제패한 이민족이 침입해올 때까지 본토와 멀리 떨어져 있던 섬에서는 다나 신화나 피아나 전설 같은 영웅 전설들이 구전으로 전승되었다. 후세에 널리 알려진 '아서 왕의 전설'도 이런 민간 전승 중 하나였다.

북구인의 성격

북구인들은 원래 스칸디나비아 반도 서쪽 해안 지역에 터전을 잡고 살았다. 이들은 로마제국이 북진할 때까지 역사의 전면에 등장하지 않은, 숨어 있는 민족이었다. 당시 북구인은 다소 거친 성격으로, 전쟁에 많은 관심을 가지고 있었다. 따라서 전쟁을 주관하는 남신의 세력이 컸지만, 여성은 예언자로서 중요한 역할을 담당하였으며, 그 상징인 여신도 숭배를 받았다.

9~11세기가 되면서 북구대륙에도 기독교가 전파되었다. 기독교가 들어오자 기존의 신들은 사라지거나 악마로 전락해버리고 말았지만, 북구는 사정이 조금 달랐다. 선교사들은 현지의 전승을 부정하지 않고 보존하려는 생각을 가지고 있었다. 그러한 보존 운동의 성과로 신화가 집대성되기에 이르렀다. 그 결과 북구 각지의 신화와 각종 전승이 『에다』라는 문헌에 수록되었다.

북구의 창조 신화

북구의 창조 신화는 대략 다음과 같은 내용으로 되어 있다.

거인 이미르가 탄생했고, 그후 소금처럼 짠 서리를 뒤집어쓴 돌 속에서 부리라는 이름의 인간이 태어났다. 부리는 보르라는 자식을 얻었고, 보르는 거인 보르소른의 딸 베스틀라와 결혼하여 오딘을 비롯한 세 아들을 낳았다. 이 세 아들은 거인 이미르를 죽이고, 그의 사체로 세계를 창조했다. 이 오딘 삼형제가 바로 북구 신화의 주인공인 아스 신족의 선조다.

그후 오딘 형제는 해안으로 떠내려온 나무로 인간을 창조했다. 이들 삼형제는 나무를 사람 형태로 깎은 다음 숨을 불어넣고, 지혜와 운동력을 주었으며, 눈과 코와 입을 만들었다.

이렇게 창조된 남녀는 아스크르와 엠블라라는 이름을 갖게 되었고, 이 둘 사이에서 태어난 후손들은 미드가르드라는 인간 세상에 살게 되었다.

우 주 의 모 든 것 을 기 록 하 는 여 신 들

NORNU

노르누

출전

북구 신화 : 노르누

운명의 여신

노르누는 우르드와 베르단디, 스쿨드 세 자매 여신을 함께 지칭하는 말이다. 이 세 여신은 인간은 물론 신들의 운명까지도 주관하며, 북구 신화 최고의 신으로 두려움의 대상이었다.

스칸디나비아 반도 사람들은 노르누를 '운명을 지배하는 여신(Weird)' 이라고 불렀으며, 13세기 초 편찬된 『신(新)에다』[1]에서는 노르누 세 자매 중 우르드를 '고귀한 자', 베르단디를 '마찬가지로 고귀한 자', 스쿨드를 '세 번째 자' 라고 부르고 있다. 'Weird' 는 게르만어 'wyrd(운명)' 의 어원이 되었다.

그 밖에도 노르누는 우주의 비밀을 밝히는 신이기도 하며, 운명에 관한 책을 쓴 여신이라고도 한다. 이 때문에 '기술(記述)하는 여성들(Die Schrebe-rinnen)' 이라는 이름도 얻게 되었다.

노르누의 힘은 기독교가 북구에 들어온 후에도 강력하게 남아 있었다. 일부 사람들은 노르누가 요정이라고 믿었으며, 여러 노래극에 등장하기도 했다. 예를 들면 영국의 극작가 셰익스피어의 『맥베스』에서는 미래를 알려주는 세 마녀로 등장한다. 이 작품은 주인공 맥베스가 마녀의 예언을 믿고 왕을 암

---

1) 『신(新)에다』 : '에다' 는 북구 신화를 기록한 책으로, 『구(舊)에다』는 7〜12세기, 『신(新)에다』 는 그후에 만들어진 것이다.

살함으로써 스스로 파멸에 이르고 만다는 이야기로, 마녀의 전형이 바로 노르누이다.

세계를 지켜보는 여신들

노르누 세 자매는 '생명의 샘' 우르다르부룬느르가 있는 동굴에서 살았다. 이 샘은 우주의 자궁을 상징하며, 세계수(世界樹) 이그드라실의 근원이었다고 한다.

이그드라실은 북구 신화에서 대단히 중요한 나무다. 이 나무는 세계의 중앙에 있으며, 전세계를 지탱하고 있다. 만약 이 나무에서 싹이 나지 않으면, 당연히 세상도 멸망에 이르게 된다.

노르누 세 자매가 과거, 현재, 미래의 모든 시간 동안 이그드라실을 보살펴 줌으로써 이 세상이 미래의 모습을 유지한다고 할 정도로 이 여신들은 중요

한 존재다.

노르누와 비슷한 여신으로 그리스 신화의 모이라가 있다. 모이라도 운명을 주관하는 세 자매이며 여신이지만, 최고신 제우스의 대리인으로서 인간의 운명을 결정할 뿐이다. 하지만 노르누 세 자매는 신들의 운명도 결정하는, 즉 신들을 지배하기 때문에 모이라와는 비교할 수 없을 만큼 강력한 힘을 가지고 있다. 최고신 오딘조차도 이 여신들에게 복종해야만 했다. 노르누는 북구 신화에서 가장 오래된 신 '천계의 아버지' 보다 더 오랫동안 존재한 신으로도 알려져 있다.

한 가지 덧붙이면, 고대 이집트에도 과거, 현재, 미래를 상징하는 여신이 존재했는데, 노르누 역시 그 여신들과 마찬가지로 '이룰 수 있는 자', '이루고 있는 자', '미래를 이룬 자' 로 표현되기도 한다.

세 자매의 역할

우르드는 장녀로서 과거를 주관한다. 그리고 운명과 창조의 언어를 암시하는 여신이다. 우르드는 고대 독일어로 대지를 뜻하는 'Wurd' 로 표기했는데, '엘다' 라고 불리기도 했다.

차녀인 베르단디는 현재를 주관한다. 이 여신은 번영과 유지, 존재를 암시하는 여신으로 가장 모성애가 강하다. 그리고 베르단디는 달의 여러 형태를 관장하는 역할도 맡고 있다.

막내인 스쿨드는 모든 생명의 끈을 자르는, 죽음을 관장하는 여신이다. 북구 신화에서 세계는 영원한 것이 아니다. 스쿨드는 '종말의 날' 인 라그나뢰크 때 전 우주에 죽음의 저주를 내린다고 전설에서는 이야기하고 있다. 그리고 현재 주술적인 힘을 가지고 있는 여성을 'Scold' 라고 부르는 것도 바로 이 스쿨드에서 유래했다고 한다.

신 들 의 어 머 니 가 된 여 신

FRIGG

프리그

출전

북구 신화 : 프리그

북구 신화의 여신

게르만 신화(북구 신화)에서 여신과 관련된 신화는 그다지 많지 않다. 이는 게르만족의 문학이 여성보다는 용맹스러운 남성을 위해 만들어졌기 때문이다. 그럼에도 불구하고 여신에 관한 독특한 이야기들이 있는데, 특히 프리그는 풍요와 미의 여신 프레이야와 함께 게르만 신화의 주요 여신으로, 최고신 오딘의 아내로 등장한다.

오랜 옛날, 게르만계 부족은 각기 다른 신화를 가지고 있었지만 프리그는 모든 부족들이 숭배했던 여신이었다. 게르만인들은 프리그를 남쪽에서 전해진 미의 여신 베누스와 동일시했던 것 같다. 또 이 로마의 여신을 프리그의 이미지와 결합시켰을 가능성도 있다. 하지만 독일에는 그 이상의 전승이 남아 있지 않다.

프리그가 여신으로서 확고한 지위를 얻은 것은 역시 북구 신화에서다. 이 여신은 때로 프레이야와 혼동되는 경우도 있지만, 확실히 다른 신이다. 이는 고대 독일어에서 프리그를 프리야(연인, 반려자라는 의미)라고 읽는 것 때문에 생긴 착각일 뿐이다.[2]

---

2) 프리그 : 이 프리그라는 이름은 영어 Friday(금요일)의 어원이 되었다.

결혼과 임신의 수호자

프리그는 결혼을 보호하고, 아이를 갖게 해주는 여신으로 숭배되고 있다. 그리고 최고신 오딘의 아내로서 남편과 마찬가지로 지혜와 통찰력을 가지고 있다. 이런 의미에서 북구 신화에서 신들의 여왕이라고 할 수 있다.

결혼과 임신을 주관하는 신이었기 때문에 어머니신의 이미지가 강했다. 하지만 신화에 따르면 그리 충실한 아내는 아니었던 것 같다. 오딘과 의견이 맞지 않으면 자신의 판단대로 행동했지만 바람을 피우지는 않았다.

오딘은 종종 자신이 좋아하는 전사에게 강력한 무기를 주고 보호해주었다. 하지만 그런 일이 오히려 해가 되는 경우가 많았다. 프리그는 오딘 때문에 해를 입고 슬퍼하는 사람의 마음을 어루만지며 보호해주었다. 그래서 그녀의 책략이 오딘보다 더 나은 결과를 가져온 적도 있었다. 이처럼 타인을 존중해주는 성격 때문인지 흥미가 있으면, 남편 이외의 다른 신이나 인간들에게도 관심을 기울이기도 하고, 그런 일에 적극적으로 뛰어들었다고 한다.

발드르의 죽음

프리그와 오딘 사이에는 발드르(눈물을 주관하는 신)라는 아들이 있었다. 발드르는 무척 아름다운데다 현명하고, 친절해서 프리그는 아들을 끔찍이 아껴 불사신이 되는 방법을 가르쳐주었다. 그래서 다른 신들과 한 가지 계약이 이루어졌다. 그 내용은 발드르가 누구에게도 해를 끼치지 않으면, 세계에 존재하는 어느 누구도 발드르에게 상처를 입히지 않는다는 것이었다.

신들은 그가 어떤 무기에도 상처를 입지 않는다는 것을 알았기 때문에 발드르를 향해 무기를 던지며 놀기도 했다. 하지만 이 계약에 유일하게 빠진 이가 있었다. 야드리기는 너무 어렸기 때문에 이 계약을 맺지 않았던 것이다. 이 사실은 아무도 모르는 비밀이었다. 하지만 발드르의 높은 인기를 질투한 로키라는 신은 노파로 변신하여 발드르에 관한 비밀을 전해 듣고 한 가지 계략을 꾸몄다. 그는 야드리기에게 화살을 만들게 해서 발드르의 형 회드 신에게 건네주었다. 장님인 회드는 평소 때처럼 무기 던지기 놀이를 하다가 로키가 가르쳐준 대로 발드르를 향해 활을 쏘았다. 이 사건으로 발드르는 자신의 형인 회드의 손에 의해 죽고 말았다.

이런 사실을 안 프리그는 발드르를 소생시키기 위해 죽음의 나라를 찾아갔다. 그러자 명계(冥界 : 저승)의 왕 헤르는 "세상의 모든 생물이 발드르의 죽음을 슬퍼하며, 그를 위해 울면 되살아날 것"이라고 대답했다.

프리그는 세계를 떠돌아다니며, 모든 생물에게 울어달라는 부탁을 했다. 하지만 로키가 변신한 거인[3]만은 이 부탁을 거부했기 때문에 발드르는 다시 살아날 수가 없었다. 오딘을 비롯한 신들은 발드르의 죽음이 로키의 계략이었다는 사실을 알고 그에게 엄한 벌을 주었다고 한다.

---

3) 거인이 아니라 노파라는 설도 있다.

아　스　가　르　드　의　가　정　부

FULLA

풀라

출전

북구 신화 : 풀라

프리그의 사자

풀라는 풀어헤친 머리 위로 황금관을 쓰고 있는 모습으로 묘사된다. 이 신은 북구 신화에 등장하는 여신 중 다섯 번째로 위대한 자로 알려져 있다.

풀라는 여신 프리그의 종속신 중 하나로, 언제나 주인의 신발이 담긴 상자를 들고 다니며 시중을 들었다. 이처럼 최고신의 아내 주위에 있었기 때문인지 최고신이 아니면 알 수 없는 사실도 많이 알고 있어, 집안 사정을 상세히 알고 있는 가정부의 이미지를 갖게 되었다. 그리고 풀라는 프리그의 사자(使者)로서 여러 가지 심부름도 했다. 풀라의 이러한 성격을 보여주는 두 가지 사건을 소개해보도록 하자.

현자에게 비밀을 가르쳐준 풀라

오랜 옛날, 어느 나라에 큐르비라는 남자가 있었다. 현명하고 마법에 관심이 많았던 이 남자는 신들의 나라에 가서 그 비밀을 밝혀보고 싶다는 생각을 가지고 있었다. 그래서 그는 여행자 신분으로 위장한 다음 간그레리라는 가명으로 아스가르드[4]에 잠입했다.

---

4) 아스가르드 : 북유럽 신화에 나오는 신들의 거주지. 그리스 신화에 등장하는 올림포스 산에 비교될 수 있다.

하지만 신들은 예언을 통해 간그레리가 방문할 것이라는 사실을 미리 알고 실재가 아닌 가짜 마을을 만들어 그를 영접했다.

큐르비는 신들에게 많은 질문을 했지만 원하던 성과를 얻을 수는 없었다. 역시 인간보다 더 뛰어난 신인데다, 모든 것을 미리 알고 있었기 때문이었다. 하지만 그런 와중에 예기치 못한 일이 벌어지고 말았다.

신들의 나라에 잠입한 용기에 감탄했는지, 아니면 입이 가벼워서였는지 풀라는 큐르비에게 비밀을 털어놓고 말았다.

"이 세상은 멸망하고 말 거예요."

이 이야기를 듣고 세상으로 돌아간 큐르비는 사람들에게 라그나뢰크[5]가 도래할 것이라고 전했다. 그래서 사람들은 언젠가 이 세계에 종말이 찾아올 것이라고 믿게 되었다.

오딘과 프리그

부부인 오딘과 프리그는 가끔 다투기도 했는데, 풀라는 그때마다 프리그를 대신하여 여러 가지 활동을 하기도 했다. 어느 나라의 왕자들과 관련된 이야기에서 그런 모습을 잘 엿볼 수 있다.

열 살이 된 아그날 왕자와 여덟 살인 게일로즈 왕자는 어느 날 낚시를 하러 갔다가 강한 바람을 만나 조난당하고 말았다. 간신히 어느 바닷가에 도착한 형제는 현지 소작인 부부의 도움을 받게 되었다. 하지만 이들 형제는 금방 고향으로 돌아갈 수가 없었다. 그래서 게일로즈는 소작인, 아그날은 그들을 도와준 소작인의 양자가 되었다.

겨울이 지나고 봄이 되자 부부는 왕자들에게 배를 내주며 고향으로 돌아가라고 말했다. 출항 직전, 소작인은 게일로즈와 뭔가 소곤소곤 이야기를 나누었다. 배는 순조롭게 바람을 타고 무사히 두 왕자를 고향 땅에 내려놓았다.

---

5) 라그나뢰크 : 고대 노르웨이어로 '신들의 운명'이라는 뜻이다. 북구 신화에서는 신과 인간 세계의 종말을 일컫는다.

먼저 해안에 내린 게일로즈는 배를 다시 바다 가운데로 밀어넣었다. 그래서 아그날을 태운 배는 다시 바다로 나가 행방불명이 되고 말았다. 게일로즈는 아버지가 죽은 후 왕위에 올랐다.

사실 소작인 부부는 오딘과 프리그로, 이 둘은 경쟁을 했던 것이다. 이 승부의 결과는 오딘의 승리였다. 그는 게일로즈에게 나쁜 지혜를 주어 왕의 자리에 오르게 했지만, 아그날은 어느 동굴에서 여자 거인과 결혼하여 살게 되었기 때문이다.

프리그는 계략으로 자신을 이긴 오딘을 증오하며 복수를 다짐했다.

주인의 명령을 받은 풀라는 곧바로 게일로즈에게 가서 이렇게 말했다.

"곧 나쁜 마법사가 찾아올 테지만, 그 사람의 정체를 알아내는 것은 간단합니다. 어떤 개라도 그 마법사를 향해 짖지 않을 것입니다."

풀라의 말을 믿은 게일로즈 왕은 마법사가 찾아오자 곧바로 그를 붙잡았

다. 마법사는 검은 망토를 몸에 두르고, 스스로를 크림닐이라고 소개했다. 누가 보더라도 그가 해를 끼칠 인물이 아니라는 것을 알았지만, 풀라의 말을 믿은 왕은 그를 혹독하게 고문했다.

게일로즈 왕에게는 형의 이름과 똑같은, 열 살 먹은 아그날 왕자가 있었다. 왕자는 아버지의 횡포를 보다 못해 이렇게 진언했다.

"이 사람은 아무 잘못도 하지 않았습니다. 제발 그를 그만 괴롭히시지요."

사실 크림닐은 마법사로 변장하고 인간계를 방문한 오딘이었다. 오딘은 왕자의 말에 정체를 드러내고, 자신을 괴롭힌 왕을 죽인 다음 아그날 왕자에게 축복을 내렸다고 한다.

북 구 신 화 의 미 의 여 신

FREYJA

프레이야

출전

북구 신화 : 프레이야

인질이 된 여신

북구 신화에 따르면, 신의 세계에는 반(바니르)과 아스(에시르)라는 두 신족이 있었다고 한다. 반 신족은 원래부터 북구에 살았던 신들이며, 해신(海神)족이라고도 한다. 이들은 풍요와 사랑을 주관하는 온화한 성격의 신들이다. 하지만 아스 신족은 게르만 민족이 스칸디나비아 반도로 이주할 때 함께 들어온 신들이다.

프레이야와 그 쌍둥이 형인 프레이르 신은 원래 반 신족이었지만, 아스 신족과 함께 살았다. 여기에는 다음과 같은 이유가 있었다.

어느 날, 반 신족인 굴베이그 여신이 아스 신족의 집을 방문한 적이 있었다. 그런데 이 여신이 마법으로 황금을 만들 수 있는 능력을 가지고 있다는 사실을 알고 아스 신족은 여신을 붙잡아 고문했다. 이에 분노한 반 신족은 배상을 요구했지만, 아스 신들은 이에 응하지 않아 전쟁이 일어나게 되었다. 오랜 전쟁 끝에 두 신족은 평화 조약을 맺게 되었고, 그 증표로 서로 인질이 될 신을 교환하기로 했다. 이때 아스 신족은 강력한 힘을 지닌 호에니르와 현명한 미미르를, 반 신족 역시 바다의 신 니외르드와 프레이야 쌍둥이 자매를 각각 보내주었다.

즉, 반 신족의 프레이야가 아스 신족과 함께 살았던 이유는 인질이었기 때문이다. 하지만 프레이야는 화평을 위한 인질이어서 어떤 박해도 받지 않았고, 다른 신들과 동등한 대우를 받았다.

모두에게 사랑받은 여신

프레이야는 반 신족의 다른 신들처럼 풍요와 사랑을 주관하는 여신이었다. 그녀는 대단히 아름다웠으며, 신들은 물론 소인족과 거인족까지 그녀를 사랑했다. 특히 흉포한 거인족은 수단과 방법을 가리지 않고 미녀를 차지하기 위해 갖은 음모를 꾸몄다. 이와 관련된 두 가지 재미있는 이야기가 있다.

어느 날, 거인족 트림은 토르 신이 소중히 여기는 망치를 빼앗아 그 반환조건으로 프레이야를 데리고 오라고 요구했다. 하지만 신들은 이 조건을 받아들이지 않고 오히려 트림을 역습했다.

토르는 프레이야로 변장한 다음 트림의 집에 들어가 다시 망치를 빼앗아 들고 나왔다. 그리고 되찾은 망치로 거인을 쓰러뜨리고 사건을 종결지었다.

또 어느 날, 신들이 사정이 있어서 거인들에게 궁전을 지어달라고 부탁했다. 거인족은 겨울 동안에 궁전을 다 지으면 프레이야를 자신들에게 달라고 요구했다. 신들이 어쩔 수 없이 이 요구를 승낙하자 거인들은 몹시 기뻐하며 공사를 시작했다. 하지만 로키 신이 한 가지 계략을 꾸몄다. 로키 신은 암말로 변신해서 궁전 공사에 동원된 수말들을 유혹하여 공사를 지연시켰던 것이다.

브리싱가멘이라는 이름의 목걸이

프레이야는 보석이나 액세서리를 매우 좋아했다. 그녀가 얼마만큼 장신구들을 좋아했는지 그와 관련된 이야기를 소개해보도록 하자.

프레이야의 궁전에서 그다지 멀지 않은 동굴에 금은세공을 하는 네 명의 소인족이 살고 있었다. 어느 날 프레이야는 이곳을 방문했다가 우연히 거의 완성된 금목걸이를 발견하고는 갖고 싶은 생각이 들었다. 그래서 다른 보물들과 바꾸자고 했지만 소인족은 이 제안을 거부했다. 대신 소인족은 자신들과 하룻밤씩 보낸다면 그 대가로 목걸이를 주겠다고 말했다. 여신은 주저하지 않고 즉시 소인족의 요구를 들어주었다.

이렇게 해서 원하는 목걸이를 손에 넣었지만 뜻하지 않은 문제가 발생했다. 소인족과의 거래 사실을 안 로키 신이 최고신 오딘에게 밀고해버렸던 것이다. 오딘은 신의 존엄과 권위를 훼손한 프레이야의 행동을 처벌하기로 하고, 우선 그녀의 목걸이를 빼앗으라고 로키에게 명했다. 오딘의 명령을 받은 로키는 파리로 변신하여 프레이야의 침실에 잠입해 들어가 잠들어 있는 여신의 목에서 목걸이를 훔쳐냈다.

다음날 아침 목걸이가 사라졌다는 사실을 안 여신은 누가 범인인지 알아보기 위해 오딘을 찾아갔다. 오딘과 만난 프레이야는 어떤 시련이라도 달게 받을 테니 목걸이만은 돌려받고 싶다고 말했다. 이렇게 해서 결국 목걸이는 다시 여신의 손에 들어가게 되었다.

브리싱가멘이라 불리는 이 목걸이는 낙원으로 들어가기 위한 마법의 무지개를 만들어내는 도구이기도 하다.

죽 은 자 의 섬 에 살 았 던 여 신

SCATHI

스카디

출전

북구 신화 : 스카디   켈트 신화 : 스카하/스카트

신화에 끼친 영향

스카디는 켈트와 북구 양 신화에 등장하는 여신이지만, 여기에서는 북구의 여신으로 소개한다.

이 여신의 이름은 고트어[6] Skadus, 고(古)영어 Sceadu의 어원이 되었다고 하는데, 모두 그림자를 뜻한다고 한다.

스카디는 켈트계의 여신으로, 예로부터 아이를 낳아서 잡아먹는 존재로 알려져 있다. 이는 '생명을 낳고, (죽은 다음에는) 그 사체를 집어삼키는' 대지를 나타내는 것이라고 할 수 있다.

그래서 스카디는 저승의 여왕으로 알려져 있으며, 때로는 저승의 신과 동일시되기도 한다. 또 다른 신화에 따르면, 최후의 심판 날이 되면 세상의 모든 신들이 그녀가 만들어낸 그림자에 잡아먹힌다고 한다.

스카디는 프레이야 여신과 쌍둥이라는 설도 있지만, 그 신격은 거의 정반

---

6) 고트어 : 고트족이 사용했던 언어. 게르만족의 일파인 고트족은 동고트족과 서고트족으로 이루어져 있으며, 로마제국을 수백 년간 괴롭힌 종족으로 알려져 있다. 고트족은 원래 스칸디나비아 남부에 살던 부족으로 베리그 왕을 따라 세 척의 배를 타고 발트해 남쪽 해안으로 건너가 그곳에 살던 반달족과 다른 게르만족을 물리치고 정착했다고 한다. 로마의 역사가 타키투스는 당시 고트족의 특징은 둥근 방패와 짧은 칼, 그리고 왕에 대한 복종이었다고 기록하고 있다.

대라고 할 수 있다. 일설에는 운명의 세 여신인 노르누 중 스쿨드 여신은 원래 스카디 여신이었는데, 그 이름이 바뀌어 후세에 전해졌다는 주장도 있다.

지명에 끼친 영향

스카디는 유럽 각지의 지명에 큰 영향을 끼쳤다. 예를 들면 '스칸디나비아' 라는 말도 그녀의 이름에서 유래했다고 한다. 스칸디나비아는 예로부터 '스카딘 아우야', 즉 '스카디의 나라' 라는 뜻으로 통용되었다. 마찬가지로 '스코틀랜드' 도 이 여신과 깊은 관계가 있는 지명이다.

그리고 스웨덴인들은 스카디에 대한 신앙심이 유달리 강해서 '스카디의 신전' 이나 '스카디의 숲' 같은 의미를 지닌 지명이 지금도 남아 있다고 한다. 이 지명을 입으로 소리내어 말하면 여신을 부르는 것과 같은 효과가 있다고 한다.

죽음의 의식

스카디 숭배자는 잔혹하게 산 제물을 바치는 의식을 행했다. 여신에게 바쳐진 제물은 인간 남성으로서, 자기 자신을 희생함으로써 여신에게 풍요를 구했던 것이다. 이들의 의식은 다음과 같은 방식으로 치러졌다.

무녀는 살아 있는 희생자를 자신의 앞에 두고 생식기를 끈으로 묶는다. 그리고 끈을 산양으로 하여금 끌게 해서 생식기를 잘라낸다. 그러면 산 제물은 죽게 되고, 무녀의 몸에 희생자의 피가 흩뿌려진다. 사람들은 이런 방식으로 의식을 치르지 않으면, 스카디가 대지에 봄을 가져다주지 않는다고 믿었다.

이 같은 의식은 세계 각지에서 행해졌다. 피가 흐르는 남성의 육체를 바치거나, 여신의 역할을 맡은 무녀가 희생자의 피로 몸을 씻는 행위는 그다지 진기한 것이 아니었다.

의식이 끝나면, 잘려진 남성의 생식기는 스카디 무녀가 몸에 지니고 다녔다고 한다. 이 때문에 무녀는 '메르닐(타락한 여성)' 이라는 불명예스러운 명칭으로 불리기도 했다.

이 의식의 흔적은 17세기 말까지 노르웨이나 스웨덴에 남아 있었다고 한다. 가장 무도회나 제의(祭儀)적인 형태의 난교(亂交), 부활절 등이 그 대표적인 예라고 할 수 있다. 이 때문에 스카디는 기독교 신자들에게는 '마녀의 수호자'라는 비판을 받기도 했다.

스카이의 나라

켈트 신화에서 스카디는 스카하, 혹은 스카트라는 명칭으로 불렸다. 이 여신의 신격은 북구 신화와 거의 동일하다. 스카하는 죽은 자의 왕국을 지배하는 여신으로, 저승은 '스카이의 나라'라고 불렸다.

스카이의 나라는 일곱 개의 성벽으로 둘러싸여 있다고 하는데, 어디에 있는지에 대해서는 지하, 천국, 서쪽 바다 등 여러 설이 있다. 켈트 신화에는 영웅들이 스카이 섬을 방문하여 격투기의 비법을 배웠다는 전승이 있다. 스카하는 용사를 '1년과 하루'(1년이 13개월인 태양력 일수)만 섬에 머물게 해서 자신이 알고 있는 모든 것을 가르쳐주었다고 한다.

이렇게 비법을 배운 남성은 '마력을 가진 자', '성스러운 자', '대업을 행

하고 죽음을 물리치는 자'가 되었는데, 영웅이 되는 대가는 자신의 목숨을 거는 것이었다.

한 가지 덧붙이면, 실제로 스카이와 발음이 비슷한 '스쿠에'라는 섬이 존재한다. 이 섬은 스카하 숭배의 중심지로 알려져 있으며, 옛날에는 전사들이 수행하는 곳이었을 것으로 추정되고 있다.

영웅에게 반한 죽음의 여신

켈트의 뛰어난 영웅 쿠 쿨린도 스카이에서 수행했다고 한다. 그가 수행하러 왔을 때, 스카하는 오이페라는 여신과 싸우고 있는 중이었다. 하지만 스카하는 쿠 쿨린을 쓸데없는 전쟁 때문에 잃고 싶지 않았다. 그래서 그에게 하루 종일 계속 잠들게 하는 약을 먹였지만 그는 한 시간 만에 깨어나 전차를 몰고 나가 스카하를 도왔다.

쿠 쿨린이 적군을 한 번에 여섯 명씩 쓰러뜨리자, 그의 위력에 놀란 오이페는 일대일 승부를 벌이자고 제안했다. 전력은 오이페가 우세했지만 쿠 쿨린은 상대의 허점을 파고 들어가 결국 승리를 거두었다.

전쟁에서 이긴 후 쿠 쿨린이 세 가지 조건(스카하와 영구히 평화를 유지할 것, 인질을 돌려보낼 것, 자신의 자식을 낳아줄 것)을 제시하자 패자인 오이페는 받아들이지 않을 수 없었다.

쿠 쿨린이 수행을 마치고 돌아간 후 오이페는 콘라라는 아이를 낳았다. 콘라 역시 스카하에게 무술을 배워 나중에 아버지와 싸우게 되었다. 콘라의 실력은 뛰어난 용사인 쿠 쿨린과 거의 비슷했다. 하지만 스카하는 이런 잘못된 싸움을 예상했기 때문인지 콘라에게 게이 보르그라는 마법의 창만은 주지 않았다.

이렇게 해서 아버지와 아들 사이에 벌어진 비극적인 싸움은 쿠 쿨린이 게이 보르그로 콘라를 쓰러뜨리는 것으로 결말이 나고 말았다.

불 로 불 사 의 관 리 자

IDUN

이둔

출전

북구 신화 : 이둔

불사의 사과

이둔은 북구 신화의 여신 중 가장 아름다운 여신으로 알려져 있으며, 맡은 역할은 불사의 사과('청춘의 사과'라고도 한다)[7]를 관리하는 것이었다.

이둔은 서쪽에 있는 정원에서 이 사과를 가꾸었는데, 그녀 외에는 아무도 이 사과를 가꾸는 일이 허락되지 않았다.

이둔의 이름에 대해서는 오딘의 여성형이 아닌가 생각되며, 그 역할을 볼 때 이 여신은 신화의 세계에서 꽤 중요한 신이었을 것으로 추정된다. 그리고 일설에는 룬문자의 발명자라고도 한다. 이둔의 남편 브라기가 최고의 음유시인이 된 것도 그녀가 브라기의 혀에 룬문자를 새겨넣었기 때문이라고 한다.

세계의 여러 신화에도 이둔처럼 불로불사의 묘약을 관리 · 주관하는 신들이 등장한다. 예를 들면 그리스에서는 레아 여신 또는 헤라 여신이 그런 역할을 맡고 있다. 또 인도에서는 암리타라는 불로불사의 영약이 있으며, 이 약을 관리하는 락슈미라는 여신도 있다.

빼앗긴 사과

이둔은 짓궂은 로키 신 때문에 큰 곤욕을 치른 적이 있다. 여기서에 그 이야

---

7) 불사의 사과 : 불사의 영약은 아니지만, 먹으면 젊어지는 효과가 있었다고 한다.

기를 소개해보도록 하자.

오딘과 로키, 헤니르 세 신이 여행을 하던 중 소를 불에 구워 먹으려고 한 일이 있었다. 하지만 어떤 방법을 써도 요리를 맛있게 할 수가 없었다. 그런데 독수리로 변한 거인 시아치가 찾아와 밥을 나누어주면 소를 요리해주겠다고 말했다. 그래서 거인에게 요리를 맡기자 그만 쇠고기를 들고 도망쳐버렸다. 매우 화가 난 한 로키는 지팡이로 때리려고 쫓아갔다가 오히려 사로잡히고 말았다.

시아치는 로키를 풀어주는 조건으로 여신 이둔과 불사의 사과를 요구했다. 어쩔 수 없이 그렇게 하기로 약속한 로키는 이둔을 찾아가 "다른 불사의 사과를 찾아보자"며 유혹하여 시아치에게 데리고 갔다.

여신이 없어지자, 아스가르드에는 큰 혼란이 일어났다. 로키가 데리고 갔다는 사실이 이내 알려지자, 그는 이둔을 다시 빼내와야 하는 곤란한 처지에 빠지고 말았다. 하지만 다행히도 로키는 여신을 다시 데리고 올 수 있었다. 이둔이 사라진 것을 안 시아치는 로키의 뒤를 쫓았지만, 신들이 미리 함정을 만들어놓고 기다리고 있었다. 결국 거인은 날개에 불이 붙어 땅에 떨어져 죽고 말았다.

환 상 세 계 의 여 왕

BRIGIT

브리지트

출전

켈트 신화 : 브리지트

언제나 사랑받는 여신

브리지트는 아일랜드의 토착신으로, 시대의 흐름에 따라 그 모습도 변화해왔다. 일반적으로 켈트 신화에 등장하는 여신으로 알려져 있지만, 그 신앙의 역사는 상당히 위로 거슬러 올라간다.

기록에 따르면, 최초에 이 여신을 숭배한 사람들은 게일계 켈트인[8]이었다. 이들은 원래 남쪽에서 온 민족으로, 그 선조는 아드리아 해 동쪽 연안에 고대국가를 건설할 정도로 나름대로의 큰 세력을 형성하고 있었다. 이 고대국가의 종교에서 숭배되던 켈트라는 신이 브리지트의 원형으로 추정되고 있다.

후에 이 여신은 켈트인들이 세운 브리간티아 대제국[9]을 통치하는 여왕으로까지 인식되었다. 그리고 이 대제국에는 같은 이름을 가진 두 자매가 있어 각각 의술과 대장장이의 신이 되었다고 한다.

브리지트는 이 세 여신의 성격을 모두 가지고 있는 삼위일체(三位一體)의 신이었다. 그래서 별명도 '하늘의 세 처녀' 또는 '세 어머니'라고 불렀다. 그

---

8) 켈트인 : 고대 인도-유럽어족으로 추정되지만, 인종적으로는 일정하지 않다. 이들에 대해서는 현재 그리 알려진 바가 없다. B.C. 10~8세기경 독일 부근에서 서서히 집단을 이루기 시작했으며, B.C. 5~3세기에는 프랑스, 영국, 터키 지역에서 강력한 세력을 자랑했다. B.C. 1세기 이후 다른 민족에게 멸망당했다.

9) 켈트인의 대제국 : 켈트인이 명확하게 국가를 세운 적은 없다. 이는 다만 전설일 뿐이다.

리고 이 여신은 달을 상징하기도 했다.

켈트인들은 용맹을 숭상해서 이 여신을 전투의 신으로 숭배했으며, 그의 보살핌을 받는 전사는 브리간즈라고 불렀다.

시대가 흐르면서 켈트인들의 땅에 기독교가 들어오자 브리지트 여신은 다른 신들과 달리 기독교의 성인 성 브리지트로 받아들여졌다. 이처럼 때로는 전투의 여신으로, 때로는 달의 여신으로 계속 사랑받는 여신이 브리지트이다.

신성한 여성

브리지트는 켈트인 가운데서도 음유시인들의 절대적인 지지를 받았지만, 이 여신과 관련된 성직자는 모두 여성들로 구성되어 있었다. 그래서 남성들은 이 여신과 다소 거리를 두는 듯한 경향을 보였다.

켈트인은 예로부터 남신보다 여신을 중요하게 생각했다. 그 무렵 켈트 사회에서는 여성이 의술과 농업에 대한 지식을 가지고 있었으며, 영감도 남성보다 더 뛰어나다고 생각했다.

여기서 당시의 신앙에 대해 살펴보도록 하자.

켈트인들의 도시 킬데어에 있던 예배당에는 남자들의 출입이 금지되었다. 그중 브리지트의 무녀들은 로마의 베스타 신전처럼 성스러운 불이 꺼지지 않도록 잘 지켜야 했다. 무녀의 수는 19명이었는데, 19라는 숫자는 태양력(太陽曆)과 태음력(太陰曆)이 일치하는 수[10]로서 켈트인들은 19년에 한 번씩 큰 제사를 지냈다고 한다.

브리지트의 축일은 매년 2월 1일이며, '임볼크', 혹은 '오멜크'라고 불린다. 이날은 봄의 첫날에 해당하며, 사람들은 신과 여신이 결합하는 날이라고 믿었다. 즉 브리지트는 봄을 부르는 여신이기도 했던 것이다.

---

10) 태양력과 태음력이 일치하는 수 : 정확히는 18.61이다.

기독교 성인이 된 이교의 여신

기독교는 세계 각지에서 선교 활동을 벌이면서 현지의 신들을 악마로 규정하고 모두 신의 권좌에서 끌어냈다. 하지만 이교의 존재를 결코 허락하지 않는 기독교도 브리지트만큼은 자신들의 성인으로 받아들였다.

이 여신을 향한 신앙은 대단히 오랜 역사를 가지고 있으며, 사람들의 신앙심도 깊었다. 켈트인들의 정신적 기저에는 이 여신에 대한 사랑이 깊이 뿌리 내리고 있다. 브리지트가 길을 걸으면 그곳에 꽃과 풀이 돋아나고, 여신이 쉬었던 그늘에는 샘이 솟아난다는 전설이 있을 정도다. 이러한 기적의 흔적이 곳곳에 남아 있는 상태에서 개종시킨다는 것은 주민들의 반발만 불러올 뿐이었다.

브리지트 숭배를 근절시키는 것은 무리라고 생각한 교회는 역으로 그녀에게 성인의 자리를 내주면서 기독교 신앙과 접목시켰던 것이다. 그리고 킬데어의 예배당에서 브리지트에게 풍요를 기원하는 이교의 의식이 열렸지만, 이 역시도 막을 수가 없었다. 그래서 킬데어 예배당은 여자 수도원으로 바뀌게 되었고, 브리지트는 그 창설자가 되었다.

오랜 시간이 흐른 후 현지인들은 점차 기독교를 따르게 되었지만, 브리지트를 여신에서 성인으로 만든 것에 대한 맹렬한 반대운동은 계속되었다. 그래서 할 수 없이 브리지트를 성모 마리아와 같은 인물이라고 인정함으로써 겨우 반발을 잠재울 수 있었다. 아일랜드인에게 브리지트는 그만큼 숭배와 흠모의 대상이었던 것이다.

삼위일체의 여신

켈트 시대부터 사람들은 브리지트가 하나의 신이지만 세 가지 신격을 지닌 삼위일체적인 성격의 여신이라고 생각했는데, 기독교가 들어오고 나서도 이러한 신관은 사라지지 않고 오히려 더욱 강화되었다. 왜냐하면 기독교 역시 삼위일체설을 근간으로 성립된 종교였기 때문이다.

하지만 예로부터 가지고 있던 세 여신의 모습은 사라지고 말았다. 그 대신 브리지트는 어머니 성격의 성 브리지트, 아버지 성격의 패트릭[11], 그리고 성

골롬바로 이루어진 '기적을 일으키는 세 성체'로 숭배되기에 이르렀다.

---

11) 성 패트릭 : 아일랜드에 그리스도교를 전파했다고 여겨지기 때문에 아일랜드의 수호성인
    이 되었다.

회　　색　　의　　여　　신

MORRIAN

모리안

출전

켈트 신화 : 모리안/모리간

얼스터의 여전사

아일랜드 북동부의 얼스터 지방에 사는 켈트인들 사이에는 여신들에 관한 많은 이야기들이 전해 내려오고 있다. 많은 여신들이라고는 하지만 그 실체는 사실 하나뿐이다. 다른 지방의 신화에서도 볼 수 있는 것처럼 여러 신격을 가지고 있는 위대한 신이 필요에 따라 다른 모습으로 나타나는 것이다.

모리안은 기본적으로 전쟁의 여신이며, 회색을 상징색으로 가지고 있다. 아일랜드의 얼스터에서 시작된 이 여신에 관한 이야기는 다른 지역의 켈트인에게도 전해져 각지에서 변형된 신화가 만들어지게 되었다. 예를 들면 몬스터 중 여신 무겐의 원형도 모리안으로 추정되고 있다.

죽음과 예언, 풍요의 여신

켈트 신화에는 모건 르 페이라는 죽음의 여신이 나온다. 이 신은 모리안을 원형으로 하는 여신으로, 어느 지방에서는 모겐이라는 자매신으로 변한 경우도 있다.

모겐은 서쪽 어딘가에 있는 '행운의 섬'을 지배하는데, 이곳은 영웅이 죽은 후 가는 곳이라는 믿음이 있었다. 행운의 섬에 있는 궁전은 금과 수정으로 되어 있으며, 사자(死者)의 낙원이기도 하다. 하지만 살아 있는 사람은 결코 그곳에 들어갈 수가 없었다. 섬에 가까이 다가오는 자는 인어로 변신한 모겐 자매에게 붙잡혀 바닷속이나 땅속에 있는 궁전으로 끌려간다고 한다.

원래 전쟁의 여신인 모리안에게는 '모든 것의 파괴자'라는 별명이 있기 때문에 죽음을 주관하는 신으로 변화했다고 해도 그리 이상한 것이 아니다. 하지만 죽음과 전쟁의 신과는 전혀 어울리지 않게 은혜를 베풀어주는 신으로도 알려져 있다. 이 여신을 열심히 믿는 연인들은 불사에 이르게 된다는 이야기도 전해지고 있다.

또한 모리안은 까마귀의 모습으로 전쟁터에 나타나 곧 죽을 운명인 자에게 경고를 보냈다. 죽음에 대한 선고뿐만 아니라 다그다 신[12]에게 비책을 가르쳐주기도 했는데, 그로 인해 투아타 데 다난족은 적을 물리치고 승리를 거둘 수 있었다. 이 때문에 모리안은 예언과 지략이 뛰어난 여신으로도 알려져 있다.

이런 인연으로 모리안과 다그다는 결혼에 이르게 되었고, 그때 이후로 모리안에게는 풍요의 여신 역할이 더해지게 되었다.

아일랜드에서는 '모리간의 젖꼭지'라는 의미를 가진 지명이 현재도 남아 있다.

진정한 영웅 쿠 쿨린

전쟁의 여신답게 모리안은 켈트의 영웅들과 밀접한 관련이 있다. 쿠 쿨린에 관한 이야기도 그중 하나다.

어떤 사건이 발단이 되어 코노트와 얼스터 두 부족은 7년 동안 계속 전쟁을 벌이고 있었다. 마침내 두 부족은 서로 평화 조약을 맺게 되지만, 영웅 쿠 쿨린의 맹활약 때문에 큰 피해를 본 코노트 부족의 메이오 여왕은 강한 적개심을 가지게 되었다.

모리안은 이를 안타깝게 생각하고, 아름다운 처녀의 모습으로 영웅 앞에 나타나 화해를 권했다. 하지만 쿠 쿨린은 자신을 도와주러 온 여신의 손길을

---

12) 다그다 신 : 켈트어로 '좋은 신'이라는 뜻이다. 아일랜드의 신화적인 종족 투아타 데 다난의 신으로 대지와 풍요를 주관했다.

매몰차게 거부했다. 그러자 화가 난 모리안은 쿠 쿨린에게 복수하기로 결심했다.

쿠 쿨린이 로프라는 적군의 용사와 일대일 대결을 벌이자 모리안도 그곳에 난입해 이리와 붉은 암소로 모습을 바꿔가면서 영웅을 공격했다. 그럼에도 뛰어난 용사인 쿠 쿨린이 온갖 어려움을 극복하고 승리를 거두자 모리안은 쿠 쿨린을 인정할 수밖에 없었다.

그래서 이번에는 젖을 짜는 노파의 모습으로 나타나 싸움에 지친 그에게 우유를 내밀었다. 영웅도 노파에게 예를 표하고 축복의 말을 건넸다. 그 축복으로 모리안의 상처도 치유되었다.

쿠 쿨린이 용맹스러운 진정한 영웅이라고 생각한 모리안은 그때 이후로 그와 좋은 관계를 유지했다고 한다.

기사와 마녀의 전설

켈트 전승 가운데 '가웨인과 녹색의 기사'라는 것이 있다. 이 둘은 영원한 적대자로서 상대방을 죽여야만 자신이 살아남을 수 있는 운명이었다. 하지만 어느 한쪽이 죽더라도 해가 바뀌면 다시 살아나서 싸움을 계속 되풀이했다.

가웨인이 사용한 피처럼 붉은 방패 전면에는 모건 르 페이(죽음의 여신)의 상징인 별이 문장처럼 그려져 있었다고 한다. 이는 싸움, 죽음, 불사를 의미하는 것으로, 모건 르 페이가 전사의 수호신이었다는 것을 보여준다.

그리고 가웨인과 녹색의 기사가 서로를 죽이는 것은 신들에게 드리는 제사 의식을 형상화한 것이라고 한다. 켈트인들은 한 해가 끝날 때마다 신에게 산 제물을 바쳤다. 이 관습이 중세 시대가 되면서 기사도에 받아들여져 '의례적인 참수(斬首) 의식'[13]으로 변형되었던 것이다.

덧붙이면, 가웨인이라는 기사는 '아서 왕의 전설'에도 등장한다. 이 전설

---

13) 의례적인 참수 의식 : 기사에게 자리(位)를 주는 의식을 할 때, 새로운 기사의 목을 검으로 가볍게 두드리는 것을 지칭한다.

속에는 아서 왕과 인척 관계에 있는 모건이라는 여성이 등장한다. 이 여성은 복수심에 불타는 마녀 같은 존재로 묘사되고 있다. 모리안이 모건은 아니지만, 아서 왕이 죽은 후에도 철저하게 괴롭혔던 그녀는 지치지 않는 힘을 가지고 있었다. 이 여성 역시 모리안 여신을 모델로 만들어낸 캐릭터라고 할 수 있다.

죽　　　음　　　의　　　사　　　자

MACH

마하

출전

켈트 신화 : 마하

위대한 환영

마하는 아일랜드 얼스터 지방의 위대한 여신 모리안이 가지고 있는 신격 중 하나다. 모리안은 처한 상황에 걸맞게 여러 가지 모습으로 변신하는데, 그 신격은 크게 세 가지로 나눌 수 있다.

하나는 '부(富)의 처녀' 아네, 또 하나는 '영원한 생명을 낳는 어머니신' 바드브, 그리고 마지막 하나는 '위대한 환영(幻影)의 여왕', 혹은 '죽음의 노파'인 마하다.

모리안 자신도 가끔 죽음의 여신으로 등장하는 경우가 있지만, 마하는 오로지 죽음의 여신이라는 역할만 맡고 있다. 상징색은 붉은 핏빛이며, 얼스터에 있는 에빈 마하 궁전(마하의 쌍둥이 궁전)이 그녀의 성지로 알려져 있다.

사람들은 이 여신이 까마귀로 변신하여 전쟁터를 누비며 시체를 쪼아먹는다고 생각했다. 그래서 켈트의 전사들은 쓰러뜨린 적의 머리를 문에 걸어놓았는데, 이는 마하에게 바치는 공물의 성격을 가지고 있었다.

이 여신은 대단히 잘 달렸다고 하는데, 매우 빨리 달리는 말도 마하를 당해내지 못했다고 한다. 덧붙이면, 현재 음속의 단위를 마하라고 하는 것도 이 여신과 관련이 있다고 전해진다.

마하의 저주

마하는 아일랜드 신화에서 시대를 초월하여 등장하는 여신으로 알려져 있다. 하지만 어떤 이야기든 어두운 그림자가 짙게 드리워져 있다.

처음에 마하는 네베드 왕의 아내로 나온다. 네베드는 신화상에서 세 차례나 아일랜드를 침략하지만, 마하가 일족의 멸망을 예지하고 있었기 때문에 결국에는 패권을 잡지 못하게 된다.

두 번째로 이 여신은 아일랜드의 전사와 통치자로 등장하며, 세 번째에는 신부의 모습으로 나타난다. 여기서는 신부 마하에 대해 소개해보도록 하자.

얼스터족 중 크룬느후라는 남자가 있었다. 어느 날 그의 집에 아름답고 신비스러운 여성이 찾아와 그의 아내가 되었다. 이 여성은 마하가 처녀로 변신한 것이었다. 그런데 크룬느후는 자신의 아내가 매우 빨리 달릴 수 있다는 사실을 알았다. 그래서 경주대회가 열리는 날 많은 사람들 앞에서 이렇게 외쳤다.

"내 아내는 왕의 말보다 더 빨리 달릴 수 있소!"

이 말을 들은 왕은 즉시 크룬느후를 잡아들이고 그의 아내를 불렀다. 그리고 자신의 말과 경주하게 했다.

"만약 네가 진다면, 네 남편을 죽여버릴 것이다."

그런데 마하는 출산하기 직전이어서 도저히 달릴 수 없는 몸이었다. 그래서 경주를 연기해달라고 간청했지만 왕은 이 요구를 받아들이지 않았다.

분노한 마하는 얼스터족은 모두 파멸하고 말 것이라고 선언했다. 그리고 무거운 몸을 이끌고 경주에서 승리를 거둔 후 곧바로 남녀 쌍둥이를 낳았다.

분노가 극에 달한 여신은 출산 때 자신의 절규를 들은 모든 사람에게 저주를 걸었다. 저주에 걸린 사람들은 급격하게 심신이 쇠약해졌으며, 저주는 그 후 9대 동안이나 계속되었다. 그리고 마침내 얼스터족은 다른 부족의 습격을 받아 멸망하고 말았다.

이 저주에 걸리지 않은 자는 영웅 쿠 쿨린과 그의 아내와 자식뿐이었다고 한다.

고 대 의 할 머 니 신

ANNE

아네

출전

켈트 신화 : 아네

존귀한 고대의 여신

아네는 모리안 여신이 가진 신격 가운데 하나로, 부와 풍요, 보물을 주관하는 여신으로 알려져 있다. 하지만 이 여신의 연원은 역사적으로 상당히 위로 거슬러 올라간다.

메소포타미아의 수메르인은 '안나닌' 이라는 풍요의 여신을 숭배했는데, 이것이 확인 가능한 가장 오래된 안네의 원형이다. 그리고 고대 이탈리아의 도시국가에서는 할머니신으로서 안네 여신이 있었으며, 시리아에서는 아네다, 구약성서에도 아네라 불리는 여신이 있었다. 로마인들도 아네 페렌나(장수의 여신)라는 어머니신을 믿었는데, 이 여신은 시간의 여신으로 알려져 있다.

아네는 해가 바뀔 때마다 당혹스러운 표정을 지었다. 아네에게는 두 개의 머리[14]가 달려 있었는데, 하나는 천계의 문을 바라보고 또 하나는 뒤를 돌아보기도 해서 갈피를 잡지 못했다. 그로 인해 문이 있는 곳에서 천계의 주기가 바뀌었다고 한다.

두 개의 머리를 가진 아네는 알파와 오메가(최초와 최후)를 상징하며, 그 사이에 있는 모든 문자를 발명했다고 전해진다.

---

14) 두 개의 머리 : 이러한 모습은 후에 하나의 머리에 두 개의 얼굴을 가진 야누스 신으로 나타났다.

마녀가 된 처녀

아네는 원래 사람들에게 은혜를 베풀어주는 신이었지만, 무슨 이유 때문인지 켈트 신화에서는 파괴신으로 등장하는 경우도 있다.

예를 들면 '무적의 죽음의 여신' 모르크 아네는 아네의 화신으로 추정된다. 이 여신은 오망성형(五芒星形)을 자신의 상징으로 내세웠으며, 마법을 자유자재로 구사했다고 한다. 이집트의 상형문자에서 오망성형은 명계를 나타내는 것으로, 죽음과 깊은 관계가 있는 것으로 여겨졌다.

이 여신은 대단히 오래된 신일 뿐만 아니라 각지에 많은 신자들이 있었기 때문에 지역 특성에 맞는 신격이 많이 추가되었던 것 같다.

켈트인이 더 이상 존재하지 않게 된 중세 이후, 기독교 신자들은 이 여신을 '천사들의 아네'라고 숭배하기도 했으며, 그와 반대로 철의 숲에 사는 마녀 '앙그르보다'라고 배척하기도 했다.

7백 년간의 원죄 논쟁

기독교에서 일반적으로 '앤'은 성모 마리아의 어머니로 알려져 있다. 성서가 쓰여지기 이전부터 각지에서 아내 또는 그와 비슷한 유의 이름은 '신의 어머니'를 지칭하는 대명사로 사용되었다. 따라서 성서에서 신의 할머니 이름을 앤으로 정한 것도 이런 배경이 있기 때문이다.

앤은 기독교에서 세 사람의 아내가 되어 많은 성인을 세상으로 내려보냈다. 또 산파와 광부들의 수호성녀로도 알려져 있다.

성모 마리아는 처녀의 몸으로 아이를 가졌다. 그의 어머니 앤은 어떠했을까? 가톨릭 교회의 공식 입장은 인간은 성행위에 의해 더럽혀진다는 것인데, 이것이 흔히 이야기하는 원죄다.

따라서 앤의 회임은 성행위와 무관해야만 했다. 이에 대해 실로 7백 년이 넘는 기나긴 논쟁이 되풀이되었다. 15세기의 독일 학자 요하네스 트리테미우스(스폰하임 대수도원장)는 앤에 대해 이렇게 말했다.

"그녀는 세계가 형성되기 이전에 신을 위해 봉사하도록 선택되었다. 즉 앤은 남성과 성행위를 하지 않고 회임한 것이며, 성모 마리아처럼 순결하다."

교회는 처음에 이 의견을 인정했지만, 어머니 앤과 딸 마리아 두 사람 모두 처녀의 몸으로 회임했다는 것은 도가 지나치다고 생각하여 나중에는 이 주장을 부정하게 되었다. 결국 앤은 보통 인간들처럼 회임을 한 것으로, 마리아는 수태의 원죄를 면한 것으로 결론이 내려졌다.

요　정　들　의　어　머　니

DANANN

다누

출전

켈트 신화 : 다누

투아타 데 다난 신족의 여왕

다누는 투아타 데 다난 신족의 전능신으로, 포워르족의 왕 브레스의 아내였다고 전해진다. 그녀는 삼위일체의 여신 브리지트를 비롯해 예술과 문학의 신 브리안 · 유하르 · 유하르바 삼형제, 지혜의 신 에크네도 낳았다고 한다.

다난 신족은 오랜 옛날 구름을 타고 바다를 건너와 아일랜드에 정착한 신족이다. 이들은 마술과 시가(詩歌)에 뛰어난 재능을 발휘했던 개성이 풍부한 신들이었다. 전설에 따르면, 다난 신족은 남쪽 섬에 있는 네 도시에서 네 개의 보물을 가져왔다고 한다. 그 네 가지 보물은 다음과 같다.

· 핀디아스 – 누아자의 마검

· 고리아스 – 빛의 신 루가 가진 마법의 창

· 필리아스 – 운명의 돌(대관석)

· 무리아스 – 다자의 마법의 솥

이들은 이 마검과 마법의 창, 그리고 음식이 떨어지지 않는 풍요의 솥, 올바른 지도자를 알려주는 대관석을 이용하여 적을 물리쳤다. 이로 인해 아일랜드의 원주민 피르 보르족은 자신들의 땅에서 쫓겨나고 말았다. 하지만 다난 신족 역시 탈틴 평원의 전투에서 밀레족에 패하여 바다로 추방되었다.

그후 다누는 지하로 도망쳐 요정의 나라를 만들었다. 이들의 나라는 결코 눈에 보이지 않고, 신들의 모습도 보이지 않는다고 한다. 이들은 나중에 흙과 농산물, 강, 샘 등의 신으로 사람들에게 알려지게 되었다. 즉 모습을 드러내지 않는다는 전승과 함께 다난 신족은 자연 그 자체로 사람들에게 받아들여졌던 것이다.

수 레 바 퀴 를 돌 리 는 여 신

ALIANRHOD

아리안흐로드

출전

켈트 신화 : 아리안흐로드

시간을 주관하는 여신

아리안흐로드는 켈트계 아리아인[15]이 자신들의 선조로 생각하는 여신이다. 특히 영국의 웨일스 지방에 살았던 사람들은 그녀를 열렬히 신봉했으며, 관(冠)자리라는 성좌의 여신으로 연모의 대상이 되기도 했다. 그리고 이 지방의 전승에 따르면, 아리안흐로드는 다누 여신의 딸이라고도 한다.

이 여신의 특징은 영원히 수레바퀴를 돌린다는 것이다. 이는 '별의 수레바퀴' 라 불리는 것으로, 여러 가지 의미를 내포하고 있다. 별의 수레바퀴는 아리안흐로드가 시간을 계속 흐르게 한다는 것을 상징한다. 그리고 수레바퀴에는 전사자를 달의 세계로 실어나르는 배의 의미도 있다. 이런 사실로 볼 때 아리안흐로드는 죽음의 여신이었을 것으로 추정된다.

별의 수레바퀴는 달의 세계에 있는 세 명의 드루이드 무녀[16]가 만들었다고 한다. 그리고 이 무녀들은 세 명으로 한 조가 된 여신으로, 황도(黃道) 12궁과 하늘의 강도 창조했다고 한다.

---

15) 아리아인 : 인도–유럽어족에 속하는 종족. 중앙아시아에서 인도와 유럽 각지로 이동하여 정착했다. 게르만족은 인종이 일정하지 않은데, 그 일부분이 인도유럽어족, 즉 아리아인이었다.

16) 드루이드 무녀 : 켈트족의 사제를 지칭한다.

여신의 실패

오랜 옛날 웨일스에는 왕과 나라의 운명을 밀접하게 연관시키는 사고방식이 존재했다. 즉 왕의 생명력이 강하면 나라도 번영을 이룬다는 것이었다.

왕은 언제나 강한 생명력을 유지하기 위해 처녀의 무릎 위에 다리를 올려놓고 자리에 앉았다고 한다. 처녀는 아직 성관계를 맺지 않은 존재여서 생명력의 원천으로 생각했던 것이다. 왕은 언제나 처녀와 접촉했는데, 전쟁 때만은 예외였다. 전쟁은 그 자체가 자신이 국토에 생명력을 주는 것이라고 인식했기 때문이었다.

웨일스의 전승 중 구이네즈족의 왕이었던 마스와 관련된 이야기가 지금도 전해지고 있는데, 여기에 여신 아리안흐로드도 등장한다.

마스도 왕이었기 때문에 많은 처녀들을 거느리고 있었는데, 그 중 고이원이라는 처녀도 있었다. 하지만 가까운 부족 중 그녀를 남몰래 사랑하는 남자가 있었다. 그 남자는 마스를 밖으로 불러낸 후 혼자 남아 있는 고이원을 겁탈해버렸다.

에너지 공급원인 고이원이 처녀성을 잃어버리자 마스는 곧바로 다른 여성을 찾았다. 이때 나타난 여성이 바로 아리안흐로드였다.

웨일스에서는 인간의 왕과 토지의 생명력을 상징하는 토착 여신과의 접촉을 신성하게 여겼다. 그래서 왕과 신이 제식혼(祭式婚)을 하면 나라가 더욱 번영한다는 믿음도 생겨나게 되었다.

마스는 아리안흐로드를 받아들였지만, 진짜 처녀인지 의심이 들어 여신에게 마법의 지팡이에 올라타보라고 했다. 이는 여성이 처녀인지 아닌지를 판별하는 일종의 시험이었다.

하지만 아리안흐로드는 이 시험을 통과할 수가 없었다. 여신은 처녀가 아니었던 것이다. 이에 부끄러워진 아리안흐로드는 자신의 성으로 도망쳤다고 한다.

여신에 관한 일화로는 다소 특이한 내용이지만, 이는 구이네즈 부족이 토착 부족이 아닌 웨일스에 순응하지 않았다는 이야기를 형상화한 것이라고 볼 수 있다.

금　기　를　깬　여　신

BOANN

보안

출전

켈트 신화 : 보안

보안 강을 만든 여신

보안에 대해 가장 널리 알려진 전승에 따르면 이 여신은 물의 신 네프탄의 아내였다고 한다.

오랜 옛날 시드헤 네프탄이라는 언덕에는 성스러운 샘이 있었다. 이 샘은 네프탄이 관리했는데, '네프탄과 그가 초대한 자' 외에는 가까이 다가갈 수 없는 금단의 영역이었다.

하지만 보안 여신은 이 금기를 깨고 샘 주변을 시계 반대 방향으로 돌았다. 그러자 성스러운 샘에서 엄청난 양의 물이 솟아올랐다. 깜짝 놀란 보안은 동쪽으로 도망쳤지만, 호수에서 흘러나온 물에 휩쓸리고 말았다. 그후로도 물은 계속 솟아나서 큰강이 되었다. 그래서 이 강을 여신의 이름을 따서 보안 강이라 부르게 되었다.

인우스의 어머니

보안은 다른 신화에도 등장한다. 여기서 보안은 물의 신 네프탄이 아닌 다른 신의 아내로 등장하는데, 다난 신족의 왕 다그다의 간청을 받고 그의 아들을 낳게 된다.

처음에 보안은 엘크와르라는 신과 함께 살았다. 하지만 그녀를 처음 보고 마음을 빼앗긴 다그다 신은 남편인 엘크와르를 계략에 빠뜨렸다.

엘크와르는 다그다 신의 명에 따라 '어두워질 때까지는 돌아올 수 없는' 곳으로 심부름을 나갔다. 하지만 이것은 하루가 아닌 9개월 이상 걸리는 기나긴 여행이었다. 엘크와르에게는 하루 만에 돌아올 수 있는 것처럼 마법을 걸었던 것이다.

이렇게 해서 엘크와르가 없는 사이에 다그다는 보안과 결혼한 후 인우스라는 아들을 낳았다. 게다가 남편인 엘크와르가 돌아오자 다시 마법을 걸어 모든 기억을 잊어버리게 만들었다. 나중에 인우스는 다그다의 도움으로 엘크와르 신의 영지를 빼앗았다고 한다.

그 밖의 북구·켈트의 여신

프린

프리야라고 불리기도 한다. 프리그의 시녀 역할을 맡은 여신이며, 게르만의 일족인 랑고바르드(롬바르드) 사람들에게 특히 숭배받았다. 예로부터 위니르스족으로 불렸던 이들은 프린을 흠모의 대상으로 여겼는데, 오딘은 위니르스의 적인 반달족을 지원했다고 한다. 그래서 프린은 오딘을 싫어하는 위니르스족을 위해 축복과 함께 새로운 씨족명을 주었다. 이렇게 해서 얻은 새 이름이 랑고바르드이며, 이들은 여신의 도움으로 오딘과 좋은 관계를 유지할 수 있었다고 한다.

지프

오딘 신의 아들 중 토르라는 천둥신이 있는데, 그의 아내가 지프다. 이 여신은 프레이야 다음가는 미모를 지녔다고 한다. 북구의 여신은 모두 매우 아름답게 묘사되는데, 이 여신도 마찬가지다. 특히 이 여신은 눈부실 정도로 빛나는 금발머리의 소유자였다고 전해진다.

란

북구 신화에 등장하는 바다의 신 에기르의 아내다. 이 여신은 언제나 그물을 가지고 바다를 지나는 배를 난파시켰다고 한다. 그래서 익사자가 생기면 바다 밑에 있는 자신의 궁전으로 데리고 갔다고 전해진다.

제3장
일본의 여신

일본의 신화

일본인의 기원과 신화

일본인의 기원에 대해서는 여러 가지 설이 있지만, 최근 연구에서는 남방계 조몬(繩文)인과 북방계 야요이(彌生)인의 혼혈이 일본인이 되었다는 설이 현재 가장 유력하게 거론되고 있다.

조몬인은 몇만 년 전 유라시아 대륙 남부에서 일본으로 넘어왔을 것으로 추정되는데, 이들은 수렵과 채집 외에도 원시적인 농업으로 삶을 이어나갔다.

일본 신화 첫머리에 나오는 이자나기노미코토(伊邪那岐命)와 이자나미노미코토(伊邪那美命)는 나라를 탄생시킨 조상신으로 유명한데, 이들은 부부인 동시에 남매간이기도 하다. 파푸아뉴기니에도 인류의 선조가 된 남매 신화가 있는데, 이자나기노미코토와 이자나미노미코토의 신화는 남방계 영향을 강하게 받은 것으로 알려져 있다.

그리고 야요이인은 중국 북부에서 한반도를 거쳐 약 2천 년 전에 일본으로 건너와서 벼농사와 금속 사용법을 전해주었다. 이들은 조몬인보다 더 많은 숫자가 건너온 것으로 추정되며, 이들의 생활을 기본으로 일본 사회가 성립되기에 이르렀다. 이들은 북방계 신앙을 일본에 전파하기도 했다. 북방계 사람들은 하늘에 대한 신앙을 가지고 있었는데, 『고사기(古事記)』와 『일본서기(日本書紀)』에 나오는 '다카마가하라(高天原)'나 '천손강림(天孫降臨)' 같은 신화는 북방계 신화의 영향을 받은 것이라 할 수 있다.

국가가 기록한 신화

일본에는 『고사기』와 『일본서기』라는 오래된 시대의 신화를 기록한 책이 있다. 이 책들은 8세기 초, 왕족이 자신들의 지배 기반을 확고하게 다지기 위해 만든 것이지만, 문화사적인 측면에서 볼 때 지금까지 전해지고 있다는 사실만으로도 큰 행운이 아닐 수 없다. 불교가 들어오거나 때로 권력자가 바뀌기도 했지만, 일본 신화는 정치적·문화적으로 강한 영향력을 지속적으로 행사했다. 메이지(明治) 유신의 원동력이 된 것도 국학(國學)이라는, 소위 신화를 연구하는 학문이었던 것이다.

『고사기』와 『일본서기』는 지배자의 관점에서 본 체계적인 신화이며, 백성을 통제

하기 위한 목적이 있었기 때문에 민간 차원의 이야기, 즉 민화는 등장하지 않는다. 그러한 이야기들이 보충되어 있는 문헌으로는 『풍토기(風土記)』가 있다. 『풍토기』는 8세기 중반에 편찬된 책이다. 지방 관료가 특산물과 지형, 그에 따른 지명의 유래를 기록하여 조정에 올린 것을 한 권의 책으로 만든 것이다. 『풍토기』에 나오는 신화에는 지역과 밀접한 신들의 모습이 잘 표현되어 있다. 이런 점에서 보면, 일본 신화에 등장하는 신들의 본질은 지역을 지키는 신이었는지도 모른다.

불교와 신

불교가 백제에서 일본으로 전해진 것은 600년경으로, 우여곡절 끝에 국교의 지위를 확립할 수 있었다. 불교는 처음부터 일본에 존재해왔던 신들을 부정하지 않았다. 또 일본 쪽에서도 불교를 배척하지 않고 '이익을 주는 외국의 신'으로 받아들였다.

이렇게 해서 불교는 일본 신화와 융합되기에 이르렀다. '일본의 신은 부처님이 모습을 바꾸어 일본에 나타난 것'이라는 해석까지 생겨날 정도가 되었고, 일본인은 '장례식은 절에서 치르지만, 참배는 신도(神道)의 신사(神社)에서 한다'는 외국인의 입장에서는 다소 불가사의하게 보이는 정신 구조를 가지게 되었다.

불교는 인도의 신들을 호법신(護法神)으로 받아들였는데, 일본에서도 이 신들은 '도움을 주는 신들'로서 숭배의 대상이 되었다. 이처럼 전통적으로 믿어온 기존의 신들만이 아니라 불교를 통해 들어온 신들도 신앙의 대상이 되었기 때문에 지금도 일본에는 수많은 신들이 존재하고 있다고 할 수 있다.

신의 수는 무려 8백만

신에 대한 일본인들의 기본적인 태도는, 지역의 수호신인 씨족신을 제외하면, '뭔가 도움을 주는 신을 믿는다'는 것이다. 이는 전 세계적으로 보면 다소 특이한 것으로, '신앙심이 깊지 않은 천박한 신앙 형태'라는 비판을 받기도 한다. 하지만 역으로 종교의 교리에 얽매이지 않는 유연한 정신 구조를 갖게 된 것도 이 같은 신앙 형태에서 비롯된 것이라고 할 수 있다. 이는 일본인이 가진 최대의 단점이자 장점일지도 모른다. 흔히 일본을 '8백만의 신이 있는 나라'라고 이야기한다. 여기에서는 수많은 일본의 신들 중 널리 알려져 있는 여신들을 소개하기로 한다.

일 본 을 창 조 한 여 신

IZANAMINO-MIKOTO
이자나미노미코토

출전

일본 신화(『고사기』, 『일본서기』) : 이자나미노미코토

나라를 세운 부부신

이자나미노미코토(伊邪那美命)는 남편인 이자나기노미코토(伊邪那岐命)와 함께 일본 국토를 창조한 신으로 알려져 있다.

세계의 여러 신화를 보면 인류의 시조가 된 부부(남매인 경우도 많다)가 등장하는 경우가 많다. 이자나기노미코토와 이자나미노미코토도 이 경우에 속하는 것으로 볼 수 있는데, 이들이 일본이 아닌 전 인류의 시조라는 언급은 없다. 단순히 일본의 국토와 일본의 신들을 낳은 신이라는 지위만 주어져 있을 뿐이다.

이자나기노미코토와 이자나미노미코토의 출현

일본 신화에 따르면, 천지가 출현할 때 아직 세계는 굳건히 뿌리 내리지 못하고 마치 해파리처럼 떠다녔다고 한다. 이런 때 어디에선가 신이 탄생했다.

이렇게 최초로 탄생한 신을, 『고사기』에서는 아메노미나카메시노카미(天御中主神)로, 『일본서기』에서는 구니노토코타치노미코토(國常立尊)로 기록하고 있다. 그 이후에 다카마가하라(高天原)라는 천상계(신들의 거주지)에 차례로 신들이 출현했지만, 이들이 가진 신격은 확실치 않았다. 다카마가하라에 최후로 등장한 신은 이자나기노미코토와 이자나미노미코토였다. 이 둘은 부부신이지만, 동시에 출현했기 때문에 남매신이기도 하다.

이자나미노미코토는 일본 신화 속에서 활약하는 많은 신들을 낳았으며, 사고로 죽은 후에는 '요모쓰오카미(黃泉津大神)'라는 황천(죽음의 세계)의 여왕이 되었다.

하지만 신도(神道)에서는 이를 무시하고, 생전의 이자나미노미코토를 남편인 이자나기노미코토와 함께 '나라를 탄생시킨 부부신', '8백만 신의 시조'로 숭배하고 있다.

그리고 이자나기노미코토와 이자나미노미코토는 일본 신화 최초의 부부이며, 인연을 맺어주는 신으로서 널리 숭배되고 있다.

나라의 탄생

신화에 따르면, 이자나기노미코토와 이자나미노미코토는 다카마가하라의 신들로부터 하계(지상)에 나라를 세우라는 명령을 받았다고 한다. 그래서 둘은 아마노우키하시(天浮橋) 위에서 보석이 달린 창으로 바다를 휘저어 땅덩어리를 만들어냈다. 이것이 '오노코로 섬'으로, 일본에 최초로 출현한 국토라고 한다.

둘은 다카마가하라에서 이 섬으로 내려와 교합을 통해 일본 국토를 창조했다고 한다. 둘의 첫 교합에서 히루코(蛭子)라는 매우 못생긴 아이가 태어났다. 히루코는 실패작이었던 것이다. 그래서 배에 태워 바다로 흘려보낸 다음 그 원인을 하늘에 묻자 "여자 쪽이 먼저 소리를 내서는 안 되는 금기를 깨뜨렸기 때문에 그렇게 되었다"는 대답이 돌아왔다.

그래서 둘은 다시 시도하여 차례로 수많은 섬을 만들어냈다. 이렇게 해서 일본 국토가 탄생하게 되었다.

어머니신의 죽음

국토를 창조한 후 이자나미노미코토는 여러 신들을 낳았다. 주로 자연을 관장하는 신들이었는데, 『일본서기』에 따르면, 아마테라스오미카미(天照大神)와 쓰쿠요미노미코토(月讀命), 스사노오노미코토(須佐之男命)도 이때 탄생

되었다고 한다.

신들 중 가장 늦게 태어난 것은 불의 신이었는데, 이때 이자나미노미코토는 음부에 큰 화상을 입어 죽고 말았다.

이에 몹시 분노한 이자나기노미코토는 아내의 목숨을 빼앗은 불의 신을 죽여버리고, 이자나미노미코토의 장례를 치렀다. 장례를 치른 장소에 대해 『고사기』에서는 이즈모(出雲)의 히와산(比婆山), 『일본서기』에서는 구마노(熊野)의 아리마무라(有馬村)라고 한다.

황천의 여왕

불의 신을 죽이고 이자나미노미코토의 장례까지 치렀지만, 이자나기노미코토는 어찌 된 일인지 도저히 아내를 잊을 수가 없었다. 그래서 죽은 아내를 찾기 위해 사자(死者)가 가는 지하 세계인 '황천'으로 길을 떠났다.

황천의 궁전 앞에서 그는 "사랑하는 이여! 아직 일본을 모두 다 만들지 못했소. 나와 함께 돌아갑시다" 하고 외쳤다.

그러자 궁전 안에서 "저는 황천의 음식을 먹어버렸기 때문에 이곳의 주인이 되었습니다. 하지만 아직도 당신을 사랑하기에 황천의 신과 의논해보겠습니다. 하지만 제가 의논하는 동안 절대로 궁전 안으로 들어오지 마십시오"라는 대답이 들려왔다.

하지만 아무리 기다려도 응답이 없었다. 가만히 앉아 있을 수 없었던 이자나기노미코토는 횃불을 들고 궁전 안으로 들어갔다. 하지만 그는 그곳에서 도저히 봐서는 안 될 것을 보고 말았다. 구더기에 뒤덮여 썩어가고 있는 모습을 보았던 것이다. 그는 완전히 변해버린 아내의 모습이 너무나 무서워 황급히 도망치고 말았다.

망령의 추격

추한 모습을 보인 이자나미노미코토는 격노하여 황천의 귀녀(鬼女) 요모쓰지코메(黃泉津醜女)에게 명해 도망가는 이자나기노미코토를 뒤쫓게 했다.

추녀의 추격을 받게 된 이자나기노미코토는 자신이 가진 물건을 모두 던져서 먹을 것으로 변하게 만들었다. 뒤를 쫓던 추녀가 이것을 먹는 사이에 그는 무사히 도망칠 수 있었다.

이 사실을 안 이자나미노미코토는 다시 팔뇌(八雷)의 귀(鬼)를 보내 그의 뒤를 쫓게 했다. 이자나기노미코토는 뒤쫓아오는 귀를 향해 칼을 휘두르며 다급하게 황천과 현세의 경계를 뛰어넘으려 했다. 하지만 이번에는 그리 만만한 상대가 아니었다.

그러나 도망치는 도중에 복숭아나무가 있어 그 열매를 따서 던지자 그들은 황급히 도망쳤다. 복숭아에는 귀 같은 마물(魔物)들을 쫓는 주력(呪力)이 들어 있었던 것이다. 이자나기노미코토는 자신을 도와준 복숭아나무에게 깊이 감사했다고 한다.

황천과 현세의 단절

한편 팔뇌마저 쫓겨온 모습을 본 이자나미노미코토는 드디어 자신이 직접 이자나기노미코토를 추격하기 시작했다. 이자나미노미코토가 쫓아오자 이자나기노미코토는 황천에서 탈출하여 거대한 바위로 황천 입구를 막아버렸다.

이자나미노미코토는 거대한 바위 앞에서 "사랑하는 이여! 왜 이렇게 하셨습니까? 빨리 바위를 치우십시오. 그렇지 않으면 세계의 인간들이 하루에 1천 명씩 죽게 됩니다" 하고 말했다. 그러자 이자나기노미코토는 "당신이 하루에 1천 명을 죽이면, 나는 하루에 1천5백 명의 인간이 태어나게 할 것이오" 하고 응수했다.

이렇게 해서 황천과 현세의 길이 막히게 되어 보통의 방법으로는 황천으로 갈 수 없게 되었다. 이때 이자나미노미코토가 내린 저주로 인간은 죽게 되었다고 한다. 그래서 이자나미노미코토는 황천의 지배자가 되어 요모쓰오카미(黃泉津大神)라 불리게 되었다고 한다.

이 사건으로 일본 최초의 부부는 영원히 이별하게 되었다. 그리고 이를 일본 최초의 이혼으로 보는 재미있는 시각도 있다.

여신의 무덤

이자나미노미코토는 세계의 창조 신화에 등장하는 신들 중 진기한 존재에 속한다. 이 여신은 창조신이지만, 죽음도 맞기 때문이다. 그녀는 죽은 후에 능묘(陵墓)에 묻혔다는 이야기가 전해지고 있다.

능묘는 『고사기』에 따르면, 이즈모(시네마島根 현)와 호키(伯耆 : 돗토리 鳥取 현) 사이에 있는 히와산(比婆山), 『일본서기』에는 '기이구니이즈모(紀伊國熊野)의 아리마무라(有馬村)' 라고 한다.

히와산에 대해서는 돗토리 현이 아니라 히로시마(廣島) 현과 시네마 현 경계에 있는 산이라고 한다. 그리고 시네마 현 하치운무라(八雲村)의 마쓰에(松江) 시 부근에 있는 고분도 이자나미노미코토의 능묘라고 하며, 또 같은 시네마 현의 사사타이(佐太) 신사 뒤에 있는 진모쿠산(神目山)에도 이자나미노미코토가 잠들어 있다는 전설이 있다.

구마노(熊野)의 아리마무라는 현재 미에(三重) 현 구마노 시 아리마무라이며, 여기에는 '꽃의 굴' 이라는 성지가 있다. 70미터 정도 되는 암벽 밑에 얕은 웅덩이만 있지만, 이곳은 이자나미노미코토를 장사지낸 장소라 하여 신앙의 대상이 되고 있다.

창조신은 문자 그대로 세계의 모든 것을 만든 신이며, 당연히 불사의 존재여야 한다. 하지만 왜 일본의 창조신은 죽었다는 신화가 전해질까? 그것은 일본의 신화 편집 방침과 깊은 관련이 있는 것으로 추정된다.

『고사기』와 『일본서기』는 신화로서 아마테라스오미카미(天照大神)가 신들의 정점에 서 있는 것으로 서술되어 있다. 그리고 이 두 책은 아마테라스오미카미의 자손들인 왕족이 일본의 지배자가 되는 것에 대한 정당성을 부여하는 성격을 가지고 있다. 따라서 아마테라스오미카미가 신들의 우두머리가 되기 위해서는 자신의 부모이며, 명령을 내릴 수 있는 존재인 이자나기노미코토와 이자나미노미코토가 살아 있어서는 곤란했다. 즉 이 두 신은 이 세상에서 사라져만 했다. 그 때문에 이자나미노미코토가 죽은 후 이자나기노미코토도 세상에서 모습을 감추었다(황천이 아닌 유계幽界로 갔다고 한다). 그래서 마침내 아마테라스오미카미가 신들의 세계인 다카마가하라의 지배자로 군림하게 되었던 것이다.

한 가지 덧붙이면, 이자나미노미코토의 능묘가 이즈모와 구마노에 있는 이유는 당시 일본의 지배자였던 조정이 이 두 곳을 '죽음의 나라'로 보았기 때문이다. 그래서 '요모쓰오카미(황천의 여왕)의 능묘로 어울리는 장소로 생각했던 것 같다. 그리고 현지에서는 『고사기』와 『일본서기』의 기록을 토대로 고분이나 신앙의 성지를 이자나미노미코토의 능묘로 인정하는 듯한 분위기다.

AMATERASU-OOMIKAMI

아마테라스오미카미

출전

일본 신화(『고사기』, 『일본서기』) : 아마테라스오미카미

일본의 최고신

아마테라스오미카미는 이세 신궁(伊勢神宮)의 내궁에 모셔져 있는 황족의 선조신이다. 국가의 최고신으로서 조정의 엄숙한 제사를 받으며, 일본의 8백만 신을 지배하는 여신으로 숭앙되고 있다.

그리고 이 여신은 태양신으로도 알려져 있다. 태양은 기후를 주관하고, 벼 수확에 커다란 영향을 끼쳤기 때문에 에도(江戶) 시대에는 이세 신궁 외궁(外宮)의 도요우케노오카미(豊受大神)와 함께 농민들 사이에서 널리 숭배되었다.

최고신의 탄생

『고사기』에는 아마테라스오미카미의 탄생에 대해 다음과 같은 기록이 있다.

황천의 나라라는 죽음의 세계에서 도망쳐 나온 이자나기노미코토는 황천의 더러움을 깨끗이 씻어내기 위해 일향국(日向國 : 지금의 미야자키 현)의 아와기하라(阿波岐原)에서 목욕 재계를 했다.

그때 그의 왼쪽 눈에서 아마테라스오미카미, 오른쪽 눈에서 쓰쿠요미노미코토(月讀命), 코에서는 스사노오노미코토(須佐之男命)가 각각 태어났다. 이 세 신은 다른 신보다 강력한 힘을 가지고 있으며, 흔히 '삼귀자(三貴子)'라고 불린다.

하지만 『일본서기』에는 이 삼귀자가 창조신 이자나미노미코토의 자식으

로 태어나는 것으로 되어 있다.

스사노오노미코토의 맹세

이자나기노미코토는 자신의 몸에서 탄생한 삼귀자에게 각각 그들이 다스릴 지역을 정해주었다. 아마테라스오미카미는 천상계인 다카마가하라를, 쓰쿠요미노미코토에게는 밤[夜]의 세계를, 그리고 스사노오노미코토에게는 바다를 다스리라는 명을 내렸다.

하지만 스사노오노미코토는 어머니인 이자나미노미코토를 사랑하여 계속 눈물만 흘릴 뿐이었다. 이에 노한 이자나기노미코토는 "네가 원한다면 이자나미노미코토가 있는 황천으로 가도 좋다"고 말했다.

그 말에 몹시 기뻐한 스사노오노미코토는 황천으로 가기 전에 누나인 아마테라스오미카미에게 작별을 고하려고 다카마가하라에 올라갔다. 스사노오노미코토는 난폭한 신으로 알려져 있어 아마테라스오미카미는 동생이 다카마가하라를 빼앗으러 온 것이 아닌가 의심하여 무장한 채로 그를 맞았다. 스사노오노미코토는 자신의 결백을 맹세하고, 그것을 증명하기 위해 '서약'이라는 의식을 행했다.

아마테라스오미카미와 스사노오노미코토는 각자 자신이 가진 것을 교환한 다음 입에 넣고 잘게 씹어서 뱉어냈다. 그러자 거기에서 존귀한 신들이 태어났다. 이렇게 하여 탄생한 신들의 이름은 책에 따라 다르지만, 그중 천황의 선조인 아마노오시호미노미코토(天忍穂耳尊)도 들어 있었다. 이리하여 아마테라스오미카미는 황족의 조상신이 되었다.

한 가지 덧붙이면, 아마테라스오미카미는 성스러운 처녀신으로 다른 신과 관계를 맺어 자식을 낳았다는 언급은 없다.

하늘의 바위굴

서약에 따라 존귀한 신들이 나타난 것은 스사노오노미코토의 몸이 결백하다는 것을 증명해주었다. 그는 오해가 풀린 것을 기뻐하며 다카마가하라를

둘러보았다.

하지만 스사노오노미코토가 시녀를 죽이는 등 난폭한 행동을 하자 그에 대한 항의로 아마테라스오미카미는 '하늘의 바위굴'이라 불리는 동굴 속에 들어가 나오지 않았다.

태양신이 숨어버리자 세계는 암흑으로 뒤덮이고 말았다. 곤란해진 8백만 신들이 모여서 회의를 한 결과, 동굴 속에 들어가 있는 아마테라스오미카미를 밖으로 끌어내기 위해 작전을 펴기로 했다. 우선 아마노우즈메노미코토(天鈿女命)로 하여금 동굴 앞에서 춤을 추게 하고 신들은 밖에서 큰 잔치를 벌였다. 밖에서 흥겨운 소리가 들리자 아마테라스오미카미는 세상이 어두운데도 이처럼 즐겁게 잔치를 벌이는 신들이 있는가 하고 불가사의하게 생각했다. 그래서 살며시 동굴 문을 열고 그 앞에서 춤을 추고 있는 아마노우즈메노미코토에게 왜 이렇게 시끄러운지 물었다.

아마노우즈메노미코토는 "태양신보다 더 화려하게 빛나는 여신이 있기 때문입니다"라고 대답했다. 그러자 아마테라스오미카미는 어떤 여신인지 궁금하여 문을 조금 열었다. 그런데 바로 동굴 앞에 신들이 거울을 갖다놓은 것도 모르고 여신의 얼굴, 즉 자신의 얼굴을 본 아마테라스오미카미는 좀더 잘 보려고 몸을 앞으로 내밀었다. 그때 동굴의 어둠 속에 숨어 있던 다지카라오노미코토(手力雄命)가 동굴 문을 열어젖히고 태양신을 밖으로 끌어냈다.

이렇게 해서 세상은 다시 빛을 찾을 수 있게 되었다고 한다.

아마테라스오미카미의 신기(神器)

이세(伊勢) 신궁에는 '하늘의 바위굴 사건' 때 아마테라스오미카미의 모습을 비추었던 거울이 있다. 흔히 '야타노카가미(八咫鏡)'라고 하는데, 아마테라스오미카미의 마음이 머물렀던 신성한 거울로 알려져 있다.

야타노카가미는 아마테라스오미카미의 손자로, 황족의 조상신이 된 니니기노미코토(邇邇杵尊)가 다카마가하라에서 '천손강림(天孫降臨)'을 할 때 지상에 가지고 온 것이라고 한다.

그후 이 거울은 궁중에서 보관했지만, 스이진(垂仁) 천황 시대에 신탁을 받아 밖으로 가지고 나갔다. 야마토히메노미코토(倭姬命)가 궁중에서 나가 제사 드릴 만한 장소를 찾아 각지를 헤맨 끝에 결국 이세 땅에 자리를 잡고 그곳에 신궁을 지었다고 한다.

성   과   예   능   의   여   신

AMANOUZUMENO-MIKOTO

아마노우즈메노미코토

출전

일본 신화(『고사기』, 『일본서기』) : 아마노우즈메노미코토

여신의 정체

아마노우즈메노미코토(天鈿女命)는 동굴 앞에서 춤을 추어 세상을 구했기 때문에 예능의 신이라는 신격이 주어져 있다. 이 여신은 여성의 성력(性力)으로 어둠을 떨쳐버리고 아마테라스오미카미를 유혹해낸 신비한 힘을 가지고 있다.

이 여신이 지닌 성력은 태곳적부터 인류가 가지고 있던 여성의 성에 대한 숭배와 동경을 상징화한 것이라고 볼 수 있다. 고대인들은 여성들의 수태 능력을 신비한 에너지라고 생각했는데, 이 여신의 신화에도 바로 이러한 사상이 녹아들어 있다.

동굴을 열게 만든 여신

스사노오노미코토가 난폭한 행동을 하는 바람에 아마테라스오미카미가 동굴 속에 숨어버리자 세계는 온통 암흑 천지가 되었다. 8백만 신은 아마테라스오미카미를 동굴 밖으로 데리고 나오기 위해 계략을 꾸몄는데, 그때 크게 활약한 신이 아마노우즈메노미코토 여신이다.

신들의 명령을 받은 여신은 조릿대 잎을 손에 들고, 하늘의 바위굴 앞에서 춤을 추기 시작했다. 하지만 너무 힘차게 춤을 추다보니 입고 있던 옷의 끈이 풀어져 나체가 되고 말았다. 그러자 주변의 신들이 모두 그녀의 나신을 보고 크게 웃었다.

밖에서 떠들썩한 소리가 들리자 아마테라스오미카미는 동굴 문을 살며시 열고 "모두들 왜 웃느냐"고 물었다. 그러자 아마노우즈메노미코토는 "태양신보다 더 화려하게 빛나는 여신이 있기 때문입니다" 하고 대답했다. 이를 불가사의하게 생각한 아마테라스오미카미가 그 여신의 모습을 보려고 몸을 밖으로 내미는 순간 다지카라오노미코토가 동굴 문을 열어젖히고 태양신을 밖으로 끌어냈던 것이다.

이상하게 생긴 신

아마노우즈메노미코토에 관한 이야기는 이것만이 아니다. 다음에 소개할 이야기도 아마테라스오미카미와 관련된 것이다.

아마테라스오미카미의 손자인 니니기노미코토(邇邇杵尊)는 다카마가하라에서 지상으로 내려가는 도중에 코가 긴 이상하게 생긴 신을 만났다. 그래서 아마테라스오미카미는 아마노우즈메노미코토에게 그 이상한 모습을 한 신을 조사해보라는 명을 내렸다.

명령을 받은 여신은 그 신 앞에 다가가서 옷고름을 풀어헤치며 누구냐고 물었다. 이상하게 생긴 신은 깜짝 놀라며 "나는 사루타히코노미코토(猿田彦命)라는 자로, 천손을 맞이하러 온 것"이라고 대답했다. 이렇게 해서 사루타히코노미코토의 길 안내로 니니기노미코토와 그 일행은 무사히 지상에 도착할 수 있었다.

사루타히코노미코토는 후에 아마노우즈메노미코토와 부부의 연을 맺게 되었다. 아마 그는 아름다운 여신에게 매료되었던 것 같다.

일 본 신 화 의 여 주 인 공

KUSHINADAHIMENO-MIKOTO

구시나다히메노미코토

출전

일본 신화(『고사기』, 『일본서기』) : 구시나다히메노미코토

스사노오노미코토의 아내

구시나다히메노미코토(奇稻田姬命)는 스사노오노미코토의 아내이지만, 원래는 농사의 신이었다.

이 여신은 일본 신화에서 가장 사랑받는 여신으로 알려져 있다. 구시나다히메노미코토는 야마타노오로치(八俣大蛇)에게 잡아먹힐 뻔한 일이 있었는데, 그때 스사노오노미코토의 도움으로 목숨을 구했다. 이 일을 계기로 스사노오노미코토는 그녀를 아내로 맞아들이게 되었다. 스사노오노미코토에게는 난폭한 신이라는 이미지가 있는 반면, 야마타노오로치 같은 괴물을 퇴치한 영웅 같은 면모도 지니고 있다.

이 두 신과 관련된 이야기는 많은 사람들의 입에 오르내릴 만큼 인상적이어서 함께 제사드리는 경우가 많고, 때로는 둘을 묶어서 한 쌍의 신으로 보기도 한다.

야마타노오로치의 퇴치

천상에서 난폭한 행동을 하여 아마테라스오미카미를 노하게 만든 스사노오노미코토는 결국 다카마가하라에서 쫓겨나고 말았다.

이즈모(出雲)로 내려온 그는 그곳에서 한숨을 쉬며 탄식하고 있는 노부부를 만났다. 이유를 물어보니 "매년 머리가 여덟 개 달린 큰뱀이 산에서 내려와

우리 딸들을 잡아먹습니다. 그래서 이제 올해는 구시나다히메노미코토 하나 밖에 남지 않았습니다" 하고 대답했다.

노부부를 가엾게 생각한 스사노오노미코토는 야마타노오로치를 물리치기로 했다. 그래서 우선 노부부에게 집 주위에 여덟 개의 문이 있는 담을 만들게 하고, 그 앞에 커다란 술독을 갖다놓았다. 그 다음에는 주술을 걸어 딸을 빗으로 변하게 해서 자신의 머리에 꽂고, 칼을 준비하여 숨겨놓았다.

구시나다히메노미코토를 잡아먹으러 온 야마타노오로치는 문 앞에 놓아둔 항아리 속의 술을 마시고 취해 잠이 들어버렸다. 스사노오노미코토는 이 틈을 놓치지 않고 야마타노오로치의 머리와 여덟 개의 꼬리도 모두 잘라버렸다. 이때 야마타노오로치의 몸 속에서 아메노무라쿠모노츠루기(天叢雲劍)가 나왔다고 한다. 현재 이 검은 아쓰다(熱田) 신궁에 보관되어 있다.

이런 인연으로 스사노오노미코토와 구시나다히메노미코토는 부부의 연을 맺게 되었다. 둘은 이즈모의 스가(須賀)라는 곳에 새로운 거처를 마련했는데, 스사노오노미코토는 기쁨에 겨워 와카(和歌 : 일본 고유의 정형시)를 읊조렸다. 이것이 일본 최초의 와카였다고 한다.

이후 구시나다히메노미코토는 이즈모에서 수많은 신들을 낳고 그들의 조상신이 되었다고 전해진다.

질 투 가 심 했 던 지 하 세 계 의 여 신

SUSERIHIMENO-MIKOTO

스세리히메노미코토

출전

일본 신화(「고사기」, 「일본서기」) : 스세리히메노미코토

스사노오노미코토의 딸

스세리히메노미코토(須勢理姫命)는 '가타스쿠니(堅州國)'라는 지하 세계의 지배자가 된 여신으로 스사노오노미코토의 딸이다.

일본 신화에서는 황천도 지하 세계에 있는 것으로 생각했다. 스세리히메노미코토는 죽은 어머니신을 그리워하여 지하 세계로 내려갔지만, 가타스쿠니와 황천은 같은 곳이 아니었다. 같다는 설도 있고, 다르다는 설도 있지만 확실한 결론은 나 있지 않다.

그런데 스세리히메노미코토를 이야기할 때 결코 빠뜨릴 수 없는 신이 있는데, 바로 오쿠니누시노미코토(大國主命)다. 이 신은 이즈모 신화의 주신으로, 나중에 지상을 지배하지만 그 전까지는 온갖 우여곡절을 겪게 된다.

오쿠니누시노미코토와의 로맨스

오쿠니누시노미코토는 어떤 한 여성의 마음을 사로잡은 적이 있었는데, 형제들은 그를 질투하여 몇 번이나 죽이려고 했다. 그래서 생명의 위협을 느낀 오쿠니누시노미코토는 이즈모의 조상신인 스사노오노미코토에게 부탁하여 가타스쿠니로 도망쳤다.

스세리히메노미코토는 도망쳐온 오쿠니누시노미코토를 보고 한눈에 반해버렸다. 하지만 아버지 스사노오노미코토는 둘의 결합을 막으려고 어떻게

든 오쿠니누시노미코토를 죽여버리려고 했다.

우선 오쿠니누시노미코토를 뱀과 독충이 우글거리는 방에 들여보냈다. 하지만 스세리히메노미코토는 미리 이 사실을 간파하고, 그에게 뱀과 독충을 물리칠 수 있는 불가사의한 옷을 건네주었다.

오쿠니누시노미코토의 생명이 끊어지지 않고 살아 있다는 사실을 안 스사노오노미코토는 이번에는 다른 방법으로 죽이기로 하고, 그에게 들판에 떨어진 화살을 찾아오라고 한 다음 불을 질러버렸다. 하지만 이번에도 어디선가 쥐가 나타나 동굴에 숨으라고 가르쳐주었기 때문에 목숨을 구할 수가 있었다.

이런 일이 몇 차례 더 계속되자, 연인은 함께 도망치기로 했다.

딸의 사랑을 축복한 아버지

스사노오노미코토가 잠든 틈을 타 그의 머리카락을 기둥으로 눌러놓고 둘은 함께 도망쳤다. 이때 가타스쿠니의 보물도 훔쳐갔는데, 그중 거문고가 기둥에 부딪쳐 소리가 나는 바람에 스사노오노미코토가 눈을 뜨고 말았다.

격노한 스사노오노미코토는 자신의 머리카락을 누르고 있던 기둥을 단번에 무너뜨리고, 곧바로 활을 들고 추격에 나섰다. 하지만 지상과의 경계에까지 이르러 함께 도망치는 젊은 두 젊은이의 모습을 본 스사노오노미코토는 노기를 누그러뜨리고 이렇게 외쳤다.

"내 딸과 부디 좋은 부부의 연을 맺도록 해라. 그리고 가지고 간 보물로 이즈모를 지배하도록 해라. 부디 행복하여라!"

완고한 아버지는 마침내 둘의 관계를 인정할 수밖에 없었다. 이렇게 해서 오쿠니누시노미코토와 스세리히메노미코토는 축복을 받고 새로운 땅으로 떠날 수 있었다.

둘은 이내 결혼을 하고, 오쿠니누시노미코토는 가타스쿠니에서 가져온 무기를 이용하여 자신을 괴롭혔던 형제들을 모두 쫓아내고 이즈모의 지배자가 되었다.

이 일이 있고 난 후의 이야기지만, 오쿠니누시노미코토는 바람기가 심해 다른 여신들과도 자주 사랑에 빠졌다고 한다. 질투가 심했던 스세리히메노미 코토는 그때마다 남편을 무척이나 괴롭혔다는 이야기가 후일담으로 전해지 고 있다.

벚 꽃 과 후 지 산 의 여 신

KONOHANANOSAKUYA-HIME

고노하나노사쿠야히메

출전

일본신화(「고사기」, 「일본서기」) : 고노하나사쿠야히메

벚꽃의 상징

'고노하나노사쿠야' 는 '화려하게 피어나는 꽃(벚꽃)' 이라는 의미다. 고노하나노사쿠야히메(木花開耶姬)는 벚꽃의 아름다움과 꽃이 질 때의 허무함을 상징화한 여신이다.

원래 벚꽃의 여신이었다는 것은 말할 필요도 없지만, 이 여신과 관련해서는 불꽃 속에서 자식을 낳았다는 이야기가 있다. 그래서 근세 이후에는 후지산을 모시는 센겐(淺間) 신사의 제신(祭神)이 되었다고 한다. 지금도 이 여신은 센겐 신사의 제신이며, 출산의 여신으로 숭배되고 있다.

결과적으로 고노하나노사쿠야히메는 벚꽃과 후지산을 상징하는 여신이 되었는데, 우연의 일치인지는 모르지만 이 두 가지는 일본을 상징하는 것이기도 하다.

천손의 수명을 단축시킨 자매

다카마가하라에서 지상으로 내려온 니니기노미코토는 가사사노미사키(笠沙御崎)라는 곳에서 절세 미녀를 만났다. 그녀는 산신 오야마쓰미노카미(大山津見神)의 딸로 고노하나노사쿠야히메라는 여신이었다. 여신을 보고 한눈에 반한 니니기노미코토는 곧바로 오야마쓰미노카미에게 달려가 딸을 달라고 했다. 천손인 니니기노미코토가 자신의 딸을 달라고 하자 여신의 아버지는

몹시 기뻐하며, 고노하나노사쿠야히메만이 아니라 또 다른 딸인 이와나가히
메(磐長姬)도 함께 데리고 가게 했다.

하지만 이와나가히메는 용모가 추했기 때문에 니니기노미코토는 아버지
에게 다시 돌려보냈다. 나중에 깨닫게 되었지만 이는 커다란 실수였다.

고노하나노사쿠야히메가 아름다움을 주관하는 여신이라면, 이와나가히
메는 바위를 상징하는, 이름 그대로 불로장생을 주관하는 여신이었다. 따라
서 이 자매는 둘이 함께 있음으로 해서 니니기노미코토에게 행복을 약속해주
는 존재였던 것이다. 그때까지 니니기노미코토를 비롯한 신의 자손들은 인간
보다 더 오래 살 수 있었지만, 이 일로 인해 한 번 피었다가 지는 '벚꽃처럼'
유한한 생명을 가지게 되었다고 한다.

불꽃 속의 출산

니니기노미코토에게 시집온 고노하나노사쿠야히메는 어느덧 임신을 하

게 되었다. 이 소식을 들은 니니기노미코토는 어이없게도 아내가 다른 남자와 바람을 피우지 않았나 의심했다.

고노하나노사쿠야히메는 순결을 증명하기 위해 자신이 누워 있던 집에 불을 질렀다. 물론 불을 질렀다고 해서 순결이 증명되는 것은 아니었지만, 하여간 여신은 불 속에서 무사히 세 자녀를 낳았다고 한다.

고노하나노사쿠야히메는 불 속에서도 죽지 않고 자식들을 낳았기 때문에 나중에 화산인 후지산과 출산의 여신이 되었다고 전해진다.

해 룡 의 화 신
TOYOTAMA-HIME
도요타마히메

출전

일본 신화(『고사기』, 『일본서기』) : 도요타마히메

처녀의 원형?

도요타마히메(豊玉姬)는 바다신의 딸로서 해신궁에 온 야마노사치(山幸彦)[1]와 사랑에 빠져 진무(神武 : 일본의 전설적인 초대 천황이자 황실의 창시자) 천황의 아버지인 우가야후키아에즈노미코토(鵜葺草葺不合命)를 낳았다.

이 여신의 정체는 악어[2] 또는 용의 화신이었다고 한다. 사실 이 여신은 신화를 편집한 사람의 의도, 즉 '바다를 지배한 신도 왕족의 혈족'이라는 것을 강조하기 위해 만들어진 신이라고 할 수 있다.

그리고 이 여신과 관련된 신화는 일본의 옛날이야기인 '우라시마타로(浦島太郎)'와 그 구조가 비슷하다. 만약 그렇다면 도요타마히메는 그 원형이 된 여신일지도 모른다.

야마노사치와 우미노사치의 다툼

수렵으로 생계를 삼아 살아가던 야마노사치는 어느 날 형인 우미노사치(海幸彦)에게 낚시 도구를 빌려 바다로 나갔다. 하지만 바다 낚시에 익숙지 않아

---

1) 야마노사치(山幸彦) : 고노하나노사쿠야히메(木花開耶姬)가 불 속에서 낳은 아들 중 하나. 히코호호데미노미코토(火火手見尊)라고 부르기도 한다.

2) 악어 : 일본에 악어는 없었다. 신화에 등장하는 악어는 대부분 상어를 지칭한다.

서 형이 소중히 여기는 낚싯바늘을 물고기에게 빼앗겨버리고 말았다. 형이 화를 내자 곤란해진 야마노사치는 낚싯바늘을 찾으러 해신궁을 찾아갔다. 여 기서 야마노사치는 바다신의 딸 도요타마히메를 만나 사랑에 빠지게 되었다.

도요타마히메도 야마노사치를 보고 첫눈에 반해 여러 가지 도움을 주었다. 바다신의 도움을 얻어 무사히 낚싯바늘을 되찾은 야마노사치는 도요타마히 메와 함께 지상으로 올라왔다. 그는 바다신에게 받은 구슬을 이용하여 바닷 물을 자유자재로 부려 자신을 괴롭혔던 우미노사치를 굴복시켰다.

사실 이 이야기는 신화가 편찬될 당시의 정치 상황을 보여주는 것이라고 할 수 있다. 이 신화에 나오는 우미노사치는 규슈(九州)에서 어업에 종사했던 남방계 민족을 암시하며, 이들은 우미노사치의 자손이라고 전해진다. 그래서 훗날 이들이 야마노사치의 자손인 다이와(大和) 조정에 복속되는 것도 과거 에 이런 사건이 있었기 때문이라고 한다.

드러난 정체

야마노사치와 결혼한 도요타마히메는 어느 날 자신이 임신했음을 알게 되 었다. 그런데 도요타마히메는 한사코 산파의 집에서 아이를 낳지 않게 해달 라고 남편에게 애원했다. 결국 사정이 여의치 않아 도요타마히메는 도저히 산파의 집에서 나갈 수가 없었다. 이윽고 출산이 임박하자 밖에서 기다리고 있던 야마노사치는 걱정에 되어 안으로 들어가보았다. 그런데 그곳에는 마땅 히 있어야 할 아내의 모습은 보이지 않고 거대한 악어와 갓난아기가 엉금엉 금 기어다니고 있었다.

바다신의 딸인 도요타마히메의 정체는 역시 바다 생물이었다. 그리고 보통 때는 사람의 모습으로 살아가지만 출산 때만큼은 본래의 모습으로 돌아와야 했던 것이다.

정체를 들킨 도요타마히메는 자식(우가야후키아에즈노미코토)을 야마노사 치에게 남기고 해신궁으로 돌아갔다.

인간으로 변신했던 동물이 정체가 드러나 원래 자신이 있던 곳으로 돌아갔다는 민화나 전설은 세계 여러 곳에 남아 있다. 그렇지만 이런 이야기들과 달리 도요타마히메는 자신의 아이를 돌보았다고 한다. 자신의 동생인 다마요리비메(玉依姬)를 아이의 양육자로 지상으로 보냈던 것이다. 후에 이 다마요리비메는 자신이 기른 언니의 아들 우가야후키아에즈노미코토와 결혼하여 진무 천황을 낳았다고 한다.

천 녀 의 전 설 을 가 진 음 식 신

TOYOUKANOMENO-MIKOTO

도요우카노메노미코토

출전

민간 신앙 : 도요우카노메노미코토

벼이삭을 주관하는 신

지금도 그렇지만 일본인들은 쌀을 주식으로 하기 때문에 예로부터 벼이삭을 주관하는 '곡령신(穀靈神)'이 존재한다고 믿었다. 이 신은 고대에는 '우카' 또는 '우케'라고 불렸으며, 시대가 흐르면서 우카노미타마노미코토(宇迦之魂命)와 도요우케노오카미(豊受大神) 신으로 등장하여 널리 숭배받았다.

전국적으로 무수히 많은 곡령신 중 도요우케노오카미에 대한 기록은 헤이안(平安) 시대까지 거슬러 올라간다. 당시의 문헌을 보면 "유라쿠(雄略) 천황시대에 아마테라스오미카미의 신탁이 있어 단고구니(丹後國)의 곡령신을 아마테라스오미카미에게 먹을 것을 바치는 신으로 이세(伊勢)에 데리고 왔다"는 기록이 있다. 사실 도요우케노오카미는 음식신으로서 특정한 모습을 가지고 있지는 않았으며, 여신이었다는 전승도 없다. 그런데 『단고구니풍토기(丹後國風土記)』에는 이 신의 정체가 천녀라고 기록되어 있다.

천녀의 슬픈 전설

단고구니의 히지(比治)에 신나이(眞奈井)라는 맑은 웅덩이가 있었는데, 어느 날 이곳에 여덟 명의 천녀가 목욕을 하러 내려왔다. 그런데 그 주변 마을에 살고 있던 노부부가 이 모습을 보고 한 천녀의 옷을 숨겼다. 그러자 옷을 잃어버린 천녀는 공중으로 날아오르지 못해 하늘로 돌아갈 수가 없었다.

　노부부는 천녀를 자신들의 자식으로 삼겠다며 집으로 데리고 갔다. 그곳에서 천녀는 술을 빚기 시작했는데, 이 술은 대단히 맛이 좋아서 사람들이 다투어서 사갔다.

　이렇게 해서 노부부는 순식간에 큰돈을 벌게 되었다. 그러자 노부부는 더 이상 쓸모가 없게 된 천녀에게 "너는 이제 내 자식이 아니다. 어서 이 집에서 나가거라" 라고 말하면서 차갑게 대했다. 천녀가 어찌 이럴 수 있느냐면서 따지고 들자 노부부는 도리어 화를 내면서 집에서 내쫓아버렸다. 천녀는 울면서 단고구니를 헤매다가 '나구' 라는 곳에 도착하여 신이 되었다고 한다. 민화에서는 이 여신이 바로 도요우카노메노미코토(豊宇加能賣命)라고 전하고 있다.

　일본에서는 곡령신이 백조로 변신한다고 생각했는데, 마치 새처럼 하늘을 날았던 천녀 도요우카노메노미코토도 일종의 곡령신으로 민간에서는 널리 숭배받았다. 그리고 곡령신이었기에 당연히 술을 빚을 수 있는 능력도 있다고 믿었던 것 같다.

행   복   의   상   징

OKAME

오카메

출전

민간 신앙 : 오카메

언제나 웃는 여신

오카메는 '다후쿠(多福)'라는 별명도 가지고 있으며, 항상 웃는 오카메는 여신이라기보다는 '웃는 얼굴로 복을 부르는 행운의 상징'으로 알려져 있다. 여러 가지 일상 용품에도 이 신과 관련된 것들이 많아 서민과 상당히 친밀하다. 이 여신이 서민들에게 중요한 신이 된 것은 사토카구라(里神樂)[3] 등에 자주 등장할 뿐만 아니라 애교 있는 모습으로 인기를 얻었기 때문이다.

오카메는 원래 '을(乙)'이라는 여성에서 나왔는데, 이후 더욱 발전하여 여신이 되었다고 한다. 또 다른 기원으로는 아마노우즈메노미코토(天鈿女命)의 모습을 모방한 것이라는 설과 아마노우즈메노미코토의 신사에서 일했던 무로마치(室町) 시대의 무녀 '귀녀(龜女)'에서 유래되었다는 설도 있다.

슬픈 전설의 주인공

이 여신을 모델로 했을 것으로 생각되는 오카메에 관한 이야기는 많지만, 명확하게 그 계통을 밝히기는 어렵다. 예를 들면 교토(京都)의 대보은사(大報恩寺)에는 다음과 같은 슬픈 전설이 전해지고 있다. 오랜 옛날 대보은사의 본당 건립을 지시받은 목수가 있었다. 그는 명령받은 대로 열심히 일했지만 도중

---

3) 사토카구라(里神樂) : 궁중이나 민간에서 신에게 제사를 드릴 때 연주하는 음악.

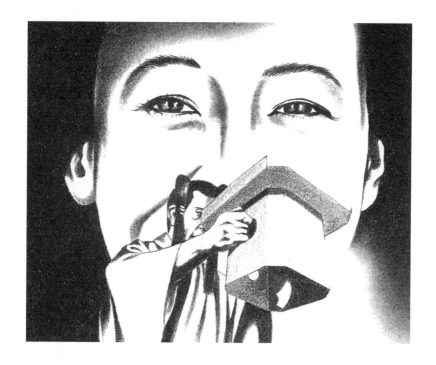

에 곤란한 일이 생겼다. 준비해놓은 목재 중 하나가 다른 것들보다 짧았던 것이다. 이 목재로는 도저히 본당을 지을 수 없다고 생각한 목수는 고민 끝에 죽음을 택하려고 했다. 그때 현명한 그의 아내가 지혜를 주었다. 그것은 '짧은 기둥에 맞게 다른 기둥도 짧게 만드는 것'이었다.

마침내 목수는 본당을 무사히 건립할 수 있었다. 하지만 목수의 아내는 본당이 원래 의도와 다르게 건립된 진상이 밝혀질까 두려웠다. 그래서 자신이 사라짐으로써 남편의 명예를 지킬 수 있으리란 생각에 스스로 목숨을 끊었다.

아내의 죽음을 알게 된 목수는 크게 슬퍼하며, 사람들에게 모든 진상을 밝혔다. 그래서 이 현명했던 아내는 잊혀지지 않고, 상량식 때 그녀가 사용했던 빗과 화장 도구를 본당에 안치했다고 한다.

지금도 일본에서는 건물 상량식을 할 때 빗과 화장 도구를 바치는 관습이 있는데, 바로 이 전설에서 유래되었다고 한다. 대보은사에는 '오카메의 무덤'과 '오카메상(像)'이 있어 관서(關西) 지방 사람들의 신앙을 모으고 있다.

출 산 과 양 육 의 수 호 신

귀자모신

출전

불교(『법화경』) : 귀자모신   힌두교 신화 : 하리티

여신이 된 귀신

귀자모신(鬼子母神)은 가이제모(訶梨帝母)라고도 하는데, 원래는 인도의 귀신 하리티에서 유래된 것으로 불교와 함께 일본에도 전해진 것이다. 애당초 하리티는 대지의 열매를 주관하는 신이었지만 나중에는 인간을 잡아먹는 식인귀가 되었다. 불교 설화에서는 석가가 그의 악행을 꾸짖자 개심(改心)해서 불교의 수호신이 되었다고 전해진다.

이 여신은 아시아 대륙에서 일본으로 들어온 여신으로서, 일본 내에서는 특히 일련종(日連宗 : 일본의 불교 종파 중 하나)에서 적지 않은 신도를 가지고 있다. 그 이유는 『법화경(法華經)』에서 귀자모신이 십나찰녀(十羅刹女 : 귀자모신의 자식)와 함께 『법화경』을 수호하는 것으로 되어 있기 때문이다.

이밖에도 귀자모신은 출산과 자녀 양육에 도움을 주는 신이어서 특별히 여성 신자들이 많았다. 특히 에도 시대에는 장군의 자식을 낳고 싶어하는 많은 여성들이 앞다투어 참배했다고 한다. 그래서 이 여신은 출산의 여신으로 널리 알려지게 되었다.

여신의 모습

일련종 계열에서 묘사하는 이 여신의 모습은 크게 두 가지로 나뉜다.

하나는 아이를 데리고 있는 모습이며, 또 하나는 합장하고 있는 부인의 모

습이다. 아이를 데리고 있는 것은 아이를 수호한다는 뜻이며, 합장하고 있는 모습은 죄를 참회하고 불교에 귀의한다는 의미로 해석할 수 있다.

그리고 밀교(密敎)에서 묘사하는 이 여신의 모습은 상당히 독특하다. 여기서는 대단히 아름다운 천녀로 등장하는데, 오른손에 길상과(吉祥果 : 석류)를 들고 옆에는 어린아이를 데리고 있다. 석류는 이전의 풍요의 신으로서의 신격이 남아 있는 것이며, 어린아이와 함께 있는 것 역시 그녀의 다산성, 즉 풍요를 암시한다고 볼 수 있다.

그리고 속설에 따르면 여신이 들고 있는 석류는 인간의 육체와 비슷해서 사람 대신 먹는 것이라고 한다.

식인귀의 변신

식인귀였던 하리티가 불교의 수호신이 된 데는 다음과 같은 전설이 전해지고 있다.

하리티는 귀신의 아내로 엄청나게 많은 자식들을 거느리고 있었다. 자식의 수에 대해서는 여러 설이 있는데, 5백 명에서 1만 명까지 다양하다. 하지만 하리티는 잔인한 식인귀답게 인간 아이들을 끊임없이 잡아먹었다.

어느 날 갑자기 아이들이 사라져 비탄에 잠긴 부모들은 도저히 그냥 있을 수만은 없어서 위대한 신통력을 지닌 석가에게 도움을 요청했다. 그러자 석가는 하리티의 자식들이 놀고 있는 곳으로 가서 한 아이를 데리고 어디론가로 사라져버렸다.

인간 아이를 붙잡으러 나갔다 돌아온 하리티는 자신이 가장 사랑하는 막내아들이 없어진 사실을 알았다. 하리티는 미친 듯이 아이를 찾아다녔지만 어디에도 아들의 모습은 보이지 않았다.

마침내 하리티는 신통력이 높다는 석가를 찾아가 도움을 요청했다. 그러자 석가는 "너는 수많은 아이들이 있는데, 단 하나가 없어졌다고 그리 슬퍼하느냐? 자식이 하나나 둘밖에 없는 인간 부모들의 슬픔을 너는 생각해본 적이 있느냐?" 하고 하리티를 엄하게 질책했다.

하리티는 자신의 잘못을 깨닫고 앞으로는 절대 인간을 잡아먹지 않겠다고 맹세했다. 석가가 그 맹세를 듣고 숨겨놓았던 자식을 돌려주자 하리티는 불교에 귀의해 "자식을 보호하여 어머니들의 슬픔을 없애주겠다"고 다시 한 번 서약했다. 이렇게 해서 하리티는 어린아이들을 수호하는 여신이 되었다고 한다.

참고로 말하면, 이 여신의 이름이 귀자모신인 것도 '아이들을 도와주는 어머니 귀신'이라는 의미로 붙여진 것이다.

행 복 을 주 관 하 는 여 신

길상천

출전

불교 : 길상천   힌두교 : 락슈미

모든 인간에게 행복을

길상천(吉祥天)은 불교를 통해 전해진 신이다. 불교는 인도에서 탄생한 종교이기 때문에 신들도 거의 대부분 인도에서 들어왔다고 할 수 있다. 길상천은 인도에서 락슈미라고 불리며, 행복을 주관하는 역할을 맡고 있다. 일본에서는 '호국(護國) 경전' 속에 나오는 신들 가운데 하나로 소개되어 있다.

일반적으로 알려진 모습은 미려한 중국풍의 귀부인으로 한 손에 인간의 염원을 들어주는 '여의보주(如意寶珠)' 를 가지고 있다. 이 때문에 길상천에게 기도를 드리면 나라에 행운이 찾아온다고 믿어서 조정에서도 '길상천 참회법' 이라는 의식을 정기적으로 개최했다고 한다. 물론 서민들도 열렬하게 숭배했는데, 특히 나라(奈良) 시대부터 헤이안 시대에 걸쳐 높은 인기를 누렸다.

비사문천의 아내

예로부터 많은 신자들의 사랑을 받았던 길상천은 시대가 흐르면서 점차 중요한 신의 반열에서 밀려나게 되었다. 그 첫 번째 원인은 길상천이 비사문천의 아내[4]였기 때문이다. 비사문천은 무용(武勇)만이 아니라 재물을 주는 복신(福神)으로 알려져 있다. 말하자면 비사문천이 복신으로 유명해지자 그의 아내 길상천은 단순히 비사문천의 신앙을 보조하는 역할에 만족해야 했던 것이다.

그리고 중세 이후에는 변재천(辨財天)이라는 여신이 인기를 얻어 행복의 여신으로 군림하게 되었다. 이 때문에 같은 행복의 여신이면서도 길상천은 점차 그 영향력이 줄어들었다.

그후 길상천은 칠복신의 하나가 되기도 했지만(경우에 따라서는 들어가기도 하고 빠지기도 한다), 주인공은 되지 못하고 조연에 머물고 말았다. 현재 길상천은 비사문천의 아내로 알려져 있을 뿐 단독적으로 숭배되는 경우는 거의 없다.

---

4) 비사문천(毘沙門天)의 아내 : 인도에서 락슈미(길상천의 원형)는 비슈누 신의 아내다. 그리고
  일본 불교의 한 종파인 천태종에서는 비사문천을 비슈누와 관련이 있는 신으로 보고 있다.
  이 때문에 길상천과 비사문천의 맺어지게 되었던 것이다.

물 과 지 혜 , 예 능 과 재 복 을 주 관 하 는 여 신

변재천

출전

불교 : 변재천(辨財天)/변재천(辨才天)　힌두교 : 사라스바티

가장 인기 있는 행복의 여신

변재천(辨財天)은 칠복신 중 유일한 여신으로 널리 알려져 있다. 비파(琵琶)를 들고 있는 모습이 일반적인데, 흔히 미인을 "변재천 같다"고 이야기할 정도로 아름다운 여인의 상징이기도 하다.

변재천의 원형은 인도의 사라스바티 여신이다. 이 여신이 불교에 받아들여져 변재천이라는 이름을 얻게 된 것이다. 불교와 함께 일본에 들어온 이 여신은 원래의 신격 외에도 다른 신격도 받아들여 독자적인 신앙을 모으게 되었다. 그래서 지금까지도 물과 지혜, 예능, 재복의 수호신으로서 일반 대중들에게 가장 친근한 여신이 되었다. 전국 각지, 특히 물이 풍부한 지역에서는 이 여신을 모시는 풍습이 아직도 많이 남아 있다.

지혜의 여신

변재천은 길상천과 마찬가지로 인도에서 중국을 거쳐 '호국 경전' 속에 등장하는 천계의 신으로 일본에 전해졌다.

애당초 변재천은 경전의 자구를 기억하고, 언설(言舌)의 재능을 수호하는 여신이었다. 사라스바티도 인도에서는 지혜만이 아닌 여러 가지 능력을 가진 여신이었다. 하지만 중국에서 처음 들어왔을 때는 지혜의 여신 부분만 강조되었다. 한자 이름도 '변설재지(辨舌才知)를 주관하는 천계의 신'이라는 의미

다. 그런데 이 당시 변재천의 모습은 현재 전해지고 있는 것과는 상당히 달랐다. 인도에서 이 여신은 네 팔에 각기 경전과 물병, 꽃, 비나(악기)를 들고 있는 모습으로 묘사되었다. 이것이 중국에서 일본으로 건너오는 동안(다른 불교계 여신과 마찬가지로) 중국 귀부인 복장에 팔은 여덟 개로 늘어나 각 손에는 무기를 들고 있는 모습으로 바뀌게 되었다.

우아한 이미지를 가진 사라스바티가 왜 무기를 가진 여신으로 변신하게 되었는지는 확실히 알려져 있지 않다. 그런데 불교 세계에서 무기는 싸움의 도구가 아니라 번뇌를 물리치는 지혜를 상징한다. 따라서 많은 무기를 가진 모습은 그만큼 지혜가 많다는 것을 의미한다고 해석할 수 있다.

물의 수호신

일본에 밀교가 전해진 것은 헤이안 시대였다. 밀교는 인도적 요소가 강한 불교인데, 이 시기에 많은 인도의 신들이 일본으로 들어왔다. 그런데 그 중 두 팔로 비파를 감싸안고 있는 변재천도 끼어 있었다. 이는 사라스바티가 가진 신격 중 물과 음악의 수호신이라는 기본적인 성격을 표현한 것이었다.

그때까지 단순히 지혜의 여신이었던 변재천은 그때 이후로 물의 수호신이라는 신격이 더해졌다. 그래서 연못이나 강, 해변처럼 물이 있는 지역에서는 이 여신을 수호신으로 숭배하게 되었다.

밀교가 유행하면서 일본의 전통 종교인 신도와 불교가 일체화되는 경향이 나타났는데, 변재천도 신도 쪽 항해의 수호신인 이치키시마히메노미코토(市杵島姫命)와 동일시되기도 했다.

일본에는 예로부터 물의 수호신인 용사신(龍蛇神)이라는 존재가 있었다. 변재천이 물의 여신이 되면서부터 용과 관련된 이야기들이 생겨나기 시작했다. 변재천은 흔히 백사를 부린다고 알려져 있는데, 이 역시 용사신과 관계가 있는 이야기다.

신들의 결합

일본인은 쌀을 주식으로 하기 때문에 벼이삭을 주관하는 신들을 열렬하게 숭배했다. 이 풍요의 신은 예로부터 '우케' 또는 '우카'라고 불렸는데, 일부 지방에서는 '우가진(宇賀神)'이라고도 했다. 일본에서 쌀은 부(富)의 기본이었기 때문에 우가진은 재물신으로서 숭배 받았다.

우가진의 모습은 머리 부분이 노인이고, 몸은 뱀의 형태로 되어 있어 상당히 기괴했다. 이런 모습은 인도와 깊은 관계가 있다고 한다. 인도의 경전 언어인 산스크리트로 뱀을 '우가야'라고 하는데, 이 말을 들은 일본인들이 뱀을 풍요, 즉 부를 전해주는 존재로 보았던 것이다.

이 우가진과 변재천은 사람들의 필요에 따라 서로 연관된 신으로 받아들여졌다. 변재천은 이미 용사와 관계가 있는데다 벼가 자라는 데는 물이 절대적으로 필요했기 때문이다. 무로마치 시대에는 변재천과 우가진을 동일하게 보는 저작이 출현하기도 했는데, 나중에는 이 두 신을 합친 '우가변천(宇賀辨天)'이라는 신이 출현하기도 했다.

이렇게 해서 변재천은 지혜와 예능, 물의 수호신 외에 재물을 가져다주는 신격도 얻게 되었다. 그래서 그때까지는 변재천(辨才天)이라고 썼지만, 새로운 신격이 더해지면서 변재천(辨財天)이라고 쓰게 되었다.

우가변천의 출현 후 변재천은 두 가지 모습으로 사람들 앞에 나타났다. 일반적인 변재천은 '묘음변천(妙音辨天)', 즉 인간과 같은 모습으로 비파를 든 미녀 스타일이다. 하지만 우가변천은 여덟 개의 팔에 머리 위에는 우가진과 도오리(鳥居 : 신사 입구에 세운 두 기둥의 문)가 있는 모습으로 묘사된다. 이는 우가진의 신격을 강조하기 위한 것으로 해석할 수 있다.

상인과 여성들의 수호신

무로마치 시대에는 유통 경제가 발달해서 상인들 사이에서는 부를 가져다주는 복신이 큰 인기를 끌었다. 흔히 칠복신이라는 것이 널리 퍼졌는데, 부의 여신인 변재천도 그중 하나였다.

변재천의 성지

시가(滋賀) 현의 비와호(琵琶湖) 속에 있는 작은 섬이 변재천의 성지로 알려져 있다. 이 섬은 경치가 좋은데다 주변 도시와 가까워서 과거에는 귀족들의 유람지였다고 한다.

원래 이 섬에서는 아사이히메노미코토(淺井姬命)라는 지방신을 모셨지만, 변재천이 가진 비파가 비와호를 연상시킨다고 해서 아사이히메노미코토가 변재천의 화신이 되었다고 전해진다.

그리고 가마쿠라(鎌倉) 부근에 있는 에노시마(江之島)는 메이지 이전부터 변재천의 성지로 알려져 있다. 이곳에는 사람들에게 해를 끼치는 악룡을 위무하기 위해 변재천이 그 아내가 되었다는 전설이 있다.

에도 시대에는 물과 부가 서로 연관된 상인들, 즉 무역상들로부터 많은 사랑을 받았다. 일본 해운 항로에서 물자를 운반했던 배들 중에는 '변재선(船)'이라는 것도 있었는데, 이 역시 변재천의 가호를 담은 이름이라고 할 수 있다.

시대가 평안할 때는 서민들도 음악을 비롯한 각종 예능을 즐겼는데, 변재천은 예능의 수호신으로서 특히 여성에게 인기가 높았다. 지금도 칠복신 신앙의 영향으로 변재천을 모시는 사당과 신사가 전국 곳곳에 남아 있다. 변재천은 현재 일본에서 가장 인기 있는 행복의 여신이라고 할 수 있다.

질투하는 여신

"어느 호수에서 같이 보트를 탄 연인은 반드시 헤어진다"는 식의 이야기를 한 번쯤은 들어본 일이 있을 것이다. 사실 이런 이야기는 변재천과 관련이 있다. 에도 시대의 전설에 따르면, 변재천은 질투가 심한 여신이어서 남녀가 함께 변재천에게 참배를 하면 그 두 사람을 헤어지게 했다고 한다. 변재천은 연못이나 호수가 있는 곳에서 숭배되는 경우가 많았기 때문에 이러한 전설이 발전하여 "변재천을 모시는 호수에서 보트를 타면 두 사람은 헤어진다"는 말이 생겨나게 된 것이다.

이와 비슷한 이야기가 도쿄(東京)에도 있지만, 원래 이 전설이 생겨난 곳은 가마쿠라 부근에 있는 에노시마(江之島)와 우에노(上野)의 시노바즈노이케(不忍池)라고 한다. 이 두 곳은 관동(關東) 지방의 변재천 신앙의 중심지여서 에도 시대에는 많은 참배객들이 이곳을 찾았다. 이곳에는 참배객들을 노리는 기생들도 많이 모여들었다고 한다.

이 기생들과 함께 놀고 싶은 남자들은 아내와 함께 참배하러 오지 않았다. 일본에는 예로부터 "독신 여신은 질투가 심하다"는 말이 있는데, 이 말을 변재천 신앙과 결부시켜 "부부가 함께 참배하면 변재천이 헤어지게 만든다"는 말이 나오게 되었던 것이다. 그리고 이 말이 현대에 전해져 "젊은 연인이 어느 호수에서 함께 보트를 타면 헤어진다"는 말로 이어진 것이다.

하지만 한편에서는 "이성과 인연이 없는 사람이 참배를 하면 변재천이 인연의 은혜를 베풀어준다"는 말도 있어서 변재천이 반드시 인연을 끊는 여신만은 아니었던 것 같다.

참고로 말하면, 에노시마에서는 '인연을 맺어주는 말 그림'이라는 분홍색 부적이 인기가 있다고 한다.

동　　양　　의　　마　　신

도지니천

출전

불교 : 도지니천　힌두교 : 다키니

여도하의 정체

일본에는 풍요를 기원하며 세운 신사가 많은데, 여기에는 '남도하(南稻荷)'[5]와 '여도하(女稻荷)' 라 불리는 두 가지 계통이 있다. 남도하는 교토에, 여도하는 아이치(愛知) 현에 본가가 있다. 이 중 아이치 쪽에서 모시는 신이 바로 도지니천(荼枳尼天)이다.

현재 도지니천은 복신으로 알려져 있지만, 옛날에는 마신에 가까운 무서운 신이었다.

인도의 귀신

도지니천의 원형은 인도의 다키니라는 귀신이지만, 여신 자격으로 불교에 받아들여졌다. 다키니는 원래 대지와 애욕을 주관하는 여신이었다. 하지만 힌두교가 널리 퍼지면서 파괴의 여신 칼리를 위해 봉사하는 귀신이 되었다. 이 여신은 신통력을 가지고 있으며, 표범을 타고 하늘을 날아다니면서 인간의 심장을 먹는다고 한다. 귀신이기 때문에 당연히 무서운 존재이지만, 제사를 드리면 신자들에게 이익을 베풀어준다고 알려져 있다.

불교에서 도지니천이라는 이름을 얻게 된 다키니는 악행을 참회하고 개심

---

5) 도하(稻荷) : 오곡의 신, 또는 그 신을 모신 신사.

하여 불교의 수호신이 되었다. 보다 구체적으로 말하면, 다키니는 대일여래(大日如來)의 화신인 대흑천(大黑天)의 종속신이 되었다고 한다. 그에 관한 이야기를 소개해보도록 하자.

어느 날 대일여래는 도지니천을 비롯한 여러 귀신들이 사람들을 잡아먹지 못하게 하려고 굉장히 무서운 대흑천으로 변신하여 귀신들에게 이렇게 말했다.

"너희들은 이제까지 인간들을 잡아먹었다. 이번에는 내가 너희들을 잡아먹겠다."

이렇게 위협을 하자 도지니천은 인간의 심장을 먹지 않겠다고 맹세했다. 하지만 아무것도 먹지 않고는 살 수가 없어서 죽은 인간의 심장을 먹는 것만큼은 허락받았다. 이후 도지니천은 대흑천을 위해 봉사하는 신이 되었다고 한다.

이 여신은 신통력으로 인간이 죽을 시기를 알아차리고, 그 인간이 죽은 직후에 심장을 꺼내 먹었다. 그래서 밀교의 만다라에 묘사되어 있는 도지니천은 주로 시체와 함께 있는 불길한 모습이다.

외법의 여신

도지니천은 귀신에서 여신이 된 과거가 있기 때문인지 어두운 면을 가지고 있다. 예를 들면 밀교의 교리 중에는 사후에 도지니천에게 심장을 바치면 그 대신 소원을 들어주는 것도 있다고 한다. 불교 정통파에서는 이 같은 교리를 인정하지 않기 때문에 도지니천과 관계된 교리를 '외법(外法)'이라고 하여 멸시하는 경향이 있다. 하지만 그 위력은 실로 대단해서 일설에는 어떤 장군이 이 교리에 따라 수행한 덕분에 천하의 패권을 잡았다는 이야기도 있다. 이런 절대적인 위력 때문에 도지니천을 추종하는 신자들이 끊이지 않았다고 전해진다. 하지만 위력이 컸던 만큼 부작용도 심각했던 듯하다. 천하의 패권을 잡았던 장군이 죽은 후에 그 일족은 상대편 가문에 의해 모두 죽고 말았다고 한다.

복을 주는 여신이 된 도지니천

다키니는 표범을 타고 다녔지만, 도지니천은 '야간(野干)'이라는 동물을
타고 공중을 날아다녔다고 중국 경전에는 기록되어 있다. 하지만 일본에는
표범이 살지 않아서 야간을 여우라고 생각했다. 그런데 여우는 이미 일본에
서 도하신(稻荷神)의 탈것이어서 도하신과 도지니천을 동일시하는 경향이 나
타나게 되었다. 이런 경향이 생겨나게 된 결정적인 계기는 조동종(曹洞宗)의
묘엄사(妙嚴寺)[6]에서 도지니천을 진수신(鎭守神)으로서 모셨기 때문이다. 조
동종은 위력 있는 신들을 호법신으로 받아들이는 특징이 있었다. 그래서 도
지니천도 귀신이라는 이미지를 벗고, 복을 주는 여도하로 거듭났던 것이다.

도하가 된 도지니천은 그 모습도 완전히 바뀌었다. 오른손에는 신통력을
나타내는 검을, 왼손에는 사람들의 염원을 들어주는 여의보주(如意寶珠)를 가

---

6) 묘엄사(妙嚴寺) : 1441년에 창건된 불교 사찰.

지고 흰 여우를 탄 미려한 모습으로 묘사되는 것이 일반적이다.

이후 도지니천은 널리 알려져 많은 사람들의 숭배를 받았다. 하지만 자신의 이익을 위해 악행을 저지르면 반드시 벌을 내리는 무서운 여신의 면모도 여전히 간직하고 있었다고 한다.

음 양 도 의 행 운 신

도시토쿠신

출전

음양도 : 세덕신(歳德神)

방위를 주관하는 신

음양도(陰陽道)는 일본에서 발전한 주술의 일종이다. 음양도는 음양오행설에 따라 길흉을 점쳐 그에 대응하는 주술법을 행하는 것이다. 말하자면 재난을 피하고 행운을 불러오는 주술법이라고 할 수 있다.

음양도에서 방위는 여행은 물론이고 인간의 여러 행위에 영향을 미치는 대단히 중요한 요소다. 일반적으로 가장 좋은 방위를 흔히 '혜방(惠方)' 이라고 하는데, 때로는 '열린 방위' 라고 부르기도 한다. 이 방위를 향해 무언가를 하면 반드시 성과가 있으며, 행복을 가져온다고 한다.

음양도는 헤이안 시대에 귀족들의 호응을 받았지만 이후 점차 쇠퇴했다. 하지만 에도 시대의 생활습관에는 음양도의 영향이 짙게 남아 있었다. 그 대표적인 예가 초예(初詣)[7]였다. 지금은 가까운 신사나 사찰 혹은 유명한 사찰에 가는 경우가 많지만, 에도 시대에는 집에서 볼 때 방위가 좋은 신사나 사찰로 '혜방 참례' 를 가는 것이 보통이었다. 즉 방위가 좋은 곳으로 초예를 갔다는 것이다.

이런 혜방을 주관하는 신이 바로 도시토쿠신(歳德神)이라는 여신이었다. 이 여신은 중국 귀부인 복장을 하고 손에 여의보주를 들고 있는 미려한 모습

---

7) 초예(初詣) : 새해에 신사나 사찰에 첫 참배를 하는 것.

으로 묘사되는 경우가 많다.

음양도의 뿌리는 중국에 있다. 그 때문인지 도시토쿠신이 우두천왕(牛頭天王)의 아내 바리채녀(婆利采女)라는 설도 있다. 하지만 확실한 증거가 없기 때문에 오히려 일본에서 나온 행운의 여신이라고 해석하는 것이 더 설득력이 있다고 할 수 있다.

출생의 비밀

도시토쿠신은 자연숭배와 음양도, 불교 등 여러 사상이 혼재되어 탄생한 여신이다. 이 여신의 출생에 관한 비밀은 앞서 언급한 혜방과 밀접하게 연관되어 있다. 그에 관해 소개해보도록 하자.

원래 혜방은 어떤 실체가 없는 추상적인 것이다. 고대 일본인들은 '상세(常世)의 나라'라는 일종의 유토피아가 존재한다고 믿었다. 그래서 정월(음력 1월)이 되면 상세에서 행복을 전해주는 신이 인간 세계로 왔다는 것이다. 이 신을 '정월신' 또는 '연신(年神)'이라고 불렀는데, 이 연신은 단순히 머리가 긴 노인신 정도로만 알려져 있을 뿐 확실한 형태는 가지고 있지 않았다. 이 연신이 오는 방위가 바로 '혜방'이다.

혜방은 지역에 따라 정하는 방법이 달랐다. 특정한 산이나 바다 쪽을 가리키는 경우가 있는가 하면, 그해에 마지막으로 천둥이 친 쪽을 혜방으로 정하기도 했다.

이처럼 혜방은 음양도에서 나온 것이 아니라 일본의 전통 사상에서 나온 것이었다. 바꾸어 말하면 음양도 쪽에서 전통적인 혜방 신앙을 받아들여 연신을 도시토쿠신으로 변화시켰던 것이다.

최초에는 형태가 없었던 연신이 행운의 여신으로 변신한 배경에는 불교의 길상천이 큰 영향을 끼쳤다. 길상천 역시 행복의 여신으로서 도시토쿠신과 그 모습과 형태가 상당히 비슷했다.

제4장
중국과 한국의 여신

중국과 한국의 신화

동아시아 문명의 특징

세계 4대 문명 중 하나가 황하(黃河) 유역에서 시작되었다는 것은 널리 알려져 있다. 예로부터 중국은 동아시아 지역에서 문명이 가장 발달한 나라였다. 따라서 그 주변 지역도 중국의 영향을 크게 받았다.

중국 문명의 가장 큰 특징은 한자 사용과 유교를 들 수 있다. 유교는 철학으로서 신의 존재를 부정하는 경향이 있으며, 한자는 신화를 문자로 기록하는 역할을 했다.

동아시아에서 신화는 한자와 유교의 보급에 의해 '문자로 기록된 것'을 지칭하게 되었지만, 그 반면 구전으로 전승된 민간 신화는 경시되었다. 따라서 오랜 옛날부터 존재해왔던 무수한 신화는 제대로 기록되지 못한 채 사라지고 말았다.

중국의 여신

중국은 4천 년 전에 황하 유역과 장강(長江) 유역에 문명사회를 건설했다. 역사서에 따르면, 중국 최초의 왕조는 하(夏)왕조였지만, 고고학적으로 존재가 증명된 왕조는 은(殷)왕조부터다. 은은 갑골문을 사용했으며, 왕을 정점으로 한 제정일치 국가였다. 하지만 은은 주(周)에 의해 멸망당했고, 그후 중국 대륙 전역에서 한족과 이민족 간의 치열한 다툼이 되풀이되었다.

중국은 다민족 국가여서 각 종족마다 다른 언어와 신화를 가지고 있었다. 따라서 어느 한 종족이 강한 세력을 형성하여 '왕은 신의 자손이기 때문에 나라를 다스릴 권리를 가진다'고 주장해도 다른 종족들은 이를 받아들이지 않았다. 신화에 의한 지배체제의 정당화는 도저히 불가능했던 것이다. 그래서 '천(天)'이라는 사상을 생각해내게 되었다. 천은 인간을 초월한 절대적인 윤리적 존재이며, 그 천의 의사를 전달받는 자가 '천자(天子)'로서 중국을 지배한다는 것이다. 이런 사상을 강화하기 위해 한대(漢代)부터는 유교라는 이념을 채택했다.

이런 이유로 중국에서는 신화가 필요치 않게 되었고, 일부를 제외하고는 아무런 기록도 남지 않게 되었던 것이다. 하지만 불교가 중국에 전해지면서 그 영향으로 독자적인 종교가 탄생하게 되었다. 바로 도교가 그것이다.

도교는 현세에서 자신이 원하는 바를 실현할 수 있다는 교리를 내세웠는데, 신자들은 민간 신앙의 신들을 받아들여 수많은 신들을 숭배하게 되었다. 많은 신들 중 특히 여신에 대한 신앙이 유별나다고 할 수 있다. 그러나 이런 도교도 중국 본토가 1949년 공산화되면서 힘을 잃어버리게 되었다. 그럼에도 세계 각지에 광범위하게 퍼져 있는 화교들은 오늘날까지도 도교의 여신들을 숭배하고 있다.

한국의 신화

한반도는 특수한 지역이라고 할 수 있다. 북쪽은 수렵을, 남쪽은 농경을 하는 이중구조로 이루어진 사회였기 때문이다. 북방계와 남방계는 저마다 독특한 관습과 풍속을 가지고 있었는데, 시대의 흐름에 따라 두 문화가 융합되면서 독자적인 종교가 생겨나기도 했다. 특히 북방계의 수렵 민족은 하늘의 신에게 제사를 드렸는데, 이는 중국의 역사서에서도 찾아볼 수 있는 전형적인 형태의 북방계 신앙이다.

오래 전 한반도에는 작은 부족국가들이 존재했다. 그러던 중 한 강력한 국가가 다른 국가들을 무력으로 제압하여 통일왕국을 세우기도 했다. 북쪽의 고구려, 남서부의 백제, 동남부의 신라가 그 나라들이다. 이들 나라에서는 국왕의 존귀와 신성함을 강조할 필요가 있었다. 그런 이유로 왕권과 결부된 신화들이 만들어져 통치에 활용되었다. 『삼국사기』와 『삼국유사』와 같은 역사서에 따르면, 왕의 선조가 알에서 태어났다는 기록이 있다. 물론 이는 왕권의 신비함을 드러내보이기 위한 하나의 신화일 뿐이다.

신화에 따르면, 고구려의 왕족은 주몽(동명성왕)이라는 인물에서 비롯되었다고 한다. 주몽은 천신의 자손 해모수와 강의 신 하백의 딸 유화가 결혼하여 낳은 알에서 태어난 것으로 설정되어 있다. 신라의 건국 신화도 이와 비슷하다. 군주가 없어 한탄하던 사람들이 신성한 산기슭에서 알을 발견했는데, 그 속에서 아이가 태어났다고 한다. 그래서 이 아이를 왕으로 섬겨 신라라는 나라를 세웠다는 것이다.

유감스럽게도 한국의 신화에는 여신이 그다지 많이 등장하지 않는다. 그 원인으로는 우선 중국에서 전해진 유교의 영향을 들 수 있다. 유교는 기본적으로 남존여비 사상을 갖고 있어서 사람들은 여신이 활약하는 신화를 쉽사리 받아들이지 못했던 것이다. 설사 여신이 활약하는 신화가 있었다 하더라도 유교가 국교가 된 조선 시대 이후에는 거의 사라지고 말았을 것이다.

중 국 의 창 세 여 신

여와

출전

중국 신화 : 여와

중국의 시조가 된 부부

여와(女媧)는 고대 중국의 전설상의 황제인 복희, 신농(神農)과 함께 삼황[1] 중 하나로 알려져 있으며, 복희[2]의 아내였다고 한다.

중국 역사에서 여와는 신화 속의 황제에 불과하지만, 소수 민족의 신화에서는 복희와 더불어 인류의 시조로 등장한다. 즉 복희와 여와는 남매 사이였지만 대홍수 후 둘만 살아남아서 부부의 연을 맺고 인류의 시조가 되었다는 것이다. 인류의 시조가 된 부부는 세계의 여러 신화에서도 흔히 찾아볼 수 있는데, 여와와 복희도 중국 신화에서는 그런 존재인 것이다.

여와는 상반신이 우아한 미녀이지만, 하반신은 뱀으로 되어 있다. 남편 복희도 같은 모습이어서 둘은 서로의 하반신을 휘감고 있는 모습으로 묘사되는 경우가 많다.

---

1) 삼황(三皇) : 중국의 전설상의 황제로, 복희와 여와, 신농을 지칭한다. 신농은 소의 머리에 사람의 몸(牛頭人身)을 가진 의료의 신이다. 삼황에는 신농 대신 황제(黃帝)를 넣기도 한다.

2) 복희(伏羲) : 상반신은 제왕의 모습이지만 하반신은 뱀의 형상이었다고 한다. 역(易)의 팔괘(八卦)와 문자, 거문고를 발명했으며, 결혼 제도를 정한 신으로 알려져 있다. 또 그물로 고기 잡는 법과 고기를 구워 먹는 요리법을 인간에게 가르쳐주어 '요리의 시조'로 불리기도 한다.

중국의 창세 신화

세계 각지에는 고유의 창세 신화가 있지만, 중국에는 체계적이고 독자적인 세계 창조 신화가 남아 있지 않다. 이는 중국의 주된 사상이었던 유교가 '괴력난신'[3]을 멀리한 데서 그 원인을 찾을 수 있다.

창세 신화에 등장하는 신들도 그리스나 로마 신화의 신들처럼 영웅적인 면모나 독특한 캐릭터를 지니기보다는 매우 소박하고, 심지어 단순한 이야기의 주인공이라는 인상을 준다. 그 때문에 중국인들은 창세 신화의 주인공들을 의식적으로 멀리하였으며, 후세에 전해진 기록도 그다지 많지 않다. 그럼에도 지금까지 전해진 것이 반고(盤古)의 세계 창조 신화와 여와의 인류 창조 신화다.

중국에는 세계를 창조한 반고라는 거인신이 있었다. 신화에 따르면, 반고는 세상이 혼돈에 빠져 있을 때 홀로 나타났다고 한다. 그가 오랜 시간에 걸쳐 하늘을 밀어올려 하늘과 땅을 분리한 후 쓰러지자 그의 몸에서 해와 달, 대지가 생겨났다. 그리고 그의 뒤를 이어 여와가 나타나 세상에 인간을 창조했다고 한다.

인류를 창조한 어머니신

세상에 신들만 있고, 인간은 없었던 시대가 있었다. 여와는 지혜를 가진 인간을 만들기로 마음먹었다. 그녀는 우선 진흙으로 정성껏 인형을 빚어 생명을 불어넣었다. 여와는 이 작업을 끊임없이 되풀이하여 많은 인간들을 창조했다. 하지만 여와가 잠시 쉬면서 세상을 둘러보니 넓은 세상 천지에 인간의 모습은 거의 보이지 않았다.

그래서 여와는 이렇게 해서는 안 되겠다고 생각하고 다른 방법을 강구했

---

3) 괴력난신(怪力亂神): 『논어』에 나오는 말이다. 원문은 "子不語, 怪力亂神"인데, 공자는 "괴력난신에 대해 이야기하지 않았다"는 뜻이다. 즉 괴기스럽거나 신비한 힘, 귀신 등을 인정하지 않았다는 말이다. 그래서 유교가 신을 부정하는 경향이 있다고 하는 것이다.

다. 진흙 속에 끈을 끼운 다음 계속 흔들었다. 그러자 끈에서 진흙이 사방으로 흩어지며 땅에 떨어져 많은 인간들이 태어났다. 이렇게 해서 대지는 수많은 인간들로 채워지게 되었다.

한 가지 덧붙이자면, 최초에 공을 들여 정성껏 만들었던 인간은 착하고 부자가 된 반면, 진흙 속에 끈을 끼워 만든 인간들은 나쁘고 궁핍한 인간이 되었다고 한다. 인간의 능력에 차이가 나는 원인이 바로 여기에 있다고 신화에서는 전하고 있다.

세상을 구한 여와

세상에 인간이 태어난 후 축융(祝融)과 공공(工共)[4] 이라는 신이 천하의 패권을 놓고 격렬한 싸움을 벌였다. 축융의 힘이 더 강했기 때문에 공공은 악전고투를 벌이다 하늘을 지탱하고 있던 불주산(不周山) 꼭대기에 부딪쳐 죽고 말았다. 이로 인해 하늘의 기둥이 무너져 그 틈으로 하늘의 물이 지상으로 쏟아졌기 때문에 대지가 기울어지는 엄청난 대재앙이 일어났다. 그래서 인류는 멸망당할 위기를 맞게 되었다.

자신이 만든 인간이 차례로 죽어가는 모습을 본 여와는 곧바로 인간을 구하기 위해 나섰다. 우선 오색빛이 나는 돌로 갈라진 하늘의 틈을 메웠다. 그 다음에는 거대한 거북이를 죽인 후 네 개의 다리를 잘라 대지의 네 곳을 지탱하게 했다. 이렇게 수리 조치를 취하자 대재앙도 잦아들어 인류는 절명의 위기에서 벗어날 수 있었다. 그럼에도 대지가 기울어진 것만큼은 원래대로 고칠 수가 없었다. 중국 대륙이 서쪽이 높고 동쪽이 낮은 것은 이런 이유 때문이라고 한다.

---

4) 축융(祝融)과 공공(工共) : 축융은 불의 신이며, 공공은 동남풍의 신으로 뱀의 머리를 가지고 있었다고 한다.

왕을 저주한 여와

명대(明代)에 쓰여진 『봉신연의(封神演義)』라는 소설을 보면, 여와가 은왕조가 멸망하는 계기를 제공했다고 기록되어 있다.

은왕조의 마지막 왕인 주왕(紂王)이 여와를 모시는 사당을 방문했을 때 아름다운 여와상(像)[5]에 매료되어 "만약 이런 여자가 인간이라면 내 옆에 두고 싶다"고 말하면서 사당 벽에 음란한 내용의 시를 썼다고 한다.

이 사실을 안 여와는 격노하여 자신의 부하인 호리정(狐狸精)이라는 세 마리의 요괴를 보내 주왕을 타락시키라고 명했다. 호리정은 달기(妲己)라는 여성으로 변신하여 주왕을 유혹했다. 그런 다음 주왕으로 하여금 잔혹한 정치를 펴게 하여 민심을 잃게 만들었다.

이렇게 되자 주왕에 반발하는 사람들이 주나라를 세우고 전쟁을 시작했다. 그러자 여와는 주왕에 반대하는 주나라에 산천사직도[6]라는 귀중한 무기를 빌려주어 돕기도 했다.

결국 주가 은을 무너뜨리자 여와는 자신의 명령을 듣지 않고 필요 이상으로 잔혹한 행위를 한 달기를 붙잡아 처형했다고 한다.

---

5) 여와상의 아름다움 : 『봉신연의』에 따르면, 이 여와상은 하반신이 뱀으로 되어 있지 않은 절세의 미녀라고 한다. 또 이 소설에서 여와는 '여와낭랑(女媧娘娘)'이라는 이름으로 등장한다.

6) 산천사직도(山川社稷圖) : 『봉신연의』에 나오는 신비의 무기와 환수를 가리킨다. 인간의 지혜를 넘어서는 능력을 가지고 있다.

신 들 의 어 머 니 가 된 여 신

서왕모

출전

도교 : 서왕모/왕모낭랑(王母娘娘)/요지금모(瑤池金母)/구령태묘귀산금모(九靈太妙龜山金母)

선녀들을 지배하는 여제

서왕모(西王母)는 중국 대륙 서쪽에 자리잡고 있는 곤륜산[7]에 살고 있는 최고위직 여신이다. 도교에서는 최고의 여신으로서 모든 신선들을 지배하는 신으로 설정되어 있다.

서왕모는 30세 정도의 절세 미녀로 결코 나이를 먹지 않는다고 한다. 신선들의 여제(女帝)에 걸맞게 크게 틀어올린 머리에 '화승(華勝)'이라는 관을 쓰고, 호화로운 비단옷을 입고 있다.

곤륜산에 있는 서왕모의 궁전은 사방이 1천 리에 달할 만큼 넓으며, 황금을 비롯한 각종 보석으로 치장된 건물이 늘어서 있다. 또 그가 관리하는 과수원에는 먹으면 불로장생한다는 신비의 복숭아가 열려 있다고 한다.

궁전 왼쪽에는 요지(瑤池)라는 호수가, 오른쪽에는 취천(翠川)이라는 강이 있으며, 곤륜산 밑에는 약수(弱水)라는 강이 흐르고 있다. 특히 약수는 용 이외에 다른 자들이 건너려고 하면 빠져 죽는다고 한다. 이는 서왕모의 궁전에 가기가 그만큼 힘들다는 것을 의미한다.

---

7) 곤륜산(崑崙山) : 중국 서쪽에 있다고 여겨지는 상상 속의 산이다. 실제로 곤륜산맥이 존재하지만, 이는 서쪽에 있기 때문에 붙여진 이름일 뿐이다. 중국에서는 동남아시아 지역을 곤륜이라고 부르기도 하는데, 이는 동남아시아 지역에서 산을 의미하는 '쿤룬'을 음역한 데서 유래한 것이라고 한다.

서왕모의 유래

서왕모라는 말이 문헌에 등장하는 것은 전국(戰國) 시대부터다. 책에서는 세상의 서쪽을 서왕모라고 했는데, 원래는 중국의 서쪽을 의미하는 단어였던 것 같다. 그후 서쪽에 사는 신을 가리키게 되었다.

『산해경』[8]에 따르면 서왕모는 표범의 꼬리와 호랑이의 이빨을 가지고 있으며, 동굴에 사는 맹수 같은 존재라고 한다. 하지만 점차 선녀의 이상으로 여겨졌으며, 절세의 미녀로 묘사되기에 이르렀다.

서왕모는 인간들에게 불로불사를 주는 여신으로서 절대적인 인기를 누렸다. 실제로 그녀는 도교의 수많은 신들 가운데 가장 인기가 많은 신에 속한다. 이 인기를 배경으로 동왕부(東王父)라는 남자 신선도 생겨났는데 서왕모만큼 열렬한 지지를 받지는 못했다.

서왕모와 만난 왕

전설에 따르면 주나라의 목왕(穆王)은 곤륜산 부근을 순시하던 중 서왕모에게 면회를 허락받았다고 한다. 목왕은 여덟 필의 명마가 끄는 마차를 타고 간신히 서왕모가 사는 곳을 찾아갔다. 서왕모는 어렵게 찾아온 목왕을 위해 요지 옆에서 연회를 베풀었다. 목왕은 너무나 즐거워 그만 인간 세계로 돌아가는 것을 잊어버려 자신의 나라가 혼란에 빠진 줄도 몰랐다(천계의 하루는 인간계의 1년에 해당한다). 서왕모는 목왕이 돌아갈 때 '불로장생의 비법을 알고 싶으면 다시 한 번 이곳을 방문하라'는 의미가 담긴 시를 전해주었지만, 목왕은 두 번 다시 천계를 방문하지 못했다고 한다.

---

8) 『산해경(山海經)』 : 중국 고대의 지리서. 단순한 지리서가 아니라 각 지역의 신과 요괴 그림을 함께 수록해놓았다. 따라서 지리서라기보다는 고대 중국인의 세계관을 보여주는 책으로 평가받고 있다.

한 무제와 동방삭

한(漢) 무제(武帝)는 신선술을 매우 좋아한 것으로 알려져 있다. 그는 장생의 비법을 배우고 싶어서 신선에게 제사를 드렸다. 이 이야기를 들은 서왕모는 무제에게 자신의 시녀를 보내 7월 7일에 만나자고 알렸다. 깜짝 놀란 무제는 곧바로 서왕모를 맞이하기 위해 준비를 서둘렀다. 그리고 부하인 동방삭(東方朔)을 불러 서왕모를 맞으라고 일렀다.

7월 7일 밤, 많은 신선들을 거느린 서왕모가 서쪽 하늘에서 구름과 함께 나타났다. 이때 그녀는 용이 끄는 마차를 타고 왔다고 한다.

무제의 환대에 서왕모는 기분이 좋아서 큰 복숭아 일곱 개를 내놓았다. 그 중 세 개는 자신이 먹고, 네 개를 무제에게 주었다. 복숭아를 무척 맛있게 먹은 무제는 서왕모 몰래 그 씨를 숨겼다. 하지만 서왕모는 웃으면서 "그것은 3천 년에 한 번 열리는 반도(蟠桃)의 씨다. 그러니 너 같은 인간에게는 아무런 소용이 없다"고 말했다.

서왕모는 무리 중에서 동방삭을 발견하고, 무제에게 "저 자는 내 반도를 세 번이나 훔쳐먹은 자"라고 이야기했다.

사실 동방삭은 신선으로, 목성의 화신이었다가 무제의 부하가 되었던 것이다.

무제는 서왕모에게 불로장생의 비법을 물었다. 그러자 서왕모는 "너는 잔인한 전쟁을 좋아하기 때문에 도저히 신선이 될 수가 없다. 하지만 사람을 죽이지 않고, 선도(仙道)를 열심히 수행하면 지선(地仙 : 하급 신선)에 이를 수는 있을 것이다"라고 대답했다.

서왕모는 무제에게 선도 수행에 관한 구전서와 호부(護符 : 부적)를 주었다. 무제는 자신의 행동에 부끄러움을 느끼고 전쟁을 그만두었다고 한다. 하지만 구전서는 전쟁중에 불타버려서 무제는 신선이 될 방법을 잃어버리고 말았다. 결국 70세 정도까지 살다가 죽었다고 한다.

칠석(七夕)과 서왕모

견우성과 직녀성이 1년에 한 번 만나는 칠석에 관한 이야기는 널리 알려져 있다. 이 이야기는 원래 중국에서 온 것이다. 이 설화에 따르면 둘 사이를 갈라놓은 것은 천제(天帝)이지만, 후에 서왕모가 천제를 대신하여 견우와 직녀가 1년에 한 번만큼은 만날 수 있게 했다고 한다.

이는 서왕모와 무제가 만난 7월 7일과도 관계가 있는 것으로 추정되는데, 시각을 달리하면 서왕모의 인기가 천제를 능가했다는 것을 의미한다.

하 늘 로 올 라 간 여 신 선

하선고

출전

중국 신화 : 하선고

중국의 칠복신

일본에서는 복을 빌기 위해 칠복신(七福神 : 일본 민간 신앙에서 섬기는 일곱신) 그림으로 장식하는 관습이 있는데, 중국에서 칠복신에 해당하는 존재가 바로 '팔선(八仙)'이다.

팔선은 여동빈(呂洞賓), 종리권(鐘離權), 이철괴(李鐵拐), 남채화(藍采和), 장과로(張果老), 한상(韓湘), 조국구(曹國舅), 하선고(何仙姑)를 이르는 말이다. 이 팔선은 모두 수행을 통해 신선의 경지에 이른 사람들이다.

팔선은 팽조(彭祖)라는 인간에게 8백 세의 수명을 주었다고 하는데, 이들은 인간들에게 장수와 복을 주는 존재로 알려져 있다. 그래서 오늘날에도 정월(正月 : 음력 1월)처럼 경사스러운 때는 팔선이 그려진 그림이나 조각으로 장식하는 풍습이 남아 있다.

이 팔선의 홍일점이 하선고다. 그리고 칠복신은 변재천(辨財天)과 비슷한 캐릭터를 가진 여신들이라고 할 수 있다.

선약으로 신선이 된 여성

하선고는 광동성(廣東省)에서 태어났는데, 날 때부터 검은 머리가 나 있는 불가사의한 아이였다. 15세 때 꿈속에서 신선으로부터 "돌비늘을 먹으면 신선이 될 수 있다"는 가르침에 따라 몇 개를 먹은 후 몸이 가벼워져 마음대로

언덕을 날아다닐 수 있었다. 이 이야기를 들은 당(唐)의 측천무후(則天武后)는 하선고를 초대했는데, 그녀는 사람들이 지켜보는 가운데 하늘로 올라갔다고 한다.

신선이 되는 약

하선고는 돌비늘을 먹고 신선이 되었다고 한다. 그렇다면 돌비늘은 신선이 되기 위한 약, 즉 선약(仙藥)이다. 중국 의학에서는 광물계 물질들이 불로장생에 특별한 효과가 있다고 한다.

하지만 『신농본초경(神農本草經)』이라는 책에는 의외의 것도 선약이 될 수 있다는 기록이 있다.

기본적으로 광물들이 많지만, 식물 중 참마나 국화, 흑깨처럼 주변에서 쉽게 구할 수 있는 것도 있고, 곤충인 말벌도 선약이라고 한다.

선약과 관련하여 가장 중요한 사실은 건강에 좋은 음식을 섭취하면 장생할 수 있다는 것이다.

화 장 실 의 수 호 여 신

자고신

출전

중국 신화 : 자고신/삼고신(三姑神)

화장실에서 죽은 미녀

자고신(紫姑神)은 흔히 '삼고신'이라고도 하는데, 화장실을 수호하는 여신이다.

중국에서는 화장실 오물을 퍼내는 구멍 앞에 싸리비를 자고신의 신체로 삼아 모자와 상의를 입히고, 꽃으로 만든 관(冠)과 꽃나무 가지로 장식한 물건을 놓아두는 관습이 있으며, 화장실 벽에 그녀의 초상화를 걸어두고 무병과 재해의 방지를 빈다고 한다.

자고는 원래 산동성(山東省)에서 태어났으며, 성은 하(何), 이름은 미(媚), 자는 여경(麗卿)이었다. 하미는 어릴 때부터 학문을 좋아했을 뿐만 아니라 대단한 미인이었는데, 산동성 수양현(壽陽縣)의 지사(知事)가 그녀를 보고 한눈에 반하여 첩으로 삼았다고 한다.

하미는 지사의 애첩이 되었지만, 질투심에 사로잡힌 부인 조씨(曹氏)는 그녀를 무척 증오했다. 그래서 지사가 없는 틈을 타 화장실에서 하미를 죽여버렸다. 천제(天帝)는 억울하게 죽은 하미를 측은하게 여겨 화장실의 수호신, 즉 자고신으로 만들었다.

중국의 가정에서는 하미가 죽은 날인 음력 1월 15일이 되면 화장실에서 자고신의 신체(神體)를 모시고 와 신을 부르며 제사드린다. 이때 "조부인은 없습니다"라는 말을 주문처럼 외운다고 하는데, 이는 신이 된 자고신이 자신을 죽

였던 조부인을 미워하기 때문이라고 한다.

화장실은 이계의 통로

예로부터 사람들은 화장실을 이계(異界), 즉 다른 세계의 통로라고 생각해 왔다. 그 때문인지 세계 각지에는 화장실의 수호신이 집에서 가장 위대한 신이라는 이야기가 전해지고 있다. 집의 수호신이 찾아올 때 가장 위대한 신이 제일 늦게 온다는 것인데, 이는 여러 신들이 다른 곳을 모두 차지하고 화장실만 남았기 때문에 그렇다는 이야기도 있다. 화장실의 수호신이 실제로는 미녀였다는 자고신 신앙도 이 같은 사상을 반영한다고 할 수 있다.

천선낭랑

출전

도교 : 천선낭랑

중국의 낭랑 신앙

중국 도교에서는 여신을 '낭랑(娘娘)'이라고 부른다. 가장 위대한 여신 서왕모는 '왕모낭랑'이라고 한다. 낭랑은 사람들이 각기 지닌 소원의 종류만큼 그 수가 다양하게 존재한다. 예를 들면 눈을 치료하는 '안광낭랑(眼光娘娘)', 자식을 주는 '자손낭랑(子孫娘娘)' 등 그 수가 상당히 많다. 이들 낭랑 중 서왕모에 버금가는 인기를 자랑하는 여신이 천선낭랑(天仙娘娘)이다.

동악대제의 딸

천선낭랑의 정식 명칭은 '천선성모벽하원군(天仙聖母碧霞元君)'이며, 동악대제(東岳大帝)의 딸이다. 산동성에 있는 태산(泰山)은 중국에서 가장 신성시 여기는 산으로 알려져 있다. 태산은 사자(死者)의 영혼이 모이는 명계라는 믿음이 있어서 예로부터 특별한 장소로 생각되었다.

이 태산을 지배하는 신이 태산부군(泰山府君), 즉 동악대제다. 원래 동악대제는 인간들의 수명을 관리하고 결정하는 역할을 맡고 있었다. 나중에는 이런 역할이 확대 해석되어 모든 인간의 길흉화복을 결정하는 위대한 신으로까지 발전하기에 이르렀다. 그래서 중국의 역대 황제들은 태산에 올라 동악대제에게 자신이 즉위한 사실을 아뢰는 '봉선(封禪)' 의식을 행할 정도였다.

동악대제의 딸 천선낭랑은 아버지의 역할 중 좋지 못한 부분을 제외한 나머지를 모두 가지고 있는 여신이다. 즉 화를 물리치고 모든 복을 가져다주는, 인간에게 가장 이상적인 신인 것이다. 그 때문에 명대(明代) 이후부터는 아버지인 동악대제를 훨씬 뛰어넘는 인기를 누렸다.

천선낭랑이 인기를 모으게 된 계기는 송(宋)의 진종(眞宗) 황제가 태산에서 봉선 의식을 행할 때 일어났다. 황제가 태산 정상에 있는 연못에서 손을 씻자 그 속에서 바위 덩어리가 솟아올라왔다. 놀랍게도 그것은 천선낭랑의 석상이었다. 황제는 부서진 석상을 수리하고 사당을 지어 여신을 모셨다. 천선낭랑의 신앙이 번성하게 된 데는 이 같은 사연이 있다고 전해진다.

마조

출전

도교 : 마조/천비(天妃)/천후(天后)/천상성모(天上聖母)

화교들이 가장 사랑하는 여신

마조(媽祖)는 안전 항해의 신으로 알려져 있다. 특히 배를 이용하여 교역에 종사하는 화교들은 마조를 열렬하게 숭배하는 것으로 유명하다. 항해의 안전이야말로 자신의 생명을 지키고, 또 가족의 번영을 가져오기 때문이다.

마조는 중국뿐만 아니라 동남아시아의 화교 거주 지역에서는 거의 절대적인 신앙의 대상으로 폭넓은 사랑을 받고 있다. 일본 나가사키(長崎)에 있는 숭복사(崇福寺)에서도 마조를 모시고 있는데, 화교들의 발길이 끊이지 않는다고 한다. 이처럼 마조는 높은 인기를 바탕으로 상거래를 번성케 해주는 여신으로도 생각되었고, 지금은 행운을 가져다주는 여신으로 자리매김되어 있다.

형제를 구한 마조

마조는 원래 인간 여성이었다. 하지만 여러 가지 기적을 일으킴으로써 신의 반열에 올라서게 되었다.

당나라 때 복건성(福建省) 보전현(莆田縣)에 다섯 형제가 있었다. 그중 막내 여자아이는 어릴 때부터 불가사의한 능력을 가진 아이로 명성이 자자했다. 특별히 어떤 가르침을 받지 않았는데도 5세 때 『관음경(觀音經)』을 외웠고, 11세 때는 신에게 바치는 춤을 능숙하게 추었다고 한다.

마조와 관련된 가장 유명한 이야기는 오빠들을 구한 이야기다.

209

어느 날 어린 마조는 평소와 달리 마치 죽은 듯이 꼼짝도 하지 않았다. 이에 깜짝 놀란 마조의 부모는 그녀를 세게 흔들어 눈을 뜨게 했다. 겨우 눈을 뜬 소녀는 "오빠들이 탔던 배가 풍랑을 만나 물 속에 가라앉았습니다. 그래서 저의 혼이 그곳으로 날아가 구하려 했던 것입니다. 하지만 큰오빠만은 구할 수가 없었습니다" 하고 말했다.

며칠 후 집에 돌아온 마조의 세 오빠는 "풍랑을 만나 바다에 빠졌는데 어디선가 어린 소녀가 나타나 저희들을 구해주었습니다" 라고 부모에게 말했다.

이 이야기를 들은 부모는 마조가 불가사의한 힘을 발휘해 형제들을 구한 사실을 알게 되었다고 한다.

마조는 이 일 외에도 불가사의한 힘으로 길흉을 예지하고, 사람들의 병을 고쳐주는 등 많은 선행을 베풀기도 했다. 마조가 죽은 후에 사람들은 그녀를 신으로 모시고, 사당을 세워 '마조묘(媽祖廟)' 라고 불렀다. 이후 각 항구에 마조의 사당이 세워졌고, 역대 왕조도 마조에게 천비(天妃) 혹은 천후(天后)라는 칭호를 내려 경의를 표했다고 한다.

달 을 주 관 하 는 정 령

세오녀

출전

한국 신화(『삼국유사』) : 세오녀

연오랑과 세오녀

고려 시대의 승려 일연(一然, 1206~1289)이 쓴 『삼국유사』에 보면, 해와 달을 주관하는 연오랑(延烏郎)과 세오녀(細烏女)에 관한 전설이 나온다. 그 내용은 부부였던 이들이 일본으로 건너가는 바람에 해와 달이 빛을 잃었으나 세오녀가 짠 비단으로 하늘에 제사를 드리자 다시 광명을 되찾았다는 것이다.

한편 『일본서기』에는 태양빛으로 임신한 여성이 낳은 아마노히보코(天之日矛)가 신라에서 일본으로 건너왔다는 기록이 있다.

연오랑, 세오녀와 아마노히보코 신화는 한국과 일본의 태양 신앙이 어떤 유사성을 지니고 있음을 보여준다. 이는 두 나라가 비록 바다로 가로막혀 있지만 고대부터 활발한 교류가 있었다는 증거로 볼 수 있다.

태양과 달의 부부

신라의 동쪽 해변에 연오랑과 세오녀라는 부부가 살고 있었다. 어느 날 남편인 연오랑이 바닷가에서 해초를 따고 있는데 갑자기 큰바위(큰거북이라고도 한다)가 움직여서 그를 일본으로 싣고 갔다고 한다. 이런 놀라운 모습을 본 일본 사람들은 연오랑을 국왕으로 모시고 그를 섬겼다.

한편 세오녀는 아무리 기다려도 연오랑이 돌아오지 않자, 남편을 찾아 바닷가로 나갔다. 어느 바위 위에서 남편의 신을 발견했는데, 그 바위 역시 세오

녀를 일본으로 데리고 갔다. 이렇게 해서 이들 부부는 재회를 하게 되고, 세오녀는 일본의 왕비가 되었다고 한다.

연오랑과 세오녀는 해와 달의 정령이었기 때문에 신라에서는 태양과 달이 그만 빛을 잃고 말았다. 그래서 신라의 왕은 급히 일본에 사신을 보내 연오랑과 세오녀의 귀국을 종용했다.

하지만 연오랑은 신의 의지대로 일본의 왕이 되었기 때문에 신라로 돌아갈 수 없다고 말했다. 그 대신 세오녀가 짠 비단을 사신에게 주고, "이 비단으로 하늘에 제사를 드리면, 태양과 달이 빛을 되찾을 것"이라고 알려주었다.

사신이 가지고 돌아온 비단으로 하늘에 제사를 드리자 태양과 달은 빛을 되찾았다. 신라의 왕은 이 불가사의한 비단을 나라의 보물로 정하고, 하늘에 제사드린 장소를 영일현(迎日縣)이라 이름지었다고 한다.

한 국 의 시 조 를 낳 은 어 머 니

웅녀

출전

한국 신화(『삼국유사』) : 웅녀

곰에 대한 신앙

단군은 천제(天帝)의 자손이며, 한국인의 시조로 숭앙받는 인물이다.

단군의 어머니는 인간이 된 곰이었다. 세계의 여러 신화를 보면 영웅의 탄생에 다른 생물의 피가 섞여 있는 경우가 많은데, 이 웅녀(熊女) 신화도 그 전형적인 예라고 할 수 있다.

곰은 체구가 크고 힘센 동물이어서 예로부터 동양에서는 위대한 힘의 상징으로 신성시되었다. 예를 들면 아이누족(일본의 소수 민족)은 곰을 '산신'이라 부르며, 다른 동물들과는 다르게 취급했다. 또 백제는 곰이 사는 곳이라는 뜻을 지닌 '웅진(熊津)'이라는 곳에 도읍을 정하기도 했다. 이는 모두 곰에 대한 신앙에서 비롯된 것으로 볼 수 있다.

인간이 된 곰

천제의 아들 환웅(桓雄)은 천계에서 한반도의 태백산 정상에 있는 신단수(神檀樹)로 내려왔다. 신단수 옆에는 동굴이 있었는데, 이곳에 곰과 호랑이가 살고 있었다. 이 두 마리의 짐승은 인간이 되기를 기원하며 환웅에게 기도를 드렸다.

환웅은 곰과 호랑이에게 쑥과 마늘을 주고 "이것을 1백 일 동안 먹고, 햇빛을 보지 않으면 인간이 될 수 있다"고 일러주었다.

호랑이는 수행 도중 동굴 밖으로 뛰쳐나갔지만, 곰은 환웅의 말대로 수행에 매진하여 마침내 인간 여성이 되었다. 하지만 반려자가 없었기에 웅녀는 다시 한 번 환웅에게 남편감을 찾아달라고 기원했다. 이 말을 들은 환웅은 웅녀를 아내로 맞아들였다. 이 둘 사이에서 태어난 인간이 바로 한국인의 시조로 알려져 있는 단군이다.

단군은 조선이라는 나라를 세우고, 1천5백 년간 통치하다가 백악산에서 신이 되었다고 전해진다. 하지만 웅녀가 그후 어떻게 되었는지의 기록은 남아 있지 않다. 신화의 논리로 보면, 웅녀는 한국의 시조인 단군을 탄생시키기 위한 신화상의 등장인물이라고 볼 수 있다.

제5장
인도의 여신

인도의 신화

고대 인도 세계

인도에서는 B.C. 5000년경부터 중부 인도와 데칸 고원 남부에 중석기 문화가 존재했다. 이 지역에서 발견된 암굴화에 코끼리와 물소가 그려져 있는 모습이 바로 그 증거라고 할 수 있다.

인도 서쪽의 신드 지방에서는 농업과 수렵을 기본으로 하는 고대 드라비다인들에 의한 신석기 촌락문화가 일어났는데, 이들은 B.C. 4000년경부터 2500년 사이에 간헐적으로 인도에 들어왔던 것으로 추정된다. 이들은 풍요신에 대한 신앙을 가지고 있었으며, 특히 남근(男根)과 모신(母神 : 어머니신)에 대한 숭배가 강했다.

이 문화들이 혼합되어 탄생한 것이 소위 말하는 인더스 문명이다. 이 문명의 흔적은 현재 인도를 중심으로 광범위한 지역에 남아 있다. 유명한 모헨조다로나 하라파 같은 고대 도시는 B.C. 3000년경에 건설되었으며, B.C. 2150년부터 1750년 사이에는 고도로 발달한 물질 문명이 화려하게 꽃피었다.

그후 인도는 B.C. 1800년경 중앙아시아에서 침입해온 아리아인에게 정복되었지만, 드라비다인의 신앙은 소멸되지 않고 그대로 존속되었다. 아리아인들이 가지고 들어온 브라만교와 드라비다인의 토착 신앙이 서로 용해되어 힌두교라는 새로운 종교가 탄생하게 되었던 것이다.

아리아인의 신화

아리아인은 후세에 『베다』라는 문헌을 남겼다. 이는 인도에서 가장 오래된 문헌으로 알려져 있으며 모두 네 편이 존재한다. 그 가운데 가장 오래된 『리그 베다』에는 신들에 대한 찬가가 담겨 있는데, 일종의 신화 기록이라 할 수 있다.

『베다』를 기록한 고대 산스크리트는 조로아스터교의 경전 『아베스트』나 페르시아의 아케메네스 왕조의 설형문자(쐐기문자) 비문에 남아 있는 고대 이란어와 상당히 비슷하며, 신들의 호칭에도 유사한 점이 많다.

이 『리그 베다』에서 가장 많이 언급하고 있는 내용은 천둥신 인드라에 관한 이야기다. 인드라는 전차를 끌고 나가 적과 악마를 차례로 물리치는 영웅이다. 군신(軍

神)인 그의 역할은 악마를 퇴치하는 일인데, 이는 창세와 밀접하게 연관되어 있다.

인드라는 악마 브리트라와 끊임없이 싸움을 되풀이하는데, 그때마다 세계는 새롭게 재생하게 된다. 그 밖에 『리그 베다』에는 천신 댜우스, 태양신 수리아, 새벽의 여신 우샤스, 바람의 신 바유, 폭풍의 신 루드라, 불의 신 아그니와 술의 신 소마 등이 등장한다.

이러한 신들은 단순한 등장인물이 아니다. 『베다』의 신화 속에 등장하는 신들은 모두 자연 현상을 신격화한 존재들이라고 할 수 있다.

힌두교의 3대 신

아리아인들의 독자적인 종교인 브라만교는 오랜 시간에 걸쳐 힌두교로 변모하게 된다. 이 과도기를 '브라마나 시대'라고 부른다. 이 무렵의 사람들은 새로운 신화를 자신들의 종교 속에서 어떻게 재구성할 것인지에 관해 큰 관심을 가지고 있었다. 구체적으로 말하면, 어떤 신을 최고신으로 할 것인지, 또 계급 서열을 어떻게 정할 것인지에 관한 문제였다.

결국 창조신으로 브라마라는 신이 선택되었다. 세계의 다른 신화를 보면, 거의 대부분 최고신이 신들의 왕인 경우가 많지만 인도인들은 그것과 확연히 구별되는 신화를 만들어냈다. 브라마 신은 우주적 규모의 '시간'을 상징한다. 브라마 신의 하루는 인간 세상에서는 43억 2천만 년에 해당하며, 그가 눈을 뜨면 우주가 창조되고, 잠이 들면 세계는 멸망했다. 이 같은 우주는 영구히 창조와 파괴를 되풀이하는 것이다. 그래서 인간은 브라마 신의 하루 중 일순간에 태어나 일순간에 죽게 된다. 하지만 인간의 관심은 최고신 브라마에게서 멀어지게 되었다. 인간에게 보다 더 중요한 것은 과거가 아니라 당장 살아가고 있는 현재였다.

이렇게 해서 등장한 것이 유지의 신 비슈누와 파괴신 시바다. 현재 인도에서는 이 두 신에 대한 신앙이 주류를 이루고 있다. 세계는 비슈누에 의해 창조되고, 시바에 의해 파괴된다는 것이다. 그러면 또 비슈누는 세상을 재생시키고……. 브라마 신의 창조 신화와 마찬가지로 비슈누와 시바도 이 같은 과정을 되풀이하는 것이다.

인도 신화는 혼돈의 세계다. 세계 창조에 관해서도 몇 가지 설만 있을 뿐 정설은 없는 상태다. 하지만 이런 점이 인도 신화의 특징이자 매력이라고 할 수 있다.

수 많 은 화 신 으 로 변 하 는 여 신

DEVI

데비

출전

인도 신화(힌두교) : 데비/마하데비

고대의 토착신

힌두 신화는 인도의 토착 신앙과 인도를 정복한 아리아인이 예로부터 신봉해왔던 브라만교가 결합되어 탄생했다. 따라서 이 신화에 등장하는 신들은 두 계열로 나뉘며, 양쪽 신화의 유력한 신들이 다수 등장한다.

이 중 신격이 높은 신들은 여러 종류의 화신으로 등장하는 특징을 가지고 있다. 다른 지역에서도 복수의 역할을 담당하는 신들이 있지만, 인도에서는 그 모습과 이름이 완전히 바뀐다. 어떤 경우에는 화신의 성격이 정반대로 나타나는 경우도 있다.

데비는 힌두교에서 가장 강력한 여신으로 몇 가지 다른 모습을 가지고 있다. 원래 이 여신은 인도의 토착 여신으로 풍요를 주관하는 대지모신(大地母神)이었다. 파괴신 시바의 아내로 알려져 있으며, 마하데비(대여신)라고도 불린다.

데비의 변신은 상당히 극적인데, 어떤 때는 우아한 여신의 모습으로, 또 어떤 때는 파괴신의 모습으로 등장하기도 한다. 이는 풍요의 신이 원래 가지고 있는 성격에서 기인하는 것으로 볼 수 있다. 즉 대지를 풍요롭게 하는 대신 산제물을 요구하는 잔혹성도 동시에 가지고 있는 것이다.

데비의 화신 중 은근하고 여성적인 성격을 가진 사티와 파르바티는 남편 시바 신의 여러 가지 역할을 대신 수행하는 여신이다. 이에 비해 두르가나 칼리는 맹렬하고 난폭한 파괴신의 면모를 지닌 화신이라고 할 수 있다.

데비는 그 밖에도 파르바티의 또 다른 일면인 우마(황금의 여신 : 빛과 미의 상징이다)나 수확의 여신 가우리로 변신하기도 한다. 또 시바의 원형인 루드라 신의 여동생 안비카(생식의 여신)로 등장할 때도 있다.

데비의 원형

예로부터 인도 대륙은 여러 민족의 유입이 잦았기 때문에 천지창조 신화가 하나로 통일되어 있지 않다. 점차 시간이 지나면서 사람들은 여러 민족이 가지고 들어온 신화 속에 자신들의 신을 등장시키려는 시도를 하게 되었다.

예를 들면 브라만교의 경전인 『베다』의 창세 신화에는 바이라비(공포의 여신)라는 여신이 등장하는데, 이는 토착신 데비의 화신으로 알려져 있다.

오랜 옛날 불의 상징인 황금의 알이 물위에 떠다니고 있었다. 그런 상태로 1천년이 지나자 알 속에서 불로 모든 죄를 소멸시키는 푸르사라는 자가 태어났다.

푸르사는 고독을 견디지 못하고 스스로 남자와 여자로 분열했다. 그리고 이 둘은 관계를 맺어 새로운 생명을 탄생시켰다. 이 남녀 창조신 중 여성신을 비라주라고 하는데, 이 또한 데비의 화신 중 하나다.

물론 『베다』에 데비의 이름은 나오지 않는다. 시바를 최고신으로 숭배하는 후세의 힌두교도들은 창조신 푸르사를 시바로, 비라주를 데비와 동일시하고 있다.

남 편 의 명 예 를 지 킨 여 신

SATI

사티

출전

인도 신화(힌두교) : 사티

시바 신의 첫 아내

사티는 시바 신의 아내로 등장하는 여신이다. 남편 시바 신은 파괴신답게 폭력적인 면이 있으며, 정의를 추구하기 위해 잔혹한 행동을 일삼기도 한다. 사티는 우아하고 은근한 여신으로, 강렬한 개성을 지닌 시바와 균형을 유지한다는 차원에서 함께 묘사되는 경우가 많다.

시바는 강력한 힘을 가진 신답게 사티 외에도 많은 아내를 거느렸다. 하지만 시바의 아내가 많다고는 하지만, 반드시 그렇다고 말하기 힘든 측면도 있다. 즉 그의 아내로 알려져 있는 데비나 사티, 파르바티는 모두 동일한 여신으로 상황에 따라 변신하는 것뿐이다.

그러나 후대에는 사티와 파르바티의 관계가 변하게 된다. 둘 다 시바의 아내이긴 하지만 사티가 죽은 후 새롭게 태어난 존재가 파르바티라는 것이다.

사티의 선택

사티의 아버지 다크사는 창조신 브라마의 엄지손가락에서 태어났으며, 창조 활동을 주관하는 현자들의 우두머리였다.

사티가 적령기에 접어들자 다크사는 사위를 뽑는 의식을 치르기로 했다. 하지만 다크사는 시바 신을 몹시 싫어하여 사위를 뽑는 행사에 그를 초대하지 않았다. 여기에는 이유가 있었다. 시바 신은 온몸에 재를 바르고 나체로 산속을 걸어다니기도 하고, 무덤 주변을 이리저리 배회하기도 하는 등 온갖 기행을 일삼았던 것이다. 보통의 아버지라면 그런 남자에게 딸을 시집보내고 싶어하지 않는 것은 당연했다.

그러나 사티는 오직 시바 신만이 자신의 남편감이라고 생각했다. 시바 신역시 사티와 같은 생각이어서 그녀와 결혼하고 싶어했다. 그녀는 식장을 둘러보며 시바 신이 참석하지 않았다는 것을 알고 크게 한숨을 내쉬었다.

마침내 결혼 상대를 정해야 하는 순간이 찾아왔다. 많은 신들은 사티가 자신의 머리 위에 화관을 얹어주기만을 기다렸다. 화관을 얹는다는 것은 남편으로 선택했다는 뜻이다. 하지만 사티는 아무에게도 화관을 얹어주지 않았다. 오로지 시바 신만을 생각하며 공중으로 화관을 던졌다. 순간 어디선가 갑자기 시바 신이 나타나 화관을 자신의 머리 위에 올려놓았다.

이에 다크사도 결혼을 허락하지 않을 수 없었다. 이렇게 해서 둘은 부부가되었다.

시바 신과 다크사의 악연

하지만 행복했던 결혼 생활도 오래가지 못했다.

다크사는 다시 신들을 초대하는 모임을 열었다. 주최자인 그가 모임 장소로 들어오자 모든 신들이 일어나 그에게 인사를 건넸다. 하지만 두 신만은 경의를 표하지 않았다. 한 신은 다크사의 아버지 브라마로서, 이것은 당연한 일이었다. 그리고 또 하나는 시바였다. 시바는 사티의 남편감을 뽑는 모임에 자신을 초대하지 않았던 다크사에게 원한을 가지고 있었던 것이다.

다크사는 사위의 무례함에 격노했다. 그래서 모여 있던 신과 현자들을 향해 시바를 비난하기 시작했다. 그는 시바에게 주었던 '세계의 수호자' 라는 호칭을 거두어들이겠다고 공언했다. 또한 시바가 타인들에게 법을 어기라고 권했을 뿐만 아니라 신의 규율을 우롱하고 예로부터 지내온 제사를 폐지했다고 말했다. 나체 상태로 해골과 인골을 묶어 몸에 휘감고, 유령이나 정령들과 함께 묘지에 들락거리는 시바의 관습에도 강력하게 이의를 제기했다. 그리고

미친 사람이나 어두운 존재들과 친한데도 '길조'를 의미하는 '시바'라는 이름을 쓸 수 있는가 하고 규탄했다.

많은 비난의 말들을 쏟아낸 다크사는 집으로 돌아가 자신의 생각을 직접 행동에 옮겼다. 시바를 초대하지 않고 그가 싫어하는 제의를 성대하게 거행했던 것이다.

비극적인 최후

모든 신들이 줄지어 서 있는 모습을 본 사티는 제의가 있다는 것을 알았다. 그녀는 곧바로 아버지에게 달려가 항의했지만, 다크사는 계속 시바에 대한 험담만 늘어놓았다. 이에 절망한 사티는 스스로 산 제물이 되기로 하고 제단 앞으로 걸어갔다. 그리고 남편의 명예를 지키기 위해 활활 타오르는 불 속으로 몸을 던졌다.

이 이야기를 들은 시바는 다크사의 집에 난입해 제의를 난장판으로 만들어버렸다. 게다가 제의에 참가한 신들을 모두 쫓아낸 다음 다크사의 머리도 잘라버렸다.

그는 불 속에서 사랑하는 아내를 찾아내 껴안고 절규했다. 미친 듯이 울부짖던 시바는 광기에 사로잡혀 춤을 추기 시작했다. 이 때문에 일어난 땅울림이 세계를 뒤흔들어 전 우주와 주민들은 두려움에 떨었다고 한다.

파괴신의 광기를 치유하기 위해 유지의 신 비슈누가 사티의 유해를 잘게 잘라버리자 세상은 다시 평온을 되찾았다. 시바는 사티의 뼈와 재를 모두 모았다. 그런 다음 뼈로 목걸이를 만들고, 재는 자신의 몸에 칠하여 사티의 혼을 위로했다. 또 다크사를 죽인 것도 참회하여 다시 그를 살아 돌아오게 만들었다.

사티는 힌두교 신자들에게 가장 이상적인 아내상으로 받아들여지고 있다. 그녀의 자기 희생 정신은 많은 여성의 귀감이 되었지만, 잘못된 관습을 낳기도 했다. 즉 남편이 먼저 죽으면 아내가 따라 죽는 관습이 생겨났던 것이다. 현재 인도에서는 이 관습을 금하고 있지만, 극소수의 보수적인 힌두교도들은 미망인들에게 죽음을 강요하는 경우도 있다고 한다.

사 랑 을 쟁 취 한 처 녀 신

파르바티

출전

인도 신화(힌두교) : 파르바티

아름답고 우아한 여신

힌두교의 3대 신은 잘 알려진 대로 비슈누, 브라마, 시바다. 그런데 이들의 아내는 원래 한 명의 여신이었다고 한다. 이 여신의 탄생에 관해서는 다음과 같은 이야기가 전해지고 있다.

어느 날 3대 신은 안다카라는 악마에 대해 논의하고 있었다. 한참 숙의를 거듭하던 3대 신은 얼굴을 들고 서로를 쳐다보았다. 이들의 시선이 마주친 곳에서 에너지가 발생해 여성의 형상이 만들어졌다.

흰색과 붉은색, 검은색으로 물든 이 여성의 광채는 하늘을 아름답게 수놓았다. 신들은 저마다 이 여신을 아내로 맞이하고 싶어했다. 그러자 여신은 자신을 세 명의 여신으로 나누었다. 이 세 여신은 각기 과거와 현재, 미래를 나타내며, 흰색의 여신은 사라스바티, 붉은색은 락슈미, 검은색은 파르바티가 되었다고 한다.

하지만 이 세 여신에 대해서는 각기 다른 탄생 신화도 전해 내려오고 있어서 위의 이야기와는 모순된다. 이는 인도인들의 종교관을 엿볼 수 있는 좋은 사례라고 할 수 있다. 즉 '최고의 여신이기 때문에 그만큼 사랑을 받고 있는 것'이며, 그에 따른 신화도 각기 다르게 만들어졌다는 이야기다.

그러면 데비의 화신이며, 시바 신의 아내인 파르바티에 대해 소개해보도록 하자.

시바와 파르바티의 만남

산의 신 히말라야와 그의 아내 메나 사이에서 태어난 파르바티는 시바 신의 명예를 지키기 위해 불 속으로 뛰어든 사티의 전생이었다.

어느 날 히말라야의 현자 나라다가 찾아와 파르바티는 시바 신과 결혼하게 될 것이라고 예언했다. 시바 신은 아내 사티를 잃은 후 히말라야 산에 들어가 고행에 전념하고 있었다. 히말라야는 이 사실을 알고 파르바티를 시바 신에게 보냈다. 하지만 명상에 잠긴 시바 신은 자신을 찾아온 파르바티에게 눈길조차 주지 않았다.

카마의 도움

신들이 사티를 파르바티로 새롭게 태어나게 한 데는 이유가 있었다. 그 무렵 타라카라는 악마가 세계를 위협하고 있었다. 그는 고행을 통해 '시바 신의 아들 이외에 다른 상대에게는 불사신'이 되는 힘을 브라마 신으로부터 부여받았던 것이다. 따라서 시바 신의 아들이 없으면, 그 누구도 타라카를 물리칠 수 없는 상황이었다.

하지만 당장 시바 신에게는 아들이 없었을 뿐 아니라 아내가 죽은 뒤로는 매일 고행에만 매달려 재혼할 생각이 없는 듯이 보였다. 그래서 신들은 사티의 혼을 가진 파르바티를 태어나게 했던 것이다.

파르바티가 시바 신을 찾아간 지 몇 년이 흘렀지만, 시바 신은 계속 명상에 잠긴 채 아무런 반응이 없었다. 그래서 신들은 파르바티를 돕기 위해 사랑의 신 카마를 파견했다.

마침 히말라야 산에도 봄이 찾아와 나무들은 꽃을 피우고, 숲속의 생물들은 저마다 사랑을 나누었다. 카마는 명상중인 시바 신이 파르바티의 모습을 보게 하려고 그를 향해 꽃 화살을 쏘았다. 이에 깜짝 놀란 시바 신은 드디어 명상에서 깨어나 눈을 떴다. 하지만 그는 바로 눈앞에서 꽃을 따고 있는 파르바티의 모습은 보지 못하고 활을 가진 카마를 발견했다. 시바 신은 이마에 난 제3의 눈으로 불을 내뿜어 카마를 순식간에 재로 만들어버리고 말았다.

그후 시바 신은 명상에 방해가 된다는 이유로 어디론가 몸을 숨겼다고 한다.

고행의 나날

시바 신의 난폭한 행동을 보고 자신을 잃은 파르바티는 자신도 고행을 하겠다고 나섰다. 그녀는 시바 신의 사랑을 구하기 위해 여름에는 불 속에 앉아서 태양을 바라보고, 겨울에는 차가운 물 속에 들어가 밤을 지샜다.

마침내 고행으로 단련된 파르바티의 몸에 변화가 일어났다. 원래 검은 여신이었던 파르바티의 피부가 황금색으로 빛나기 시작했던 것이다. 이렇게 해서 그녀는 빛과 미의 여신 우마로 다시 태어나게 되었다.

그렇게 나날을 보내던 그녀 앞에 브라만[1] 승려가 나타났다. 그녀는 브라만에게 자신이 고행하고 있는 이유에 대해 이야기해주었다. 브라만은 웃으면서 시바 신은 음험한 성격을 지닌 나쁜 신이라고 말했다. 브라만의 말을 반박할 수 없었던 파르바티는 가만히 있을 수밖에 없었다. 하지만 그녀는 "그래도 내 마음속에는 오로지 시바 신밖에 없습니다" 하고 대답했다. 그러자 브라만은 자신의 정체를 드러내고 본래의 모습인 시바 신으로 돌아왔다.

파르바티의 진심을 확인한 시바 신은 미소 지으며 결혼 신청을 했다. 파르바티가 먼저 자신의 아버지 히말라야의 허락을 받고 오라고 말하자 시바 신은 마치 도망치듯 어디론가 달려갔다.

축복받은 결혼

히말라야 신의 도시에 위대한 현자들이 찾아왔다. 히말라야가 무슨 일이냐고 묻자 현자 중 하나인 안기라스가 앞에 나와 마침내 시바 신이 파르바티에게 구혼을 했다고 대답했다.

히말라야가 딸을 쳐다보자, 파르바티는 손에 연꽃을 들고 조용히 고개를

---

1) 브라만 : 힌두교 사제를 지칭한다. 이들의 임무는 경전인 『베다』를 후세에 전승하는 것으로, 카스트 제도에서 최상위 계급을 차지하고 있다.

숙이고 있었다. 히말라야는 미소 지으며 기쁜 마음으로 아내와 함께 딸의 결혼을 승낙했다.

드디어 오랫동안 기다려왔던 성대한 결혼식이 열렸다. 이때만큼은 시바 신도 화려한 옷을 입고, 성스러운 소 난디[2]에 올라탄 모습으로 아름다운 신부의 집에 도착했다.

결혼식에 참석한 락슈미 여신은 이 둘을 연꽃 우산으로 받치고, 사라스바티 여신은 새로 탄생한 부부에게 축복의 말을 건넸다고 한다.

결혼식을 마친 후 둘은 한 달 동안 히말라야 신의 집에 머물렀다가 순례를 위해 길을 떠났다. 여행 도중 시바 신은 사티의 아버지 다크사가 예전과 다름없이 제사지내는 모습을 보게 되었는데, 자신이 무시당하는 모습을 보자 다시 난폭한 사건을 일으키게 된다. 그럼에도 시바와 파르바티는 즐거운 결혼생활을 보낼 수 있었다.

악마 타라카의 퇴치

신들은 악마 타라카의 퇴치를 고대하고 있었다. 하지만 이를 물리칠 시바 신의 아들은 태어날 기미가 보이지 않았다. 성질이 급한 불의 신 아그니[3]는 빨리 아들을 낳으라고 재촉하기 위해 시바 신을 방문했다. 그런데 마침 시바 신과 파르바티가 관계를 가진 직후여서 아그니는 재빨리 비둘기로 변신하여 흘러나온 정자를 쪼아먹었다. 그는 이것을 신들에게 가지고 가려고 했지만, 그 무게를 이기지 못하고 모두 버려야만 했다.

정자가 떨어진 곳은 강가(갠지스) 강이었다. 이 강에는 강가[4]라는 여신이 살고 있었는데, 그녀는 아그니가 떨어뜨린 정자를 몸에 품어 카르티케야라는

---

2) 난디 : 흰 수소. 풍요를 의미하는 시바 신의 탈것이며, 네 발 달린 짐승의 수호신이기도 하다.

3) 아그니 : 『베다』에서 불의 신으로 등장한다. 후대로 오면서 산 제물이나 공물을 정화하는 신이 되며, 인간과 신을 이어주는 역할도 맡게 되었다.

4) 강가 : 갠지스 강을 상징하는 여신. 파르바티의 자매라고도 한다.

남자아이를 낳았다고 한다.

이렇게 해서 시바 신의 첫 번째 아들은 파르바티가 아닌 강가를 통해 탄생하게 되었다. 성장한 카르티케야는 신들의 기대를 저버리지 않고 악마 타라카를 물리쳤다고 한다.

지상으로 추락한 파르바티

시바와 파르바티는 사이가 좋은 부부였지만, 때로는 싸움을 하기도 했다. 그에 관한 이야기를 소개해보도록 하자.

어느 날 시바는 아내와 함께 현자의 강의를 들으러 갔다. 그런데 정신을 바짝 차려야 할 자리에서 파르바티가 꾸벅꾸벅 조는 게 아닌가. 시바는 이처럼 중요한 문제에 무관심한 아내에게 격노했다. 하지만 파르바티는 잠든 것이 아니라 잠시 눈을 감은 것이라고 변명했다. 그러면 강의 내용을 설명해보라고 시바가 추궁하자 그녀는 아무런 말도 하지 못했다.

시바는 잠을 잔 것과 거짓말한 벌로 그녀를 지상으로 내쫓아버렸다. 그후 혼자가 된 시바는 독신 시절로 되돌아간 기분으로 명상을 시작했다. 활기찬 아내의 웃음소리도 들리지 않고 주변은 고요하기만 했다. 하지만 그는 집중할 수가 없었다. 파르바티의 생각으로 마음이 혼란스러웠던 것이다. 그러나 자신이 쫓아버린 아내를 다시 돌아오라고 말할 수는 없는 노릇이었다. 고민에 빠진 시바는 머리를 감싸주었다.

재회

그 무렵 파르바티는 인간계에서 어부로 조용하게 살아가고 있었다. 하지만 가까운 바닷가에 난폭한 상어가 나타나 그물을 찢어놓는 등 갖가지 문제를 일으켰다. 사람들이 모여 상의한 결과, 상어를 물리치는 자에게 마을에서 가장 아름다운 처녀 파르바티를 주기로 했다.

이 이야기를 들은 시바는 어부로 변신하여 지상으로 내려왔다. 제아무리 힘센 상어라 할지라도 파괴신 시바에게는 도저히 상대가 되지 못했다. 순식간에 상어를 물리친 시바는 파르바티와 다시 만나서 천계로 돌아갔다고 한다.

사실 이 이야기에는 사연이 있다. 해안에 나타난 상어는 실제 상어가 아닌 성스러운 소 난디가 변신한 것이라고 한다. 다시 말해 이 사건은 시바가 꾸민 자작극이라는 것이다.

파르바티는 이런 사실을 몰랐지만, 만약 그녀가 진실을 알았다면 어떻게 되었을까? 화를 냈을지도 모르지만, 필시 웃으면서 시바의 청을 받아들였을 것이다.

부 와 행 운 의 여 신

LAKSMI

락슈미

출전

인도 신화(힌두교) : 락슈미/락슈미 슈리 불교 : 길상천

여성미의 화신

락슈미는 황금색으로 빛나는 아름다운 여신으로, 원래는 네 개의 팔을 가지고 있지만 보통은 두 개의 팔을 가지고 있는 모습으로 표현되는 경우가 많다. 또 이 여신의 상징인 연꽃에 앉아 있거나 서 있는 모습을 흔히 볼 수 있다. 락슈미는 남편 비슈누 신과 함께 숭배되며, 정절의 여인상으로 그려진다. 이 둘은 가루다[5]를 타고 하늘을 날아다니기도 하지만, 흰 연꽃에 앉아 있는 모습이 가장 일반적이다.

락슈미는 힌두 신화 이전 베다 시대에는 바루나 신[6] 혹은 태양신의 아내였다고도 한다. 그러다 힌두교 시대가 되면서 비슈누 신의 아내가 되었으며, 상당히 중요한 역할을 하는 여신으로 부상했다.

락슈미는 여성미를 상징하는 여신으로, 그리스 신화의 아프로디테와 같은 뿌리를 가지고 있는 것으로 알려져 있다.

사라스바티, 파르바티와 함께 북인도 지방에서 가장 인기 있는 여신이며, 불교에서는 길상천(吉祥天)이라 부른다.

---

5) 가루다 : 가루나천(迦樓羅天), 혹은 금시조(金翅鳥)라고도 한다. 뱀을 주식으로 하는 조류의 왕이다.

6) 바루나 신 : 우주의 법을 수호하는 신이며, 베다 시대에는 가장 높은 숭배 대상이었다.

무수한 전생

비슈누 신은 많은 화신의 모습으로 전생을 거듭하는 신으로 알려져 있다. 따라서 그의 영원한 아내 락슈미도 남편을 따라 몇 차례 전생을 하게 된다.

예를 들면 비슈누는 난쟁이 바마나로 전생한 적이 있는데, 이때 락슈미는 물에서 태어나 연꽃을 타고 조용히 물위를 떠다녔다고 한다. 이 모습을 파드마 또는 카마라라고 부른다.

남편이 영웅 라마로 전생했을 때 락슈미는 이야기의 여주인공 시타가 되어 결국 비슈누와 결혼에 이르게 된다. 그리고 남편이 크리슈나의 화신으로 등장할 때는 목동 라다의 아내로 전생한다.

이처럼 락슈미와 비슈누는 이상적인 부부상으로 그려진다. 락슈미는 사람들에게 행운을 가져다주는 역할을 맡은 여신으로 인도 전역에서 널리 숭배되고 있다.

불사의 영약 암리타

락슈미는 처음에는 현자 브리그의 딸로 태어났다고 전해진다. 하지만 어떤 현자의 저주로 천계에 위험이 찾아왔을 때 락슈미는 바다로 도망쳤다가 잠깐 잠이 들었다고 한다. 만약 이때 암리타를 둘러싼 사건이 일어나지 않았다면, 락슈미는 바다 밑에서 영원히 잠들어 있었을지도 모른다.

암리타는 누구든 이것을 마시면 불로장생할 수 있는 불사의 영약을 말한다. 이 암리타를 얻으려면 바다를 수없이 휘저어야만 했다. 신들은 불사를 얻기 위해 암리타를 필요로 했지만, 바다를 휘젓는 일은 그리 간단한 일이 아니었다. 회의를 한 결과, 신들은 악마와 괴물들과 함께 바다를 휘젓기로 했다.

우선 창조신 브라마는 큰뱀 아난다에게 명을 내려 만다라 산을 뽑아오게 했다. 거대한 거북이로 변신한 비슈누는 바닷속에 들어가 만다라 산을 그의 등으로 떠받쳤다. 그런 다음 바수키 용을 만다라 산에 휘감았다. 신과 악마가 바수키를 양끝에서 잡아당기자 산이 빙글빙글 돌아가면서 바다를 휘젓기 시작했다.

양쪽에서 끌어당기는 힘 때문에 바수키는 몸이 찢어지는 듯한 고통을 느끼며 몸부림쳤다. 바수키는 고통을 이기지 못하고 연기와 화염을 계속 내뿜었다. 용이 토해낸 뜨거운 열기를 뒤집어쓴 신들 역시 고통스럽기는 마찬가지였다.

이 혼란으로 많은 바다 생물들도 죽음을 맞았다. 만다라 산에서는 나무들이 서로 부딪쳐 큰불이 일어나 코끼리와 사자를 비롯한 동물들이 차례로 불에 타 죽었다. 이를 보다 못한 인드라 신이 비를 내려 일단 불을 잠재웠다.

이 바다 휘젓기로 많은 희생이 있었지만, 결국 신들은 암리타를 차지할 수 있었다.

바다에서 나타난 보물

큰비가 내려 나무의 수액과 약초의 즙, 열에 녹은 광물 등이 모두 바다로 흘러들었다. 그러자 바닷물이 하얗게 변했다. 이는 암리타 출현의 전조였다. 마침내 흰 거품과 함께 열네 개의 보물이 나타났다.

우선 태양과 달이 솟아올랐다. 그리고 세 번째로 나온 보물은 흰옷을 입은 락슈미였다. 바닷물이 요동치자 죽은 듯이 잠들어 있었던 그녀는 아름다운 미녀로 다시 태어났던 것이다. 그후에도 술의 여신 마디라, 천마 우차이슈라바스, 요정 아프사라스 등이 차례로 나타났으며, 마지막에는 의사 단반타리가 항아리를 들고 등장했다. 암리타는 바로 그 항아리에 들어 있었다.

락슈미와는 그다지 큰 관계는 없지만, 신과 악마들은 이 암리타를 놓고 큰 전쟁을 벌이게 된다. 결국 전쟁에서 신들이 승리해 암리타를 차지함으로써 불사의 힘을 가질 수 있게 되었다. 이런 대사건을 통해 다시 태어난 락슈미는 누구나 한 번만 보면 반할 만큼 무척 아름다웠다.

그래서 시바 신이 먼저 락슈미에게 말을 걸었으나 그녀는 응하지 않고 비슈누 신에게 다가가 그의 팔에 안겼다고 한다. 그러자 시바 신은 바수키 용이 토해놓은 엄청난 양의 맹독을 모두 다 마셔버리고 자살했다. 그런데 이때 시바 신이 맹독을 모두 마셨기 때문에 세계는 구원받을 수 있었다고 한다.

SARASVATI

사라스바티

출전

인도 신화(힌두교) : 사라스바티/브라마니/사비트리   불교 : 변재천

물의 신에서 지혜의 신으로

인도에 들어온 아리아인이 최초로 정착했던 곳에는 강이 있었다. 이 강은 사라스바티라는 이름을 가지고 있었는데, 시간이 흐르면서 강을 신격화한 여신이 숭배받기에 이르렀다. 따라서 사라스바티는 물의 신이 되었으나, 원래는 정화(淨化)와 풍요를 주관했다.

『베다』에서는 갠지스의 강가 여신과 함께 강의 여신으로 소개되어 있는데, 사라스바티에 대한 찬가의 수는 다른 여신들을 압도한다. 아리아인에게 사라스바티 강은 그만큼 중요한 생명의 젖줄이었던 것이다.

후대로 오면서 이 여신은 언어의 신과 동일시되었던 것으로 보인다. 사라스바티와 언어의 여신 '바츠'의 발음이 비슷했기 때문이었다.

사라스바티는 산스크리트의 발명자일 뿐 아니라 언어와 지혜, 음악의 수호신으로 숭배받았다. 그리고 뛰어난 지혜를 이용하여 소마, 즉 암리타를 발견했다는 설도 있다.

비나를 연주한 여신

사라스바티는 흰 피부를 가진 대단히 젊고 아름다운 여신이었다. 때에 따라서는 네 개의 팔을 가진 것으로 묘사되기도 한다. 손에는 무언가를 가지고 있는 경우가 많은데, 가장 흔한 것이 비나라는 악기다. 비나는 물 흐르는 소리

를 상징하는 악기로서 사라스바티가 강의 신이라는 것을 나타낸다. 비나 외에도 구슬이나 『베다』 경전, 꽃, 물병 등을 들고 있는데, 이는 모두 물이나 학문과 관련된 것이다. 그리고 이 여신의 탈것은 백조나 공작, 연꽃이며, 그 위에 앉아 있는 모습으로 묘사되는 경우도 있다.

힌두 신화에서 사라스바티는 브라마 신에게서 태어나 그의 아내가 되는 것으로 설정되어 있다. 그리고 이 여신은 불교 신화에도 받아들여져 변재천 (辨財天)이라는 여신으로 등장한다.

탄생과 결혼

어느 날 브라마 신은 아름다운 여신이 보고 싶어 자신의 몸에서 한 여성을 만들어냈다. 이 여신이 사라스바티인데, 브라마니, 사비트리 같은 여러 가지 다른 이름도 가지고 있다.

브라마 신은 자신이 만들어냈음에도 너무나 아름다운 사라스바티를 보고 한눈에 반해버리고 말았다. 하지만 여신은 창조신의 뜨거운 시선에 당혹감을 느끼고 그의 눈길을 피하려고 좌우로 이동했다. 그러자 브라마 신의 이마 가운데에 새로운 눈이 생겨났다. 그래서 뒤로 숨자 이번에는 뒤쪽에도 얼굴이 생겨났다. 도망칠 장소가 없어진 여신이 공중으로 도망치자 브라마 신의 머리 위쪽에도 얼굴이 나타났다. 이런 연유로 브라마 신은 몇 개의 얼굴을 가지게 되었다고 한다.

브라마 신이 그만큼 뜨겁다는 사실을 안 사라스바티는 마침내 결혼을 승낙했다. 그런데 사라스바티의 결혼에 대한 다른 전설도 전해지고 있다.

그녀는 원래 락슈미, 강가와 함께 비슈누 신의 아내였다고 한다. 하지만 세 아내는 서로 사이가 좋지 않아 언제나 불화가 끊이지 않았다. 세 아내의 반목으로 입장이 난처하게 된 비슈누 신은 사라스바티를 브라마 신에게, 강가를 시바 신에게 보냈다고 한다.

오해로 인한 저주

　어느 날 브라마 신은 세상에 새로운 힘을 주기 위해 의식을 행하려고 했다. 하지만 의식에서 중요한 역할을 할 사라스바티가 아직 오지 않았다. 그래서 브라만 승려를 보냈지만 그녀는 "아직 화장중이니까 조금만 기다려주세요"[7] 하고 대답했다.

　그래서 신들이 회의한 결과, 의식을 위해 새로운 여성을 대신 내세우기로 했다. 인드라 신은 우유를 짜고 있던 가야트리라는 처녀를 데리고 와서 사라스바티 대신 신부 역할을 맡겼다. 그런데 이때 사라스바티가 의식에 참석하기 위해 도착했다. 그녀는 자신의 자리에 알지 못하는 여자가 앉아 있는 것을 보고 격노했다. 이에 브라마 신은 "의식을 빨리 진행하려고 여기에 있는 신들이 모두 그렇게 하기로 결정했다"고 사라스바티를 설득했다.

　하지만 이 말은 불에 기름을 끼얹는 꼴이 되고 말았다. 사라스바티는 브라마 신은 물론이고 다른 신들도 자신을 무시했다고 생각했다. 그녀는 식장에 있던 모든 이들을 향해 무서운 저주의 말을 내뱉었다.

　"인드라는 적에게 붙잡힐 것이며, 시바는 사람의 모습을 잃고, 비슈누는 몇 번이나 인간으로 전생하여 아내를 찾아헤맬 것이다. 또 브라만 승려는 강한 욕구에 시달릴 것이다. 그리고 브라마 신은 1년에 한 번밖에 인간에게 숭배받지 못할 것이다."

　이 저주에 책임을 느낀 가야트리는 사라스바티를 뒤쫓아가 "뜻하지 않게 당신의 일을 제가 맡게 되었습니다. 그러니 함께 브라마 신을 위해 의식에 참석하시지요" 하고 애원했다. 가야트리의 마음씨에 감동한 사라스바티는 그렇게 하기로 했지만, 그녀의 저주는 풀리지 않았다.

　그후 가장 강력한 힘을 가진 인드라 신은 악마에게 공격을 받아 부상당하고, 시바 신은 인간의 모습이 아닌 남근(男根) 형태로 인간의 숭배를 받게 되

---

7) 이때 사라스바티가 "아직 집안일이 끝나지 않았습니다. 다 끝내고 나서 다른 신들과 함께 가겠습니다" 하고 대답했다는 이야기도 있다.

었다. 또 비슈누 신은 몇 번이나 전생을 되풀이하면서 그때마다 아내를 찾아 헤매게 되었고, 브라만 계급은 부패로 물들게 되었다.

그리고 브라마 신은 유력한 신이었음에도 사람들에게 그다지 열렬하게 숭배받지 못하게 되었다.

시의 탄생

사라스바티는 히말라야 산에서 고행을 하면서 브라마 신과 관계를 가져 남자아이를 낳았다. 갓 태어난 아이는 어머니의 발 밑에 엎드려 인사를 하고, 운문으로 자신을 소개했다. 이 아이의 이름은 카비야 푸르샤였다고 한다. 이는 '시를 처음 지은 자'라는 뜻으로, 남성적 원리로서의 시가 신격화되었던 것이다.

사라스바티는 비록 자기 아들이지만, 문학의 어머니인 자신을 능가한 카비야를 칭송했다고 한다. 이는 『베다』 경전이 신에 의해 만들어졌지만, 그 이후에는 운문이 존재하지 않았다는 것을 암시한다.

여신은 아들을 나무 그늘에 재우고, 성스러운 갠지스 강에 목욕을 하러 나갔다. 카비야가 태양의 뜨거운 열기로 고통받고 있을 때 마침 성자 우샤나스가 그곳을 지나고 있었다. 그는 카비야를 미아로 생각하고 자신의 집으로 데리고 갔다.

강에서 돌아온 사라스바티는 아들의 모습이 보이지 않자 크게 당황했다. 그리고 이후 비탄에 잠겨 살아가게 되었다. 하지만 다행스럽게도 우연히 만난 현자 발미키가 카비야의 행방을 알려주었다.

여신은 감사를 표하며 그에게 운문을 지을 수 있는 지혜를 주었다. 발미키는 그후 『라마야나』라는 유명한 서사시를 지었고, 그의 시를 공부한 비아사또한 10만 구에 이르는 대서사시 『마하바라타』를 지었다고 한다.

성 스 러 운 여 전 사

DURGA

두르가

출전

인도 신화(힌두교) : 두르가

학살의 여신

두르가는 데비의 화신으로, 여전사의 모습으로 등장한다.

이 여신의 주된 역할은 무기를 들고 전쟁터에 나가 악마를 물리치는 것이다. 인도에는 강력한 힘을 가진 많은 신들이 존재하지만 '전사' 라는 말이 가장 잘 어울리는 신은 역시 두르가라고 할 수 있다.

인도의 예술 작품에는 물소의 악마를 쓰러뜨린 두르가라는 소재가 자주 등장한다. 여기서 그 모습은 대단히 아름답고 용감하게 그려진다.

금색으로 빛나는 그녀는 열 개의 팔을 가지고 있으며, 손에는 신들이 준 무기를 들고 있다. 그리고 그 표정은 다른 신들과 달리 상당히 험악해 보여서 전사로 불리기에 전혀 손색이 없다.

이 여신이 손에 들고 있는 열 가지 무기는, 유지신 비슈누의 원반, 바다의 신 바루나의 포승줄, 불의 신 아그니의 투창, 바람의 신 바유의 활, 태양신 수리아의 화살과 화살통, 황천의 신 마야의 철봉, 천둥신 인드라의 금강 방망이, 재물의 신 쿠베라의 방망이, 뱀의 신 세사의 화환, 그리고 마지막 하나는 산신 히말라야의 호랑이로 언제나 여신을 태우고 다녔다.

이 열 가지 무기는 신들의 상징으로, 두르가 여신이 악마를 퇴치하는 전사로서 얼마만큼 신들로부터 많은 신뢰와 기대를 받았는지 알 수 있다.

두르가는 (데비의 화신으로서) 시바 신의 아내이기도 하지만, 함께 묘사되는 경우는 거의 없다. 남편보다 더 강한 힘을 가지고 있었기 때문에 시바 신이 그녀를 피했다는 이야기가 있다. 또 전쟁에는 반려자가 필요 없다는 의미에서 함께 등장하지 않는다고도 한다.

신들의 최후 병기

오랜 옛날 악마의 세력이 세상을 정복하고 있을 때였다.

신들은 천국에서 쫓겨나 숲에서 살아가고 있었다. 모든 신성한 의식은 폐지되었으며, 『베다』를 읽지 못하는 것은 물론 악마를 숭배해야만 하는 상황에까지 이르렀다.

그래서 신들은 강력한 힘을 지닌 시바 신에게 도움을 청했지만, 어찌 된 일인지 그는 자신이 나서지 않고 아내인 두르가(데비)에게 모든 일을 맡겼다.

두르가는 '캄캄한 밤'을 뜻하는 전사 카라라트리를 만들어내어 악마들과 맞서 싸우게 했지만, 쉽게 승부가 나지 않았다. 이에 두르가는 직접 무장을 하고 전쟁에 뛰어들었다.

악마가 지배하고 있는 동안 세상은 혼란의 소용돌이에 빠져 있었다. 강은 흐름이 바뀌었고, 불은 힘을 잃었으며, 별은 더 이상 빛나지 않았다. 자연계는 악의 힘으로 가득 차 그들이 원하면 언제라도 비를 내리게 하여 겨울에도 곡물을 수확할 수가 있었다. 하늘의 정해진 법칙이 지켜지지 않았던 것이다.

악마들은 두르가와 싸우기 위해 전쟁터에 대군을 대기시켜놓고 있었다. 1억 대의 전차, 1천2백 마리의 코끼리, 1천 마리의 말, 그리고 엄청난 수의 병사들이 질서 정연하게 두르가를 기다렸다. 이에 대항하기 위해 두르가는 자신의 몸에서 9백만의 원군을 만들어냈다.

두르가의 위력

악마들이 쏜 무수히 많은 화살이 허공을 가르며 두르가에게 쏟아졌다. 또한 대지에서 뽑아낸 나무와 바위를 마구 집어던졌다.

여신은 이에 굴하지 않고 팔을 1천 개나 만들어 악마들과 맞섰다. 여신은

많은 손에 들고 있던 무기를 모두 악마들을 향해 던졌다. 이로 인해 많은 적들이 목숨을 잃었다고 전해진다.

악마의 왕은 불붙은 창을 던지고, 수많은 화살을 날렸지만 두르가는 조금도 두려워하지 않고 많은 팔로 모든 공격을 받아넘겼다. 치열한 전투 끝에 두르가는 마침내 악마의 왕을 사로잡아 그를 발로 짓밟았다. 하지만 악마의 왕은 두르가의 발 밑에서도 눈보라를 일으켜 여신을 괴롭혔다.

두르가는 사쇼네라는 무기를 써서 눈을 모두 탄알로 만들어 악마들에게 퍼부었다. 그러자 눈앞을 가리는 흰 장막 같은 것이 앞을 가로막으면서 뭔가 거대한 것이 나타났다. 악마들이 산을 집어던졌던 것이다. 두르가는 조금도 개의치 않고 날카로운 금강 방망이를 휘둘러 산을 일곱 조각으로 쪼개버렸다.

그 순간 머리 위에 뭔가 있다고 느껴 올려다보자 이번에는 악마가 거대한 코끼리로 변신하여 덮치려 하고 있었다. 두르가는 재빨리 예리한 손톱으로 코끼리를 찢어발겼다.

악마는 큰 충격을 받고 쓰러지는 듯이 보였지만, 다시 거대한 물소로 변해 강력한 콧김을 내뿜었다. 그 폭풍으로 대지의 표면이 일어나 두르가를 향해 날아왔다.

마침내 길고 격렬했던 싸움의 종지부를 찍을 때가 찾아왔다. 두르가는 시바 신에게 빌린 삼지창으로 악마를 꿰뚫었던 것이다. 그리고 여신은 원래의 모습으로 돌아와 마지막 남은 화살 하나를 적의 심장을 향해 쏘았다. 악마는 입에서 피를 토하며 쓰러져 다시는 일어나지 못했다.

승리를 거둔 두르가는 자신이 물리친 악마의 이름을 빼앗았다. 그 이름이 바로 두르가였다. 그래서 데비가 싸움에 나갈 때는 이 이름을 사용했다고 한다.

악마 마히사와의 싸움

두르가 여신의 탄생은 신과 대등한 힘을 가진 악마 마히사의 출현과도 관계가 있다.

고대 인도에서는 고행(수행)을 중시했기 때문에 신이든 악마든 혹은 인간이든 간에 원하는 것을 얻기 위해 엄격한 고행을 했다. 그리고 그 고행이 어느 정도 이루어졌다고 판단되면, 창조신 브라마가 은혜[8]를 베풀어주도록 정해져 있었다.

악마 마히사도 고행을 통해 신들을 천국에서 쫓아낼 만큼 큰힘을 가지게 되었다. 이 때문에 브라마 신도 어려움을 겪게 되었다. 은혜를 베풀어준 자도 위협받는다는 사실이 재미있기는 하지만, 하여간 고행을 한 자가 원하는 바를 이룰 수 있다는 것이 이 세계의 정해진 법칙이었다.

브라마 신을 비롯한 많은 신들은 마히사의 전횡에 분통을 터뜨리며 입에서 분노를 토해냈다. 이런 분노들이 모여 두르가라는 여전사가 탄생하게 되었다.

두르가는 곧바로 신들에게 무기를 받아 마히사의 영토로 넘어들어갔다. 마히사는 두르가를 물리치기 위해 여러 형태의 괴물로 변신했지만, 그다지 여의치 않았다. 최후에는 물소 괴물로 변신했지만, 결국 두르가의 날카로운 창에 찔려 죽고 말았다.[9]

두르가의 강력한 힘

이후 신들이 악마들에게 위협받을 때마다 두르가가 나서게 되었다. 숨바와 니숨바라는 악마 형제는 1만 1천 년이나 고행을 쌓은 다음 신들을 공격했다. 신들은 두르가만이 이들의 공격을 물리칠 수 있다고 생각하고, 도움을 청했다.

두르가는 아름다운 여성으로 변신하여 악마들이 살고 있는 히말라야 산으로 몰래 숨어들어갔다. 악마들의 수하인 친다와 문다는 그녀를 보고 "산속에 대단히 아름다운 여성이 있다"고 형제에게 보고했다. 그러자 숨바는 곧바로 사자를 보내 청혼을 했다. 하지만 두르가가 이 제안을 무시하자 숨바는 휘하

---

8) 은혜 : 고행을 달성하면 어떤 것이든 원하는 바를 얻을 수 있었다. 그래서 고행이 악용되기도 했다. 예를 들면 인드라 신은 자신의 지위가 위협받을까 두려워하여 인간의 고행을 방해한 경우도 있었다.

9) 마히사를 쓰러뜨린 것은 시바 신의 아들인 카르티케야라는 설도 있다.

의 장군에게 그녀를 강제로 끌어오라고 명령했다.

자신을 붙잡으러 온 군대를 본 두르가는 포효했다. 그 위력이 너무나 강력해서 악마의 군대는 장군 이하 전원이 강한 바람에 날려가 전멸당하고 말았다.

악마 형제는 이번에는 친다와 문다에게 병사를 주어 두르가를 격퇴하라는 명령을 내렸다. 하지만 이 역시도 아무런 효과가 없었다. 이 싸움은 친다와 문다가 두르가에 붙잡혀 목이 잘림으로써 결말이 나게 되었다.

더욱 격노한 슘바와 니슘바는 남아 있는 병사를 모두 이끌고 출진했다. 이번 상대는 좀 다르다고 생각했는지 두르가는 머리카락을 뽑아 수많은 여신들을 만들어냈다. 치열한 전투 끝에 두르가는 마침내 악마들을 모두 물리쳤다.

더 이상 어떻게 해볼 도리가 없게 된 악마 형제는 재빨리 도망치려 했으나 두르가에 붙잡혀 죽고 말았다.

이 신화는 신들도 감히 손을 쓸 수 없었던 흉포한 악마를 물리친 두르가의 강력한 힘을 엿볼 수 있는 이야기라고 할 수 있다.

검　은　지　모　신

KALI

칼리

출전

인도 신화(힌두교) : 칼리/차문다

피투성이의 여신

칼리는 원래 벵골 지방(인도 북동부)에서 숭배되었던 토착 여신이다. 그후 시간이 흐르면서 두르가와 관련이 깊은 신이 된 것으로 추정된다.

칼리는 예로부터 풍요의 신으로서 사람들에게 수확의 은혜를 베풀어주는 대가로 소 같은 산 제물을 요구했다. 소와 관련해서는 두르가 여신이 물소로 변신한 악마를 물리친 적이 있다. 이 두 여신은 소를 통해 어떤 관계를 맺었는지도 모른다.

칼리는 잔혹한 여신으로서, 순수한 전사 두르가와는 그 성격이 사뭇 다르다고 할 수 있다. 언제나 피를 요구하며, 산 제물을 바치지 않으면 전쟁도 불사하는 무서운 신이다.

옛부터 인도에서는 이 여신에게 산 제물을 바치는 전통이 있었다. 주로 동물이 산 제물이 되었지만, 때로는 인간을 바치기도 했다고 한다. 또 칼리는 유난히 빨간색을 좋아해서 그녀에게 바치는 꽃도 반드시 빨간색만 허락된다고 한다.

칼리와 차문다

칼리는 인도뿐만 아니라 전세계에 널리 알려져 있는 여신이다. 변형된 형태이긴 하지만 칼리 여신을 모델로 한 장식품들이 적지 않기 때문이다. 네 개의 팔에 해골 목걸이를 한 기괴한 칼리 여신의 모습은 상당히 인상적이다.

원전에서 묘사하고 있는 칼리 여신의 모습을 자세히 살펴보기로 하자.

칼리는 '검은 지모신'이라는 별명처럼 검은색 피부를 갖고 있으며, 얼굴에는 피가 묻어 있다. 게다가 혀가 입 밖으로 쑥 튀어나와 있으며, 이마에는 제3의 눈이 있다. 또 네 손은 각각 칼, 방패, 거인의 잘린 머리, 목을 조르는 올가미를 움켜쥐고 있거나 자신만만하게 쭉 뻗고 있다.

이 여신은 기본적으로 옷을 입지 않으며, 나신의 몸에 여러 가지 장식물들을 걸치고 있다. 사람의 뼈로 귀고리나 목걸이를 하고 있으며, 허리띠는 악마의 팔을 잘라 만든 것이라고 한다.

신화 세계에서 칼리는 두르가 여신의 화신이지만, 일설에는 두르가의 얼굴에서 탄생했다고도 한다. 두르가 여신이 슘바와 니슘바 악마 형제와 싸울 때 이들과 맞서는 데 도움을 주기 위해 칼리가 생겨났다는 것이다. 칼리는 두르가가 물리친 친다와 문다의 이름을 따서 차문다라는 이름으로 불리게 되었다고도 한다.

칼리가 차문다라는 이름으로 불릴 때는 아주 늙고, 해골 같은 모습으로 나타난다고 한다. 그리고 손에는 날카로운 무기와 포승줄을 들고, 머리에는 해골로 만든 관을 쓰고 있으며, 코끼리 가죽을 몸에 두르고 있다고 한다.

피를 좋아하는 이유

칼리는 두르가와 깊은 관련이 있기 때문에(두르가의 화신이기도 하지만) 싸움도 잘하는 신으로 알려져 있다. 칼리가 라크타비자(피에서 태어난 자)라는 악마를 물리친 이야기를 소개해보도록 하자.

이 악마도 고통을 통해 브라마 신에게 은혜를 받아 강력한 힘을 가지게 되었다. 라크타비자가 받은 은혜는 흐르는 피 한 방울마다 그와 똑같은 분신이 수천 명씩 만들어지는 것이었다. 따라서 이 악마와 싸우면 자꾸 적의 숫자만 불어날 뿐이었다.

칼리는 라크타비자를 쓰러뜨리기 위해 지극히 단순하고 잔인한 방법을 선

택했다. 여신은 라크타비자를 창으로 찌른 다음 공중으로 들어올려 흘러내리는 피를 모두 마셔버렸다.

이 이야기가 널리 퍼져 칼리는 얼굴이 피투성이인 채로 혀를 길게 내밀고 있는 모습으로 묘사되었던 것이다.

인 간 을 사 랑 한 천 녀

URVASI

우르바시

출전

인도 신화(『베다』, 『브라마나』, [10]) : 우르바시

천녀의 사랑

우르바시는 물의 요정(아프사라스)이며, 강력한 힘을 지닌 인도의 신들 중에서 그다지 돋보이는 존재는 아니다. 하지만 천녀에게는 마음을 따뜻하게 하는 사랑 이야기가 있다.

인간이 될 수 없는 자가 인간계에 남아 정체를 숨기고 살아가지만, 결국에는 자신이 있던 세상으로 돌아간다는 이야기다.

이 같은 이야기는 세계 여러 곳에 존재하는데, 인도에서는 우르바시의 사랑 이야기가 바로 그것에 해당한다. 인도의 문호 칼리다사는 이 전설을 기초로 희곡 『용맹으로 얻은 우르바시』를 써서 우르바시를 세계적으로 유명한 신으로 만들었다.

금지된 사랑

우르바시는 푸르라바스라는 인간 남자와 사랑하는 사이가 되었다. 원래 이 둘 사이의 사랑은 도저히 있을 수 없는 일이었다. 그럼에도 둘은 금기를 깨고 결혼했다. 여기에는 한 가지 조건이 있었다. 그것은 푸르라바스가 결코 나신

---

10) 『브라마나』: 『베다』 경전의 해설서.

을 우르바시에게 보여주면 안 된다는 것이었다. 이 약속을 지켜야만 우르바시가 지상에서 살 수 있었다.

둘은 서로를 사랑하며 아무런 문제없이 행복하게 살았지만, 마침내 불행이 찾아왔다.

어느 날 밤, 우르바시는 자신이 귀여워하는 새끼 양의 비명소리를 들었다. 그래서 밖으로 나가보니 여러 명의 간다르바라는 반인반조(半人半鳥)의 정령들이 새끼양을 끌고 가고 있었다. 이는 신들의 명령을 어긴 우르바시에 대한 처벌이었던 것이다.

우르바시의 비명을 듣고 푸르라바스는 황급히 달려나왔다. 나신의 남자가 나타나자 간다르바들은 번개를 내리쳤다. 그 순간 주위가 환해지면서 남편의 나신이 드러나자 우르바시는 곧바로 모습을 감추고 말았다. 푸르라바스는 뜻하지 않게 아내에게 결코 나신을 보여주어서는 안 된다는 약속을 깨버렸던 것이다.

푸르라바스는 깊은 슬픔에 빠졌지만 이내 기운을 차리고 아내를 찾아나섰다. 오랫동안 이곳저곳을 찾아헤매던 그는 자신도 모르는 사이에 연꽃이 피어 있는 어느 연못 앞에 당도하게 되었다. 연못에는 무수한 물새들이 한가롭게 물위를 떠다니고 있었다. 그런데 그 중 한 마리가 자신을 향해 다가오더니 우르바시로 변신했다. 드디어 다시 아내를 만난 것이었다.

푸르라바스는 아내에게 집으로 돌아가자고 애원했지만, 금기를 깨뜨렸기 때문에 그렇게 하는 것은 무리였다. 우르바시가 돌아갈 기미를 보이지 않자 그는 "나와 함께 돌아가지 않는다면 나는 스스로 목숨을 끊겠소. 그래서 늑대의 먹이가 될 것이오" 하고 말했다.

난감해진 우르바시는 1년 후 다시 같은 장소에서 만나기로 약속했다. 그런데 이때 우르바시의 뱃속에는 둘 사이의 아이가 자라고 있었다.

정령이 된 푸르라바스

1년 후 같은 날 밤, 푸르라바스는 약속했던 연못가로 나갔다. 그곳에는 이

전에 없던 황금 궁전이 서 있고, 그 앞에서 우르바시가 기다리고 있었다.

우르바시는 재회의 인사를 나누고, 남편에게 한 가지 비책을 알려주었다.

"내일 아침, 간다르바가 되고 싶다고 말하세요. 그것을 잘 이용하십시오."

날이 밝자 푸르라바스는 정령들을 만났다. 그리고 아내가 일러준 대로 간다르바가 되고 싶다고 말했다.

"저도 당신들처럼 되고 싶습니다. 허락해주십시오."

우르바시는 인간계에서 살 수 없기 때문에 요정이 되는 수밖에 없었다. 세상을 등져야 하는 큰 용기가 필요했지만, 푸르라바스는 사랑을 위해 모든 것을 버리기로 결심했던 것이다.

푸르라바스의 사랑에 깊이 감동한 간다르바들은 그에게 요정이 될 수 있는 제사의 순서를 가르쳐주고, 제사불이 들어 있는 도구도 건네주었다. 그리고 간다르바들의 도움으로 아들도 만날 수 있게 되었다.

푸르라바스는 일단 제사불을 숲에 모셔두고, 어린 자식을 데리고 자신의 고향으로 돌아갔다. 그후 숲에 다시 가보니 제사불은 이미 꺼져 있고, 그 자리에 아스바타(보리수)라는 성스러운 나무가 자라나 있었다.

이것으로 이야기가 끝나면 비극이 될 테지만, 푸르라바스에게 또다시 구원의 손길이 기다리고 있었다. 숲의 정령들은 아스바타 나무의 가지를 비벼서 신성한 불을 피우는 방법을 알려주었다. 이렇게 해서 피운 불로 제사를 지내자 마침내 푸르라바스도 요정이 될 수 있었다.

푸르라바스는 우르바시와 함께 지금까지도 행복하게 살고 있다고 한다.

천계의 정령들

아프사라스는 신들이 불사의 영약인 암리타를 구하기 위해 바다를 휘저을 때 락슈미와 함께 바다의 물거품에서 탄생했다.

이 두 여신은 아름다운 물의 요정으로, 후대에는 노래와 춤으로 널리 알려지게 되었다. 또한 아프사라스는 '쾌락의 처녀'라는 별명을 얻기도 했다.

많은 신들로부터 구애를 받은 락슈미와는 대조적으로 아프사라스는 누구로부터도 그런 청혼을 받지 못했다. 그래서 두 여신은 모든 자의 아내가 되기로 결정했다.

아프사라스의 연애 상대가 된 것은 대부분의 경우 간다르바라는 반인반조의 정령이었다. 그들은 아프사라스와 함께 천계에 살면서 무용수나 악사, 가수 등으로 일했다. 말하자면 아프사라스와 간다르바는 동료라고 할 수 있다.

창조신 브라마의 자손이라는 간다르바는 기본적으로 인간에 대해 우호적이다. 이들은 숲에 자주 나타나서 인간들에게 장난을 걸지만, 결코 나쁜 짓을 하지는 않는다.

인도의 신화 세계에는 무수히 많은 신이 존재한다. 그 중 가장 많은 수를 차지하고 있는 것이 반신(半神)과 정령이라 불리는 '종족으로서의 신'인데, 아프사라스나 간다르바도 이에 해당한다.

다른 반신으로는 바람과 천둥을 주관하는 마르트 신군(神群)을 들 수 있다. 이들은 언제나 인드라 신의 주위를 날아다니는 전사들로서 그 수는 27명 또는 1백80명이라고도 한다.

그리고 재물의 신 쿠베라를 따르는 부하 중 약사라는 일족이 있다. 이들은 히말라야에서 보물을 지키는 역할을 맡고 있다. 쿠베라의 다른 부하인 킴나라는 천계의 악사로서 인간의 몸에 말의 머리를 가지고 있다고 한다.

밤 과 새 벽 을 주 관 하 는 자 매 신

USHASU & RATRI

우샤스와 라트리

출전

인도 신화(「베다」) : 우샤스와 라트리

세계의 시작과 함께 탄생한 자매

우샤스와 라트리는 예로부터 대중들과 친숙한 여신이다. 이 둘은 자매 관계로 우샤스는 새벽을, 라트리는 밤을 상징한다. 특히 자매의 언니인 우샤스에게는 그 미모와 은혜를 찬양하는 많은 노래들이 바쳐졌다.

인도 문명 초기의 신들은 거의 대부분 천공신 댜우스와 대지모신 프리티비 사이에서 태어났는데, 이 자매도 예외는 아니다. 이 자매의 형제로는 천둥신 인드라와 불의 신 아그니, 태양신 수리아 등이 있는데, 그 중 수리아는 우샤스의 남편으로 신화 속에서 이 자매와 깊은 관계를 맺고 있다.

침략자들의 여신

우샤스와 라트리는 아리아인들이 인도 대륙에 가지고 들어온 브라만교의 신이었던 것으로 추정된다. 초기 아리아인은 문명 수준이 매우 낮은 전투 민족으로서 인도에 침입하기 전까지만 해도 정착 농경민은 아니었다. 따라서 이들은 토지가 아닌 태양이나 바람, 밤 같은 자연적인 요소를 신격화해서 숭배했다. 그런 신들인 우샤스와 라트리는 인도에 들어온 후 원주민의 전설을 흡수해나가면서 새로운 신화 세계에 적응한 것으로 보인다.

영원히 하늘을 오가는 여신들

우샤스는 진홍빛 옷을 몸에 걸치고, 황금 띠를 두른 모습으로 나타난다. 영원히 젊은 이 여신은 상당히 매력적이어서 예로부터 가장 아름다운 여신으로 숭배되어왔다.

우샤스는 일곱 마리의 암소가 끄는 빛나는 전차를 타고 하늘을 달린다. 태양보다 먼저 동쪽 하늘에 나타나 모든 자들을 잠에서 깨우는 것이다. 신화에 따르면, 우샤스의 빛은 부유한 자나 가난한 자, 지위가 높은 자나 낮은 자를 가리지 않고 평등하게 비치며, 행복을 가져다준다고 한다. 이렇게 우샤스가 지나간 다음에는 태양신 수리아가 일곱 마리의 말이 끄는 황금 전차를 타고 아내의 뒤를 좇아 하늘을 가로지른다.

한편 어두운 옷을 입은 라트리는 빛나는 별과 함께 하늘로 나아간다. 이 여신은 안식의 신으로서 세계 구석구석까지 그림자를 만드는 것이 주된 임무라고 한다.

어둠을 틈타 잠입하는 도둑이나 무서운 맹수로부터 보호받기를 원하는 사람들은 이 여신에게 기도를 드린다고 한다. 어둠을 주관하는 신의 가호를 비는 것이다.

라트리는 언니에 비해 다소 소박한데, 이는 그녀가 상징하는 밤이 어둠을 연상시킨다는 불길함 때문인지도 모른다. 하지만 이 여신은 세상에 어둠을 가져다주는 것 외에도 중요한 임무를 맡고 있다. 그것은 어둠 속에서 언니 우샤스의 잠을 깨우는 것이다.

이러한 전설 덕분에 사람들은 밤이 오면 그 다음에는 반드시 새벽이 온다고 믿었던 것이다.

제6장
서아시아 · 소아시아의 여신

서아시아 · 소아시아의 신화

오리엔트의 역사

서아시아와 소아시아, 이집트 지역을 총괄하여 흔히 오리엔트라고 부른다. 고대 문명은 큰강과 그 강이 만들어낸 비옥한 대지 위에서 건설되었다. 티그리스와 유프라테스 강 유역에 형성된 메소포타미아 문명은 인류 역사상 가장 오래된 문명으로 알려져 있지만, 그 전모는 아직 확실하게 밝혀져 있지 않다. 애초부터 자료가 부족한데다 그마저도 시간이 흐르면서 풍화되거나 파손되는 경우가 많고, 당시의 문자도 해독하기 어렵다는 문제점이 있기 때문이다. 서아시아의 신화는 크게 메소포타미아계와 페르시아계로 나눌 수 있으며, 메소포타미아는 수메르와 아카드, 히타이트 등으로 세분할 수 있다.

수메르와 아카드의 역사와 신화

수메르 문명은 메소포타미아 최고(最古)의 문명으로 B.C. 3000년경에는 도시국가를 건설했다. 이들은 농업과 교역을 하였으며, 자신들의 문명을 오리엔트 일대에 전파했다. B.C. 2300년경 셈족 계열의 아카드인 사르곤 1세는 수메르인들이 세운 도시국가를 통일하고, 아카드 왕국을 세웠다. 하지만 이 군사국가도 멸망하고, 이후 메소포타미아는 타 민족(엘람, 이신, 라르사, 마리, 바빌론 등)이 지배하는 땅이 되고 말았다. 그 결과 메소포타미아는 여러 민족이 뒤섞여서 살아가는 지역이 되었고, 다른 신화보다 더욱 발전된 형태로 알려진 수메르 신화는 조금씩 변형된 형태로 계승되었다. 특히 아카드인은 수메르 문화를 흡수하여 자신들의 종교와 신화를 더욱 발전시켰는데, 그들은 수메르 신화에 등장하는 신의 이름도 아카드어로 번역하여 받아들였다고 한다.

히타이트의 역사와 신화

B.C. 16세기 초, 메소포타미아를 지배하고 있던 바빌론 왕조는 동쪽에서 온 산악 민족에게 멸망당했으며, 이 지역은 아카드인과 그 뒤를 이은 히타이트 세력의 지배를 받았다. 역사상 최초로 철을 무기로 사용한 히타이트는 B.C. 1500년 전후 수백 년

동안 번영을 누렸다. 그들의 신화는 메소포타미아계 신화를 모체로 하고 있지만, 그리스 신화와 계통이 불분명한 신화도 받아들였다고 한다. B.C. 900년경, 북메소포타미아에서 일어난 아시리아는 오리엔트 각지를 정복했으며, 이들의 문명은 메소포타미아 문화를 집대성하였다. 아시리아가 이 지역에 세계제국을 세움으로써 오리엔트 전 지역의 문명 수준은 일시에 상승하게 되었다.

가나안의 역사와 문화

지중해 동쪽 연안에는 예로부터 여러 민족이 살고 있었는데, 이들은 주로 유목이나 교역에 종사했다. 이후 B.C. 1600년경, 현재의 시리아 부근에 있던 셈족계 가나안인들에 의해 우가리트 왕조가 탄생하게 되었다. 이 가나안인은 독특한 형태의 설형문자를 사용했으며, 이 문자로 기록한 귀중한 문헌을 상당수 남겨놓았다.

B.C. 1300년경, 유대인들은 예언자 모세의 통솔하에 가나안으로 이주하였으며, B.C. 11세기 말에는 통일왕국을 건설했다. 그러나 이 왕조는 붕괴되었다가 재건되었는데, 이 과정에서 유대인들은 유일신 야훼에 대한 신앙을 중심으로 더욱 결속을 다지게 되었다. 이것이 바로 유대교이며, 그때까지 존재해왔던 서아시아의 종교들과는 전혀 다른 형태의 신앙이었다.

페르시아의 역사와 신화

현재 이란 부근에서 살았던 페르시아인들은 B.C. 550년경 독립적인 아케메네스 왕조를 세웠다. 이 왕조는 알렉산드로스 대왕에게 멸망당했지만, 266년에 페르시아의 사산 왕조로 부활하게 된다.

페르시아는 아시리아의 문화를 계승했지만, 메소포타미아계의 신화를 모두 다 받아들이지는 않았다. 아케메네스 왕조의 건국 전후로 그들은 조로아스터교라는 독특한 형태의 종교를 만들어냈다. 이 종교는 세계 최초로 선악 이원론을 교리로 채택했다. 조로아스터교의 신화 세계에는 유일한 선(善)신 아후라 마즈다와 유일한 악(惡)신 아흐리만이 있을 뿐 다른 신은 존재하지 않는다. 있다고 해도 신이 아닌 천사가 있을 뿐이다.

사 악 한 용 이 된 어 머 니 신

TIAMAT

티아마트

출전

수메르 신화 : 티아마트 바빌로니아 신화 : 티아마트

혼돈의 어머니

티아마트는 수메르[1] 신화에서 세계를 창조한 대지모신이다. 겉모습은 시대에 따라 여러 가지로 바뀌었지만, 처음부터 인간 여성에 동물의 신체를 일부 합쳐놓은 듯한 모습으로 묘사되었다. 일반적으로 일부는 동물, 일부는 뱀, 일부는 새가 혼합된 괴물 같은 모습이라고 한다. 성격은 대체로 큰 특징이 없지만, 일단 화가 나면 무서운 여신으로 돌변한다.

티아마트는 바닷물을 주관하는 신으로, 원래는 바다를 의인화한 존재다. 바다는 모든 생물의 어머니이기 때문에 여신도 창조신으로 생각되었던 것 같다. 그리고 일설에 의하면, 그녀가 다른 신과의 싸움에서 진 후 그 사체가 대지가 되었다고 한다.

기독교에서는 티아마트를 사악한 용으로 보며, 악마의 왕 사탄과 동일시한다. '최초의 혼돈'인 고대의 신(티아마트)은 '창조된 질서'와 운명적으로 불화의 관계이기 때문에 악으로 본다는 것이다.

---

1) 수메르 : 메소포타미아에서 가장 오래된 문명(B.C. 3000년경)을 건설했던 민족으로, 지금도 많은 수수께끼를 간직하고 있다. 청동기와 설형문자를 사용했으며, 서아시아 지역 신화의 원형이 바로 이들의 신화였다고 알려져 있다.

신들의 어머니

오랜 옛날, 이 우주를 구성한 것은 모두 세 신이었다. 바다의 신 티아마트와 담수(淡水)의 신 압수, 그리고 이 둘이 섞인 뭄무만이 존재했다. 압수와 티아마트는 부부신으로, 우선 라무와 라하무를 만들었으며, 그 다음에는 안샤르와 키샤르를 탄생시켰다. 이렇게 태어난 자식들은 티아마트의 손자에 해당하는 아누와 에아를 낳았다.

이렇게 해서 우주는 그 골격을 갖추게 되었지만, 젊은 신들은 난폭하여 압수와 티아마트를 곤란하게 만들었다. 이를 보다 못한 뭄무는 자손들을 모두 없애버리라는 조언을 하기에 이르렀다.

티아마트는 이 충고를 끝까지 받아들이지 않았지만, 압수는 자손들과 싸우기로 했다. 그러나 에아 신은 이런 사실을 미리 알아차리고 선수를 쳤다. 주문으로 압수를 잠재운 다음 죽여버렸던 것이다.

압수를 죽인 에아는 그 능력을 빼앗아 담수의 신이 되었고, 그의 아내인 담키나는 물 속에서 마르두크라는 신을 낳았다.

괴물들의 어머니

이 무렵, 신들 사이에서 전쟁이 일어났다. 이번에도 에아 신이 티아마트에게 도전했던 것이다. 티아마트로서는 더 이상 물러설 수 없는 대결이어서 각오를 단단히 하고 전쟁에 임했다.

티아마트는 상대의 힘이 어느 정도인지 파악한 다음 그에 맞설 수 있는 11종의 괴물[2]을 만들어냈다. 괴물들로 이루어진 티아마트의 군대는 우주 자체를 파괴할 정도로 강력한 힘을 자랑했다. 이 괴물들 가운데 몇몇은 인근 지역의 신화에서 나온 것이라고 한다. 하여간 티아마트는 후대에 이 괴물들의 어머니로 알려지게 되었다.

---

2) 11종의 괴물 : 머리가 일곱 개인 뱀, 용, 독사, 바다 괴물 라함, 거대한 사자, 사나운 개, 전갈 인간, 전갈 뱀, 폭풍의 괴물 파즈즈, 반어(半漁) 인간 오안네스, 날개 달린 수소 등이라고 한다.

티아마트와 대적하게 된 신들은 가장 큰 힘을 가지고 있는 마르두크에게 모든 힘을 몰아주고, 강력한 무기로 무장케 했다. 이때 마르두크는 이미 신들의 왕이 되어 있었던 것이다.

마르두크는 전차에 올라타고 활과 삼지창, 곤봉, 그물과 바람 등으로 무장하고 티아마트와 싸우기 위해 달려나갔다.

티아마트가 마르두크를 집어삼키려고 입을 여는 순간 마르두크는 미리 준비해둔 그물을 던져 상대를 꼼짝 못하게 하고, 여신의 입 속으로 세찬 바람을 불어넣었다. 바람 때문에 입이 닫히지 않게 되자 마르두크는 입 속으로 화살을 쏘아서 티아마트의 심장을 꿰뚫어버렸다. 이렇게 해서 티아마트는 죽음을 맞이하고, 마르두크는 최고신의 자리에 오르게 되었다.

한 가지 덧붙이면, 마르두크는 수메르 이후 메소포타미아를 지배한 바빌로니아 왕국의 주신이었다.

대지의 어머니

마르두크는 남아 있는 티아마트의 괴물들도 모두 제압하고, '천명의 서판'도 빼앗았다. 이 서판은 티아마트의 새로운 남편 킹그 신에게 주었던 보물이었다고 한다.

전쟁에서 승리한 마르두크는 티아마트의 사체를 두 개로 찢어서 하나는 높이 쳐들어 하늘을 만들고, 또 하나는 물위에 띄워 대지를 만들었다. 이렇게 해서 하늘과 땅이 생겨났던 것이다.

그리고 마르두크는 티아마트의 남편인 킹그를 죽이고, 그 피로 지상의 인간을 만들어냈다.

이처럼 태고의 어머니가 죽음으로써 세계가 되었다는 이야기는 메소포타미아만이 아니라 세계 여러 신화에도 등장한다. 그런데 이 이야기는 수메르가 아니라 바빌로니아에서 전승된 것으로 추정되기도 한다. 마르두크는 바빌로니아의 주신이어서 그 정당성을 확보하기 위해 이 같은 이야기가 만들어졌다는 것이다.

서아시아 신화의 특색

서아시아에는 여러 민족의 이동이 잦았는데, 그로 인해 각 신화에 공통점이 많다는 특색이 있다. 또 어떤 신화든 근본적으로 두 가지 큰 특징을 가지고 있다.

하나는 신이 세대 교체를 한다는 점이다. 예를 들면 세계를 창조한 신이 영웅신에 의해 격퇴되는데, 구체적으로는 아버지가 자식에게 쫓겨나는 이야기가 많다는 것이다.

또 하나, 어느 신화든 사악한 용을 퇴치하는 내용이 담겨 있다는 점이다. 이 시대에 용이 사악하다는 개념은 없었지만, 영웅이나 신이 용을 물리치는 구도는 후세의 종교에 커다란 영향을 주었다.

서아시아 사람들은 크게 농경민과 유목민으로 나눌 수 있는데, 이런 생활 방식의 차이도 신화에서 확실히 나타난다. 농경민에게 가장 숭배받는 신은 풍요의 신으로, 사람들은 풍요 의례를 결코 빠뜨리지 않는다. 이에 비해 유목민은 천공신을 최고로 여기며, 자연 현상을 신격화하여 숭배하는 경우가 많다.

왕 을 양 육 했 던 여 신

NINHURSAG

닌후르사그

출전

수메르 신화 : 닌후르사그 이집트 신화 : 하토르

생명을 준 여신

닌후르사그는 수메르에서 매우 힘있는 여신이었다고 전해진다. 수메르의 최고신은 최초에 아누라는 신이었고, 다음에는 그의 아들 엔릴에게로 넘어갔다. 엔릴의 여동생이자 아내가 바로 닌후르사그이다. 말하자면 수메르 신화에서 여신으로서는 최고의 지위에 있었던 것이다.

닌후르사그라는 이름은 '산의 여신'이라는 의미를 갖고 있다. 이 여신은 흙을 주관하는 신이며, 인간을 만들었다는 설도 있다. 이 설에 따르면, 닌후르사그는 점토를 반죽하여 최초의 인간을 만들어냈다고 한다.

왕을 가르친 여신

닌후르사그는 아시리아에서 열렬하게 숭배되었으며, 이 시대에는 성스러운 암소의 모습으로 출현했던 것 같다.

이 여신은 대대로 아시리아 왕을 가르쳤다고 믿어졌으며, 이 때문에 당시의 신전에는 젖소를 기르는 목장이 있었다고 한다. 여기서 얻은 우유는 '성스러운 젖'이어서 장래에 아시리아 왕이 되는 유아에게만 먹였다고 전해진다. 그리고 이 '성스러운 젖'으로 길러지지 않은 자는 아무리 뛰어난 능력을 가지고 있다 하더라도 결코 왕이 될 수 없었다.

메소포타미아에서 조금 떨어진 이집트에는 닌후르사그와 비슷한 성격을

지닌 하토르라는 여신이 있었다. 이 여신도 암소를 상징하며, 왕을 양육하는 신으로 알려져 있다.

닌후르사그는 인도 남부에 살았던 트다족에게도 적지 않은 영향을 끼친 것으로 알려져 있다. 트다족은 대지를 주관하는 '암소의 어머니신'에게 송아지를 산 제물로 바쳤다. 이 의식을 할 때 '닌쿠르샤그'[3]라는 말을 주문처럼 외웠다고 한다. 이 말은 닌후르사그와 상당히 비슷하다. 확실한 것은 알 수 없지만, 어떤 관계가 있을 것으로 추정되고 있다.

---

3) 닌쿠르샤그 : 의미 자체는 현재 전해지고 있지 않지만, 신성한 의미의 말일 것으로 추정된다.

사 랑 과 풍 요 , 전 쟁 을 주 관 하 는 금 성 의 여 신

INANNA

이난나

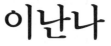

출전

수메르 신화 : 이난나   아카드 신화 : 이슈타르

태고의 여신

이난나는 수메르인의 숭배를 받았으며, 그들의 신화 속에 등장하는 여신이다. 수메르 신화는 B.C. 2300년경 수메르를 정복한 아카드인에게 계승되었으며, 후대에는 그리스 신화를 비롯한 유럽 지역의 신화에도 큰 영향을 끼쳤다.

수메르 신화에서 이난나는 금성의 신으로 등장한다. 하지만 이를 계승한 다른 민족의 신화에서는 이난나가 아닌 다른 이름으로 나온다. 예를 들면 아카드 신화에서는 이슈타르, 그리스 신화에서는 사랑과 풍요의 여신 아프로디테로 등장한다.

출생의 비밀

수메르 신화에서는 신들을 '아눈나키'라고 총칭했는데, 이들은 천상에 모여 세계와 인간들의 운명에 대해 의논했다고 한다. 최고신은 엔릴이라는 바람과 폭풍을 주관하는 신이었으며, 이난나의 할아버지에 해당된다. 엔릴은 달의 신 난나를 낳고, 난나는 태양신 우투와 딸 이난나를 낳았다.

여기서 주목해야 할 것은 난나와 우투가 태어난 순서다. 보통 달의 신보다 태양신이 지위가 높고, 태양신이 먼저 출현한다. 하지만 수메르 사람들은 달의 신을 더 존귀하게 여겼기 때문에 난나를 먼저 태어나게 했다.

달의 신 난나의 딸 이난나도 '하늘의 여주인'으로 불릴 만큼 높은 지위를

가진 여신이었다. 그런데 이것이 다른 여신의 질투를 낳는 원인이 되었다. 여기서 그 이야기를 소개해보도록 하자.

지하 세계로 내려간 이난나

금성의 신 이난나는 천계에서 살아가고 있었는데, 어느 날 지하 세계로 내려가겠다는 결심을 했다. 원인은 확실히 알 수 없지만 지하 세계로 먼저 내려간 남편 두무지를 뒤쫓아간 것이라는 설이 있다.

이난나는 지하 세계로 내려가기 전에 농염한 복장으로 천계에 있는 신전들을 참배했다. 그리고 자신을 따르던 여신을 불러 만약 자신이 지하계에서 돌아오지 않으면 엔릴과 난나, 엔키 같은 신들에게 도움을 청하라는 명을 내렸다.

이난나가 지하 세계 입구에 가까이 다가가자 그곳에는 문을 지키는 네티가 있었다. 네티는 지하세계의 여왕인 에레슈키갈에게 이난나의 방문을 전했다. 에레슈키갈은 이난나의 언니였지만, 동생을 극도로 미워했다. 자신보다

아름다운데다 천계에서 영화를 누리는 게 못마땅했던 것이다. 동생이 지하 세계를 찾아왔다는 소식에 그녀는 '지하 세계의 법을 따른다'는 조건을 내걸고 이난나를 맞아들였다.

천계로의 귀환

지하 세계의 법에 따라 이난나는 문을 하나씩 통과할 때마다 몸에 지니고 있는 것을 하나씩 떼어내야만 했다. 이로 인해 일곱 개의 문을 지나 지하 세계에 도착했을 때 이난나는 실오라기 하나 걸치지 않은 나신이 되었다. 하지만 에레슈키갈은 자신이 한 약속도 어기고 이난나를 재판에 회부하여 지하 세계에 무단 침입했다는 죄목으로 사형을 선고했다.

이렇게 억울하게 죽은 이난나의 사체는 지하 세계 궁전의 벽에 걸려 있었다고 한다. 많은 신들은 에레슈키갈의 재판에 정당성을 부여했지만, 엔릴만큼은 그렇게 생각지 않았다. 이난나를 따르던 여신이 엔릴에게 도움을 청하자 그는 곧바로 지하 세계로 달려가 이난나를 구출했다. 이렇게 해서 이난나는 다시 천계로 돌아올 수 있었다.

사랑과 풍요를 주관할 뿐 아니라 금성의 신인 이난나는 대단한 미인이었던 것 같다. 하지만 지하 세계를 넘어들어가기도 하고, 자신을 대신하여 남편을 지하 세계로 내려보내는 등 외모와는 달리 그 기질은 꽤나 대범했던 것으로 보인다.

오 리 엔 트 를 석 권 한 여 신

ISHTAR

이슈타르

출전

아카드 신화 : 이슈타르 바빌로니아 신화 : 이슈타르

각지에서 모방된 여신

메소포타미아 지방의 신들은 대부분 수메르 신화에 그 원류를 두고 있다. 또한 그 이후의 문명에도 지대한 영향을 끼쳤다. 다른 신화에 등장하는 신들도 그 성격은 변하지 않은 채 후대로 계승되었다.

이슈타르의 원형은 수메르의 이난나인데, 수메르와 전혀 다른 민족인 아카드인들은 이 신을 그대로 받아들여 숭배했다. 이슈타르도 이난나와 마찬가지로 사랑과 전쟁을 주관하는 신이었다.

'이슈타르' 라는 이름은 아카드인들이 붙인 것이며, 그후 번영을 누린 바빌로니아에서도 같은 이름을 사용했다.

B.C. 700년경, 이스라엘의 예언자였던 에레미아는 이 여신이 아스도렛, 아나테, 에스테르와 같은 별명을 가지고 있다는 기록을 남겼다. 이 여신은 금욕적인 유대교에서는 숭배되지 않으며, '매춘부의 어머니' 라고 불렸다. 이는 여신을 숭배하는 제사 의식 중 이슈타르의 무녀와 남성 신자가 교접하는 의식이 있었기 때문이다.

그리고 이슈타르는 서아시아나 소아시아 각지의 문명권에도 전파되어 큐베레이, 디아, 시리아, 아스타르티 등의 이름으로 숭배되기도 했다.

신성한 수소

이슈타르는 풍요와 동물의 탄생을 수호하는 대신 그 대가로 산 제물을 요구했다고 한다. 특히 바빌로니아에서는 열렬하게 숭배되었는데, 그들의 경전에는 '세계의 빛', '만군을 통솔하는 자', '자궁을 연 자', '정의의 법관', '법률을 정하는 자', '여신 중의 여신', '힘을 주는 자', '모든 법령을 입안하는 자', '승리의 여신', '죄사함을 주는 자' 등 갖가지 명칭을 가지고 있었다. 이러한 것들은 나중에 유대교의 구약성서에서 신을 찬미하는 표현으로 고스란히 이어졌다.

『길가메시 서사시』[4]에 따르면, 이슈타르는 사랑하는 이에게도 잔혹했다는 이야기가 나온다. 이슈타르에게 사랑받았던 남신이 죽자 여신은 그 피로써 대지의 생명력을 회복시켰다고 한다.

바빌로니아에서는 수소를 남신으로 보고, 그 생식기를 잘라 이슈타르상(像)을 향해 던졌다고 한다. 현대의 시각으로 보면 상당히 기괴한 행동이지만, 이는 그녀를 찬양하는 의식이었던 것이다.

전쟁의 여신

B.C 1200년경 서아시아를 통일한 아시리아는 이슈타르를 전쟁의 여신으로 특별히 숭배했다. 이 때문에 아시리아에서 여신은 활과 활통을 가지고 있는 턱수염이 달린 남성의 모습으로 묘사되었다. 무기와 턱수염은 강인함의 상징이라고 볼 수 있다.

또 현재 남아 있는 비문을 보면, 이 왕국에서는 왕을 간택할 때 이슈타르에게 신탁을 받았다고 한다. 이러한 신탁으로 선택된 아슈르바니팔 2세는 그 잔인함으로 후세에까지 널리 알려진 인물이다. 그는 반역자나 복속을 거부하는

---

4) 『길가메시 서사시』: 길가메시는 고대 메소포타미아의 전설적인 영웅이다. 서사시의 내용은 수메르의 도시국가였던 우루크의 왕 길가메시가 친구 엔기두와 함께 여러 가지 모험을 한다는 것이다. 인류 최초의 서사시로 알려져 있다.

적을 붙잡아 산 채로 신체를 떼어내거나 가죽을 벗겼다고 한다.

이슈타르와 이난나의 차이

이슈타르의 원형인 이난나 여신에게도 '남편을 찾아 지하 세계로 내려간다' 는 이야기가 있는데, 이슈타르의 전설은 그것과는 조금 다르다. 이슈타르는 이난나보다 격렬하고 호전적인 성격의 여신으로 묘사되고 있다.

하지만 이난나와 비교하기 위해 이슈타르가 지하 세계로 내려간 이야기를 잠시 소개해보도록 하자.

이슈타르는 애인 탐무즈를 구출하기 위해 지하 세계로 내려간다. 그런데 그녀는 지하 세계의 문지기와 맞닥뜨리지만, 그에게 시련을 당하기는커녕 오히려 그를 위협한다.

"만약 통과시켜주지 않는다면, 나는 문을 부술 뿐만 아니라 기둥을 뽑아 무너뜨릴 것이다. 또 지상에 있는 자들을 수없이 죽여 지하 세계가 죽은 자들로 가득 차게 만들 것이다."

이슈타르의 쌍둥이 자매인 죽음의 여신 에레슈키갈은 동생이 쳐들어온 것을 보고 새하얗게 질렸다고 한다. 하지만 이슈타르는 에레슈키갈과의 싸움에 패해 사로잡히고 만다.

풍요의 신 이슈타르가 지하 세계에 붙잡혀 있는 동안 지상에서는 대혼란이 일어났다. 농작물은 결실을 맺지 못했고, 모든 생물은 번식을 할 수가 없었다. 가축들이 교미를 하지 않는 것은 물론이고 인간 남녀도 사랑을 잃어버리게 되었다.

이런 상황이 계속되자 천계의 신들은 에레슈키갈을 설득하여 이슈타르를 풀어주게 했다고 한다.

이처럼 바빌로니아에서의 이슈타르는 이난나와 달리 여걸로 묘사되고 있다. 성격도 직선적인데다 남성적이었던 것으로 알려져 있다. 아마 바빌로니아 문명은 수메르와 달리 남성적인 성격이 강했던 것 같다.

악 마 가 된 여 신

ASTARTE

아스타르테

출전

가나안 신화 : 아스타르테/아시라트/아나트   아카드 신화 : 이슈타르   유대교 : 아슈트레트

가나안의 여왕

아스타르테는 서아시아와 소아시아 지역의 풍요의 신으로, 특히 가나안 사람들에게 숭배되었다. 이 여신에 대한 신앙은 청동기 시대부터였을 것으로 추정된다.

오랜 옛날, 아스타르테는 이 지방의 주신 엘의 아내였다. 그리고 그후에는 주신이 된 바알의 여동생이자 아내가 되었던 것으로 보인다. 또 같은 시기에 주신의 아내였던 아나트 여신과 동일시되기도 했다(아나트가 동생이었다는 설도 있다). 하지만 아랍인이나 아람인은 이 여신을 대단히 경배하여 '천계의 지배자', '왕권의 여왕', '만신의 어머니' 등으로 불렀다.

아스타르테는 육감적인 나신의 미녀로 묘사되는 경우가 많으며, 이는 신자들이 생각하는 이상적인 여성상이었다.

아스타르테 신전에서는 여신을 모시는 무녀와 남성들 간에 성교 의식이 행해졌다. 이는 풍요의 의식인 동시에 왕의 권력을 유지하기 위한 '신과의 결혼'을 의미했다. 그리고 왕과 여신의 교합을 인간들이 과시함으로써 그 왕국은 번영과 평화를 누린다고 믿었다.

신앙의 변천

당시 가나안으로 불리던 시리아 지역은 소아시아, 이집트, 서아시아, 그리

273

스 등 여러 문화가 만나는 문명의 교차로였다. 따라서 이 지역에는 강력한 통일국가가 들어서지 못하고 다른 민족의 지배를 받는 경우가 많았다.

그럼에도 지배자들은 별다른 거부감 없이 아스타르테를 숭배했다. 그 대표적인 예로 히타이트인들을 들 수 있다. 이들은 아스타르테를 시리아의 여신으로 모시고 정중하게 제사드렸다. B.C. 1500년경 이 지역으로 도망쳐와 왕조를 세운 히브리인들도 이 여신을 숭배했다. 특히 솔로몬 왕은 풍요와 전쟁의 여신으로서 아스타르테를 섬겼으며, 사원을 지을 만큼 열렬한 신도였다고 한다.

가나안인은 활발하게 교역을 했기 때문에 아스타르테의 존재는 널리 국외로까지 퍼져나갔다. 그리스 신화의 아프로디테도 아스타르테와 관계가 있다고 하며, 기독교 성모 마리아의 원형 중 하나라는 설도 있다.

아스타르테는 이집트 신화에도 받아들여졌던 것 같다. 12월 25일에는 아스타르테를 주제로 한 성스러운 연극이 상연되었다고 한다. 이는 천계의 처

녀＝아스타르테에서 태양신이 재생하는 것을 축하하는 의식이었다고 한다.

대악마 아스타르테

아스타르테는 어느 지역에서든 큰 인기를 누렸던 것으로 추정된다. 이 여신을 비난한 유대인들 사이에서조차도 대단히 중요한 신으로 인정받았다고 한다.

유대교와 그 전통을 이어받은 기독교에서는 유일신 야훼 이외의 모든 신은 악마로 보고 있다. 따라서 신자들은 유명한 아스타르테를 매우 싫어하여 대악마의 위치에 올려놓았다.

그들은 이 여신을 '아스도렛'이라고 불렀다. 이는 히브리어로 '파렴치한 행위'를 의미했는데, 그의 이름을 부르는 것조차도 좋지 못한 일로 간주되어 아예 입 밖에 꺼내지 않았다고 한다.

사실 아스타르테를 모셨던 무녀와 남성들 간의 의식을 생각해보면, 엄격한 기독교 신자들은 이 여신을 '인간을 타락시키는 악마'로 볼 수밖에 없었을 것이다.

이후 중세(15~16세기) 시대의 신학자들은 아스타르테를 아스타로트라고 불렀다. 원래는 여신이었지만, 지옥의 군주 또는 왕자라고 생각되어 성별까지 바뀌게 되었다.

그 밖의 서아시아의 여신

헤바트

히타이트인들이 숭배했던 여신. 히타이트의 수호신은 폭풍의 신 테슈브였는데, 헤바트는 그의 배우자였다. 이 여신의 상징으로는 사자나 표범이 사용되었다. 헤바트는 그런 동물에 걸터앉아 있거나, 혹은 사자나 표범 새끼를 껴안고 있는 모습으로 묘사되는 경우가 많다.

아린니티

히타이트인들이 숭배했던 어머니신. 아린니티는 '태양'을 의미하는데, '나라의 여왕', '천지의 여왕', '히타이트 왕과 왕비의 수호신'으로 찬미되었다. 이 히타이트의 수호신은 원래 태양신이었던 것으로 추정된다. 이집트 신화의 영향을 받은 히타이트 신화도 태양신을 대단히 존귀한 존재로서 열렬히 숭배하였다.

살 육 의 여 신

ANAT

아나트

출전

가나안 신화 : 아나타/아스타르테

용감한 여전사

가나안 신화의 주신은 엘이라는 신이다. 그의 두 아내 중 하나가 바로 이 아나트 여신이다. 아나트는 사랑의 여신인 동시에 전쟁의 여신으로 알려져 있다.

이 여신은 또 한 명의 아내인 아스타르테와 동일시되는 경우도 있지만 원래는 다른 신이다. 이들은 주신과 함께 낮에 보이는 금성은 아스타르테가, 해가 진 후에 보이는 금성은 아나트가 낳았다고 한다.

아나트를 숭배했던 우가리트라는 도시에서는 이 신의 모습이 그려져 있는 상아로 만든 판이 발굴되었다. 이 판에는 투구를 쓰고, 신체의 선이 확연하게 드러나는 옷을 입은 여신이 양손에 무기를 들고 서 있는 모습이 그려져 있었다고 한다.

이와 같은 양식으로 그려진 아나트 조각은 이집트에서도 출토되었다. 실제로 이집트의 람세스 2세는 이 여신을 매우 좋아했다고 한다.

권력 이동

최초의 주신 엘은 신화에서 '진정한 지상의 주인' 으로 찬미되지만, 그다지 영향력은 크지 않은 신이었다. 이 신은 몸이 쇠약하고, 결단력이 없는 늙은 신으로 묘사된다.

그래서 그의 지위를 물려받은 바알이라는 신이 등장한다. 바알은 엘의 아들이지만, 일설에는 '다곤의 아들'이라고도 한다.

다곤은 곡물을 상징하는 신으로, B.C. 3000년경 유프라테스 강 유역에서 널리 숭배되었다. 바알은 엘에게서 권력을 탈취했는데, 이때 아나트와 아스타르테도 함께 빼앗았다. 이 전쟁에 얽힌 전설을 소개해보도록 하자.

여전사 아나트

바알과 그를 추종하는 신들은 사판 산의 궁전에 있던 엘을 기습했다. 엘은 사로잡혀 거세당한 후 세상을 피해 도망다녔다. 하지만 엘은 자신의 잃어버린 권력에 대한 미련이 남아 있었다. 그는 다른 신들의 도움을 받아 바알에게 복수하기로 결의했다.

엘의 부름에 먼저 달려온 것은 용의 모습으로 일곱 개의 머리를 가진 바다의 신 야무였다. 엘은 야무를 자신의 후계자로 선언하고, 바알을 권좌에서 쫓아내기 위해 안간힘을 썼다.

야무는 곧바로 사판 산으로 달려가 왕으로 군림했다. 물론 바알은 이의를 제기하고 자신의 명에 따르지 않으면 죽이겠다고 위협했다. 야무 역시 사자를 보내 바알에게 항복을 권했다.

이때 아나트는 바알을 따르기로 하고, 남편과 함께 전투를 준비했다. 하지만 바알 쪽은 힘이 부족하여 전쟁에서 패할 것처럼 보였다. 이 위기에서 바알을 구한 것이 아나트였다. 그녀가 야무를 쓰러뜨렸던 것이다.

전쟁에서 승리한 바알은 아스타르테의 제안으로 야무의 사체를 잘게 잘라 세계 속에 뿌렸다고 한다.[5]

아나트의 살육

승리를 축하하기 위해 아나트는 신들을 위해 만찬을 베풀었다.

---

5) 이 전쟁은 바다와 지하수의 신 야무를 비의 신 바알이 물리치는 것으로 결말이 났다. 이는 가나안인이 바다나 지하수보다 비를 더 귀하게 여긴 것으로 해석할 수 있다.

만찬회장에는 많은 신들이 모였는데, 그녀는 전쟁에서의 흥분을 가라앉히지 못했는지 살육에 대한 욕구를 주체할 수 없었다.

여신은 왕궁의 문을 모두 걸어 잠그고 신들은 물론 수위와 병사, 노인들을 닥치는 대로 죽였다. 이들이 죽으면서 흘린 피로 인해 왕궁은 피바다로 변할 정도였다. 아나트의 허리까지 피가 차오르자, 그녀는 죽은 자들의 머리와 손을 자신의 허리 주위에 두르며 몹시 기뻐했다.

여신이 이처럼 피에 광분한 것은 이번이 처음이 아니었다. 그녀는 이전의 왕이었던 엘도 죽이겠다고 위협한 적이 있었던 것이다.

여신의 살육에 위협을 느껴 도망친 바알은 아나트에게 사자(使者)를 보냈다. 사자는 "전쟁은 이미 끝났으니 이제 무기를 버리고 평화와 풍작을 위해 공물을 바치자"는 뜻을 전했다. 이에 아나트는 정신을 차리고 바알의 뜻에 따랐다고 한다.

죽음의 신을 죽인 여신

하지만 평화는 오래가지 못했다. 야무의 죽음을 안 명계의 신 모트는 바알의 행위를 맹렬히 비난했다. 바알은 속죄를 위해 명계로 모트를 찾아갔다. 하지만 그는 힘 한 번 제대로 쓰지 못한 채 죽고 말았다.

아나트는 남편이 죽었다는 소식을 듣고 슬픔에 잠겼지만, 바알과의 약속을 지키기 위해 풍요의 신으로서 자신의 일을 게을리 하지 않았다. 그러다가 마침내 모트와 만날 기회가 찾아왔다. 물론 살육의 여신은 이 기회를 놓치지 않고 모트를 사로잡았다. 그래서 이 죽음의 신에게 처절한 복수를 했다. 먼저 칼로 찌른 다음 그의 사체를 불에 태우고, 절구에 찧어서 밭에 뿌렸다. 그리고 뼈는 새에게 주었다. 이는 그 유래를 찾아보기 힘들 정도로 잔인한 살해 방법이었지만, 실은 풍작을 기원하는 의식의 순서대로 행한 것이었다.

이후 부활한 모트는 아나트에게 복수를 맹세한다. 그래서 곧 전쟁이 벌어질 것처럼 보였지만, 이 둘 사이를 중재한 신이 있었다. 은거하고 있던 엘 신이었다.

엘은 지하 세계에서 죽은 바알을 되살리고, 서로 원한을 갖지 말자고 제안했다. 엘 신은 바알이 없으면 세계가 움직이지 않는다는 사실을 깨달았던 것이다.

아크하트의 활

하라나미테스의 왕 다넬은 바알 신에게 열심히 기도를 드린 덕분에 원하던 자식을 얻을 수 있었다. 이렇게 해서 태어난 아크하트 왕자는 나중에 신의 직인이 특별히 만든 활을 얻어 영웅이 되었다고 한다.

전쟁을 좋아하는 아나트 여신은 아크하트 왕자가 가진 활이 가지고 싶었다. 그래서 왕자에게 "불사와 활을 교환하자"고 제안했지만 거절당하고 말았다.

이에 몹시 화가 난 여신은 자신의 심복인 얏판이라는 전사를 매로 변신시켜 아크하트를 죽여버렸다. 하지만 아나트는 곧 정신을 차리고 자신의 행위를 반성하며, 왕자의 죽음을 탄식하는 노래를 지어 불렀다. 그리고 아크하트의 가족에게 그가 부활할 수 있는 방법을 알려주었다.

아나트의 이야기를 들은 아크하트의 여동생 브가트는 아버지 다넬과 함께 아크하트를 죽인 매를 사로잡아 배를 갈랐다. 그러자 그 속에서 아크하트의 뼈가 나왔다. 브가트는 아나트가 일러준 대로 이 뼈를 이용하여 죽었던 아크하트를 부활시켰다고 한다.

로 마 를 정 복 한 여 신

CYBELE

키벨레

출전

소아시아 신화 : 키벨레/키베레   로마 신화 : 키벨레   수메르 신화 : 이난나

피의 의식

키벨레 여신은 산신들의 어머니신으로 알려져 있다. 이 여신은 소아시아[6] 전역에서 숭배되었으며, 최초에는 이다 산의 신이었다고 한다.

키벨레는 이난나의 영향을 받은 여신으로 소아시아에서는 주로 풍요의 신으로 숭배되었다. 이 여신은 산속의 동굴에 살지만, 세상에 모습을 드러낼 때는 사자(Lion)가 그 뒤를 따른다고 한다. 사자를 데리고 다니기 때문에 싸움의 여신으로 비쳐지는 경우도 있다.

같은 계열이라고 할 수 있는 바빌로니아의 이슈타르 여신이 그랬던 것처럼 키벨레 여신에게 제사드릴 때는 소를 산 제물로 바쳤다고 한다. 의식의 집행자는 '키메의 예언자' 라는 무녀였으며, 참가자는 산 제물로 바쳐진 소의 피를 온몸에 칠했다고 전해진다.

모든 신들의 어머니

소아시아가 로마에 정복되었을 때, 이 여신은 정복자들의 신화 속으로 흡수되지 못하고 사라져버렸다. 하지만 B.C. 204년, 프리기아의 어떤 여성 예언자는 키벨레로부터 "나를 로마로 데리고 가라"는 신탁을 받았다고 한다. 이렇

---

6) 소아시아 : 현재 터키가 자리잡고 있는 흑해 남부 지역을 가리킨다.

게 해서 키벨레의 신상은 로마의 전리품으로서가 아니라 자신의 의지에 따라 이역의 땅으로 건너가게 되었다.

여신의 신전은 현재 바티칸이 있는 곳에 세워졌는데, 로마인들은 키벨레를 열렬히 환영했다고 한다. 피정복민이 신봉하던 신은 대개 잊혀지거나 말살되는 것이 보통이다. 또 살아남더라도 정복자들의 신화 속으로 편입되는 경우가 많다. 그런 관점에서 보면 키벨레는 상당히 예외라고 할 수 있다.

로마에서 키벨레는 '아우구스트(크게 되는 자)', '아르마(교육하는 자)', '산크티스시마(가장 성스러운 자)' 등의 별칭을 부여받았다. 아우구스투스나 크라우티우스, 안토니누스 피우스 같은 로마의 황제들은 키벨레를 제국의 최고신으로 받들었다.

그 중 아우구스투스는 키벨레의 신전 정면에 궁전을 짓고, 자신의 아내를 여신의 화신으로 여길 정도로 열렬한 신자였다고 한다. 또한 율리아누스 황제는 키벨레를 모든 신들의 어머니로 생각할 만큼 적극적인 신자였다고 전해진다.

기독교의 반발

키벨레 신앙은 4세기까지 계속되었지만, 이후 점차 세력을 확장해가는 기독교 세력의 비판에 직면하게 되었다.

여신은 신들의 어머니가 아닌 데몬의 어머니로 강등되었으며, 그녀의 신전도 파괴되어 그 자리에는 성 베드로의 성당이 들어섰다.

키벨레에 대한 비판은 중세 때의 '마녀 사냥'에도 영향을 끼칠 정도였다. 키벨레의 별명 중 '안타이야'라는 것이 있는데, 이는 키벨레가 대지의 거인 안타이오스를 낳았다는 신화에서 유래한 것이다. 안타이오스는 그리스의 영웅 헤라클레스에게 살해당하는 악의 세력으로 그는 어머니의 신체, 즉 대지에 발을 딛고 있는 한 천하무적이었다. 이 때문에 헤라클레스는 안타이오스를 공중에 들어올려 죽였다.

기독교는 이 신화와 '키벨레＝데몬의 어머니'를 교묘하게 연결시켰다. 악마의 사도인 마녀가 여러 가지 마법을 구사할 수 있는 것은 대지에 발을 딛고 있기 때문이라고 생각했다. 그래서 사로잡은 마녀가 땅에 발을 딛지 못하도록 커다란 바구니 속에 집어넣었던 것도 여기서 유래했다고 한다.

몬타누스파의 참극

거의 대부분의 기독교 교파는 키벨레를 부정했지만, 옹호한 세력도 극소수 있었다. 바로 2세기에 창건된 몬타누스파였다.

이 교파를 창설한 몬타누스는 철저하게 여성을 숭배했다. 그는 "여성은 키벨레 여신의 대리인이며, 최적의 성직자"라고 주장할 정도였다.

당시에는 여성이 성직자가 될 수 없었을 뿐만 아니라 대중 앞에서 성스러운 이야기를 입 밖에 꺼내서도 안 된다는 규정이 있었다.

그래서 4세기에 몬타누스파는 이단으로 규정받았다. 일단 이단이라는 낙인이 찍히게 되면 그 신자는 죄인이나 다름없었다. 그래서 몬타누스파에 잔류한 사람들은 모두 죽고 말았다. 소아시아의 몬타누스파 신자 중 봉쇄된 교회 안에서 산 채로 불타 죽은 사람도 있었다고 한다.

남 성 에 게 도 전 한 밤 의 여 왕

LILITH

릴리트

출전

유대교 : 릴리트/리리케라   가나안 신화 : 베리아/베리티리

호색적인 여신

릴리트는 원래 가나안인들의 신화에 등장하는 여신이다. 이후 티그리스와 유프라테스 강 유역의 바빌로니아에서도 숭배되었는데, B.C. 2000년경으로 추정되는 점토판에도 이 여신에 관한 기록이 있다.

이 무렵, 릴리트는 베리아 또는 베리티리라고 불렸다. 릴리트는 서아시아의 농경민이나 유목민들에게 숭배되었는데, 작물의 풍요와 가축의 번식을 주관하는 신이었다고 한다.

그런데 이 여신의 성격은 대단히 자유분방할 뿐만 아니라 호색적이다. 이것이 반드시 나쁜 것만은 아니었다. 거친 환경 속에서 살아가는 유목민들 사이에서 호색적인 것은 다산성(多産性)의 상징으로 존중되었던 것이다.

아담의 첫 아내

릴리트의 원형이라 할 수 있는 베리아 여신은 서아시아에 계속 살아남아서 그 지역을 지배했던 여러 민족의 숭배를 받았다. 이 여신이 가장 유명하게 된 것은 유대인에 의해서였다.

사실 이 여신을 '릴리트' 라고 부른 것은 유대인들이었다. 유대인이 자신들의 신화 속에 이 여신을 흡수할 때 베리아가 릴리트라는 이름으로 바꾸었던 것이다. 유대인들 사이에서 릴리트는 신이 최초로 만든 인간인 아담[7]의 첫 아

내로 받아들여졌다.

여신 레인트와 홍해

여기에서는 유대교를 통해 전해진 릴리트에 관한 이야기를 소개해보도록 하자.

릴리트는 에트루리아[8]의 명계의 여신이었던 레인트와도 깊은 관련이 있다. 레인트의 주된 역할은 명계의 입구에서 대기하고 있다가 죽은 자의 영혼을 받아들이는 것이었다. 이 명계의 문을 신격화한 여신 레인트는 얼굴이 없었다고 한다.

명계의 문은 레인트의 음부로 생각되었고, 죽은 자가 명계로 들어오는 행위는 여신 레인트와의 교합을 의미했다. 그리고 여성의 음부는 백합꽃과 동일시되었다. 백합을 릴리(lily)라고 하는데, 이 말이 릴루(lilu)로 바뀌어 릴리트(lilith)라는 이름의 여신이 되었다고 한다.

성서에서는 릴리트를 홍해의 화신으로 보기도 한다. 또 목동 아벨이 형 카인에게 살해당했을 때 아벨이 흘린 피를 마신 것도 릴리트였다는 기록이 있다.

당시 사람들은 홍해가 '피의 바다'이며, 그곳에는 만물을 낳는 힘이 있다고 믿었다. 그와 동시에 홍해, 즉 릴리트는 산 제물을 요구하여 정기적으로 피를 보충했다고 한다.

악마 릴리스

유대교의 전승에 따르면, 아담은 동물들과의 교합[9]에 질려서 릴리트 여신

---

7) 아담 : 구약성서에 나오는 아담을 지칭한다.

8) 에트루리아 : B.C. 700~600년경 이탈리아의 토스카나 지방에서 번영을 누렸던 민족. 한때 로마를 지배하기도 했던 이들은 높은 수준의 문명을 자랑했다고 한다.

9) 동물들과의 교합 : 동물과의 성관계는 유대교나 기독교에서는 죄가 되지만, 이 시대의 중동 지방 유목민들 사이에서는 일상적인 관습이었다.

과 결혼했다고 한다. 이때 아담은 힘으로 릴리트를 쓰러뜨려 자신의 밑에 눕게 했다.[10] 이는 남성 상위의 사회 체제를 의미하는 이야기로 볼 수 있다.

하지만 릴리트는 아담의 이러한 성행위를 비웃었다. 그래서 아담을 쫓아버리고 홍해 근처로 옮겨가 살았다. 릴리트의 행동에 격노한 신은 천사를 파견하여 여신을 데리고 오도록 했다. 하지만 릴리트는 이 명령에 따르지 않고 데몬들과 교합하며 시간을 보냈다. 아담처럼 거친 인간보다 데몬을 남편으로 삼는 것이 더 즐거웠던 것이다. 그래서 여신은 매일 1백 명도 넘는 자식을 낳았다.

릴리트를 잃어버린 신은 할 수 없이 아담에게 순종적인 이브라는 여자를 만들어주어야만 했다. 이 최초의 부부를 통해 새로운 인간이 태어나고, 그 자식들이 번식을 통해 집단을 이룸으로써 인류는 지상에서 번영을 누릴 수 있게 되었다.

릴리트의 딸 릴림

릴리트의 이름은 어느 순간부터 성서에서 사라진다. 하지만 그의 딸 릴림(LILIM)은 1천 년 이상 지난 후 인간 남성들에게 모습을 드러내기 시작했다. 중세 시대에 유대인들은 이 릴림을 피하기 위해 부적을 가지고 다녔다고 한다.

릴림은 릴리트와 데몬의 교합으로 태어난 음란한 여자 악마로서 릴리트의 분신으로 간주되었다. 릴림은 남성의 꿈속에 나타나 여성 상위 자세로 성교를 하고 몽정을 하게 만들었다고 한다.

릴림은 유대교의 영향을 받은 기독교나 그리스 신화에도 등장한다. 기독교에서는 릴림을 '지옥의 매춘부'라고 부르며 극도로 기피한다. 수도사들은 십자가를 쥔 양손을 가랑이 사이에 두고 잠자리에 들어 릴림의 접근을 막았다.

---

10) 기독교나 이슬람교에서는 남성이 상위가 아닌 체위는 죄로 간주했다. 즉 아담은 잘못을 범한 것은 아니지만, 릴리트는 이것을 거부했다고 한다. 이는 그녀가 여성 상위 사상을 가지고 있었다는 것을 의미한다. 고대 세계에서 여성 상위 체위는 정상적인 것이었다.

신심이 깊은 신도들은 몽정을 할 때마다 "릴림이 웃었다"고 했으며, 잠자는 도중에 웃으면 "릴림에게 능욕당했다"고 상당히 불경스럽게 생각했다. 그리고 릴림에게 사로잡힐 위험이 있기 때문에 가족 중 남성, 특히 남자 갓난아기를 혼자 놓아두지 않았다. 남자 갓난아기를 릴림의 공격으로부터 지키기 위한 방법도 있었다. 우선 흰 분필로 마법의 원을 그린 다음, 릴림을 끌고 갈 천사의 이름을 써놓으면 릴림이 접근하지 못했다고 한다.

기독교 신자들은 릴림을 자신들의 신화로 흡수하여 '라미아'나 '엔푸샤' 혹은 '헤카테의 딸' 등으로 불렀다.

현재 릴림은 '밤의 귀녀(鬼女)', 릴림의 어머니인 릴리트는 '밤의 여왕'이라는 칭호를 가지고 있다. 이 모녀는 악마의 일족이긴 하지만 그 모습이 결코 추하지 않다. 오히려 대단히 아름다울 뿐만 아니라 정사 능력도 대단해서 일단 이들과 교합하게 되면 인간 여성과의 성교로는 도저히 만족할 수 없다고 한다.

최 고 신 을 위 해 봉 사 하 는 대 천 사

ARMATI

아르마이티

출전

페르시아 신화 : 아르마이티/스펜타 아르마이티

조로아스터교

아르마이티는 조로아스터교의 여신이다. 조로아스터교는 B.C. 700~600년경 페르시아의 조로아스터(자라투스트라)가 창시한 종교다. 그는 페르시아에 존재해왔던 기존의 종교를 개혁해서 새로운 종교를 만들어냈던 것이다.

조로아스터교의 경전인 『아베스타』에는 선악을 대표하는 두 신의 대립이 묘사되어 있는데, 그 중 선신을 아후라 마즈다,[11] 악신을 아흐리만이라고 부른다. 이 종교는 불에 대한 숭배가 중요한 교리로 되어 있기 때문에 흔히 '배화교(拜火敎)'라고 부르기도 한다.

조로아스터교는 페르시아의 아케메네스 왕조와 사산 왕조 때 전성기를 누렸는데, 당시 인도와 중국에도 전해져 다수의 신자를 확보했다고 한다. 특히 인도에서는 힌두교 경전인 『베다』에도 조로아스터교 신들의 명칭이 나올 만큼 큰 영향을 끼친 것으로 알려져 있다.

신성한 대지

아르마이티는 아후라 마즈다를 위해 봉사하는 자들 중 가장 직위가 높은

---

11) 아후라 마즈다 : 아후라는 신, 마즈다는 지혜를 의미한다. 아후라 마즈다는 조로아스터교의 최고신이며, 모든 생명의 창조주이다.

7대천사(아메샤 스펜타) 가운데 하나다. 아르마이티는 이 7대천사 중 종교적인 경건함과 헌신을 주관하는 천사이다. 특히 헌신은 신자가 사후에 천국으로 들어가기 위해서는 반드시 필요한 것이다.

그리고 아르마이티는 '신성함'을 의미하는 스펜타를 붙여서 '스펜타 아르마이티'로 부르는 경우가 많다. 이 스펜타 아르마이티는 대지의 수호여신이며, 시대에 따라서는 대지 그 자체를 가리키기도 했다.

신화 세계에서 대지의 여신은 풍요의 신인 경우가 많은데 아르마이티도 예외가 아니다. 신자가 경작을 통해 많은 수확을 얻으면 이 여신은 대단히 기뻐했지만, 반대로 대지를 더럽힌 자에게는 엄한 벌을 주었다. 대지에 사체를 매장하는 것은 가장 큰 죄 중 하나였다. 더구나 맨발로 돌아다니는 것도 자신에 대한 모독으로 여겼다. 중세 페르시아의 영계(靈界) 이야기를 다룬『아르다 위라흐의 서(書)』를 보면, 대지를 모독한 자들이 지옥에서 고통당하는 모습이 자세히 묘사되어 있다.

후대로 오면서 아르마이티는 조로아스터교에서 생각하는 이상적인 여인상으로 많은 신자들의 숭배를 받게 되었다. 신에 대한 경건함과 진실한 태도, 그리고 대지의 어머니신이라는 신격을 생각해보면 이는 지극히 당연한 것이라고 할 수 있다.

솔 로 몬 왕 의 아 내

SHEBA

시바의 여왕

출전

아라비아 신화 : 시바의 여왕

남쪽에서 온 여왕

시바라는 말은 사실 이름이 아니다. 이 여신은 원래 시바라는 나라의 왕으로, 본명은 알려져 있지 않다. 시바의 여왕이 인간이었는지 신이었는지는 확실치 않다. 하지만 여왕의 어머니는 진이라는 악마였다고 한다.

시바라는 나라와 그 여왕에 관한 이야기는 통일 유대 왕국의 제3대 왕 솔로몬의 일화 속에 나온다. 솔로몬은 새의 지저귐을 알아들을 수 있는 특이한 능력을 가지고 있었는데, 어느 날 한 마리 새가 날아와 "남쪽에 아주 훌륭한 나라가 있다"고 지저귀는 것을 들었다.

그런데 그곳은 세계 중 유일하게 솔로몬의 힘이 미치지 않는 지역으로, 매우 덕이 많은 여왕이 다스리고 있었다. 그래서 솔로몬은 이 여왕을 예루살렘으로 초대했다. 이에 여왕은 낙타에 금과 향료, 보석 등을 잔뜩 싣고 유대 왕국을 찾았다. 하지만 솔로몬은 산더미 같은 보물들을 보고 여왕이 악령이어서 혹시 자신을 속이는 것이 아닌가 하는 고민에 빠졌다.

'만약 악령이라면, 여왕의 발이 산양이나 당나귀와 같은 모양일 것이다.'

그는 이렇게 생각하고 여왕의 발을 볼 수 있는 방으로 안내했다. 그런데 여왕의 발은 털이 많을 뿐 그 생김새는 꽤나 매력적이었다. 악령이 아니었던 것이다. 그래서 솔로몬은 여왕의 발에 난 털을 깎게 한 다음 결혼했다.

이 시바의 여왕이 어느 곳 출신인지는 아직까지 정설이 없는 상태다. 하지만 여왕이 솔로몬에게 가지고 갔던 보물들은 특정한 지역에서만 나는 것이었다. 그 지역은 지금의 예멘이라고 한다.

에티오피아의 창시자

에티오피아에는 시바 여왕에 관한 다음과 같은 전설이 전해지고 있다.

그녀는 티그레 왕국(에티오피아 북부에 존재했던 왕국)의 통치자로, 에티에 아제브(남쪽의 여왕)라고 불렸다고 한다. 에티에 아제브는 여왕이 되기 전 악한 용에게 산 제물로 바쳐진 적이 있었다. 그녀는 나무에 묶여 울고 있었는데, 어디선가 일곱 명의 현자가 나타나 용을 물리치고 구해주었다. 하지만 그때 용의 피가 그녀에게 튀어서 발이 당나귀처럼 되었다고 한다.

에티에 아제브는 다시 자신의 나라로 돌아와 여왕이 되었다. 그런 다음 여왕은 마법을 구사한다는 솔로몬에게 당나귀처럼 생긴 발을 치료받기 위해 여행을 떠났다고 한다.

에티오피아에서는 시바의 여왕을 특별히 숭배했는데, 13세기 무렵에 쓰여진 『케브라 나가스트(왕의 영화기榮華記)』에도 그녀가 등장한다. 그래서 에티오피아 헌법에까지 "에티오피아 왕조의 창시자는 솔로몬 왕과 시바 여왕의 자손 메네레크다"라고 명시되어 있을 정도라고 한다.

그 밖의 서아시아의 여신

한나한나

히타이트 신화의 여신. 오랜 옛날, 히타이트의 태양신 테리피누가 인간들의 악한 행동에 실망하여 모습을 숨기는 일이 일어났다. 이때 한나한나는 벌을 테리피누에게 보내 그를 더욱 화나게 만들어 세상에 나오게 만들었다. 다시 세상에 나타난 테리피누는 분노를 참지 못하고 세계를 파괴하려 했다. 하지만 여신은 그것까지 계산에 넣었던지 주술을 부려 그의 화를 정화하고, 세계를 파멸의 위기에서 구했다고 한다.

아리라트

서아시아의 유목민들이 숭배했던 여신으로 추정된다. 오랜 옛날, 황야에서 살았던 사람들은 신비로운 모습으로 서 있는 바위에 매혹되어 신으로 섬기게 되었다. 말하자면 바위를 신격화한 것이 아리라트라고 할 수 있다. 이런 아리라트의 대표적인 예가 메카에 있는 흑석(黑石)이다. 하늘에서 떨어졌다는 이 신성한 흑석을 보기 위해 지금도 많은 이슬람교 신자들이 메카를 찾고 있다.

아나히타

원래는 페르시아의 신이었지만, 서아시아 전역에서 숭배되었다. 물을 주관하는 어머니신으로, 아후라 마즈다는 자신의 신자들에게 "내가 샘의 주인인 여신 아나히타에게 희생을 바쳤다"고 이야기했다고 한다. 이 여신은 페르시아의 사산 왕조 시대에 특별히 숭배되었다고 한다. 당시 이 여신은 사람들에게 많은 은혜를 베풀었는데, 농경지와 가축, 재산, 영토를 늘려주었으며, 여성에게는 안전한 출산을, 남성에게는 승리를 주었다고 전해진다. 그리고 사람들은 이 여신에게 학문의 여신이라는 신격도 부여했다. 아나히타는 아름다운 처녀의 모습으로, 황금빛으로 빛나는 의복을 입고 네 마리의 백마가 끄는 마차를 타고 다녔다고 한다.

알슈타트

페르시아 신화에서 '부를 창출하는 여신'으로 등장하지만, 원래는 공정함을 주관하는 여신이었다. 더 구체적으로 말하면, 명계에서 죽은 자를 심판하는 신이었다. 여신의 재판 결과를 집행하는 미트라와 스라오샤, 라슈누 같은 신들이 별도로 있었기 때문에 혼자서 모든 심판을 내렸던 것은 아니었다.

제7장
이집트의 여신

이집트 신화

여명기의 나일 강

구석기 시대 이전, 북아프리카는 숲으로 뒤덮여 있었다. 이곳에 살았던 사람들은 예로부터 유목 생활을 했지만, 이후 건조 지대가 되면서 나일 강 주변에 인구 밀집 지역이 생겨나게 되었다. 이집트는 나일 강과 비옥한 대지, 태양의 혜택까지 받고 있는데다 주변을 둘러싸고 있는 바다와 사막이 외적의 침입을 막아주어서 비교적 쉽게 강대국으로 성장할 수 있었다.

이집트에 정착 농경문화가 탄생한 것은 B.C. 5000년경으로 추정된다. 이후 5백 년 정도 지나자 사람들은 동(銅) 같은 금속을 사용하게 되었고, 또 5백 년 정도가 더 흐르자 초보적인 문자를 사용하기 시작했다.

B.C. 3500년경에는 그때까지 각지에 흩어져 있던 촌락들이 연합하여 상이집트와 하이집트라는 두 개의 국가가 탄생하게 되었다. 이러한 국가의 성립은 언어의 발달을 가져왔다. 당시 이집트에서는 인근 지역에서 통용되는 공통의 문자가 사용되고 있었다.

이후 상이집트는 이집트 전역을 통일할 계획을 세웠다. 마침내 B.C. 3000년경 상이집트의 나르메르 왕은 세 번에 걸친 교섭을 통해 이집트에 통일국가를 세울 수 있었다.

피라미드와 멸망

역사학에서는 이집트의 통일 이전을 고왕국 시대, 이후를 왕조 시대 또는 파라오 시대라고 부른다.

파라오 시대는 제1왕조(B.C. 3000년)부터 제30왕조 시대(B.C. 341년)까지 약 2천5백 년 이상 지속되었다. 하지만 내란과 이민족의 침입으로 왕조가 거의 명맥만 유지한 때도 있었다.

유명한 피라미드 건설은 제3왕조 조세르 왕 때 시작되어 제4왕조 시대에 절정기를 맞았다. 쿠프 왕이 완성한 기자의 피라미드는 세계에서도 가장 크고 아름다울 뿐만 아니라 그 내부도 상당히 복잡하게 구성되어 있다.

피라미드를 건설할 때 '노예를 마치 말처럼 부렸다'는 부정적인 이이야기가 있는데, 이는 사실과 다르다는 설이 유력하다. 최근의 연구에 따르면, 나일 강이 범람한 농한기에 농민들의 생활이 궁핍해지자 이를 해결하기 위해 벌인 사업이었다는 것이다. 실제로 피라미드의 내벽에는 일을 하게 해준 왕조에 감사한다는 글이 남아 있기도 하다.

왕조 시대 후반, 이집트는 자주 페르시아의 침공을 받아 그들의 지배를 받기도 했다. 하지만 페르시아의 통치는 오래가지 못했고, B.C. 332년 마케도니아의 알렉산드로스 대왕이 이집트를 지배하게 되었다.

알렉산드로스 대왕 사후에는 그의 부하 장군이었던 프톨레마이오스가 지배권을 장악했다. 이 시대에 클레오파트라 여왕은 로마제국을 자기편으로 끌어들여 일시적으로 이집트를 되찾았지만, 결국에는 로마의 직접적인 지배를 받게 되었다. 이것이 B.C. 30년경의 일로 오랫동안 지속되었던 이집트 왕조는 이로써 완전히 막을 내렸다.

이집트 신화의 특징과 변화

흔히 우리가 이집트 신화라고 부르지만, 그 내용은 일괄적이지 않고 지방과 시대에 따라 상당히 다르다.

예를 들면 고왕국 시대의 신화는 상이집트와 하이집트가 서로 다르다. 그리고 오시리스 신화에는 호루스와 세트 신의 대립이 묘사되어 있는데, 이는 상·하 이집트의 대립을 암시하는 것이라고 한다. 파라오 시대가 되자 신학자들은 헬리오폴리스파와 멤피스파로 나뉘어 서로 다른 교리를 가르치기 시작했다.

이집트에서 신앙의 중심은 태양 숭배였지만, 이것도 시대의 흐름과 함께 변화했다. 사람들은 태양보다 사후의 재생에 더 깊은 관심을 갖게 되었던 것이다. 당초 신화 세계의 최고신은 태양신 라였지만, 후대에는 명계의 신 오시리스가 그 자리를 물려받게 된다.

이러한 변화가 일어난 것은 중왕조 시대였다. 태양신 라가 죽은 후 명계를 지배하는 오시리스가 되었던 것이다. 그래서 현세를 지배하는 자를 오시리스의 아들 호루스 신으로 보았다고 한다.

천　　　　공　　　　의　　　　여　　　　신

NUT

누트

출전

이집트 신화 : 누트/네트

대지의 신과 헤어진 여신

고대 이집트인의 우주관은 한 차례 큰 변화가 있었다. 그들은 세계가 아툼이라는 태양신에 의해 창조되었다고 생각했다. 이렇게 창조된 세계는 천공, 창공, 대기, 대지, 물, 지하 세계 등으로 구성되어 있었다. 이 여섯 곳에는 모두 그곳을 관장하는 신들이 있었다. 그 중 천공의 신이 누트였다. 창공은 네네트, 대기는 슈, 대지는 게브, 물은 누, 지하계는 다트가 다스렸다. 물의 신 누는 그후 이집트의 신들을 낳았으며, 바다를 상징한다. 바다는 '커다란 숲' 으로 불리며, 대지를 휘감았다. 사람들은 누의 힘이 지하와 대지에도 미쳤으며, 지하수와 함께 많은 혜택을 베풀어준 나일 강을 누라고 생각했다. 말하자면 물 그자체를 신격화했던 것이다.

게브는 대지의 신으로, 당시 사람들은 대지가 둥근 원반 형태로 생겼다고 생각했다. 그래서 신화에서는 대지 위로 길게 뻗어 있는 산들을 타고 다니는 천공의 신 누트가 게브와 서로 사랑하는 사이였다고 전하고 있다.

하지만 아툼은 누트에게 대기의 신 슈와 결혼하라고 명령했다(일설에 따르면, 누트와 게브의 사랑에 질투를 느낀 슈가 둘 사이를 갈라놓았다고도 한다). 그래서 누트는 게브와 헤어져 인간이 살고 있는 지상으로 내려왔다고 한다.

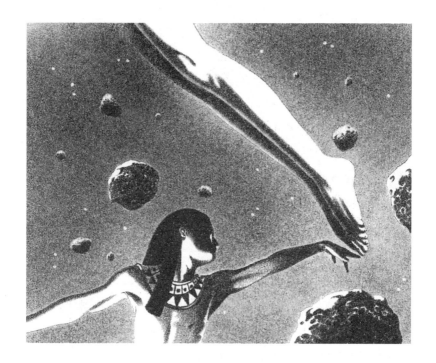

신들의 어머니

아툼의 방해에도 불구하고 누트와 게브는 완전히 헤어진 것이 아니었다. 이 둘은 우여곡절 끝에 결혼하게 되었지만 여기에 또다시 아툼이 개입했다. 아툼은 둘의 결혼을 마지못해 인정할 수밖에 없었지만, 출산만큼은 허락하지 않았다.

하지만 이들에게 도움을 주는 신이 나타났다. 태고의 신 토트[1]가 누트를 위해 5일 동안 출산할 수 있는 기회를 주었던 것이다. 이 5일 동안 누트는 매일

---

1) 토트 : 따오기나 개의 머리를 가진 비비(원숭이과의 짐승) 형상을 하고 있다. 이 신은 이집트 신화 이전부터 존재하던 신으로, 정확한 기원은 알려져 있지 않다. '태양신 라의 심장', '시간의 계측자', '마법의 왕' 등 수많은 칭호를 가지고 있으며, 신의 서기인 '신의 언어의 주인' 으로서 유명하다. 그리고 '위대한 마법사' 이시스 여신에게 마법을 가르쳐주었다고 전해진다.

오시리스와 세트, 이시스 등 여러 명의 신들을 낳았다. 누트는 원래 어머니신이어서 이후에도 많은 신들을 낳았다고 전해진다.

누트가 어머니신이었다는 것은 고대에 그려진 그림을 통해서도 확인해볼 수 있다. 이 그림에서 누트의 머리는 히에로글리프(상형문자)로 표현되어 있었는데, 이는 자궁을 암시하는 것이라고 한다.

그리고 이 여신은 암소로 묘사되는 경우도 있다. 암소의 배에는 그 수를 알 수 없을 만큼 많은 젖이 달려 있고, 그것을 빠는 어린 소들이 함께 등장한다. 어린 소는 어린아이를 의미하는 동시에 천공에 떠 있는 수많은 별들을 뜻하는 것이라고도 한다.

재생과 부활의 수호자

태양은 매일 동쪽 하늘에 나타나 공중을 가로질러 서쪽으로 사라진다. 이집트인들은 태양신이 태양을 '만제트'라는 배에 태워 이동시킨다고 생각했으며, 밤에 태양이 없어지는 것은 태양이 천공의 신, 즉 누트에게 잡아먹히기 때문이라고 해석했다. 서쪽으로 사라진 태양은 누트의 입에 들어가서 밤 동안에 몸 속을 지난 다음 아침이 되면 여신의 무릎에서 다시 솟아난다고 한다.

이는 재생과 부활을 암시하는 것이라고 할 수 있다. 그래서 사람들은 누트를 사자(死者)를 수호하는 신으로 여기게 되었다. 고대 이집트에서는 사자를 넣는 관 안쪽에 천공을 그려넣었다고 한다. 이는 사자의 혼이 누트를 잘 찾아갈 수 있도록 하기 위한 장치이자, 축복에 대한 염원이 담겨 있는 것이기도 했다.

이집트의 신학 체계

이집트에는 두 가지 신학 체계가 존재한다. 그 중 하나는 중부 이집트에서 시작된 헬리오폴리스 신학이다. 이 신학은 '8주신(八柱神 : 후에 9주신이 된다)'을 중심으로 하는 교리다. 이 교리에 따르면, 신들이 존재하기 이전부터 세계는 존재했으며, 인간은 8주신을 비롯한 여러 신들의 후계자라는 것이다. 그리고 인간의 왕인 파라오를 '신과 인간을 연결해주는 존재'로 정의한다.

또 하나는 제1왕조의 수도였던 멤피스에서 시작된 멤피스 신학이다. 이들의 교리에 따르면 세계는 유일신에 의해 창조되었으며, 이 유일신이 생각을 하거나 말할 때마다 다른 신들이 태어났다고 한다. 인간은 신의 육체를 통해 생성된 존재이며, 신은 인간을 양육하기 위해 식물과 새, 물고기 등을 만들었다고 한다. 그리고 파라오는 지상으로 내려온 신이며, 보통 인간과는 다른 자라고 정의한다.

이 집 트 의 어 머 니 신

ISIS

이시스

출전

이집트 신화 : 이시스

오시리스의 아내이자 여동생

이시스는 원래 이집트 신화와는 관계가 없는 독립적인 신이었다. 이 신의 기원은 나일 강 북쪽 지역에서 숭배되었던 토착신이었다고 알려져 있다.

이후 이시스는 이집트 신화 속으로 편입되어 오시리스 신과 관계를 맺게 되었다. 오시리스 역시 선사 시대에 시리아에서 이집트로 이주해온 사람들이 믿었던 신이었다. 이시스는 오시리스의 여동생이자 아내가 되었다.

이시스는 나일 강을 주관하는 여신이자 풍요의 신으로 유명하지만 반드시 오시리스와 함께 숭배된다. 사람들은 나일 강의 범람이 오시리스 때문이라고 생각했다. 강이 범람한 후 주변의 대지는 비옥하게 바뀌었는데, 그것은 이시스의 역할이라고 생각했다.

그리고 이시스는 사막의 지배자인 세트 신으로부터 대지를 수호하는 역할도 부여받았다고 한다.

마지막까지 살아남은 여신

이시스는 이집트 신화 속에서 가장 오래 살아남은 여신이다.

사람들의 마음은 쉽게 변하고, 또 신앙은 시대 상황에 따라 좌우되기도 한다. 특별히 인기 있는 신이라 할지라도 시대가 변하면 잊혀지거나 악신으로 그 신격이 바뀌는 경우도 적지 않다.

하지만 이시스는 이집트 신화가 성립되기 이전부터 숭배되었고, 나일 강의 신으로 군림하면서 성스러운 어머니신 하토르의 속성까지 흡수했다. 그리고 나중에는 태양신에까지 이르게 되었다. 페르시아인들이 이집트를 점령한 후에도 이 여신에 대한 신앙은 존속되었으며, 6세기 로마의 지배로 사실상 이집트 왕국이 멸망할 때까지 많은 사람들의 숭배를 받았다.

이시스는 머리에 새의 깃털과 소뿔로 만든 원반 형태의 왕관 같은 것을 쓰고 있는 모습으로 묘사된다. 소뿔은 어머니신 하토르와 동일시되었다는 의미로 볼 수 있다. 그리고 마법과 의술의 신으로서, 또 어린아이들의 수호자로서의 면모도 지니고 있다.

오시리스의 대리자

이시스라는 이름은 '왕좌'를 의미한다. 구체적으로는 남편 오시리스의 대리자 역할을 맡았기 때문에 이렇게 불리게 되었다.

오시리스의 전승에 따르면, 오랜 옛날 인간은 야만적인 동물과 다르지 않았다고 한다. 그래서 오시리스는 인간에게 문명을 주고, 무엇을 먹고 어떻게 농작물을 수확할 수 있는지를 가르쳐주었다. 이 일이 성공을 거두자 오시리스는 이집트를 넘어 전세계의 야만인들에게 문명을 전해주기로 했다. 오시리스는 죽음의 신으로 널리 알려져 있지만 원래는 이런 이야기도 전해지고 있다.

남편이 세계의 문명화를 위해 여행을 떠나고 없는 사이 이집트에는 아내 이시스가 대신 남았다. 그녀는 서기인 토트 신의 도움을 받아 나라를 다스렸는데, 이로 인해 사람들에게 이름이 널리 알려지게 되었다고 한다.

남편을 찾아서

오시리스는 세계 여러 곳의 인간들에게 문화를 전파한 후 이집트로 돌아왔다. 하지만 도중에 악신 세트의 계략에 걸려들고 말았다. 세트는 오시리스를 죽인 후 그의 사체를 관에 넣어 나일 강에 버렸다. 이 소식을 들은 이시스는 머리카락을 자르고 상복을 지어 입고서 남편의 유체를 찾기 위해 이집트 전역을 헤매고 다녔다.

나일 강에 버려진 오시리스의 사체는 바다 건너 멀리 페니키아의 비블로스까지 흘러갔다. 그런데 불가사의한 일이 일어났다. 관을 둘러싸고 있던 나무가 계속 성장하여 큰 나무가 되었던 것이다. 이를 신기하게 여긴 비블로스의 왕은 이 나무를 잘라 왕궁의 기둥을 세우는 데 사용했다.

이시스는 그 무렵 페니키아에 당도하여 정체를 숨긴 채 왕궁을 찾아갔다. 그리고 왕비 아스타르티가 낳은 아들, 즉 왕자의 유모가 되었다.

이시스는 왕자를 불사로 만들어 자신의 뜻을 이루기로 하고, 밤마다 신성한 정화 의식을 통해 왕자에게 드리운 죽음의 요소를 모두 불태웠다. 하지만 어느 날, 왕비가 갑자기 방문하는 바람에 주문이 중단되었고, 이로 인해 왕자는 불사에 이를 수 없었다. 하는 수 없이 이시스는 자신의 정체를 밝히고 오시리스에 관한 이야기를 들려주었다. 그러자 비블로스의 왕은 조금도 지체하지 않고 그녀에게 궁전의 기둥을 선뜻 내주었다.

기둥을 자르자 그 속에 관이 들어 있었다. 관을 열어 남편의 사체를 확인한 이시스는 대성통곡했다. 그런데 이 소리가 너무나 커서 그만 왕자가 죽어버리고 말았다고 한다.

미라 제조

이시스는 오시리스와의 사이에 자식이 없었다. 따라서 세트는 아무런 방해도 받지 않고 본격적으로 이집트를 공략했다. 오시리스의 뒤를 이을 자식이 있으면 좋겠다고 생각한 이시스는 마법을 구사하여 오시리스의 유체와 교감을 이루어 임신하는 데 성공했다.[2] 이후 이시스는 이집트로 돌아와 세트의 눈에 띄지 않게 남편의 사체를 몰래 숨겨놓았다. 하지만 세트는 우연히 오시리스의 사체가 들어 있는 관을 발견하고, 사체를 꺼내 열네 개로 찢어 이집트 각지에 버렸다.

이시스는 이번에도 각지로 흩어져버린 남편의 사체를 찾는 여행길에 나섰다. 그녀는 사체를 한 조각씩 찾을 때마다 그곳에서 장례를 치르고 비석을 세웠다. 이는 세트로 하여금 오시리스의 사체가 매장되었다고 믿게 하기 위한 속임수였다. 이시스는 복원을 위해 오시리스의 사체를 별도로 보관하고 있었다.

이렇게 열세 조각의 사체를 모았지만, 세트가 나일 강에 버린 성기는 도저히 찾을 수가 없었다. 그래서 이시스는 별도로 성기를 만들어 남편의 사체를 완전히 복원할 수 있었다. 그리고 미라 제조법과 똑같이 향유를 칠하여 보존했다. 이집트에서는 육체를 손상시키지 않고 보존하면 그 혼이 영생한다는 믿음을 가지고 있었다.

이시스는 남편의 사체를 보존한 직후 세트에게 사로잡혔지만, 토트 신의 도움으로 탈출에 성공했다.

---

2) 백로로 변신한 이시스가 오시리스의 사체 위에 잠시 머무는 동안 임신했다는 설도 있다.

호루스의 탄생

이 무렵, 이시스는 임신했기 때문에 몸이 무거웠지만 일곱 마리의 뱀이 지키는 늪지대로 도망쳐 그곳에서 호루스를 낳았다. 늪지대는 사막의 신 세트의 힘이 미치지 않는 안전지대였던 것이다. 그래서 세트는 자신의 분신인 독사를 늪으로 보냈다. 독사는 호루스를 물어 빈사 상태에 빠지게 했다. 이시스는 정성을 다했지만 자신의 능력으로는 치료할 수가 없었다. 호루스의 죽음은 정의의 패배를 의미했다. 자신이 할 수 있는 모든 노력을 다한 이시스는 높은 신들에게 도움을 요청했다.

태양신 라는 호루스의 육체에서 독을 제거해냈다. 이때 호루스는 라로부터 지상을 다스리라는 명령을 정식으로 받게 되었다. 이렇게 해서 되살아난 호루스는 지상을 지배하는 '태양의 아들'이라 불리게 되었다.

이시스의 계략

호루스는 태양의 아들이 되었지만, 아직 절대신으로서의 힘을 갖추지 못하고 있었다. 그래서 이시스는 한 가지 계략을 생각해냈다. 그 이야기를 소개해보도록 하자.

이시스는 뱃속에 든 호루스를 지키기 위해 늪지대에 들어가 있는 동안 대단히 고통스러운 나날을 보냈다. 단지 세트의 공격을 받지 않았을 뿐이지 따분하기 이를 데 없었던 것이다. 그래서 그녀는 상황을 타개하기 위해 태양신 라의 힘이 있으면 좋겠다고 생각하고 계략을 꾸몄다.

라는 나이가 많아 언제나 입에서 침이 흘러내렸다. 이시스는 마법을 써서 땅에 떨어진 침으로 독사를 만들어낸 다음 라가 매일 지나다니는 길목에 놔두었다. 이 독사는 이시스가 만들었기 때문에 누구든 물리게 되면 이시스 외에는 아무도 해독할 수가 없었다.

다음날 아침, 이시스의 계획대로 독사에게 물린 라는 크게 비명을 질렀다. 그 소리가 워낙 커서 모든 신들이 모였지만, 어느 누구도 제대로 치료하지 못했다.

이시스는 슬며시 라에게 다가가 '비밀의 이름'을 가르쳐주면 치료를 해주겠다고 말했다. 마술의 세계에서는 잘 알려져 있는 사실이지만 비밀로 되어 있는 자신의 진짜 이름을 알려주게 되면, 그 이름을 안 자에게 지배를 당할 뿐만 아니라 힘을 빼앗기게 된다. 이는 최고신 라도 예외가 아니었다.

라는 호루스 이외에는 누구에게도 밝히지 않겠다는 조건으로 비밀의 이름을 이시스에게 알려주었다. 이로 인해 라는 비록 목숨은 건졌지만 힘을 잃었고, 호루스가 그의 뒤를 이어 최고신의 자리를 계승하게 되었다. 그래서 호루스가 가진 힘은 후에 그의 아들인 파라오, 즉 인간들의 왕에게로 승계될 수 있었다.

진 리 의 여 신

MAAT

마아트

출전

이집트 신화 : 마아트/마트

진실과 정의

고대 이집트에서 '마아트'는 '진실'과 '정의'를 의미하는 말이었다. 이런 이름을 가지고 있는 마아트 여신은 진리에 따라 우주를 지배하는 존재다.

마아트는 태양신 라[3]의 딸로서 태양신이 하늘을 가로지르는 배에 탈 때 반드시 뱃머리에 서 있었다고 한다. 이집트의 왕 파라오는 마아트의 뜻에 따라 법을 정했고, 사람들은 마아트의 위광에 따라 통치를 받아왔다. 아톤 신 이외에는 인정하지 않겠다고 이야기한 아케나톤[4]조차도 이 법을 따르는 데는 예외가 없었으며, 재판관을 '마아트의 사제'라고 부를 만큼 이 여신의 위력은 대단했다. 그리고 마아트가 정한 도덕률은 이후 성서에까지 영향을 미쳤다고 한다.

마아트는 지상만이 아니라 천계와 명계의 법도 정했다. 이 때문에 마아트는 천계의 여신, 지상의 여신, 명계의 여신이라는 세 가지 신격을 동시에 가진 신으로 알려져 있다.

---

3) 태양신 라 : 최초의 태양신 아툼의 뒤를 이어 이집트 최고신으로 군림했다.

4) 아케나톤 : 제18왕조 시대에는 아톤 신을 유일신으로 내세우는 정책을 폈다. 하지만 사람들이 이를 따르지 않아 그의 시대에는 국력이 크게 약해졌다.

심판

앞서 언급한 것처럼, 마아트는 상당히 중요한 역할을 맡고 있었기 때문에 이 여신을 빼고 이집트 신화를 이야기할 수는 없다. 이집트인들은 사후에 재생을 믿었는데, 그런 관념에도 마아트 여신이 결부되어 있다. 모든 사자(死者)는 죽음의 신 오시리스 신의 심판을 받아야 했다. 하지만 심판을 받기 전 사자를 안내하고 실제로 심판을 집행하는 신은 오시리스가 아닌 마아트였다.

심판은 다음과 같이 행해졌다고 한다. 우선 사자의 심장을 저울의 한쪽 위에 올려놓고, 다른 한쪽에는 마아트를 상징하는 타조의 깃털을 올려놓았다. 이렇게 해서 양쪽의 균형이 맞으면, 그 사자는 정의로운 것으로 판정했다는 것이다.

마아트의 법을 지키면서 살다가 죽은 후 정의롭다는 판정을 받은 사자는 성스러운 술을 받았는데, 그것을 마시면 성자가 되어 사후의 세계에서도 행복하게 살아갈 수 있었다고 한다.

이집트 신화의 진실

지금도 이집트에는 많은 신화가 남아 있는데, 원래 신화가 만들어졌을 당시와는 여러 가지 면에서 많은 차이가 있다.

원래 신들은 단지 찬미의 대상이었을 뿐 각기 고유한 신화를 가지고 있지는 않았다. 그러다가 신들의 이야기, 즉 신화 문학으로 발전시킨 것은 후대 사람들이었다.

예를 들면 이집트 신화의 대표적인 이야기라고 할 수 있는 '오시리스 신화'는 사실 그리스의 저술가 플루타르코스가 쓴 것이다. 그는 이집트의 신화를 바탕으로 이야기를 만들었던 것이다.

이집트 문명권에서는 독특한 상형문자(히에로글리프)를 사용했다. 문자 기록이 남아 있어서 고대 이집트의 상황을 어느 정도나마 이해할 수 있다. 하지만 문자가 새겨진 점토판이나 파피루스 등의 자료가 절대적으로 부족하기 때문에 많은 신화는 추측에 의지해 재구성할 수밖에 없는 실정이다.

이러한 사실을 감안하면, 오늘날 우리가 이야기하고 있는 이집트 신화는 '일면의 진실'일 뿐인지도 모른다.

고 양 이 머 리 의 여 신

BASTET

바스테트

출전

이집트 신화 : 바스테트/바스트

묘지의 수호신

바스테트는 모성과 흉포성이라는 양면성을 가진 여신이다. 이 여신은 태양신 아툼[5]의 딸로 얼굴이 사자와 비슷했다고 한다.

고왕국 시대부터 중왕국 시대까지 이 여신의 주된 역할은 사자(死者)를 수호하는 것이었다. 즉 사자를 자기 자식처럼 보호하면서 묘지를 노리는 맹수에 맞서는 존재였던 것이다.

이처럼 처음에는 사자를 비호하는 여신이었지만, 제13왕조 시대에는 이집트 전역을 수호하는 여신이 되었다. 이러한 사실은 파라오를 찬미하는 비문을 통해 알려지게 되었다.

사자에서 고양이로

중왕국 시대에는 이집트의 각 가정에서 고양이를 마치 가족 구성원처럼 여겼던 듯하다. 당시 이집트의 곡창지대는 농작물을 갉아먹는 쥐떼 때문에 곤란을 겪었기 때문에 집집마다 고양이를 길렀다.

고양이는 농민들에게 쥐의 피해를 막아주는 구원자였을 뿐만 아니라 애완

5) 아툼 : 물의 신 누에서 태어난 태양신.

용으로도 최적이었다. 게다가 다른 동물과는 달리 특별히 먹이를 주지 않아도 살아갈 수 있는 동물이었다. 이러한 습성은 이집트인들을 매료시켰고, 자유와 자립성은 신성(神性)의 상징으로까지 받아들여졌다.

그래서 본래는 사자(Lion)의 모습이었던 바스테트 신도 고양이 모습으로 변하게 되었다.[6] 그리고 그녀가 가지고 있던 사자의 모습, 즉 공격적인 성향은 세크메트 여신에게로 옮겨지게 되었다.

국가의 수호신

바스테트와 태양신 라가 맺어진 데는 다른 신들과 관련이 있다고 한다. 바스테트는 라의 딸인 동시에 아내가 되었고, 둘 사이에는 마아헤스라는 아들이 태어났다.

마아헤스는 사람의 몸에 왕관을 쓴 사자 머리, 혹은 단순히 사자의 모습으로 묘사된다. 그래서 호루스 신이 가진 얼굴 중 하나인 '상찬(賞讚)의 호루스'와 동일시되기도 한다.

그리고 바스테트는 세크메트의 아들 네페르툼과 동일시되는 경우도 있다. 이는 세크메트의 사제들이 바스테트와 세크메트를 융합시키려 했던 데 그 원인이 있다. 이런 과정을 거치면서 바스테트는 점차 강한 힘을 지닌 신으로 알려지게 되었으며, 마침내 제12왕조 시대에는 국가를 수호하는 신이 되었다.

이후 이집트 왕조 말기가 되면서 바스테트는 태양의 은혜를 상징하는 여신이 되었으며, 때에 따라서는 달의 화신으로 묘사되기도 했다. 원래부터 가지고 있던 사자 신으로서의 공격적인 성향은 점차 사라지고 환희와 음악, 무용의 신으로 변하게 되었던 것이다.

---

6) 하지만 사자의 출몰이 잦았던 하이집트 지역에서는 원래대로 계속 사자의 모습을 지니고 있었다고 한다. 제12왕조의 임호테프 1세는 성지 부바스티스에 신전을 지었는데, 이때 여신의 모습은 사자로 되어 있었다.

바스테트에 대한 제사는 성지 부바스티스에서 열렸는데, 언제나 양기(陽氣)가 흘러넘쳤다고 한다.

탄 생 과 미 , 사 랑 과 결 혼 의 여 신

HATHOR

하토르

출전

이집트 신화 : 하토르

파라오의 어머니

하토르는 암소의 모습 또는 암소의 얼굴을 가진 여신으로 알려져 있다(때로는 머리에 뿔이 달려 있는 아름다운 여성의 모습으로 등장하는 경우도 있다). 암소의 모습이 암시하는 것처럼 하토르는 '모성', 혹은 '여성'을 강조하는 여신이다.

모녀신으로서의 이미지가 정착된 가장 큰 이유는 하토르가 호루스(오시리스 신의 아들)와 관계를 가져 많은 자식을 낳았기 때문이다. 그리고 이집트의 왕 파라오는 호루스 신의 아들('소호루스'라고 칭한다)로 인식되어 있기 때문에 하토르는 자연스럽게 파라오의 어머니가 되었다.

하토르는 '살아 있는 호루스'인 파라오에게 우유를 준다고 생각했기 때문에 파라오의 아내, 즉 왕비는 하토르와 동일시되었다. 그리고 왕비는 제사를 드릴 때 수석 여사제로서 춤과 연주를 지휘했기 때문에 하토르는 무용와 음악의 신으로 생각되었으며, 화장과 임신의 수호신이 되기도 했다.

세계 각지에서 어머니신(자손의 은혜를 주기 때문에)은 풍요의 신으로 생각되는 경우가 많은데 하토르의 경우도 예외는 아니다.

태양신 라의 눈

하토르는 라의 딸이지만, 라가 딸을 너무나 사랑하여 간혹 아내로 보기도 한다. 라의 신뢰가 깊어 때로는 사자(使者)로서 지상에 모습을 드러내기도 한다.

보통은 선하고 아름다운 모습으로 나타나지만, 신에게 반항하는 자에게는 추호의 용서도 없이 가혹하리만큼 엄한 벌을 내린다. 또 적과 싸울 때는 '라의 눈'이라는 강렬한 눈으로 적을 공포에 떨게 했다고 한다.

그리고 여신의 분노가 최고조에 달하면, 싸움의 신 세크메트라는 여신으로 변신한다. 또 필요하면 암소 사자(Lion)로 변신하여 적을 물어뜯은 다음 그 피를 빨아먹는다고 한다.

세크메트의 성격은 하토르의 성격과는 정반대다. 하토르는 여성의 선한 성질을 모두 가지고 있는 데 반해, 세크메트는 나쁜 성질을 모두 가지고 있다. 선과 악의 성질을 함께 가지고 있는, 즉 하토르=세크메트는 이집트인에게 여성 그 자체를 상징하는 존재였는지도 모른다.

파라오를 기르는 여신

이집트에서 오시리스 신앙이 가장 번성해지자 신화 체계에도 변화가 일어 났다. 이에 따라 하토르의 역할도 변하게 되었다. 대단히 인기가 있는 여신이 어서 오시리스 신앙 속으로 편입되었던 것이다. 그래서 오시리스 신화에도 등장하게 되었는데, 처음에는 현실 속에서 파라오에게 우유를 주는 존재였지 만 사후에 우유를 주는 역할을 새롭게 맡게 되었다.

사자(死者)는 오시리스에게 심판을 받기 전까지 하토르의 은혜를 받는다고 생각했다. 그래서 당시 사람들에게 사후 세계는 현세보다 더 중요한 것으로 인식되었다.

이집트 사람들은 나일 강 동쪽은 산 자의 나라, 서쪽은 사자의 나라라고 생 각했다. 그리고 서쪽에 있는 산에는 하토르가 있어 매일 저녁 어둠 속으로 사 라지는 태양을 받아들였다고 한다. 이는 죽음을 향해 가는 태양을 따뜻하고 포근하게 맞아들였다는 의미로 해석할 수 있다.

파　　　　멸　　　　의　　　　여　　　　신

SEKHMET

세크메트

출전

이집트 신화 : 세크메트

태양신 라의 경호신

세크메트 여신은 하토르가 변신한 모습이며 신화에서는 전쟁의 신으로 등장한다. 이 여신은 전쟁을 몹시 좋아하는 사나운 성격을 가지고 있다. '세크메트' 라는 말도 '강력한 자' 라는 의미다.

하지만 세크메트는 악신이 아니었다. 태양신 라에게 적대적인 자를 철저하게 파괴하는 경호 담당 여신으로서 라의 사자(使者)와 첨병 역할을 했다.

세크메트가 구사하는 무기는 뜨거운 열로 적을 불태워버리는 태양과 화염이었다. 이 여신은 간혹 라의 왕관에 있는 '우라에우스의 뱀' 으로 변신하기도 한다. 그래서 태양신의 머리를 지키고, 적을 향해 화염을 내뿜었다.

세크메트는 고양이 얼굴의 바스테트 여신과 동일시되기도 한다. 바스테트 여신은 원래 흉포한 성질을 가지고 있는데, 두 여신 모두 전투적이라는 면에서는 같은 신격을 지니고 있다.

이 여신은 강력한 힘을 가진 신성한 어머니신 무트 여신과도 깊은 관련이 있다. 무트는 신격이 높은 여신으로 세크메트가 경호를 맡은 것으로 알려져 있다. 그래서 무트의 신전 입구에는 세크메트상이 줄지어 서 있다고 한다.

인간의 반란

이집트에서는 '인류의 파멸' 이라는 전설이 남아 있다. 이 전승에 따르면,

태양신 라가 늙어서 힘이 약해지자 인간들이 신들에 대항하여 반란을 일으켰다고 한다. 하지만 라는 힘이 떨어졌을 뿐 완전히 힘을 잃은 것은 아니었다. 그가 반란을 일으킨 인간들을 노려보자 태양열에 의해 모두 불에 타 죽었다.

간신히 살아남은 인간들은 산속으로 도망쳤다. 하토르는 세크메트로 변신하여 사람들을 추격했다. 라는 인간을 충분히 혼내줬다고 판단하고 세크메트의 추격을 만류했다. 그래서 그는 맥주[7]를 대량으로 만든 다음 딸기를 섞어 빨간색으로 물들였다. 인간의 피에 굶주린 세크메트는 이 빨간색 맥주를 피로 생각하고 모두 마셔버렸다. 세크메트는 술에 취한 채 하토르의 모습으로 돌아와 인류는 멸망을 피할 수 있게 되었다. 이후 사람들은 라와 세크메트를 찬양할 때 맥주를 마시며 제사지냈다고 한다.

---

7) 맥주 : B.C. 6000년경부터 수메르와 바빌로니아에서는 보리를 이용하여 맥주를 만들었고, B.C. 2400년경의 이집트 무덤에도 제조법이 기록되어 있다고 한다.

그밖의 이집트 여신

부토

'태양신의 눈' 또는 '주문의 여왕' 으로도 불리며, 삼각주 지역에서 숭배되었던 코브라의 여신. 머리를 치켜든 코브라는 파라오를 수호한다고 해서 신앙의 대상이 되었다. 부토는 이시스와 동일시되기도 하며, 붉은 왕관을 쓴 여성의 모습으로 묘사된다.

네이트

호전적인 여신. 나일 강 삼각주 서쪽 지역에서 숭배되었던 수렵의 여신이다. 매우 오래 전부터 신앙의 대상이었으며, 하이집트 초기에는 연합 도시국가의 신이 되어 '신들의 어머니' 라고 불렸다. 이 때문에 최고신 라를 낳은 여신으로 생각되기도 했다. 제25왕조 시대에는 복고주의가 유행했는데, 이때 네이트가 가장 많은 신도들을 거느린 신이었다고 한다.

메르트세겔

'메르트세겔' 은 '침묵을 만드는 자에게 사랑받는 여성' 이라는 의미다. '서쪽의 여주인', 혹은 '일몰 지역의 여주인' 이라는 칭호를 가지고 있는 명계의 여왕이다. 그 모습은 사나운 사자(Lion)와 같았다고 한다. 이 여신은 현세에도 강한 영향력을 가지고 있었는데, 특히 인간들의 죄를 추궁하는 신으로 알려져 있다. 메르트세겔에게 경의를 표하지 않는 자들은 병에 걸려 죽음에 이른다고 한다. 하지만 이와 반대로 공경하는 자에게는 은혜를 베풀어주며, 특히 뱀의 공격으로부터 인간을 지켜준다고 한다.

제8장
중미의 여신

중미의 신화

마야 · 아스텍 문명의 신화 세계

중미에는 많은 부족들이 살고 있지만, 그 중 나우아어를 사용하는 부족을 총칭하여 '나와틀'이라고 한다. 아스텍 제국을 건설했던 아스텍(멕시카)족도 그 중 하나인데, 이들은 모두 공통의 신화를 가지고 있는 것으로 알려져 있다. 그리고 마야 문명으로 유명한 키체족도 나와틀과 유사한 신화를 가지고 있다.

아스텍은 12세기부터 16세기에 걸쳐 멕시코에, 마야는 6세기부터 14세기에 걸쳐 유카탄 반도에 존재했던 문명으로 지역적 · 시대적으로 매우 가까웠기 때문에 적지 않은 문화 교류가 있었을 것으로 생각된다. 따라서 양쪽의 신화에 등장하는 신들도 공통적인 요소를 갖고 있는 경우가 많다. 중미인들은 태양을 숭배하면서 산 제물을 바친 것으로 유명하지만, 그러한 의식의 원류는 그들의 신화 속에 있는 것이다.

다섯 개의 태양

나와틀 신화에 따르면, 세계는 네 차례나 멸망했는데, 다섯 번째 재생한 것이 현세라고 한다. 그리고 마야 키체족의 『포폴부』라는 고문헌에서도 세계는 여러 차례 멸망했다가 재생하는 것으로 되어 있다. 여기에서는 가장 널리 알려져 있는 나와틀 신화를 중심으로 중미의 전설을 소개해보도록 하자.

전승에 따르면, 최초의 세계는 거인이 살았던 '흙의 태양' 시대, 즉 '네 마리 호랑이'의 시대였다. 이 세계는 테스카틀리포카 신이 6백76년간 지배했지만, 케찰코아틀 신에게 쫓겨나 재규어가 되었다고 한다. 그후 사나운 재규어 무리가 나타나 거인들을 잡아먹는 바람에 세상이 멸망했다는 것이다.

다음 세계는 케찰코아틀이 '바람의 태양'이 되어 세상을 지배했던 '네 바람'의 시대였다. 이 시대는 3백64년간 지속되었지만, 이번에는 거꾸로 테스카틀리포카가 케찰코아틀을 쫓아냄으로써 세상은 다시 종말을 고하게 되었다. 사람들은 큰바람에 날아갔고, 살아남은 사람들은 원숭이가 되었다고 한다.

세 번째 세계는 비의 신 틀랄록이 '비의 태양'이 되어 지배했던 '네 비'의 시대였다. 이 시대는 3백12년간 계속되었지만, 케찰코아틀이 불비를 내려 세상은 멸망하고 말았다. 이때 사람들은 칠면조로 변하여 죽었다고 하는데, 공중을 나는 새들만큼은 죽음을 피할 수 있었다고 한다. 불비는 화산의 분화를 의미하는 것으로 해석되는데, 실제로 1세기에 '신들의 도시'로서 번영을 누렸던 도시국가 테오티우아칸은 분화로 인해 멸망한 것으로 추정되고 있다.

네 번째 세계는 물의 여신 찰치우틀리쿠에가 '물의 태양'이 되어 지배했던 '네 물'의 시대였다. 이 시대는 6백76년간 지속되었지만 역시 멸망하고 말았다. 52년간 계속 내린 비로 대홍수가 일어나 지상의 모든 것이 떠내려갔고 하늘도 무너져버렸다. 지상의 생물은 절멸했지만 찰치우틀리쿠에는 인간을 물고기로 변신시켜 물 속에서 살아가게 했다. 이때부터 바다에 물고기가 생겨났다고 한다.

세계의 재생

다섯 번째 세계의 태양은 '움직이는 태양'이라고 불렸다. 이 태양은 아침에 솟아났다가 밤에는 땅 밑으로 꺼지는 지금의 태양을 말한다. 물로 뒤덮인 세계를 보고 신들은 다시 세상을 창조하기로 했다. 우선 하늘과 땅을 만들고, 그 다음에는 그곳에서 살아갈 인간을 창조하기 위해 케찰코아틀은 자신의 쌍둥이 신 쇼로틀과 함께 인간의 뼈를 가지러 '미크틀란'이라는 명계로 갔다. 쌍둥이 신은 명계의 신 미크틀란테쿠틀리와 그의 아내 미크테카치우아틀 앞으로 다가가 "인간의 선조가 될 뼈를 주십시오"하고 도움을 요청했다. 부서진 인간의 뼈를 얻어 세상으로 가지고 온 쌍둥이 신은 뼛가루를 항아리에 넣고 피를 주입했다. 이렇게 해서 마침내 인간이 탄생하게 되었다.

그런 다음 먹을 것과 마실 것을 창조한 신들은 테우티우아칸에 모여 세상을 밝힐 태양과 달이 될 두 명의 신을 선출했다. 그래서 거만한 텍시스테카틀 신이 태양신으로, 나나와친 신이 달의 신으로 결정되었다. 이들은 격렬하게 타오르는 불 속에 뛰어들어 전생(轉生)을 하게 되었다. 텍시스테카틀 신의 몸은 완전히 불타고, 화염 속에서 태양신 토나티우로 다시 태어났다. 하지만 토나티우는 신들이 자신에게 충성을 서약하고 피를 바칠 때까지 활동하지 않겠다고 선언했다. 태양을 움직이기 위해 신들은 희생을 필요로 했다. 그래서 신들의 대리인인 인간이 산 제물로 바쳐지게 되었던 것이다.

신　　　　들　　　　의　　　　신

OMETECUHTLI

오메테쿠틀리

출전

아스텍 신화 : 오메테쿠틀리/오메테오틀/트로케 나와케

천국의 최고위 여신

아스텍 신화에 따르면, 세계의 중심에서 천국과 지옥 쪽으로 두 개의 사다리가 놓여 있었다고 한다. 천국으로 올라가는 사다리는 13계단, 지옥은 9계단으로 되어 있는데, 오메테쿠틀리는 제일 높은 곳인 천국으로 들어가는 입구에 앉아 있다고 한다.

오메테쿠틀리는 '두 가지 사물의 주인' 이라는 의미로, 이 여신은 간혹 '가까이 있는 신', '중심에 있는 자' 라는 의미를 지닌 오메테오틀과 함께 '트로케 나와케(두 최고신)' 라고 불린다. 이 여신은 남녀 두 신격으로 표현되기도 하는데, 남성신은 '우리들 육(肉)의 신' 틀나카테쿠틀리, 여성신은 '우리들 육의 여신' 틀나카시와틀이라고 부른다.

오메테쿠틀리는 모든 것의 창조신으로서 수염과 머리를 기른 노인의 모습으로 묘사된다.

한 가지 덧붙이면, 중미에서는 늙었다는 것이 반드시 쇠잔함을 의미하는 것은 아니었다. 오히려 나이를 먹음으로써 힘과 능력이 더 배가되는 것으로 생각했다.

상반되는 힘의 충돌과 균형

아스텍인들에 의해 창조의 개념이 바뀌게 되었다. 그들은 두 신의 대립과

충돌을 통해 무언가가 창조된다고 생각했다. 이는 원래 아스텍족 이전에 존재했던 올멕 문명의 사고방식으로, 아스텍만이 아니라 마야 문명의 창세 신화에도 적지 않은 영향을 주었다.

이 신화에서 창조신으로 등장하는 오메테쿠틀리는 사물의 양면성을 주관하는 신이다. 이 여신은 남자인 동시에 여자이며, 빛인 동시에 어둠, 질서인 동시에 혼돈, 운동인 동시에 정지라는 이중성을 지니고 있다.

오메테쿠틀리가 창조해내는 것은 언제나 대립하면서 균형을 이루고 있다. 나와틀 신화에 등장하는 신들은 모두 이 여신의 자식들로서 곧잘 대립하지만, 이내 균형을 이루는 모습을 보여준다.

별의 탄생

오메테쿠틀리에 관해서는 다음과 같은 이야기가 남아 있다. 이는 그녀가 신들을 낳을 때의 이야기로 추정된다.

어느 날, 오메테쿠틀리는 흑요석으로 만든 칼을 지상에 던졌다. 그러자 그 곳에서 1천6백 명의 영웅이 탄생했다. 영웅들은 저마다 고독감을 느껴 여신에게 부하를 만들어달라고 부탁했다. 여신의 사자인 매는 "만약 영웅들의 사상이 고상하다면, 천계로 올라와서 여신과 함께 살 수 있다"고 메시지를 전달했다. 하지만 영웅들은 천계에서 살 수 있을 만큼 높은 정신을 가지고 있지 못하여 그냥 지상에서 살아가게 되었다.

영웅들은 스스로 부하를 만들기 위해 명계의 신에게 죽은 인간의 뼈를 달라고 했다. 그리고 이 뼈에 자신들의 피를 주입시켜 남녀 인간들을 만들어냈다.

이 이야기에서 흑요석은 번개를 상징하며, 1천6백 명의 영웅은 하늘에 떠 있는 별, 즉 신을 가리키는데 이 신들에 의해 인간이 만들어졌던 것이다. 그리고 1천6백 명의 신들을 창조한 오메테쿠틀리는 지상의 권력을 장악했던 최고 신이었던 것이다.

올멕 문명

올멕 문명은 B.C. 1500~1200년 사이에 일어난 것으로 추정된다. 이 문명의 유적은 멕시코 만의 라벤타와 산로렌소에 있는데, 그들은 놀랄 만큼 뛰어난 문화 수준을 자랑했다. 이 유적의 주위에서는 소규모 촌락이 발견되기도 했으며, 라벤타에 세운 피라미드는 길이 128미터, 폭 73미터, 높이 31미터에 이르는 거대한 규모였다. 또 철기도 발달하지 않았던 시대였음에도 불구하고 올멕인들은 거석 인두상(人頭像)과 석비를 세우기도 했다. 이 돌들은 무게가 15톤에서 50톤까지 나가는 것으로, 산지까지는 최저 130킬로미터나 떨어져 있었다.

올멕 문명은 B.C. 1200~900년 사이에 천문학과 교역, 식료품 생산 등으로 전 중미 지역에 결정적인 변화를 가져왔다. 이러한 올멕 문명이 멸망한 것은 850년경으로 추정되는데, 이 문명은 아스텍과 마야 문명으로 계승되었다. 물론 신화도 예외가 아니었다.

올멕에서는 인간들이 재규어 인간에게 지배를 받았다는 믿음이 있었는데, 그 원전으로서 나와틀족의 틀랄록, 마야족의 차크 같은 신들이 탄생했던 것이다. 말하자면 중미의 여러 문명에 전해진 다양한 신화도 원래는 올멕에 그 기원을 두고 있다고 할 수 있다.

새 로 운 천 지 가 된 대 지 모 신

COATLICUE

코아틀리쿠에

출전

나와틀 신화 : 코아틀리쿠에   아스텍 신화 : 코아틀리쿠에/틀라테쿠틀리

두 모습을 가진 여신

코아틀리쿠에[1]는 '뱀의 치마' 라는 뜻이며, 사람들에게 산 제물을 요구한 대지모신으로 알려져 있다.

코아틀리쿠에는 나와틀족의 세계 창조 신화와 아스텍족의 신화에서 각기 다른 모습으로 등장한다. 나와틀 신화에서는 무수히 많은 입을 가지고 있으며, 눈에 보이는 것은 무엇이든 먹어치우는 거대한 악어로 묘사되어 있다. 하지만 아스텍 신화에서는 '뱀의 언덕' 이라 불리는 곳에서 경건하게 수행하는 여성으로 그려진다.

여기에서는 두 신화를 모두 소개해보도록 하자.

여신의 몸으로 만든 세상

나와틀 신화의 코아틀리쿠에는 양성(兩性)을 가진 대지의 여신으로, 팔꿈치나 무릎 등 신체 여러 부분에 입이 있으며, 입 속에 날카로운 송곳니가 번뜩이는 괴물이다. 이 여신이 신화에 등장하는 것은 물의 태양이 사라진 후('중미의 신화' 참조) 신들이 새로운 세계를 창조하는 서두 부분이다.

신들이 완전히 물로 뒤덮인 세계를 내려다보자 그곳에 거대한 악어가 헤

---

1) 코아틀리쿠에 : '쿠에' 는 현지 언어로 '숙녀' 를 의미한다.

엄치고 있었다. 이 무서운 괴물을 물리치기 위해 테스카틀리포카와 케찰코아틀 두 신은 힘을 모아 싸우기로 했다. 이들은 그때까지 경쟁자로서 항상 다투었지만, 이번만큼은 함께 싸우기로 의견의 일치를 보았다.

두 신은 큰뱀으로 변신한 다음 코아틀리쿠에를 공격했다. 한 마리가 괴물의 오른발과 왼쪽 어깨를 감싸고, 또 한 마리는 왼발과 오른쪽 어깨를 휘감아 조이자 괴물의 몸은 찢어지고 말았다. 그래서 코아틀리쿠에의 상반신은 대지가 되었고, 공중으로 던져진 하반신은 하늘이 되었다. 그리고 많은 입들은 동굴이 되었다.

비록 괴물이긴 했지만, 여신이었기 때문에 다른 신들은 케찰코아틀과 테스카틀리포카를 비난했다. 그래서 여신을 위로하기 위해 찢어진 몸을 토대로 풍요로운 대지를 만들었다. 머리카락으로는 아름다운 초목과 꽃을, 피부로는 풀과 작은 꽃들을, 눈으로는 샘과 작은 동굴을, 입으로는 큰강과 동굴을, 그리고 코로는 계곡과 산을 만들어냈다.

하지만 밤만 되면 여신은 비통한 절규를 토해냈다. 이를 위로하기 위해 다시 인간의 피와 심장을 주었다고 한다.

나와틀 신화에 따르면, 지금의 세계는 제5의 태양인 '움직이는 태양'의 세계라고 한다. 그리고 이 세계는 지진으로 멸망할 것이라고 하는데, 이는 코아틀리쿠에(대지)가 고통을 이기지 못하고 크게 몸부림치기 때문이라고 한다.

아스텍 신화에도 이와 거의 유사한 신화가 있는데, 여신의 이름은 틀라테쿠틀리로 되어 있다.

영웅신의 탄생

아스텍 신화에서 코아틀리쿠에는 경건한 수행자로 등장한다. 이 여신은 남쪽 하늘에서 빛나는 4백 개의 별들을 낳은 어머니신이다.

어느 날 코아틀리쿠에가 코아테펙 산에 있는 성지에서 청소하고 있는데 갑자기 벌새의 깃털 뭉치(전사의 영혼을 상징한다)가 하늘에서 떨어졌다. 여신이 이를 가슴에 품은 지 얼마 후 깃털 뭉치가 갑자기 사라져버렸다. 이 불가사의한 일을 겪은 후 코아틀리쿠에는 임신을 하게 되었다.

그러자 여신이 이전에 낳았던 4백 명에 이르는 자식들은 자신들의 어머니가 누구의 자식인지도 모르는 아이를 임신한 것에 분개해했다. 달의 신 코욜사우키를 비롯한 여신의 자식들은 모두 코아틀리쿠에가 있는 곳으로 몰려갔다. 물론 목적은 어머니를 죽이기 위해서였다. 하지만 코아틀리쿠에의 자궁 속에 있던 태아는 "걱정하지 마세요" 하고 어머니를 위로하더니 어머니를 죽이려고 자식들이 점점 다가오자 갑자기 뱃속에서 뛰쳐나왔다.

태아는 이미 완전 무장한 모습으로 어머니를 해치려는 4백 명의 형제들을 모두 죽여버렸다. 이 태아가 바로 아스텍의 수호신이자 태양신이며, 전사의 신 우이칠로포크틀리[2]였다고 한다.

---

2) 우이칠로포크틀리 : 아스텍족이 가장 열광적으로 숭배하는 이 신은 종족 고유의 신으로 알려져 있다. 이 신과 연관된 이야기는 다른 종족의 신화에는 거의 등장하지 않는다.

다양한 신격을 가진 신들

세계의 여러 신화에 등장하는 이야기이지만, 특히 중미 쪽 신화에서는
적이나 다른 부족의 신을 자신들의 신화 속에 손님으로 맞이하는 경우가
적지 않다. 이는 신의 수를 늘림으로써 보다 강한 힘을 얻고자 하는 바람
에서 나온 것이라고 할 수 있다.

그 때문에 한 명의 신이 몇 가지 신격을 가지고 있는 경우도 있다. 따라서
이들은 자신이 속한 부족의 구성원들과는 사뭇 다른 모습과 이름을 가지
고 있기도 하다.

스페인이 중미 대륙을 정복했을 때 현지인들은 정복자들의 신을 받아들
이기도 했다. 그들의 신이 강한 힘을 지녔을 것이라는 믿음 때문이었다.
그래서 선교사에게 많은 인디오들이 몰려들었다고 한다. 성당에서는 간
단한 절차만으로 세례를 베풀었으며, 실제로 한 사람의 선교사가 하루에
수만 명의 현지인들에게 세례를 베풀었다는 기록이 남아 있다.

별 이 된 여 신

COYOLXAUHQUI

코욜사우키

출전

아스텍 신화 : 코욜사우키

여신상의 발굴

1978년, 멕시코 시 중앙 광장 부근의 공사 현장에서 직경 3미터, 두께 35센티미터, 무게 8톤의 거대한 돌 원반이 출토되었다. 이는 아스텍 신화에 나오는 여신 코욜사우키의 일화를 보여주는 것으로, 태양신 우이칠로포크틀리의 대신전 앞에 장식되어 있던 것이었다.

원반에는 머리를 풀어헤친 코욜사우키의 나체가 그려져 있었다. 몸에 난 상처에는 솟아나는 피를 의미하는 뱀이 그려져 있었는데, 이는 그녀가 누군가에게 살해당했다는 것을 뜻한다. 이와 관련된 전설에 따르면, 코욜사우키는 4백 명의 형제들과 함께 우이칠로포크틀리의 손에 참살당했다고 한다.

원래는 풍요의 신

코욜사우키는 코아틀리쿠에의 딸로서 그 이름은 '황금의 방울' 이라는 뜻을 지니고 있었다. 이 여신은 원래 성스러운 대지에 비를 내리는 풍요의 여신이었다. 머리에는 매의 깃털에 뱀의 피로 채색한 왕관을 쓰고, 두 귀에는 마법의 방울을 늘어뜨리고 있었다고 한다.

이 여신은 아스텍 신화 속에서 몇 가지 다른 이미지로 묘사된다. 형제들과 함께 어머니 코아틀리쿠에를 죽이려고 그 선두에 섰다('코아틀리쿠에' 참조)는 이야기도 있고, 또 형제들의 그런 행동을 어머니에게 미리 알려준 심약한 성격의 신이라는 설도 있다.

　사실 신화는 시대와 믿는 사람들에 따라 그 내용이 달라지기도 한다. 없던 내용이 추가되는가 하면, 있던 이야기도 빼는 경우가 있다. 이 코욜사우키의 신화도 그런 경우라고 할 수 있을 것이다.

여신의 죽음

　코아틀리쿠에 여신이 우이칠로포크틀리를 임신하자 4백 명의 자식들은 누구의 자식인지도 모르는 아이를 임신한 것에 분개하여 어머니를 죽이려 했다. 하지만 어머니의 뱃속에서 갑자기 뛰쳐나온 우이칠로포크틀리는 히우코아틀(초록색 뱀)이라는 무기를 휘둘러 앞장서서 달려오던 코욜사우키의 심장을 꿰뚫었다.

　쓰러진 코욜사우키의 머리는 잘리고, 그의 몸은 코아테펙 산꼭대기에서 하계로 떨어졌다. 그래서 그녀의 팔과 다리, 몸통은 모두 산산조각이 나고 말

았다. 비록 자신을 죽이려고 했지만 코아틀리쿠에는 딸의 죽음을 몹시 슬퍼
했다. 그래서 우이칠로포크틀리는 코욜사우키를 별, 즉 신으로 재생시켰다고
전해진다.

아스텍에서는 우이칠로포크틀리에게 산 제물을 바치는 제사를 드릴 때는
코욜사우키를 죽이는 의식을 행했다고 한다. 즉 산 제물의 심장을 꺼낸 다음
머리를 자르고, 그 사체는 피라미드 꼭대기에서 밑으로 집어던졌다. 이와 같
은 의식은 우이칠로포크틀리에게 살해당한 코욜사우키의 모습을 재현하는
것이었다.

인디오들의 굴복

아스텍 제국은 강력한 무력을 가진 주변 부족을 제압했지만 지배는 하지 않았다. 단순히 공물을 요구했을 뿐 관리를 파견하거나 교화하지 않았던 것이다. 그런데 이런 조치는 다분히 반란을 조장하기 위한 것이었다. 왜냐하면 아스텍은 언제나 산 제물이 필요했기 때문이다. 전쟁을 일으킨 것도, 또 자주 반란을 진압한 것도 모두 산 제물에 쓸 포로를 얻기 위한 것이었다.

그래서 스페인 군대가 신대륙으로 들어왔을 때, 용맹스러운 인디오들이 쉽게 굴복한 것도 이런 배경이 있었기 때문이다. 즉 부족장들은 스페인의 지배가 아스텍처럼 일시적일 것이라고 생각했던 것이다. 하지만 예상과 달리 스페인은 가혹하리만큼 철저하게 현지인들을 지배했다.

천 국 으 로 가 는 다 리 를 놓 은 물 의 여 신

CHALCHIHUITLICUE

찰치우틀리쿠에

출전

아스텍 신화 : 찰치우틀리쿠에   마야 신화 : 익스켈

물과 태양이 된 여신

찰치우틀리쿠에는 미와 정열을 주관하는 물의 여신이다. 이 여신은 비의 신 틀랄록의 여동생인 동시에 아내이기도 하다. 이 여신을 숭배하는 사람들은 물과 관련된 사람들이 많았다. 선주나 선박 수리공, 어부 등 물로 생계를 이어가는 사람들이었다.

녹색 돌로 만든 목걸이와 청록색의 귀고리를 하고, 물빛 치마를 입은 여신의 모습은 물위에 비치는 빛처럼 대단히 아름다웠다고 한다. 그리고 때로는 수련꽃 위에 서 있는 모습으로 나타난다고 한다.

찰치우틀리쿠에는 아스텍의 신이지만, 그 원형이 거의 같을 것으로 추정되는 신이 마야 신화에도 등장한다. 마야에서는 이 여신을 익스켈이라고 부른다.

찰치우틀리쿠에와 익스켈은 각각의 창세 신화에서 홍수에 의한 세계 멸망과 관련이 있는 신으로 등장한다.

물과 안개의 나라

찰치우틀리쿠에는 지금의 세상이 만들어지기 이전, 즉 제4세계에서 '물의 태양'이 되어 세상을 지배한다. 사람들은 물의 혜택으로 풍요로운 생활을 할 수 있었지만, 결국에는 멸망의 길을 걷게 된다.

중 미 의 여 신

이때 찰치우틀리쿠에는 천국으로 올라가는 13계단의 사다리 가장 밑에 다리를 놓아 세계 멸망에서 살아남은 사람들을 구했다고 한다. 사다리의 가장 밑은 그녀의 남편인 틀랄록 신이 지배하는 향락의 낙원 '틀라로칸(물과 안개의 나라)'[3]이었다. 이곳은 언제나 먹을 것이 풍족할 뿐만 아니라 사람들이 개구리처럼 뛰어다니며 여흥을 즐기는, 행복이 흘러넘치는 곳이었다고 한다.

선교사의 기록

선교사 사아군이 쓴 『누에바 에스파냐 총람』에는 찰치우틀리쿠에 여신이 무섭고 경외스러운 존재로 묘사되어 있다. 사아군은 선교사였기 때문에 중미 지역의 토착신들에 대해 그다지 호의적이지 않았다. 그는 "물의 여신은 작은 배들을 뒤집어서 가라앉게 하거나 사람을 물 속으로 끌어들여 익사시킨다"고 기술해놓았다. 선교사의 시각에서 보면, 이교의 신들은 모두 악마처럼 보였을 것이다.

선교사의 저서를 통해 당시 찰치우틀리쿠에 신의 제사 모습을 한번 살펴보도록 하자.

찰치우틀리쿠에 여신에게 드리는 제사는 6월에 열렸는데, 이 여신만이 아니라 비의 신들을 비롯한 모든 신들을 위한 것이었다. 제사를 드리는 날이 되면 사람들은 '에차리'라는 익힌 음식을 먹고, 손님들도 초대했다. 하지만 그 대접이 소홀하면 주최측과 손님들 사이에 적지 않은 소동이 벌어지기도 했다. 신전에 있는 여신상에 장식을 했으며, 그 앞에 향을 피워 제사지낼 때는 주변에 향냄새가 진동했다. 또 사람들은 여신에 관한 노래도 불렀다.

물론 이 제사에서도 산 제물이 빠지지 않았다. 많은 포로와 노예를 죽여 그

---

3) 틀라로칸 : 인간이 들어갈 수 있는 천국으로는 틀라로칸 외에도 '틀랄파란'과 '틀나치우히 칸'이 있다. 틀랄파란은 케찰코아틀 신의 가르침을 실행한 자가 가는 나라로, 수행자의 낙원 이다. 틀나치우히칸은 전사나 지도자가 성스러운 전쟁을 위해 모인 땅, 또는 영원한 행복을 이해할 수 있는 자들에게만 약속된 땅이라고 한다.

들의 심장을 호수에 던졌다. 산 제물로 바쳐진 자들은 틀라로칸에 들어갈 수 있다는 믿음이 있었으며, 그것을 대단한 명예로 여겼다.

인간이 살아가는 데 있어서 물은 없어서는 안 되는 필수적인 요소다. 그래서 아스텍에서는 필요한 모든 것은 물에서 태어난다는 믿음이 있었다. 그리고 그들은 풍요의 신 치코메코아틀(일곱 마리의 뱀이라는 뜻)과 소금의 여신 우이슈트시와틀도 찰치우틀리쿠에만큼은 숭배했다. 이는 물과 소금, 풍요로움, 이 세 가지가 인간 생활에 무엇보다 필수적인 요소라는 사실을 잘 알고 있었던 것이다.

선교사 사아군

『누에바 에스파냐 총람』은 아스텍의 신화 체계를 기록한 중요한 자료 중 하나다. 저자인 사아군은 프란체스코 선교단의 일원으로 중미 대륙에 처음 발을 디뎠다.

기독교를 전파하기 위해 대륙을 건너온 그들에게 있어서 산 제물을 바치는 현지인들의 종교는 도저히 받아들일 수 없는 악마의 종교였다. 그래서 사아군은 '아스텍 신앙을 제압하기 위해서라도 그들의 종교를 연구해야 한다'는 생각으로 『누에바 에스파냐 총람』을 집필했다고 한다. 그런 의도가 있었음에도 불구하고 사아군은 대단히 객관적인 시각으로 아스텍인들의 모습을 충실하게 전하려고 노력했다.

당시 중미를 방문했던 많은 스페인인들은 현지의 신화와 기록을 악마적인 것으로 규정하고 모두 불태워버렸다. 따라서 현지인들의 모습을 객관적으로 서술한 사아군의 저서는 귀중한 자료라 하지 않을 수 없다.

출 산 과 의 술 의 여 신

IXCHEL

익스켈

출전

마야 신화 : 익스켈 아스텍 신화 : 찰치우틀리쿠에

홍수를 일으킨 나쁜 여신?

익스켈은 풍요의 태양신 이참나의 아내다. 익스켈은 달의 여신이지만, 젊은 여성이 아닌 노파의 모습으로 남편 이참나와 함께 등장하는 경우가 많다. 이 여신은 의술과 출산의 여신이며, 직물기를 발명했다고 전해진다. 후대에는 홍수와 큰비의 여신이라는 신격을 부여받았다.

익스켈은 달의 여신으로 원래 물을 자유자재로 부릴 수 있는 능력을 가지고 있었는데, 홍수를 일으키는 사악한 신이 된 것은 16세기에 들어서부터이다. 이는 스페인인들과 함께 들어온 기독교의 영향 때문인 것으로 추정된다. 선교사들은 마야의 신들을 모두 악마로 규정하고, 개종을 강요했던 것이다.

익스켈은 창세 신화에서 홍수를 일으켜 세상을 멸망시킨 경험이 있지만, 무작정 파괴를 행한 악신은 아니었던 것 같다. 마야 신화에서는 아무런 이유도 없이 신이 분노를 내리는 경우는 없기 때문이다.

이원론적인 마야의 신들

마야 신화에서 풍요를 가져다주는 신들은 그와 상반되는 성격의 신들을 추종하는 모습으로 묘사되는 경우도 있다. 이는 탄생과 동시에 죽음이 존재하는 고대 마야인들의 사고방식에서 비롯된 것이라고 할 수 있다.

예를 들면 마야 신화에서 비의 신 차크가 나무를 심지만, 다른 한편에서는 죽음의 신 아푸크가 나무의 뿌리를 뽑거나 꺾어버리는 모습을 보여준다. 출산과 의술의 여신 익스켈 역시 생명을 상징하는 뱀을 머리에 이고 있지만, 등에는 죽음을 암시하는 신의 모습이 그려져 있다. 즉 생명과 탄생을 수호하는 여신이면서도 동시에 죽음의 신과도 밀접한 관계를 맺고 있는 것이다.

인간 창조

키체족에게 전해진 『포폴부』는 천지창조의 서사시인데, 여기에는 익스켈도 등장한다.

최초에 세상에는 무한히 넓은 창공과 고요한 바다만이 있었다고 한다. 바다에는 녹색과 청색으로 빛나는 뱀의 신 구쿠마치가, 창공에는 번개의 신 프라칸이 있었다. 둘은 서로 이야기를 나눈 끝에 '새벽'과 함께 세상을 만들게 되었다.

이들이 소리를 지르자 물 속에서 대지가 나타났고, 그 대지는 곧 식물로 뒤덮였다. 그 다음에는 기도를 통해 신들에게 활력을 줄 수 있는 존재를 만들어냈다. 처음에는 동물을 만들었는데, 이들은 마음을 가지고 있지 않아서 신들을 숭배할 줄 몰랐다. 그 다음에는 진흙으로 인간을 빚었지만, 이내 부서지고 말았다. 세 번째는 나무와 골풀로 다시 인간을 만들었다. 이렇게 해서 많은 나무 인간이 탄생했지만, 이들은 정이 없어서 역시 신에게 기도를 드리지 않았다.

신들은 크게 실망하고 익스켈에게 무의미하게 늘어난 나무 인간들을 모두 없애달라고 부탁했다. 익스켈은 태양과 달의 움직임을 조절하여 지상의 물을 창공으로 빨아들인 다음 다시 시키면 죽음의 비를 지상에 내리게 했다. 그리고 귀신들로 하여금 인간들의 눈알을 뽑고, 그 신체를 갈기갈기 찢어버렸다. 사나운 맹수들이 인간의 집으로 뛰어들었고, 인간들이 사용하던 도구가 오히려 인간을 공격했다.

이렇게 해서 나무 인간은 절멸하게 되었고, 간신히 살아서 나무 위로 도망친 인간들은 원숭이가 되었다고 한다.

　나무 인간이 사라지자 신들은 다시 인간을 창조했다. 이번 재료는 신들의 먹거리인 옥수수였다. 이렇게 해서 탄생하게 된 인간은 옥수수로 만들어졌기 때문에 신에게 바치는 산 제물로서는 최적의 것이었다고 신화에서는 전하고 있다.

마야 문명-신화의 변천

마야 문명은 B.C. 600년경부터 B.C. 400년경 사이에 마야 남부 지역을 중심으로 발생했다. 이 무렵부터 마야 지역에 인접해 있던 올멕 문명은 쇠퇴하기 시작하여 850년경에 멸망했다. 그후 북쪽에서 이 지역에 침입해온 호전적인 수렵 민족이 있었다. 그들은 치치멕족으로, 올멕 문명의 잔류자들과 합류하여 톨텍 문명을 일으킨 것으로 추정된다.

한편 마야 문명이 세운 도시국가들은 9세기경부터 점차 쇠퇴하기 시작했다. 그렇게 1백 년 정도 지난 후 이들은 톨텍 문명에 흡수되었다.

마야 문명은 원래 여타의 중미 문명들과는 달리 그다지 잔인한 신앙을 갖고 있지는 않았다. 하지만 산 제물을 바치는 풍습을 가진 톨텍인이 마야의 도시국가를 지배하면서부터 잔인한 종교 의식이 보편적인 형태로 자리잡게 되었다.

톨텍은 결국 축출되었지만, 그들의 지배는 2백 년간이나 지속되었기 때문에 피 냄새가 진동하는 풍습은 그대로 남았고 신화의 결합도 이루어졌다.

이렇게 해서 마야 신화는 현재 알려져 있는 형태로 굳어졌으며(나와틀 신화와 상당히 비슷하다), 그 문명도 톨텍족과 많은 면에서 유사성을 갖게 되었던 것이다.

명 계 의 수 호 여 신

MICTECACHIUATL

미크테카치우아틀

출전

나와틀 신화 : 미크테카치우아틀

지하 세계의 여주인

나와틀 신화에서는 천국으로 올라가는 13계단의 사다리가 세계의 중심지에 있다고 한다. 그리고 그와 반대로 '미크틀란' 이라는 명계로 내려가는 9계단의 사다리도 존재한다고 믿었다.

명계에는 8층의 지옥이 있는데, 그 중 가장 밑에 있는 것이 미크틀란이다. 이 세계의 모습은 다음과 같다고 전해진다.

모래와 나무, 불에 달궈진 돌, 가시가 있는 식물로 뒤덮여 있으며, 곳곳에 데킬라의 원료로 유명한 용설란과 선인장이 자라고 있다. 그리고 날씨는 엄청나게 춥고, 흑요석으로 만든 칼이 날아다닌다. 명계의 주식은 독초로서, 지상에서 먹을 수 있었던 음식이 있다 해도 먹을 수가 없다.

그리고 이곳에서는 해골 모습의 얼굴을 지닌 교활한 명계의 왕 미크틀란테쿠틀리와 그의 아내 미크테카치우아틀이 사자(死者)를 맞이한다. 지옥에 떨어진 혼은 이 어둡고 추운 곳에서 영원히 살아가야 한다. 명계의 왕과 왕비는 잔인하게도 사자를 잡아먹었다고 전해진다. 두개골 그릇에는 고름으로 만든 스프가 들어 있으며, 그 속에 떠 있는 것은 사자의 손과 발이다.

미크틀란테쿠틀리과 그의 아내 미크테카치우아틀의 모습을 담은 상(像)은 지금도 남아 있는데, 둘 다 마른 몸매에 얼굴은 해골 모습을 하고 있으며, 손에는 날카로운 손톱이 나 있다. 미크테카치우아틀상의 손은 마치 누군가를 부르

는 듯하며, 유방은 거의 드러나 있지 않다. 이 상만 봐도 명계의 신이라는 사실을 알 수 있을 만큼 미크테카치우아틀은 여신 중에서도 이색적인 존재다.

나와틀 신화 속의 미크틀란

나와틀족의 창세 신화에는 멸망하고 다시 부활하는 세계의 모습이 묘사되어 있다. 그 가운데 이 명계의 부부는 네 번째 세계가 멸망하고 다섯 번째 세계가 창조될 때 등장한다. 케찰코아틀 신이 세계 멸망으로 죽은 인간의 뼈를 얻기 위해 명계의 신과 만났던 것이다.

미크틀란테쿠틀리는 이때 케찰코아틀 신에게 온갖 어려움을 겪게 했을 뿐만 아니라 뼈도 건네주지 않았다. 그래서 케찰코아틀은 인간의 뼈를 훔쳐 도망쳤다. 미크틀란테쿠틀리는 재빨리 추격에 나섰지만 결국 실패함으로써 다섯 번째 태양이 비추는 세상에서 인간은 복원될 수 있었다.

미크테카치우아틀은 미크틀란테쿠틀리의 아내라고 전해지는데, 실제 신화에서도 이 둘은 성격과 용모가 상당히 비슷하다. 신화 세계에서 흔히 볼 수 있듯이, 이 둘은 남녀 한 쌍의 신으로 등장한다.

미크틀란으로 가는 길

아스텍에서는 특히 병으로 죽은 사람이 미크틀란으로 간다고 믿었다. 미크틀란에 도착할 때까지 8층 지옥에서 사자는 몇 차례나 무서운 경험을 하게 된다. 하지만 유족이 특정한 의식을 행하면, 그런 끔찍한 경험을 하지 않고 지옥을 통과할 수 있다고 믿었다. 그 의식을 소개해보도록 하자.

우선 사람들은 유체를 향해 다음과 같은 '사자의 수착'을 이야기한다.

"우리들은 비록 짧은 기간이나마 이 세상에 올 수 있도록 허락을 받았습니다. 이제 이곳을 떠나 이르게 될 세상이야말로 우리들의 영원한 고향이며, 본래 있어야 할 곳입니다."

그 다음에는 유체에 종이로 만든 옷을 입히고 끈으로 묶는다. 사자가 뱀이나 전갈이 우글거리는 지옥을 통과했다고 생각하는 순간 마지막에 가장 무서운 '흑요석 검이 날아다니는 곳'이 기다리고 있다. 그곳에 들어서면 예리한 검과 바위가 비처럼 쏟아져서 사자(死者)에게 상처를 입힌다.

이런 어려움에서 사자를 구하기 위한 의식으로서, 남자는 깃털로 장식된 그릇과 창, 검, 전승 기념품 등을, 여성은 손바구니, 머리카락 묶음, 방직 도구 등을 불에 태운다. 이런 물건들이 없는 사자는 돌 폭풍의 지옥에서 엄청난 고통을 겪을 수밖에 없다.

그리고 미크틀란에는 아홉 개의 강과 넓은 호수가 있는데, 사자는 이곳을 모두 건너야만 한다. 그래서 강과 호수를 무사히 건너기 위해 개를 산 제물로 바친다고 한다.

미 와 정 욕 의 여 신

TLAZOLTEOTL

틀라졸테오틀

출전

아스텍 신화 : 틀라졸테오틀/틀라쿠아니/익스쿠이나

인간들의 죄를 사해주는 향락의 여신

'더러움의 여신' 틀라졸테오틀은 '오염된 것을 먹는 자'라는 의미를 지닌 '틀라쿠아니'라고도 불린다.

그다지 좋지 못한 이름을 지닌 이 여신은 사실 나와틀 신화에 등장하는 여신들 중 가장 아름다운 용모를 지닌 것으로 알려져 있다. 틀라졸테오틀은 애정과 풍요를 주관하는 여신이며, 성격은 매우 자유분방한데 나쁘게 말하면 다소 음란하다고 할 수 있다.

이 여신은 사람들을 오염시켜 타락한 생활을 하도록 부추긴다. 그와 동시에 부패한 인간을 사면하고, 오염을 제거해주기도 한다. 다분히 이중적인 성격을 가진 신이라고 할 수 있다. 이러한 역할이 상징하는 것처럼 이 여신은 유혹을 의미하는 푸른 물과 깨끗함을 의미하는 황색 물을 가지고 있다.

인간은 살아가는 동안 주체하지 못할 욕망에 시달릴 때가 있지만, 인간인 이상 그것을 억제해야만 한다. 하지만 인간의 의지나 이성과 달리 틀라졸테오틀 여신은 '자신의 욕망에 정직할 것'을 긍정하고 옹호하는 여신이다. 그래서 사람들은 이 여신을 업신여기면서도 때로는 어떤 형태로든 도움을 받고 싶어했다고 전해진다.

중미의 섹스 심벌

틀라졸테오틀은 비의 신 틀랄록의 아내로, 나와틀 신화의 여신 중 가장 아름다운 여신이다. 전승에 따르면, 그 자태는 다음과 같았다고 한다.

'치렁치렁하게 늘어뜨린 머리, 육감적인 몸매, 탐스러운 젖가슴, 그리고 몸 전체에서 빛이 날 만큼 그 자태가 수려했다.'

신들은 틀라졸테오틀을 아내로 삼은 틀랄록을 질투의 시선으로 바라보았다. 하지만 틀랄록은 아내의 곁을 잠시도 떠나지 않았을 뿐만 아니라, 강력한 그의 힘 때문에 아무도 손을 뻗치지 못했다.

'틀라졸테오틀은 실로 아름다운 여자다. 그녀를 틀랄록에게서 빼앗아올 자가 아무도 없단 말인가?'

그러자 테스카틀리포카가 주위의 모든 만류에도 불구하고 직접 나섰다. 틀랄록이 하계에 비를 내리기 위해 잠시 자리를 비우자 테스카틀리포카는 틀라졸테오틀을 찾아가 교묘한 말로 그녀를 유혹했다. 애욕의 여신 틀라졸테오틀은 테스카틀리포카와 함께 자유분방하게 즐기다가 그만 임신을 하고 말았다. 일을 마치고 집에 돌아온 틀랄록은 이 사실을 알고 경악을 금치 못했다. 그는 아내를 빼앗은 자가 테스카틀리포카라는 사실을 알고는 더욱 분노했지만 매일 울면서 잠자리에 드는 것말고는 할 수 있는 일이 아무것도 없었다. 자신의 힘이 아무리 강하다 해도 테스카틀리포카를 응징할 수는 없었다.

오랜 옛날, 틀랄록은 풍요의 신으로서 가장 열렬하게 숭배를 받았으며, 그래서 최강의 신이 될 수 있었다. 하지만 시대가 흐르면서 부족간의 갈등이 격화되자, 전쟁의 신 테스카틀리포카와 국가의 수호신 우이칠로포크틀리가 더 큰 힘을 갖게 되었던 것이다. 실제로 아스텍은 강력한 군사력을 바탕으로 대제국을 세운 국가였다. 여기서 소개한 이야기는 그러한 시대의 변천사가 신화에도 반영되었다는 것을 상징적으로 보여준다.

은둔자를 타락시킨 음욕의 여신

애욕의 여신 틀라졸테오틀에 관한 다음과 같은 일화가 있다.

오랜 옛날, 야프판이라는 은둔자가 있었다. 그는 인간 세계의 번잡함을 피해 산속에 들어가 혼자 살았다.

야프판의 소문을 들은 여성들은 저마다 유혹해보려고 온갖 노력을 다했지만 아무런 소용이 없었다. 그 다음에는 악마들이 유혹의 손길을 뻗었다. 악마들은 대단히 아름다운 미인으로, 무서운 괴물로, 또 금은보화를 가지고 야프판 앞에 모습을 드러냈지만 전혀 통하지 않았다.

이 모습을 본 천계의 신들은 야프판을 '위대한 자' 또는 '마음에 드는 남자'라고 입을 모아 칭찬해 마지않았다. 하지만 틀라졸테오틀은 "저 남자를 타락시키는 것은 식은 죽 먹기"라고 비웃었다. 신들이 절대로 그렇게 하지 못할 것이라고 하자 그녀는 의지를 불태우며, "반드시 타락시키겠다"는 말을 남기고 야프판을 향해 떠났다.

틀라졸테오틀이 밤낮을 가리지 않고 유혹의 손길을 뻗치자 마침내 야프판의 마음도 심란해져 애욕이 들끓기 시작했다. 여신은 그런 상태로 야프판을 남겨두고 다시 천계로 돌아가 신들 앞에 나타났다.

"어떻습니까. 제가 말한 대로 되지 않았습니까?"

신들은 여신의 말에 모두 분노를 감출 수가 없었다. 그리고 이 분노는 곧바로 타락한 야프판에게로 향했다. 너무 화가 난 신들은 야프판을 전갈로 변신시켜버렸다. 야프판은 자신이 전갈로 변했다는 사실이 부끄러워 언제나 돌 밑에서 숨어지냈다고 한다.

틀라졸테오틀의 방탕함이 결국 신들도 칭찬했던 은둔자를 전갈로 다시 태어나게 만들었던 것이다.

사람들의 죄를 사해주는 청결의 여신

틀라졸테오틀은 타락을 부추기는 악의 존재이지만, 사람들은 이 여신을 싫어하지 않는다. 사람들은 이 여신이 인간의 죄를 사해주는 청결한 존재라고 생각하며, 아스텍에서는 신앙의 대상으로 삼고 있다.

틀라졸테오틀 신앙은 시대에 따라 변해왔다. 이 여신에 대한 신앙이 허락된 것은 거의 대부분 노인들로, 예배도 일생에 한 번으로 한정되었다. 신도들은 자신이 인생을 살면서 잘못한 일을 여신에게 고백했다. 그 이미지는 천주교 신자가 사제에게 고해성사를 드리는 것과 비슷하다. 신자가 여신에게 죄를 고백하는 순서를 소개해보도록 하자.

우선 신자는 여신과 연결해줄 점술사나 현자 등에게 부탁하여 일생에 한 번 고백할 날을 정한다. 말하자면 택일인데, 이날은 점술사가 성스러운 달력을 보고 정하게 된다.

택일한 날이 되면, 신자는 풀로 만든 깔개와 향, 땔감을 사서 의식을 치를 장소로 간다. 그리고 주변을 깨끗하게 정리하고 불을 피운다. 의식이 시작되면, 신과 연결해준 점술사나 현자는 향을 불 속에 집어던진다. 그리고 신자는 자신이 이제까지 살아오면서 지은 죄를 순서대로 모두 말한다. 이때 고백해야 하는 것은 중대한 과오나 간통 등으로 한정되어 있다. 큰죄를 지었다는 자각이 없는 자는 틀라졸테오틀 여신을 숭배할 권리가 없다.

이런 과정을 거쳐 고백하고 나면, 점술사나 현자는 죄에 상응하는 고행을 정해준다. 고행을 마치면, 죄는 모두 사해진다. 하지만 다시 죄를 짓게 되면 더 이상 죄의 사함이 허락되지 않는다.

자유분방한 틀라졸테오틀이 인간의 죄를 주관한다는 것이 다소 어색하긴 하지만, 이들의 종교가 가진 이중성을 염두에 둔다면 이해하지 못할 것도 없다는 생각이 든다.

네 개의 얼굴을 가진 여신

틀라졸테오틀은 익스쿠이나(=네 개의 얼굴)라는 별명도 가지고 있다. 이것은 이 여신이 네 가지 신격을 지녔다는 의미다.

익스쿠이나의 네 얼굴은 각기 이름을 가지고 있는데, 첫 번째는 티아카판(장녀), 두 번째는 티크(누이), 세 번째는 트라코(자매), 네 번째는 쇼코친(좋은 과실)이다. 이들 각자는 모두 틀라졸테오틀이라 불리기도 한다. 그리고 네 신을 모두 칭할 때는 '틀라졸티티오 더러움의 여신들(티티오는 신의 복수형)' 이라고 부른다.

사람들은 이 여신들이 애정을 가지고 있다고 믿었기 때문에 네 신의 이름을 딸에게 붙이는 부모도 많았다고 한다.

한 가지 덧붙이면, 아스텍이나 마야에서는 숫자 4를 신성하게 여긴다. 이는 북구 신화의 세 자매 여신 우르드와 베르단디, 스쿨드나 기독교 삼위일체의 숫자 3과 비슷한 개념으로 볼 수 있다. 중미에서 숫자 4는 세계를 구성하는 기본 요소였던 것이다.

의 술 의 신 이 자 신 들 의 어 머 니

TETEOIAN

테테오인난

출전

아스텍 신화 : 테테오인난/틀라리이이오로/토시

한증탕의 수호신

테테오인난은 '신들의 어머니' 라는 의미이며, 그 별명은 '대지의 중심' 틀라리이이오로, 또는 '우리들의 할머니신' 토시라고 한다.

이 여신의 모습은 현재 남아 있는 상이나 그림을 통해 상상해볼 수 있다.

입가에는 고무 수액이 검게 칠해져 있고, 양 볼에는 동굴을 의미하는 검은 알이 그려져 있다. 그리고 손에는 면화와 묶은 야자잎, 싸리비를 들고 있으며, 발은 마치 새의 발과 같다. 또 매의 깃털로 만든 옷을 입고 있는데 아래쪽에는 별 무늬가 있는 치마를 두르고 있다. 이 별 치마는 테테오인난이 별, 즉 신을 낳은 어머니라는 것을 의미한다.

테테오인난은 의사와 조산부, 점술사 등에게 특히 숭배를 받았다. 이 여신은 의술의 신으로 믿어졌기 때문에 사람들의 고통을 구제하는 직업에 종사하는 사람들이 주로 신자가 되었다. 그리고 한증탕[4]을 소유한 자는 목욕탕 정면에 테테오인난 상을 세워두고 '한증탕의 할머니신' 이라 부르며 극진하게 숭배했다. 이 여신은 한증탕에 들어가는 자를 깨끗하게 해줄 뿐만 아니라 수호

---

4) 한증탕 : 아스텍인들은 일반적으로 강에서 몸을 씻었다. 하지만 신혼 첫날밤의 부부와 임신과 출산을 앞둔 여성은 한증탕 출입을 허락받을 수 있었다. 이는 역시 신체를 청결하게 하기 위한 조치였다.

해준다고 한다.

오치파니스트리 축제

아스텍력(曆)으로 열한 번째 달이 되면 '오치파니스트리(청소)'라는 축제를 연다고 한다. 이 축제의 주신이 바로 테테오인난 여신이다.

이 달이 되기 5일 전에는 이전까지 행해지던 축제나 각종 축하 행사는 모두 중지된다. 그래서 열한 번째 달의 첫 8일간 동안 사람들은 노래나 연주 행위를 일절 멈추고 조용히 춤을 춘다. 8일이 지나면, 테테오인난으로 분장한 여성이 신을 대리하여 축제의 주빈이 된다. 이 여신 앞에서 주로 여자 의사와 산파를 중심으로 한 많은 여성들이 싸우는 흉내를 낸다. 이 여성들은 손에 각종 나뭇잎으로 만든 구슬과 꽃을 들고 있다가 여신을 향해 던진다.

여신으로 분장한 여성은 축제 기간 동안 온전한 테테오인난으로 숭배받게 되지만, 나중에는 그녀 자신이 산 제물로 바쳐지는 경우도 있다. 하지만 이때 여신을 맡은 여성이 죽을 운명이라는 것은 당사자에게 절대 비밀로 한다.

산 제물로 바쳐지는 날이 되면, 이 여성은 우아한 복장으로 야밤에 신전으로 향한다. 이때 이 여성은 주위에 있는 자들에게 "신분이 높은 자와 함께 하룻밤을 보내자"고 이야기한다. 여성이 제단에 오르면, 한 남성이 기다리고 있다가 서로 등을 맞댄 다음 순식간에 머리를 잘라버린다. 그리고 전신의 가죽을 벗겨내서 곁에 있는 힘센 젊은 남자에게 건네준다. 그러면 이 남자는 그 가죽을 뒤집어쓴 채 제물로 쓸 포로들과 함께 우이칠로포크틀리 신전으로 향한다. 우이칠로포크틀리상 앞에서 아스텍 남자들은 포로 중 네 명을 골라 심장을 도려내고, 신관들은 나머지 포로들을 모두 죽인다.

산 제물이 된 여성의 가죽을 뒤집어쓰는 것은 여신과 합체하기 위한 것이다. 이렇게 해서 여신이 된 남자도 '테테오인난으로서 우이칠로포크틀리에게 산 제물로 바쳐진다'고 한다.

이 의식은 사실 '테테오인난이 신들의 어머니라 할지라도 우이칠로포크틀리에게는 복종해야 한다'는 의미를 담고 있다. 따라서 이 의식의 목적은 우이칠로포크틀리의 권위를 아스텍 사회에 보여주기 위한 조치였다고 할 수 있다.

중미에서는 하브력 외에도 '초르킨력'이라는 것도 있다. 이는 1년을 2백60일로 보며, 주로 신관이나 점술사들이 사용했다고 한다.

중미의 달력과 제전

나와틀족과 마야족은 '하브력(曆)'이라는 것을 사용했다. 이들에게 있어서 1년은 18개월이며, 한 달은 약 20일이다. 일주일은 5일이며, 한 달은 4주, 매 주말에는 도시를 개방했다.

그리고 한 달마다 각기 다른 신을 섬겼는데, 제사를 지낼 때는 매우 흥청거렸다. 제사를 지낼 날은 대략 정해져 있었으며, 한 달의 마지막 주말에는 다음 달의 신을 위해 제사를 드렸다. 하지만 전반 10일을 어떤 신에게, 남은 10일을 다른 신에게 제사드리는 달도 있었다. 이 때문에 한 해에 스무 번도 넘는 제사를 드리기도 했다.

이들은 오래된 시간 단위를 계산하기 위해 특별한 전용 도구를 사용했다. 원반의 네 귀퉁이에 풀과 불에 달군 돌, 집, 토끼 등 네 가지 기호를 새긴 도구였다. 1년째는 '1의 풀의 해'이며, 2년째는 '1의 불에 달군 돌의 해', 3년째는 '1의 집의 해' 같은 식으로 계속 연수를 더해간다. 이렇게 해서 다시 풀로 돌아오면, 이번에는 '2의 풀의 해'가 된다. 이런 순환을 열세 번 되풀이하면, 52년이 경과한다. 중미인들은 52년을 한 주기로 보며 이를 '해의 묶음'이라고 한다. 그리고 이것을 두 개 합한 것, 즉 1백4년을 1세기로 본다. 해의 묶음이 끝나는 해에는 큰 제전을 치르는데, 인디오들은 이때 세계의 종말이 올 것이라고 생각하여 그 해에 별의 움직임을 유심히 살핀다고 한다.

그 밖의 중미의 여신

시와피피르틴

주로 아스텍에서 알려진 여신. 이름은 '기가 센 여성'이라는 의미이며, 다섯이 한 조로 된 여신이다. 얼굴이 새하얀데다 배에는 깃털이 나 있으며, 옷에는 흑요석 검의 문양이 새겨져 있다. 이 다섯 명의 여신은 네거리(십자로)에 살면서 주술로 사람들을 놀린다고 한다. 주술에 걸린 사람은 입이 돌아갈 뿐만 아니라 얼굴이 찌그러지며, 손을 자유롭게 쓸 수 없게 된다고 한다. 또 발의 감각이 없어지며, 손을 떨면서 침을 흘린다고 한다. 네거리는 뭔가 불길한 장소라는 미신은 세계 여러 신화에서도 찾아볼 수 있는데, 아스텍의 경우에는 네거리에 여신들의 석상을 세우고 정해진 제삿날에 주술에 걸리지 않게 해달라며 공물을 바쳤다고 한다. 공물은 주로 옥수수로 만든 요리였다고 한다. 한 가지 덧붙이면, 아스텍의 부모들은 아이들이 말을 잘 듣지 않으면, "시와피피르틴이 온다"고 말하며 겁을 주었다고 한다.

술 과 환 각 제 를 수 호 하 는 행 운 의 여 신

MAYAHUEL

마야우엘

출전

아스텍 신화 : 마야우엘   나와틀 신화 : 마야우엘

환각제의 여신

마야우엘은 거북이 옥좌에 앉아 있는 나신의 여성으로 묘사되는 경우가 많다. 그의 등에는 용설란이 활짝 피어 있으며, 발목에는 뱀이 휘감겨 있다.

여신의 등에 피어 있는 용설란은 이 여신의 상징으로 알려져 있다. 오늘날에는 데킬라라는 아주 독한 술의 원료로 유명하며, 고대에는 '풀케'라는 주스로 많은 사람들의 사랑을 받았다. 그리고 이 용설란에는 환각 작용을 일으키는 성분도 들어 있다고 알려져 있다.

중미에서는 이 용설란 외에 여러 가지 버섯과 선인장이 환각제의 원료로 사용되었다. 신관이나 왕은 환각 작용을 통해 신을 대리한다고 믿었으며, 의식 도중 신의 의사를 입으로 전하기도 하였다. 그리고 산 제물이 된 자에게도 난동을 부리지 못하게 하려고 환각제를 먹였다고 한다.

이러한 환각제는 각종 병 치료에도 유용하게 사용되었는데, 처방은 신관 계급의 가문에서만 대대로 전수되었다. 일부 쾌락을 좇는 자들의 손에 닿지 않게 하기 위한 조치였던 것이다.

고대인들은 환각제를 만들 수 있는 식물을 대단히 신성시했다. 그리고 술도 환각제와 마찬가지로 인간을 신에 가까이 다가가게 하고, 용기를 주는 것으로 보았다.

이 모든 것을 주관하는 신이 바로 마야우엘이었다. 이 여신은 출산과 행운

의 여신이기도 했다.

뜻하지 않게 신이 된 여성

원래 마야우엘은 농촌에서 살았던 인간 여성이었다는 설이 있다.

어느 날, 헛간 청소를 하고 있던 마야우엘 앞에 쥐 몇 마리가 나타났다. 그녀는 곧바로 잡아 죽이려고 했지만, 쥐들은 조금도 두려워하지 않고 빙글빙글 원을 그리며 돌았다. 심지어는 그녀를 조롱하기도 했다.

이를 이상하게 생각한 마야우엘이 자세히 살펴보니 쥐들이 모두 용설란 가지를 갉아먹고 있었다. 그 줄기에서는 검은 수액이 흘러나왔다.

마야우엘은 이 수액을 모아서 집에 가지고 갔다. 그리고 남편과 함께 마셔 보았다. 그러자 갑자기 용기가 솟아날 뿐 아니라 인생이 대단히 멋진 것이라는 황홀감이 몰려왔다. 용설란 수액에 환각 성분이 들어 있었던 것이다. 쥐들이 도망치려 하지 않았던 것도 바로 그 때문이었다.

이들 부부는 곧바로 이 신비의 음료를 신에게 바쳤다. 그러자 신들은 그 보답으로 두 사람을 신으로 만들어주었다. 사실 마야우엘은 우연한 사건으로 신이 된 행운의 여성이라고 할 수 있다. 그래서 사람들은 마야우엘을 '행운의 여신'으로 섬기게 되었던 것이다.

또 하나의 설

하지만 나와틀 신화에는 앞에서와는 전혀 다른 이야기가 나온다. 여기서 용설란은 비참하게 죽은 마야우엘의 화신으로 등장한다.

오랜 옛날, 사람들에게 세계를 멸망시켜버리겠다고 협박한 치치미틀[5]이라는 암흑의 마신이 있었다. 그런데 마야우엘이 바로 마신의 손녀딸이었다는

---

5) 치치미틀 : 치치미틀은 '치치미메'라는 신들의 집단을 단수 형태로 부르는 말이다. 흔히 여성신으로 묘사되며(여기서는 마야우엘의 아버지로 등장하지만), 아침저녁으로 태양과 싸움을 벌이는 별을 지칭하는 것이라고 한다.

것이다.

세계를 관리하고 있던 케찰코아틀 신은 어느 날, 인간계를 내려다보고 크게 탄식했다. 인간들은 제대로 먹지도 못할 뿐만 아니라 일상생활 속에서도 기쁨이나 즐거움이 하나도 없었던 것이다. 그는 인간이 춤추고, 노래할 수 있으려면 무엇이 필요한지 생각했다. 그래서 먼저 먹을 것을 주고, 취할 수 있게 하면 되겠다고 판단했다.

케찰코아틀은 재빨리 천계에 살고 있는 마야우엘을 찾아갔다. 마야우엘은 아버지인 암흑의 마신과 함께 살고 있었지만, 다행히 마신은 잠들어 있었다. 케찰코아틀이 여신에게 함께 지상으로 내려가고 싶다고 말하자 마야우엘은 이 제안을 흔쾌히 수락했다.

이들은 지상에서 나뭇가지로 변신한 다음 큰나무에 머물렀다. 그후 케찰코아틀은 바람의 신을 뜻하는 버드나무 가지[6]가 되었고, 마야우엘은 아름다운 꽃에 붙어 있는 가지가 되었다.

그런데 운이 없게도 그곳에 난폭한 치치미틀과 다른 신들이 나타났다. 마신은 마야우엘이 머물러 있던 나뭇가지를 꺾어 짓밟아버렸다. 이들이 물러가자 케찰코아틀은 비탄해하며 짓밟힌 여신의 유해를 모두 한 곳에 모아 땅에 묻었다. 그러자 그 자리에서 용설란이 피어올랐다.

아스텍 신화와 나와틀 신화 속에 등장하는 마야우엘의 이야기는 완전히 다르다. 하지만 신화속의 신들은 어떤 일로 인해 죽더라도 다시 재생하게 된다. 농부의 아내였던 마야우엘은 용설란으로 피어난 마야우엘의 전생의 모습이었다고 해석할 수도 있는 것이다.

---

6) 버드나무 가지 : 왜 케찰코아틀이 마야우엘과 함께 지상으로 내려갔는지는 수수께끼다. 연구자들 사이에서는 케찰코아틀과 마야우엘의 결합을 통해 용설란이 탄생했다는 해석도 있다.

반 전 사 상 을 가 졌 던 여 신

CIUCOATL

시우코아틀

출전

나와틀 신화 : 시우코아틀   아스텍 신화 : 시우코아틀

업신여김을 당한 여신

'뱀의 여자'라는 별명을 가지고 있는 시우코아틀은 야수 같은 성격으로 나쁜 운을 가져다주는 여신으로 알려져 있다. 이 여신은 원래 농경신이었지만 아스텍에서는 무슨 이유 때문인지 악신이 되었다. 이는 당시 아스텍 사회의 사정과 깊은 관련이 있는 것으로 추정된다. 사실 그전까지만 해도 시우코아틀은 인류가 가장 감사해야 할 신으로 군림하고 있었다.

오랜 옛날, 시우코아틀은 농사에 필요한 여러 가지 도구를 가지고 인간 세상에 나타났다고 전해진다. 그래서 인간들은 이 도구들을 활용해 보다 다양한 형태의 노동에 종사할 수 있게 되었다고 한다.

그리고 이 여신은 나와틀 신화에서 말하는 제5의 세계가 시작될 때 인간 재생에 전력을 다했다고 전해진다. 시우코아틀은 케찰코아틀이 가지고 온 인간의 뼈를 돌절구에 빻아서 가루로 만든 다음 신성한 항아리에 넣는 작업을 했다. 여기에 신들이 피를 넣어 인간이 부활했던 것이다.

돌절구도 농사 도구이고 항아리도 수확한 작물을 넣는 데 사용하는 것이다. 사람들은 이런 것들도 모두 시우코아틀이 가지고 온 것이라고 믿고 있다.

전쟁을 싫어한 여신

아스텍에서 시우코아틀이 악신이 된 데는 두 가지 이유가 있다.

하나는 이 여신이 '인간에게 노동의 고통을 전해주기' 때문이다. 농경은 큰 나라를 만들기 위해서는 반드시 필요한 기반산업이지만, 전투국가였던 아스텍에 가장 중요한 것은 농업을 통한 식료품 생산이 아니었다. 말하자면 싸움을 잘하는 사람이 필요했을 뿐 많은 노동력이 투입되는 농사일은 오히려 고민거리에 불과했던 것이다.

또 하나의 이유는, 시우코아틀 자신이 전쟁을 싫어했기 때문이다. 이 여신은 전쟁이 벌어지려고 하면 그 직전에 새하얀 옷을 입고 사람들 앞에 모습을 드러냈다고 한다. 얼굴의 반쪽은 빨간색, 나머지 반쪽은 검은색을 칠했고, 머리카락은 위로 묶었다고 한다. 이처럼 얼굴에 무언가를 칠하는 것은 강렬한 인상을 주는데, 중미에서 빨간색과 검은색은 지혜를 상징하는 것으로 알려져 있다. 그리고 여신은 독수리 깃털로 만든 두건과 황금 귀고리를 하고 있으며, 손에는 터키석으로 만든 모자이크 문양의 베로 짠 방망이를 가지고 있다. 밤이 되면, 여신은 이런 모습으로 크게 울면서 마을을 돌아다닌다고 한다. 시우코아틀은 전쟁으로 잃어버린 일상적인 생활을 몹시 아쉬워하며, 사람들에게 전쟁의 폐해를 경고했던 것이다.

아스텍 사회에서 전쟁은 공동체를 존립하기 위한 절대적인 것이어서 반전 사상을 가진 신은 악마가 될 수밖에 없었다. 그래서 '시우코아틀이 나타나면 불길한 일이 일어난다'는 식으로 오해를 받게 되었던 것이다.

덧붙이면, 이 여신은 반시('밴시'라고도 한다)라는 서양의 요정과 비슷하다. 반시가 밤에 울면서 돌아다니면, 사람들은 불길한 전조라고 생각했다고 한다.

그 밖의 중미의 여신

엘드리

엘드리는 아이티 섬에서 탄생한 부두교의 여신이다. 이 여신은 사랑의 여신이지만, 삶과 사랑의 덧없음을 주관하는 주르주라는 신도 그녀가 가진 또 다른 얼굴이다.

이 여신은 이상적인 애인으로서의 면모를 지니고 있지만, 비극적인 신으로 알려져 있다. 부두교의 교리에 따르면, 엘드리는 아무런 어려움 없이 사치스럽게 살면서 하얀 분과 향수를 뿌리고 사람들 앞에 나타난다고 한다. 손가락에는 세 개의 반지가 끼워져 있는데, 이것이 바로 이상적인 애인이면서도 비극적인 신이라는 이유다. 여신은 세 명의 남성으로부터 사랑받았으면서도 결코 진실한 행복을 찾을 수 없었다. 그래서 주르주의 신격을 통해 알 수 있듯이 삶도 사랑도 덧없어 하는 것이다. 엘드리는 그러한 인생의 한 단면을 여실히 보여주는 존재다. 그래서 이 여신은 두 손으로 양 무릎을 감싼 채 눈물을 흘리는 모습으로 나타나는 경우도 있다고 한다.

참고로 말하면, 손가락에 낀 세 개의 반지는 뱀의 신 담바라, 바다의 신 아그베, 그리고 전투의 영웅 오근에게서 받은 것이라고 한다.

먹 을 것 을 가 져 다 주 는 여 신

CHICOMECOATL

치코메코아틀

출전

아스텍 신화 : 치코메코아틀

부도 위에 만든 대농원

치코메코아틀은 '일곱 마리의 뱀' 이라는 뜻이며, 이 여신이 상징하는 것은 인간이 식료로 사용하는 모든 종류의 먹을 것과 마실 것이다.

치코메코아틀은 얼굴을 빨간색으로 칠하고 머리에 장식이 있는 모습으로 표현된다. 그리고 물가에서 피는 꽃의 무늬가 들어간 특이한 치마를 입고 있으며, 발에는 물거품으로 만든 신발을 신고 있다. 또 손에는 태양 문양이 있는 방패를 들고 있다.

이 여신은 원래 농경신이었던 것으로 알려져 있다. 꽃무늬가 들어간 옷을 입고 있는 것은 아스텍의 독특한 농경법과 깊은 관계가 있다. 다른 지역의 고대 문명은 철기를 통해 농업 생산을 확대했지만, 고대 아스텍인들은 달랐다. 그들은 주식인 옥수수를 발견하고 신앙의 힘으로 노동력을 집중시켰다. 그래서 산악지대에 관개용 수로를 만들어 높은 지대에서도 생산이 가능한 농경법을 개발했다.

밭은 '치나파스' 라 불리는 구획정리된 '부도(浮島 : 떠 있는 섬)' 위에 만들었다. 호수 밑바닥에서 가지고 온 진흙을 풀 위에 쌓은 다음 그곳에 작물을 심었던 것이다. 이러한 농법은 놀랄 만큼 뛰어난 생산성으로 이어졌다.

풍요를 기원하는 제전

치코메코아틀은 아스텍에서 농경신으로 숭배받았다. 물가에서 피는 꽃의
무늬가 들어간 옷이나 물거품으로 만든 신발 등 흙보다는 주로 물과 관계 있
는 모습도 부도 농법을 상징하는 것이다. 그리고 얼굴에 빨간색을 칠한 것은
호수 밑바닥의 진흙을 나타내는 것으로 생각된다.

아스텍력에서 네 번째 달인 '대철야의 달' 이 되면, 사람들은 그 첫날에 옥
수수의 신 센테오틀 신에게 제사를 드린다. 이때는 소녀들이 지난해에 수확
한 옥수수를 등에 짊어지고 치코메코아틀 신전으로 향했다. 가지고 간 옥수
수는 일단 제단에 바쳤다가 나중에 다시 가지고 돌아가서(여신의 축복을 받은
것으로 생각한다) 다음해에 씨앗으로 사용한다.

여신의 신전 내에는 옥수수 가루로 만든 신상이 서 있었다. 그래서 사람들
은 그 여신상 앞에 모든 종류의 옥수수와 여러 가지 작물들을 바쳤다고 한다.

작 은 옥 수 수 의 여 신

HLONEN

힐로넨

출전

아스텍 신화 : 힐로넨

작은 옥수수의 여신

아스텍에서는 열매가 되기 전의 옥수수를 '힐로테'라고 불렀다. 힐로테를 주관하는 신이 바로 힐로넨이다. 이 여신은 아직 여물지 않은 옥수수의 신이어서 어린 티가 남아 있는 소녀의 모습으로 묘사된다.

귀에 커다란 귀고리를 매달고 있으며, 머리는 어깨를 덮을 만큼 길다. 또 소매가 긴 옷을 두르고 있다.

피 냄새가 느껴지는 이미지를 가진 아스텍의 신들 중 이 힐로넨 여신은 상당히 이질적인 존재로 알려져 있다.

옥수수는 중미에서 가장 중요한 농산물이어서 옥수수의 신 센테오틀도 많은 사람들의 숭배를 받았다. 힐로넨은 이 신의 아내였으며, 아스텍력에서 여덟 번째 달에는 이 여신에게 제사드리는 날이 있었다고 한다.

약자 구제

힐로넨에게 드리는 제사는 밭에 자라고 있는 옥수수가 채 여물기 전에 열렸다. 아직 수확을 할 시기가 아니어서 양식이 부족하지만, 제사를 드리기 전 8일간은 희망자들에게 식사를 대접했다고 한다. 특히 가난한 사람은 지난해부터 비축해놓은 곡물이 바닥날 무렵이어서 이것이 큰 도움이 되었다. 실제로 이 제사는 가난한 사람들을 구제하기 위한 행사였을 것으로 추정된다.

신앙적인 측면에서 보면, 이 제사는 금년의 농사를 확실하게 보장받기 위한 의식이었다. 사람들에게 여러 가지 은혜를 베푼 후 마지막에는 여신으로 분장한 소녀를 산 제물로 바쳤던 것 같다.

사람들의 기도를 받은 소녀신 힐로넨은 옥수수를 병에서 지켜줄 뿐만 아니라 작황을 좋게 해준다고 한다.

그밖의 중미의 여신

우이슈트시와틀

아스텍 신화에 등장하는 소금의 여신. 틀랄록 종속신의 하나이지만, 소금은 인간 생활에 필수불가결한 요소여서 널리 숭배되었다. 이 여신에 대한 제사는 '군주들의 작은 제전'이라고 불렸는데, 아스텍으로 일곱 번째 달의 첫날에 치러졌다. 이 제사에서는 산 제물을 바치는 의식은 물론이고 큰 주연도 베풀어졌다고 한다.

쇼치케츠알

아스텍 신화에 등장하는 풍요의 신 중 하나다. '가장 귀중한 꽃' 외에도 여러 가지 별명이 있으며, 특히 꽃이 피어나는 것을 주관하는 여신이다. 그리고 그림과 자수, 직물, 은 등과 관계된 기술자들의 수호신으로 알려져 있다.

처녀의 표시로 머리를 땋아서 늘어뜨렸는데, 어깨까지 내려올 만큼 길었다. 머리는 녹색 깃털로 장식했으며, 금으로 만든 코걸이와 귀고리를 하고, 꽃무늬 문양이 있는 긴 옷을 입었다고 한다. 표정도 상당히 풍부해서 현재 남아 있는 여신상은 마치 춤을 추듯 손을 넓게 벌리고 있다.

이 여신은 풍요의 신 중 주신이라고 할 수 있는 틀랄록의 아내 중 하나이지만, 나중에는 전쟁의 신 테스카틀리포카와 맺어지게 된다. 성격도 원래는 고결했지만, 테스카틀리포카의 아내가 된 후에는 대단히 잔인해졌다. 이는 당시 사회의 분위기를 반영하는 것으로 볼 수 있다. 그리고 이 여신은 꽃과 춤, 유희의 남성신 쇼치피리와 쌍둥이라고도 한다.

차포트란티난

테레빈유(소나무 수액에서 뽑아낸 기름)의 신으로 아스텍에서 숭배되었다. 이 기름은 피부 질환에 효과가 있는 치료제로서 대단히 귀중하게 여겨졌다. 특히 진드기로 인한 피부병에 큰 효과를 발휘했다고 한다. 이 여신의 얼굴에는 기름을 상징하는 것으로 생각되는 커다란 물방울 두 개가 있으며, 머리에 쓰고 있는 관에도 크고 작은 물방울이 있다. 그리고 관에는 비단날개새의 선명한 깃털 장식이 있으며, 손에는 새를 쫓는 도구를 들고 있다.

북미의 여신

세드나

이누이트 신화에 등장하는 명계의 여신. 이 여신은 부모가 거인족이며, 눈이 하나밖에 없다. 용모가 대단히 추해서 주술사가 아니면 그의 얼굴을 똑바로 바라볼 수 없을 정도다. 세드나는 언제나 굶주려 있어서 기회가 있으면 고기를 훔쳐먹기 때문에 부모도 곤혹스러워했다고 한다.

어느 날 밤, 배고픔을 견디지 못한 그녀는 아버지의 손을 덥석 깨물었다고 한다. 몹시 화가 난 아버지는 그녀를 묶은 채 배를 타고 나가 바다에 던져버렸다. 하지만 바닷속에 빠진 그녀는 죽지 않고 다시 솟아났다. 아버지는 매정하게도 살려달라며 배를 붙잡고 매달리는 그녀의 손가락을 하나씩 잘라버렸다. 이렇게 잘려진 손가락은 바다로 떨어져 고래와 바다표범이 되었다.

바다 밑으로 가라앉은 세드나는 바다에 사는 모든 생물을 감시할 뿐만 아니라 명계의 여왕이 되어 사악한 사자(死者)를 지배하게 되었다. 다른 설에 따르면, 이 여신은 미소녀였다고도 한다. 하지만 많은 구혼자들을 무시하고 새와 결혼하여 새의 나라로 갔다. 아버지는 새의 나라로 가서 딸을 데려왔지만, 도중에 바다에 던져버렸다는 것이다. 이 이야기에서도 세드나는 손가락이 잘린 채 바닷속에 빠져 그후 해저와 명계의 여왕이 되었다고 한다.

이야티크

케레스족의 신화에 등장하는 여신. 케레스의 옥수수밭을 관리하는 여신으로서 지하에 자신의 땅을 가지고 있다. 전승에 따르면, 최초의 인간은 이 지하 세계에서 태어났다고 한다. 그래서 지금은 비록 인간이 지상에서 태어나지만, 죽으면 지하로 돌아가는 것도 이 때문이라고 한다.

아타엔시크

이로쿼이족 신화에 등장하는 대지모신. 원래는 천공신으로서 쌍둥이를 낳았다고 한다. 여신이 죽자 쌍둥이 신은 어머니의 유해로 대지를 만들

어 세계를 창조했다고 한다. 그후 아타엔시크는 대지의 신이 되어 지금
도 인간들을 지켜보고 있다고 전해진다.

에스차나트레히

미국 애리조나 주의 나바호족의 창세 신화에 등장하는 신으로, 혼자 살아
가는 고독감을 견디지 못해 자신의 피부에서 인간을 만들어냈다고 한다.
에스차나트레히라는 이름에는 '모습을 바꾸는 여성' 이라는 의미가 있는
데, 이 여신은 시간의 흐름에 따라 여러 모습으로 변신했다고 한다.

최초에는 소녀의 모습이었다가 꽃가루를 먹고 점차 성장하여 나중에는
노파가 되었다. 그러다 다시 젊어져 나이를 먹기 시작했다. 하지만 결코
죽지는 않았다. 이 때문에 언제나 되풀이되는 계절을 신격화한 것이 아
닌가 하고 추측하기도 한다. 이 여신은 애리조나 서쪽에 있는 '큰물 위에
떠 있는 집' 에 살며, 태양은 하루가 끝날 때 이 집을 찾는다고 한다.

남미의 여신

파슈에

치브차 신화의 어머니신. 치브차는 현재 콜롬비아 부근에 있던 고대 왕
국이다. 이 신화에 따르면, 처음에 이 세상은 온통 암흑으로 뒤덮여 있었
다고 한다. 그러다 만물의 창조주 치모니과가 세상을 향해 빛을 발하기
시작하면서 지금의 세상이 탄생하게 되었다.

'큰 유방의 여성'이라는 의미를 가진 파슈에는 세계가 창조되자 어느 산
에 있는 호수 속에서 세 살 먹은 아이를 품고 나타났다. 여신은 이 아이를
정성스럽게 길렀다. 그리고 몇 년이 지나 아이가 성장하자 이 아이와 결
혼하여 한 번에 네 명에서 여섯 명의 갓난아이를 낳았다. 이 아이들을 통
해 자손들이 점점 불어났다.

이렇게 사람의 수가 늘어나자 파슈에는 어디론가 떠날 결심을 했다. 그
래서 그 전에 문화와 사회조직에 관한 기술과 지식을 사람들에게 가르쳐
주었다. 그리고 "서로 사이 좋게 잘 살라"는 말을 남긴 후 뱀의 화신이 되
어 성스러운 호수로 들어갔다. 그후 파수에는 농경의 수호신으로 널리
숭배받았다고 한다.

유이타카

치브차 신화의 신으로, 대단히 아름다웠다고 알려져 있다. 이 여신은 신
들의 왕 보치카의 아내이며, 또 어느 때는 태양의 아내인 달(치아)이기
도 하다. 그리고 유이타카라는 이름은 위타카라고 발음하기도 한다. 이
여신에게는 불가사의한 전설이 있다. 노인 모습을 한 네무테레케테바라
는 영웅신이 사람들에게 순결과 절제, 질서, 방직, 염색 등을 가르쳤다고
한다.

이 신이 나타나면 그후 반드시 유이타카도 나타나 네무테레케테바 신이
한 말과 전혀 다른 이야기를 했다. 이러한 일화가 있기 때문인지 유이타
카는 술주정과 방종의 여신으로 생각되었다. 이후 유이타카는 그 죄를
추궁받아 보치카와 네무테레케테바에 의해 올빼미(또는 달)가 되었다고
한다.

카비랴카

잉카 신화에 등장하는 아름다운 처녀신. 카비야카라고 부르기도 한다. 이 여신은 많은 신들에게 구혼을 받았지만 응하지 않았다. 잉카의 최고 신 비라코차는 이 여신을 차지하기 위해 한 가지 계략을 꾸몄다. 비라코차는 새로 변신하여 나무 열매에 자신의 정액을 집어넣었다.

나무 밑에서 쉬고 있던 여신은 그것도 모른 채 열매를 따 먹고 나서 처녀의 몸으로 임신을 하게 되었다. 카비랴카가 낳은 아이가 한 살이 되자 아버지를 찾기 위해 신들을 불러모았다. 그런데 아이는 아주 볼품없는 사내 앞으로 기어가 그가 아버지라고 가리켰다. 충격을 받은 카비랴카는 분노와 부끄러움을 느끼고 아이와 함께 바다로 뛰어들었다. 사실 아이가 가리킨 남자는 변장을 한 비라코차였다. 그는 원래의 모습으로 돌아와 모자의 뒤를 좇았다.

그후 비라코차는 바닷속에서 여신과 아이를 발견했지만, 시간이 너무 흘러 모자는 돌이 되어 있었다고 한다. 잉카에는 이처럼 돌이 된 신의 이야기가 적지 않은데, 신이 깃들여 있다는 돌은 사람들의 숭배를 받았다.

제9장
태평양 지역의 여신

태평양 지역의 신화

구전으로 전승된 신화

약 4만 년 전, 동남아시아에서 오스트레일리아로 이동한 민족이 오세아니아 최초의 원주민이었다고 한다. 그후 신석기 시대(약 수천 년 전)에 동남아시아의 여러 민족이 폴리네시아와 미크로네시아, 멜라네시아로 이동하기도 했다.

오세아니아는 문화사적으로 동남아시아 지방의 연장선상에 있다고 할 수 있다. 따라서 이 지역의 신화는 동남아시아와 중국 남부에서 전해진 신화와 많은 공통점이 있다.

현재 오세아니아 지역에는 폴리네시아와 미크로네시아, 멜라네시아, 오스트레일리아 등 크게 네 개의 주요한 전통문화가 성립되어 있다. 폴리네시아는 비교적 늦게 이주가 이루어졌기 때문에 다른 지역이 비해 균질한 문화를 가지고 있다. 하지만 그외의 지역은 오랜 세월에 걸쳐 고립되어 있었던 관계로 독자적인 문화를 발달시켰다. 신화도 예외가 아니어서 원래는 동일한 신화였던 것으로 추정되지만, 지역과 섬에 따라 각기 독특한 형태로 변화했다.

거의 대부분의 신화는 구전으로 전승되었기 때문에 어디서 어떤 변화가 있었는지는 확실하게 알 수가 없다. 그래서 각 지역에 남아 있는 여러 신화의 발생과 기원에 대해서는 아직도 많은 의문점이 남아 있다.

특히 멜라네시아는 그런 경향이 강한데, 그다지 넓지 않은 같은 지역의 섬에서도 각 부족마다 다양한 문화와 신화를 발달시켰다. 여기에서는 오세아니아 지역의 많은 신화 중 비교적 유명한 여신들을 소개해보도록 하자.

걸 어 다 니 는 화 산 의 여 신

PELE

페레

출전

폴리네시아 신화 : 페레

화산과 용암의 상징

폴리네시아 신화는 다른 오세아니아의 신화와 마찬가지로 각 부족마다 조금씩 변형이 이루어졌다. 물론 원전을 통해 어느 정도 변화가 일어났는지는 확인하기가 힘들다. 원전 자체가 어떤 것인지 알 수 없을 뿐만 아니라 현재 남아 있는 신화도 구전을 통해 전해졌기 때문이다.

하지만 이 페레 여신의 모습만큼은 거의 통일되어 있다. 이 여신은 '등줄기가 절벽처럼 곧고, 가슴은 달처럼 둥글었다'고 전해지는데, 필시 대단히 아름답고 육감적인 몸매를 가지고 있었던 것 같다.

페레는 화산과 용암을 상징하는 신이었다. 그래서 그 성격은 활화산처럼 거친데다 용암처럼 빨리 끓어올랐다 순식간에 차가워졌다고 한다.

화산 활동을 기록한 여신

페레는 원래 인간계에서 멀리 떨어진 하늘 남쪽의 '하파쿠에라'라는 나라에서 살았다. 나이가 든 페레는 와히아로아라는 젊은 남자와 결혼하게 되었다. 하지만 얼마 후 와히아로아는 페레쿰라니라는 처녀에게 반해 모습을 감추고 말았다.

페레는 사라진 남편을 찾기 위해 정처없이 여행길에 나섰다. 그런데 그때 페레의 부모가 그녀에게 '바다'를 주었다고 한다. 페레는 바다를 머리 위에 이고 하파쿠에라에서 폴리네시아(하와이)로 향했다. 당시 이 지역은 황야가 펼쳐져 있어서 모든 섬들은 땅으로 이어져 있었다. 그런데 페레가 가지고 온 바다로 인해 계곡과 언덕이 물로 메워지고, 높은 산의 꼭대기만 제외하고 모두 물에 잠겼다고 한다. 그리고 물로 메워지지 않은 지역에는 육지가 생겨나게 되었다. 이것이 지금의 오세아니아 지역의 섬들이 되었다고 전해진다.[1]

폴리네시아에 도착한 페레는 카우아이 섬에 잠시 머물다가 몰로카이 섬에 있는 카우하코 분화구 쪽으로 이동하여 그곳에서 지냈다. 그후 푸우라이나와 하레아카라헤로 이동하여 커다란 분화구를 만들었는데, 마지막으로 킬라우에아에 분화구를 만든 후부터 지금까지 계속 머물러 있다고 한다.

이 이야기는 어떤 결말도 없이 페레가 킬라우에아에 도착하는 데서 끝난다. 따라서 이야기만으로 볼 때 페레의 신화는 그 의도가 분명치 않은 것으로 생각하기 쉽다. 하지만 지질학적으로 보면, 이는 고대의 화산 활동을 기록한 귀중한 자료로서 높이 평가받고 있다. 즉 페레의 이동 순서는 폴리네시아 지방의 화산 활동과 일치한다는 것이다.

이 때문에 페레의 이야기는 실제로 화산 활동의 기록이라는 것이 현재의 통설로 되어 있다. 이 지역에서는 무언가에 분노한 신이 인간과 동물을 돌로 변하게 하고, 신이 자신의 신도를 불 속에 집어넣는 등 몇 가지 전설이 전해지고 있다. 이러한 이야기도 자세히 살펴보면 모두 화산 활동과 관련이 있다는 것을 알 수 있다.

페레의 머리카락

하와이의 케아리크키 지방에 카하와리라는 젊은이가 살고 있었다.

이 카하와리는 썰매를 매우 잘 탔는데, 그가 썰매를 타면 어디선가 모르게 많은 사람들이 몰려들었다. 그날도 카하와리는 자신을 따르는 소년을 데리고 언제나처럼 썰매를 타러 언덕으로 올라갔다. 카하와리의 모습을 본 마을 사

---

1) 다른 설에 따르면, 페레의 눈물이 바다가 되었다고도 한다.

람들은 그의 썰매타기를 지켜보기 위해 악사와 무용수를 데리고 언덕으로 몰려가서 떠들썩하게 잔치를 벌였다.

페레는 이들의 모습에 흥미를 느끼고 킬라우에아의 분화구에서 가만히 내려다보았다. 그러다가 페레는 카하와리에게 도전해보기로 했다.

하지만 페레는 도저히 카하와리의 상대가 되지 못하고 보기좋게 지고 말았다. 여신은 패배의 원인이 썰매에 있다고 생각하고, 썰매를 바꿔 다시 한 번 겨뤄보고 싶었지만 카하와리는 자신의 것을 빌려주지 않았다.

카하와리가 그렇게 말하고 유유히 언덕을 미끄러져 내려가자 페레는 너무 화가 난 나머지 자기 자신을 잃어버리고 신의 본성을 드러내고 말았다. 그러자 갑자기 땅이 흔들리고, 바위가 쪼개지면서 용암이 솟구쳐올랐다. 땅에서 올라온 용암을 탄 그녀는 큰소리를 지르며 카하와리를 뒤쫓아갔다. 페레의 정체가 여신이라는 사실을 깨달은 카하와리는 함께 데리고 온 소년을 데리고 필사적으로 도망쳤다.

페레는 푸우케아, 쿠키, 쿠라를 거쳐 바다까지 카하와리를 뒤쫓아갔지만, 그는 이미 배를 타고 바다로 도망쳐버린 뒤였다. 그래도 포기하지 않고 돌과 바위를 던졌지만 배까지는 닿지 않았다.

그후 카하와리는 마우이 섬을 비롯해 여러 섬으로 도망다니다가 끝내 케아리크키로 돌아오지 못했다고 한다.

이 신화는 화산의 분화 모습과 용암의 활동을 이야기하는 것이다. 지금도 하와이 사람들은 바람이 불어서 풍화된 용암의 흔적을 '페레의 머리카락'이라 부른다고 한다.

별 이 된 7 명 의 자 매

MAMEI

미메이

출전

오세아니아 신화 : 미메이/메이야메이

밤하늘의 일곱 자매

미메이 또는 메이야메이는 오스트레일리아 원주민들이 믿었던 별의 여신이다.

'미메이'는 '처녀'라는 의미이지만, 하나가 아니라 모두 일곱 명의 처녀로 묘사된다. 이들의 실체는 밤하늘에서 빛나는 플레이아데스 성단이라고 한다. 플레이아데스 성단은 황소자리라고 부르기도 하는데, 예로부터 동서양을 불문하고 여러 신화와 민화의 소재가 되었다.

막 피어난 꽃처럼 아름다울 뿐만 아니라 얼굴 가득 환한 미소를 짓고 있는 미메이는 어린 소녀들이 아니라 풍만한 몸매를 지닌 여성들이었던 것 같다. 먹을 것을 장만하여 식사를 준비하는 이들의 모습은 다른 여신들과 달리 가정적인 면모를 지니고 있었다.

여신을 납치한 사냥꾼

어느 날 와란나라는 사냥꾼이 사냥을 나갔다가 뜻하지 않게 요괴가 사는 세계로 들어가고 말았다. 그는 죽음의 기운이 다가오는 것을 느끼고 필사적으로 도망치다가 눈앞에 보이는 집으로 뛰어들어갔다. 그곳에는 갑자기 침입한 남자를 보고 놀란 일곱 명의 소녀들이 있었다. 하지만 곧 그의 사정을 알게된 소녀들은 와란나에게 요리를 대접하고 편히 잠을 잘 수 있게 해주었다.

와란나는 몇 번이나 고개를 숙이며 고마움을 표시하고는 뭔가 이상한 생각이 들어 소녀들의 정체에 대해 물어보았다. 그러자 소녀들은 자신들의 이름이 미메이이며, 먼 나라에서 이곳으로 여행을 온 것이라고 대답했다.

다음날 그 집에서 나온 와란나는 집 주변에 몸을 숨기고 소녀들의 모습을 지켜보았다. 그는 미메이를 납치하여 자신의 아내로 삼을 생각이었다. 소녀들은 호미를 가지고 참마를 캐기 위해 집을 나섰다. 와란나는 이들의 뒤를 쫓아가서 호미 두 개를 훔쳤다. 그러자 두 미메이는 울면서 호미를 찾아나섰다. 와란나는 다섯 미메이가 보이지 않는 곳까지 도망친 다음 훔쳐온 호미를 땅에 버려두고 숨어서 기다렸다.

호미를 발견한 두 미메이가 달려가서 호미를 잡는 순간 와란나가 이들을 덮쳤다. 미메이들은 저항했지만 힘으로 와란나를 당해낼 수는 없었다. 두 미메이는 체념하고 와란나를 따라가 그의 아내가 되었다.

하늘로 뻗은 소나무

그로부터 며칠 후, 들판에서 노숙할 준비를 마친 와란나는 불을 피우기 위해 소나무 껍질을 주워오라고 미메이들에게 명령을 내렸다. 하지만 미메이에게는 "소나무를 다치게 하면 지상을 떠나야 한다"는 규율이 있었다. 그런 사실을 와란나에게 이야기했지만, 그는 들은 척도 하지 않고 소나무 껍질을 주워오라고 위압적으로 말했다.

하지만 미메이의 말은 거짓말이 아니었다. 와란나가 아무리 기다려도 미메이들은 돌아오지 않았다. 그러자 그들을 찾아나선 와란나는 맹렬한 속도로 하늘로 뻗어 올라가는 소나무를 발견했다. 소나무는 하늘에 닿을 만큼 높이 솟아올라 두 미메이는 다른 자매들과 함께 천상계로 돌아가버리고 말았다. 미메이는 천계의 여신이었던 것이다.

지금도 현지에서는 밤하늘에 떠 있는 플레이아데스 성단을 '칠요성(七曜星)' 혹은 '일곱 처녀'라고 부르며, 미메이 신화를 아이들이 잠들 때 이야기로 들려준다고 한다.

대 지 를 낳 은 어 머 니 신

PAPA

파파

출전

폴리네시아 신화 : 파파   오세아니아 신화 : 파파

무수한 얼굴을 가진 여신

'파파'는 '평평하다(대지)'라는 의미다. 이는 구체적으로 섬을 지탱하고 있는, 바다 밑까지 이어져 있는 대지의 토대를 의미하는 것이다. 이 여신의 정식 이름은 '파파하나우모크'인데, 이는 '대지를 낳은 자'라는 의미라고 한다.

파파는 태평양 지역에서는 대단히 중요한 존재로 신화에 등장하지만, 지역에 따라 조금씩 이야기가 다르다. 예를 들면 파파는 태양도 만들었다고 전해지는데, 그 내용은 지역에 따라 상당한 차이가 있다. 폴리네시아의 하와이에 전해지고 있는 전승에 따르면, 파파가 만든 '카라바슈'라는 그릇과 덮개를 남편신 우케아가 하늘을 향해 집어던지자 이것이 태양과 별로 모습이 바뀌어 세계가 완성되었다고 한다. 하지만 뉴질랜드의 마오리족은 이렇게 주장한다.

파파가 낳은 아이의 진짜 아버지라고 주장하는 두 신이 서로 잡아당기다가 아이의 몸이 둘로 나뉘어 상반신이 태양, 하반신이 달이 되었다는 것이다.

여러 신화에서 파파가 대지를 만들고, 인간들을 보살펴주는 어머니신이라는 공통점을 발견할 수는 있지만, 더 이상 같은 부분을 찾기는 힘들다. 많은 학자들이 파파의 원류를 찾기 위해 적지 않은 노력을 기울이고 있지만 아직까지는 뚜렷한 결론이 나오지 않고 있는 상태다.

이 여신은 지역에 따라 무수히 많은 얼굴을 가지고 있지만, 오세아니아 지역에서는 없어서는 안 될 수호신으로서 많은 사람들의 사랑을 받고 있다.

불 과 비 를 주 재 하 는 여 신

GOGA

고가

출전

멜라네시아 : 고가

몸 속에 불을 가진 노파

고가는 파푸아뉴기니에 전해 내려오는 신화에 등장하는 여신이다. 여신이라고 하면 흔히 젊고 아름다운 여성을 떠올리기 쉽지만 고가는 전혀 그런 이미지를 갖고 있지 않다. 이 여신은 추한 노파의 모습이며, 겉모습뿐만 아니라 심성도 고약한 것으로 묘사되고 있다.

고가는 자신의 몸 속에 불을 가지고 있는 여신으로, '인간에게 불을 전해준 신'으로 숭배받을 수 있는 요소를 갖추고 있지만 혼자 점을 치는 데만 사용했기 때문에 악신이 되었다고 한다.

꼬리에 불이 붙은 뱀

인류가 처음 세상에 나타났을 때는 불을 알지 못했기 때문에 야만적인 생활을 할 수밖에 없었다. 고가라는 노파신은 자신의 몸 속에 불을 가지고 있었지만, 그것을 모두에게 비밀로 했다. 이 여신은 사람들이 없는 곳에서만 불을 피워 사용했다. 음식을 조리하여 혼자만 맛있게 먹었던 것이다.

그러던 어느 날, 고가의 비밀을 눈치챈 한 젊은이가 불이 붙은 장작을 가지고 가버렸다. 고가는 불을 되찾으려고 그를 뒤쫓았지만, 젊은이는 계속 도망쳤다. 하지만 도망가던 도중 손에 화상을 입어 장작을 떨어뜨리고 말았다. 그 불로 인해 나무 한 그루가 불에 타고, 그 나무 구멍 속에 살던 뱀들이 도망쳐

나왔다. 그중에는 꼬리에 불이 붙은 뱀도 있었다. 젊은이는 장작을 다시 주워 들고 사람들이 기다리고 있는 마을로 달려갔다.

고가는 "돌려주지 않으면 불을 모두 꺼버리겠다!"고 소리치면서 많은 비를 내리게 했다. 비가 내리자 젊은이가 가지고 있던 장작과 나무에 옮겨붙었던 불도 모두 꺼져버리고 말았다.

젊은이는 몹시 낙담했지만, 혹시 남아 있는 불이 있을지 모른다고 생각하고 주변을 샅샅이 뒤졌다. 그러자 동굴 속에 꼬리에 불이 붙은 뱀이 숨어 있는 게 아닌가.

젊은이는 비를 피하고 있던 뱀을 사로잡아 마을로 돌아갔다. 이렇게 해서 인간은 불을 가질 수 있게 되었고, 고가는 악신으로서 사람들의 미움을 받게 되었다.

맺는 말

이토이겐이치(系井賢一)

컴퓨터 게임 세대를 자부하는 내가 '여신' 이라는 말을 듣고 가장 먼저 떠올린 이미지는 역시 게임이었다. 사실 공상물 게임에는 많은 여신이 등장한다.

아름다울 뿐만 아니라 인간과 통하는 면도 있지만, 결코 인간과는 같은 길을 걸을 수 없는 여성, 그것이 바로 여신이다. 여신은 과연 어떤 존재일까 막연히 상상하면서 그런 일을 맡게 되었는데, 막상 조사를 해보니 생각보다는 늠름하고 씩씩한 여전사들도 적지 않았다. 그래서 이제껏 가지고 있던 이미지가 한순간에 무너지는 놀라운 경험도 했다는 고백을 하지 않을 수 없다. 그렇지만 앞으로도 여신이라는 주제에 대해 계속 고민하게 될 것 같다.

오바야시 겐지(大林憲司)

중국과 한국, 그리고 일본의 여신을 담당했다. 글을 써 나가면서 나는 어릴 때 신화책을 읽던 기억이 떠올랐다. 어릴 때 그 시절로 돌아간 느낌이 들었다. 나는 만화가나 소설가를 지망하는 분들에게『고사기(古事記)』같은 신화 책들을 많이 읽어보라고 권하고 싶다(될 수 있으면 그리스 신화나 북구 신화, 성서 등도……). 그래야만 판타지라는 장르의 근원을 올바르게 이해할 수 있을 것이라고 생각한다.

사루카니 갓센(猿蟹月仙)

중미의 신들을 담당했다. 나는 오래 전부터 마야와 아스텍 신들에 대해 관심을 가지고 있었다. 다른 곳에서는 찾아볼 수 없는 독특한 분위기를 자아내는 이 신들에 관한 전승을 접하면서 나는 묘한 기분에 사로잡히곤 했다.

이번 작업을 하면서 나는 기독교가 저지른 악행으로 그 모습을 잃어버린 신들, 비의 신 틀랄록, 날개 달린 뱀 케찰코아틀, 전투의 신 테스카틀리포카 등 많은 신들의 모습을 머리 속에 수없이 떠올려보았다.

하지만 중미 문화의 중심지인 멕시코에서는 슬럼화가 진행되고 있고, 숲이 점점 사라지고 있으며, 광화학 스모그가 대기를 감싸고 있다. 신들은 인간에게 줄 은혜와 함께 아무도 찾지 못하는 밀림 깊숙한 곳으로 사라져버렸는지도 모르겠다.

마리트(魔龍斗)

서아시아와 켈트, 북구, 이집트를 담당했다. 여신들의 신화는 대지의 풍요와 연관되어 있는 경우가 많다. 그러다 사회가 발전하면서 여신들도 여러 가지 역할을 맡게되었다. 하지만 시대의 변화와 함께 여신들의 일부는 악마가 되기도 했다. 그러나원래 여신들은 풍요와 다산을 상징하며, 인간들에게 은혜를 주는 존재였다. 나는 이런 여신들의 진면목을 직접 만나보고 싶다는 생각으로 이번 작업에 임했다.

유와키 사야카

지금도 신들이 살아 있는 인도를 담당했다. 이번 작업을 하면서 나는 여신이라는주제로 힌두교를 새롭게 조망해보았다. 여신들의 강인함을 통해 알게 된 사실은 힌두교라는 종교 자체가 여성적이라는 것이었다. 인도 대륙은 수없이 많은 침략과 이민족의 지배를 받으면서 새로운 종교를 강요당했지만 그때마다 놀랄 만큼 강한 흡인력을 발휘했다. 인도의 여신들에게도 그런 흔적이 많이 남아 있다. 자연을 정복하지않고, 자연과 공존하는 종교……그래서 그것을 신격화한 대지모신들. 그들이 가진매력이 모두에게 전해지기를 바란다.

다카히라 나루미(高平鳴海)

여신은 아름답고 우아하다고 생각하는 독자들이 적지 않을 것이다. 하지만 나는많은 신화 관련 문헌들을 읽는 동안 남성들이 이상적으로 생각하는 여신의 이미지는 상당 부분 잘못된 것이라는 사실을 깨달았다. 남성 이상으로 강인하고 역동적인여신들의 모습을 보며 나는 매료되지 않을 수 없었다. 그런 강인함과 역동성이야말로 신들이 가진 진정한 아름다움일지도 모른다. 여신은 풍요와 출산을 주관하는 경우가 많다. 새로운 생명을 낳는 여성은 원래 남성보다 훨씬 더 강한 에너지를 가진존재가 아닐까?

'들어가는 말'에서도 이야기했듯이, 우리들의 일상 생활 속에서도 여신의 존재를 어렵지 않게 발견할 수 있다. 그런 여신을 발견하는 즐거움이 있었기를 간절히바란다. 물론 그 여신이 행운의 여신이었기를!

[참고문헌]

세계사소사전(世界史小辭典, 1984, 山川出版社), 村川健太郎 · 江上波夫 편

세계사용어집(世界史用語集, 1983, 山川出版社)

환상세계의 주인공들(幻想世界の住人たち, 1989, 新紀元社), 健部伸明 · 怪兵隊 저(한국판 : 판타지 라이브러리 1『판타지의 주인공들』, 들녘 발간)

환상세계의 주인공들 2(幻想世界の住人たち 2, 1989, 新紀元社), 健部伸明 · 怪兵隊 저(한국판 : 판타지 라이브러리 3『판타지의 마족들』, 들녘 발간)

천사(天使, 1995, 新紀元社), 眞野隆也 저(한국판 : 판타지 라이브러리 4『천사』, 들녘 발간)

타천사(堕天使, 1997, 新紀元社), 眞野隆也 저(한국판 : 판타지 라이브러리 8『타락천사』, 들녘 발간)

소환사(召喚師, 1997, 新紀元社), 高平鳴海 감수(한국판 : 판타지 라이브러리 7『소환사』, 들녘 발간)

세계신화사전(世界神話事典, 1994, 角川書店), 大林太良 외 편

세계종교대사전(世界宗教大事典, 1991, 平凡社), 山折哲雄 감수

세계신화사전(世界神話辭典, 1993, 柏書房), アーサー · コッテル 저, 左近司祥子 외 역

신화의 숲(神話の森, 1989, 大修館書店), 山本節 저

그리스 신화(ギリシア神話, 1965, 岩波書店), 高津春繁 저

판 · 플루토의 숲 -나의 그리스 신화(パン · フルートの森 わたしのギリシア神話—, 1983, 音樂之友社), 楠見千鶴子 저

끝나지 않는 물레노래, 그리스신화의 여인들(終りのない紡ぎ唄 ギリシャ神話の女たち, 1984, 中央公論社), 岸田今日子 저

그리스 · 로마신화사전(ギリシア · ローマ神話辭典, 1988, 大修館書店), マイケル · グラント, ジョン · ヘイゼル 저

세계신화전설대계35 그리스 · 로마 신화전설 I (世界神話傳說大系35 ギリシア · ローマ神話傳說 I , 1927, 名著普及會), 中島孤島 편

세계신화전설대계37 그리스 · 로마 신화전설 III (世界神話傳說大系37 ギリシア · ローマ神話傳說 III , 1928, 名著普及會), 中島孤島 편

〔지의 재발견〕 쌍서 18 그리스문명 -신화에서 도시국가까지(「知の再發見」双書 18 ギリシア文明 - 神話から都市國家へ, 1993, 創元社), ピエール · レベック 저, 青柳正規 감수, 田邊希久子 역

그리스의 신들(ギリシアの神々, 1986, 講談社), 曾根綾子, 田名部昭共 저

그리스 신화(ギリシャ神話, 1963, 社會思想社), 山室靜 저

그리스 신화소사전(ギリシア神話小辭典, 1992, 社會思想社), B · エヴスリン 저

올림포스의 신화(オリンポスの神話, 1989, 筑摩書房), 井手則雄 저

그리스 · 로마신화 이야기(ギリシア · ローマ神話ものかたり, 1992, 創元社), コレット · エスタ

ン, エレーヌ・ラポルト 공저, 多田智滿子 감수

그리스・로마 신화—암파 클래식 24(ギリシア・ローマ神話 岩波クラシックス24, 1983, 岩波書店), ブルフィンチ 저, 野上弥生子 역

로마신화(ローマ神話, 1989, 大修館書店), 丹羽隆子 저

세계종교사전(世界宗教事典, 1982, 講談社), 村上重良 저

세계공상동물기(世界空想動物記, 1992, PHP研究所), 實吉達郎 저

세계의 신화를 알기 위한 기본(世界の神話が分かる本, 1997, 日本文藝社), 吉田敦彦 감수

고대 이집트 동물기(古代エジプト動物記, 1979, 文藝春秋), 酒井傳六 저

이집트 신화(エジプト神話, 1988, 靑土社), ヴェロニカ・イオンズ 저

세계의 신화(世界の神話, 1996, 靑土社), マトケル・ジョーダン 저

이집트의 신들(エジプトの神々, 1983, 六興出版), 吉成薰, 吉成美登里 저

이집트 헤로도토스가 여행한 나라(エジプト ヘロドトスの旅した國, 1996, 新評社), ジャック・ラカリエール 저

종교학사전(宗敎學事典, 1973, 東京大學出版會), 小口一 저

검은 성모 숭배의 박물지(黑い聖母崇拜の博物誌, 1994, 三交社), イアン・ベッグ 저

세계마녀백과(世界魔女百科, 1997, 原書房), F. セメネス・デル・オソ 저

세계의 신화를 알다(世界の神話がわかる, 1997, 日本文藝社)

세계종교사(世界宗敎史, 1991, 筑摩書房), ミルジア・エリアデ 저

오리엔트신화(オリエント神話, 1993, 靑土社), ジョン・グレイ 저

오리엔트사 강좌2 고대문명의 발견(オリエント史講座2 古代文明の發展, 1985, 學生社), 石田友雄 외 저

메소포타미아의 신화(メソポタミアの神話, 1994, 丸善ブックス), ヘンリエッタ・マッコール 저

고대 메소포타미아(古代メソポタミア, 1994, 朝倉書店)

조로아스터교의 악마 물리치기(ゾロアスター敎の惡魔拂い, 1984, 平河出版社)

조로아스터교(ゾロアスター敎, 1983, 筑摩書房), メアリー・ボイス 저

인도의 신들(インドの神々, 1986, 吉川弘文館), 齋藤昭俊 저

인도신화(インドの神話, 1997, 靑土社), ヴェロニカ・イオンズ 저, 酒井傳六 역

인도신화(インドの神話, 1993, 東京書籍), 上村勝彦 저

고대 인도의 설화(古代インドの說話, 1978, 春秋社), 辻直四郎 저

리그 베다 찬가(リグ・ヴェーダ 讚歌, 1978, 岩波文庫), 辻直四郎 저

힌두교의 신들(ヒンドゥーの神々, 1980, せりか書房), 立川武藏 외 저

북스에소테리카 힌두교의 가르침(ブックスエソテリカ ヒンドゥー敎の本, 1995, 學硏)

인도 이야기(語るインド, 1996, KKベストセラーズ), 伊藤武 저

폭소 인도신화(爆笑インド神話, 1995, 光榮), シブワ・コウ 편

불상안내(佛像案內, 1987, 吉川弘文館), 佐和隆硏 편

일본고전문학전집1 고사기(日本古典文學全集1 古事記, 1995, 小學館)

일본고대문학전집2 일본서기①(日本古典文學全集2 日本書記①, 1995, 小學館)

일본고대문학전집3 일본서기②(日本古典文學全集3 日本書記②, 1995, 小學館)

일본고대문학전집5 풍토기(日本古典文學全集5 風土記, 1996, 小學館)

완역·삼국유사(完譯·三國遺事, 1993, 六興出版), 一然 저, 金思燁 편

변재천신앙과 풍신(弁才天信仰と俗信, 1991, 雄山閣), 笹間良彦 저

불교의 이력서(佛さまの履歴書, 1979, 水書房), 市川智康 저

고사기일본서기기행-태고의 기억을 찾아서 여명편(古事記日本書紀行 太古の記憶を訪ねて 黎明編), サークル幽翠街道 (同人誌)

도교백화(道教白話, 1989, 講談社學術文庫), 窪德忠 저

북스에소테리카4 도교의 가르침(ブックスエソテリカ4 道教の本, 1992, 學研)

중국의 주법(中國の呪法, 1984, 平河出版社), 澤田瑞穗 저

회화로 본 한국의 역사① 원시사회와 조선신화(繪で見る韓國の歷史① 原始社會と朝鮮神話, 1993, エムティ出版), 金容權 외 역

켈트 판타지(ケルト・ファンタジー, 1995, ANZ社), 井村君江 저 蘺蘺

켈트신화(ケルト神話, 1991, 靑土社), プロインシアス・マッカーナ 저

불가사의한 켈트(ミステアス・ケルト, 1992, 平凡社), ジョン・シャーキー 저

북구신화(北歐神話, 1992, 靑土社), H. R. エリス・デイヴィッドソン 저

북구신화 이야기(北歐神話物語, 1983, 靑土社), K·クロスリイーホランド 저

북구신화와 전설(北歐神話と傳說, 1971, 新潮社), グテンベック 저

북구의 신화(北歐の神話, 1995, 丸善ブックス), R·I·ペイジ 저

에다와 세가(エッダとサガ, 1976, 新潮選書), 谷口幸男 저

에다 고대북구가요집(エッダ 古代北歐歌謠集, 1973, 新潮社), V·G·ネッケルほか 저

신화전승사전(神話傳承事典, 1988, 大修館書店), 靑木義孝, 栗山啓一 외 저

총해설 고대문명과 유적의 수수께끼(總解說 古代文明と遺跡の謎, 1992, 自由國民社), 靑柳正規 외 저

총해설 세계의 신화전설(總解說 世界の神話傳說, 1991, 自由國民社), 阿倍年晴 외 저

마야·아스텍의 신화(マヤ・アステカの神話, 1992, 靑土社), アイリーン・ニコルソン 저, 松田幸雄 역

사아군, 신들과의 싸움1(サアグン 神々との戰い1, 1992, 岩波書店), サアグン 저, 篠原愛人, 染田秀藤 역

뒤란, 신들과의 싸움2(ドゥラン 神々との戰い2, 1995, 岩波書店), ドゥラン 저, 靑木康征 역

마야 · 잉카신화전설집(マヤ · インカ神話傳說集, 1984, 社會思想社), 大實良夫, 小池佑二 해설

아스텍 · 마야의 신화(アステカ · マヤの神話, 1996, 丸善株式會社), カール · タウベ 저, 藤田美砂子 역

아스텍 왕국 문명의 사멸과 재생(アステカ王國 文明の死と再生, 1992, 倉元社), セルジュ · グリュジンスキ 저, 齊藤晃 역

마야의 성단(マヤの聖壇, 1981, 講談社), 江上波夫, 大實良夫 저

신들의 안데스(神々のアンデス, 1982, 講談社), 增田美郞, 友枝啓泰 저

도설 잉카제국(圖說インカ帝國, 1988, 小學館), フランクリン · ビース, 增田美郞 저

케추아어입문(ケチュア語入門, 1987, 泰流社), 戶部實之 저

잉카문명(インカ文明, 1977, 白水社), アンリ · ファーブル 저, 小泡祐二 역

마야문명(マヤ文明, 1981, 白水社), ポール · ジャンドロ 저, 高田男 역

마야문명(マヤ文明, 1967, 中央公論社), 石田英一郞 저

아스텍문명(アステカ文明, 1971, 白水社), ジャック · スーステル 저, 狩野千秋 역

포폴 부흐(ポポル · ブフ, 1977, 中央公論社), A · レシーノス 원역, 林屋永吉 역

페루 · 잉카의 신화(ペルー · インカの神話, 1992, 靑土社), ハロルド · オズボーン 저, 田中梓 역

무대륙탐험사전(ムー大陸探險事典, 1993, 廣濟堂), 高橋良典 감, 日本探險協會 편저

세계의 민화 아메리카 대륙(世界の民話 アメリカ大陸, 1977, 株式會社ぎょうせい), 小澤俊夫, 關楠生 편

세계신화전설대계21 오스트레일리아 · 폴리네시아의 신화전설(世界神話傳說大系21 オーストラリア · ポリネシアの神話傳說, 1928, 名著普及會), 松村武雄 편

세계신화전설대계22 멜라네시아 · 미크로네시아의 신화전설(世界神話傳說大系22 メラネシア · ミクロネシアの神話傳說, 1928, 名著普及會), 松村武雄 편

아포리지니 신화(アボリジニー神話, 1996, 靑土社), K · ラングロー · パーカー 저, H · ドレーク · ブロックマン 편

세계신화전설대계18 북아메리카의 신화전설 I (世界神話傳說大系18 北アメリカの神話傳說 I, 1927, 名著普及會), 松村武雄 편

세계신화전설대계19 북아메리카의 신화전설 II (世界神話傳說大系19 北アメリカの神話傳說 II, 1927, 名著普及會), 松村武雄 편

세계신화전설대계20 북아메리카의 신화전설 III (世界神話傳說大系20 北アメリカの神話傳說 III, 1927, 名著普及會), 松村武雄 편

[찾아보기]